谁的心
不是伤痕累累

黄孝阳 著

目 录

上辑　生活在别处，也在此处

3　　深夜去动物园
18　　一男一女
110　彩票中奖后
133　十一片断

中辑　谁的心不是伤痕累累

165　树
178　我们为什么结婚
192　我给父亲讲的故事
222　只有球是真实的
235　男女关系
250　同　居
261　娅

下辑　小城往事与人生

289　野人田佳

300　叛逆少女周丽

314　白痴天才马胖

324　打台球的徐小南

333　偷东西的冯志强

345　刘小花与王小玉

364　扁脑壳

384　人到底是什么
　　　——一个写作者心灵的迷思

上　辑

生活在别处，也在此处

深夜去动物园

1

几个人在屋子里。斜靠在沙发上"葛优瘫"的胖子叫范勇,常有人叫他邮筒——站着像一个邮筒,坐着也像一个邮筒。胖子这种生物向来处于各种鄙视链的最底端。范勇接受了这个绰号,这可能是某种斯德哥尔摩综合征发作,"人过三十,要认怂,学会向命运低头。毕竟你又不是贝多芬"。当大家陷入尬聊情景时,范勇不惮于说起关于胖人所遭受到的种种恶意,自嘲,搞笑,以博诸君一粲。

李琼看不惯,对范勇各种冷嘲热讽,时不时还要上升至灵魂层面的打击,但大家都爱看胖子作践自己时候的言行,李琼只好向隅面壁,柳叶眉下两只细眼的余光去看陆梵。陆梵是范勇的暗恋对象,说是暗恋也不对,地球人都清楚,陆梵心里也是茶壶里倒饺子。陆梵的颜值属于女神级别,还是一个真正的文艺女青年,看惯英美文学经典,对范勇这种过于浮肿的东亚面庞向来不屑一顾。今天，陆梵的表情有点怪，不能说是铁遇到磁铁，但像河面上的一件漂浮物遇到一个漩涡。范勇就是这个漩涡中心。

范勇没说啥啊。

范勇说了一个好人的事。

姓陈，叫陈美丽，与范勇同住花园路小区，同一幢楼，上下二层。大龄女青年，独居，养了一条雪白京巴。电梯里常能遇到。

"她待那条狗跟待亲儿子一样。天拉个噜，喂的居然是特仑苏牛奶。暴殄天物啊。"范勇一副痛心疾首的样子，"我都梦见自己变成那条京巴，被这样一个窈窕美女细心收藏，免我惊，免我苦，免我颠沛流离，免我一生无枝可依……"

大家欢笑，笑得弯腰曲背。

范勇满意了，要的就是这种效果。咳嗽，瞟了眼茶几上闪烁着红光的录音机，继续学柳敬亭说书。

"溽暑。鸟群找到黄昏与入口……"

（范勇说到这里的时候，李琼差点起身给了他一嘴巴，强自忍住双手攥拳低吼："说人话。"范勇这才稍显正常。没办法，只要陆梵在场，胖子就是一只从动物园里逃出来的低等脊椎动物。）

话说一个黄昏，陈美丽弄丢了那条有一对桃花眼的京巴。四下惶惶寻找。在小区旁边一处待拆迁的棚户区里找到了。京巴有个名字，叫"喂"。"喂"在一个小女孩脚边团成绣球翻滚，卖力表演。小女孩在写作业，昏暗路灯下。作业摊在靠背高椅上。小女孩蹲着，身子伛偻。一只手掌伸在空中让"喂"轻舔掌沿。小女孩眉眼羞怯。陈美丽见"喂"与她亲近有缘，拿起作业本看，顺便指着她做错的几处，讲了几条公理定式的运用。

这是日常生活中的一道微光。但"喂"好像上辈子便认识这个眉清目秀的女孩儿。等陈美丽下班回家带它出门散步，撒了欢地往路灯处奔。光一点点大了，变成湍湍水流，陈美丽与小女孩越来越熟悉。小女孩的成绩短时间内突飞猛进。

小女孩的爸提着两封绿柳居的糕点来表示感谢。是一个街头民工，常在花园路小公园的广场口蹲着，脚边小木牌上面用歪歪扭扭毛笔字写着他的劳动特长——"水电油漆"，细眉长眼，模样不坏，人真是太坏了。

范勇活动颈椎骨。

长叹，端茶，轻呷。

这个"坏"字像渔钓上的饵。只有懂得这点，才能算是略窥了说书人的门槛。

李琼不屑嗤笑："还能坏到哪里去呢？不就是进城民工借疏通下水道、换一盏坏掉的吸顶灯之类的破事，登门入室，兽性大发，把陈美丽强奸了？你们这些中国男人的坏没有一丁点想象力。都是套路，还是最初级的那种。"

李琼叽里呱啦，舌头底下有几把刀子。在她看来，男人坏没关系，关键是坏得要有品位，赶不上《五十度灰》里的男主，起码在进攻时得讲究一点策略，这样撤退后至少还能给对方留下一点回甘。至于范勇这种死胖子，连坏的资格也没有。

李琼前半句没说错，事实确如她所言。不过暴行发生的地点不是在陈美丽家，在小女孩家。还与"喂"有关。"喂"赖在那间逼仄小屋里不出来，团团打转。陈美丽就进去了。后来发生的事，派出所有详细笔录，小女孩的父亲，那个单身多年的民工供认不讳。

可李琼把话题带偏了。

没办法，这吻合热力学第二定律。

等到屋内数人就"男人不坏、女人不爱"这个命题纷纷摇舌鼓唇，看见自己嘴角唾沫星有真理在闪耀后，这才轮到范勇继续说这件事的重点。

水电工入狱后，陈美丽把小女孩接到她家，视如己出。至于"喂"，大概率是没资格喝特仑苏牛奶了，偶尔眼巴巴地蹲在橡木门门口，用爪子哀伤地挠门，叫上两声。

范勇还真下楼去探视过那条血统高贵的宫廷犬。在范勇看来，它所遭受的不幸，与一个被始乱终弃的妇人没有太大差别。

"这是为什么？"

范勇提出问题。

过了一会儿，犹豫犹豫地补充道："我记得在欧美某类动作片里，欲求不满的大龄女青年与拥有六块腹肌的水电工……嗯，那是永恒的主题。难道……"

范勇没说下去。屋内几位大龄女青年望着他的目光里都有了十八般兵器，除了陆梵。她很奇怪，她的样子太奇怪了，脸色白得吓人，嘴唇阖合，没人听清她在说什么。

范勇喘着气,把屁股从椅子上挪开。他给大家续水,多半是蜻蜓点水,到了陆梵面前,这杯水续得就有点情深意长。

李琼蹙眉。

"美人卷珠帘,深坐蹙蛾眉。但见泪痕湿,不知心恨谁。"

不知是哪个小鲜肉翻唱的古风歌。咿咿呀呀。还好屋内冷气打得足够大,要不够准得起一身鸡皮疙瘩。

夏日午后的茶馆。阳光泼在茶馆外面的梧桐树叶上,生出层层叠叠的各种颜色的绿。绿的下面是阴凉,间或有穿着情侣衫的男女在阴凉处紧紧相拥——这像一幕街头活报剧。

坐在茶馆里的人是观众。

有间茶馆,典出庄子《养生主》,茶馆主人王贵,招风耳,单眼皮,怕人不懂他取名的深意,在墙壁上悬挂了一张条幅,把"以无厚入有间,恢恢乎其于游刃必有余地矣"这几个汉字,屏气静息抄写了一遍。王贵的字写得不错,就是媚俗。最近在替某网络平台主持一个《人间故事》栏目,栏目有个主旨:"非虚构。叙事之美,重构我们的生活"。

在李琼看来,这是扯淡。倒不是说真实与虚构之间有一个模糊不清的灰色地带,难以厘定其边界,或者说非虚构是一个伪概念;而是这个栏目主旨纯属蛊惑人心,王贵所扮演的角色其实即一个坐在被浓雾遮掩的岛屿上歌唱的塞壬女妖。

叙事是美的,塞壬女妖也是美的。但美无法重构我们的生活,只能安慰,或者修饰。重构是一个来自底层 DNA 的塑造,不是一个从《论语》到朱子到心学的过程,那叫发展。如果说真有什么东西在重构我们的生活,即现代性,它对人际关系连接方式的重组,它所孕育的手机、高铁、共享单车等事物,我们都是现代性的孩子。

李琼是报社编辑,自信对词语的使用是精确的。只有弄懂这些细微差别,才能真正建构起我们的生活。不过王贵搁在每个人面前的钱是真的。要尊重。哪怕目前只有五百块钱。王贵说了,这是一个"真实故事讲述计划",五百块钱是网络平台掏的喝茶钱。王贵负责把大家的故事记下来,平台若选中刊发,一篇一万元,王贵再与入选故事的讲述者对半分。故事必须是真实的,若为虚构,一旦查出,就得退钱,个人信用降级。故事里的主人公会使用化名,不用担心隐私权的问题。

所谓真实,就是这个狗屁平台招徕流量、渴望发现某种盈利模式的一个噱头罢了。话是这样说,李琼还是有点沮丧,她的生活,还有她身边那些熟人的生活,也太平淡无奇。没什么好说的,随处可见的办公室小爬虫、脑子里都是荷尔蒙的渣男欲女、各处打卡"到此一游"的脑残,以及每日刷朋友圈各种花样晒养生秘籍、健身美照与"岁月静好"的社畜们。真没说啥的,酱缸里的一群蛆。

王贵找错了人。屋内还有一男两女,存在感不强。六个人,就算范勇说的这件事有点儿意思。比自己刚才说的那个男人深夜去动物园放猴子的故事,意思要多出指甲盖大小的一丁点。但陆梵这是怎么了?陆梵的身子算得上丰腴,现在这团丰腴正在颤抖,不可抑止地轻微颤抖。难道陆梵已把魂灵代入陈美丽的肉身,在幻想被那个猥琐民工性侵的过程?

　　李琼不无鄙夷地扫视了范勇一眼。不对。这不是性幻想，颤抖的幅度越来越大。陆梵脸上的痛苦显而易见，她不比一个被渔钩甩到岸上的鱼好多少。啊，被甩到岸上的鱼迟早会放弃挣扎，心平气和地接受那即临的死。

　　陆梵的这个"迟早"会是什么时刻呢?

　　李琼怔怔出神。大家都看出陆梵的不适，不约而同地闭上嘴。难道范勇说的这件事，与陆梵内心深处的幽暗空间存在着某种神秘关联?

　　这是一片诡异而又尴尬的缄默，幸好只有几秒钟。陆梵站起身，摇摇晃晃。脸上有了一点难为情，紧接着嘴里喷出一口秽物，人瘫软在地。陆梵病了。

　　病来如山倒。

　　这个下午，守在病床边的范勇终于等到陆梵拿正眼望他了。不是什么大病。急性中暑导致的晕厥，还有低血糖作祟。陆梵斜靠在床上，几绺头发被汗水黏在额头，虚弱的眼神里有了一种说不清道不明的东西，但肯定不是情愫。这点自知之明，范勇还是有。范勇从兜里摸出一块德芙黑巧克力，剥了。陆梵顺从地张开嘴。巧克力是范勇半小时前买的。

　　范勇噘着嘴，一脸诚恳地道："问世间情为何物? 胖子曰: 食物!"

　　陆梵笑了。

　　笑容转瞬即逝。半晌道："他们回答出了那个为什么吗?"

"哪个为什么？"

"就是陈美丽为什么要收养小女孩。"

屋外的光线是橙黄色的，像沐浴在夕阳下的海。海水漾动，万物是在海水里游弋着的生物，如此寂静。范勇斜眼瞥着陆梵打着点滴的左手臂。纤细苍白的手腕上有十余条纵横交错的陈年疤痕。这是刀片留下的。她割过腕。是因为失恋吗？一个人连死都不怕，为什么还怕活着？

死是迟早要来临的事，根本无须着急。

范勇在脸上堆起笑容道："没有。大家都在讨论你的病情。还建了个微信群。王贵在群里给你发了一个红包呢。"范勇点开手机微信。陆梵瞟了眼，不无厌恶地扭过脸："我讨厌这些虚情假意。"

陆梵就有这种把天聊死的本事。

女神都这样。

范勇想了半天说："你刚在茶馆讲的那个被养母虐待的小女孩的故事是真的吗？"

陆梵剜了他一眼："废话。"

"小女孩真可怜。"范勇想了想，补充道，"可她的心真狠。"

"她的心不狠，她就没机会长大成人。不是她把养母推下楼，就是养母把她折磨至死。哪个女人的心不狠呢？母螳螂完成交配后干的第一件事就是吃掉公螳螂。包括你提到的这个好人陈美丽……"

陆梵的眼珠子定定地看着眼前这个胖子，口气不无嘲讽，咳嗽道:"我知道你喜欢我,要不,我们打个赌。"

"赌陈美丽收养小女孩的真正目的。"

"赌什么呢?"

"你对了,她是好人,我嫁给你。做姘头也行,总之,随你高兴;我若对了,陈美丽是不怀好意的,我也不要求你从医院三楼上跳下去,更不需要你给我打一张几十万的欠条,就把那个陈美丽当街暴打一顿。记得到时把打人过程做个网络视频直播就行。怎么样?"

陆梵脸上泛起一层病态红晕。

范勇不再吭声。几分钟后这个胖子离开了病房。他走得很快,像逃跑,像在滚动,像有一股汹涌暗流要把这个邮筒卷入海底深处,那个少有人涉足过的异域深渊。

2

这天晚上,一个叫陆梵的女人想死。只是想,不是决定去死。一个受过高等教育的大龄女青年若连死的念头也没有过,那书算是白读了。她打算做点什么。

这个"做"也许会打败这个"想"字。这段时间,只要拿起手机,各种App应用软件推送的负面新闻像毒品一样让她上瘾。各种各样的毒品,有的是彩色的摇头丸,有的是白色粉末状的氯胺酮,有的是用针管注射的吗啡,还有纯度极高的海洛因,等等。她不止一次地幻想自己就是那几位被警察反拧胳膊制服的歹徒。王小波说得对,死囚爱剑子手,女贼爱偺役。这是没有法子的事。

可惜现在读王小波的人越来越少了。

不再是一个读书的时代。

陆梵缓步出了医院的门，像模特儿走台步。陆梵有点想不明白自己要到哪里去。回首一看，夜色中这所三级甲等医院的主建筑楼像一只有着饕餮之胃的史前深海巨兽，气息深邃如谜，腹内灯火通明。范勇是一个不错的结婚对象。陆梵有过在这所医院求诊问医的经历，两个字：煎熬。四个字：无比煎熬。要在这所医院随时弄到一间单人病房不是普通人能办到的事。陆梵没问范勇怎么办到的。这不是她现在要搞清楚的。

一种极深的荒诞感在她的皮囊里发出阵阵奇怪的啸声。认得几个字的人都清楚，相对于那个迟早要衰老毁坏的肉身，更重要的是，能有及时修补灵魂的地方。令陆梵自己也啼笑皆非的是，她本人曾考取过 ACI 注册国际心理咨询师证书。只能说医者难自医，毕竟心理医生这个群体属于抑郁高发人群，这是一个全球性的事实。

陆梵点开微信，收了王贵的红包，耐心逐一回复大家的嘘寒问暖，又在群里连续发了几个红包，把从王贵处领的五百块茶水钱都发出去后，用滴滴叫了辆快车。

范勇没出来抢红包。

陆梵拨打范勇的电话。范勇任职某报社文化副刊，与李琼是同事，前后桌。王贵今天叫来的几个人都是文化这条线上的，抬头不见低头见。

范勇没接电话。

陆梵想自己今天下午是把这个邮筒给吓着了。有些男性总长不大,哪怕年过花甲。范勇就是这种人。这既可以说是他的愚蠢,不曾有幸去品尝生而为人的真正痛苦;也可以说是老天爷看他善良禀性,特别给予的福报。

车子来了,广汽传祺GA6。开车的是一个三十岁左右的男人,有着一张干净的脸,唇上还有一撇胡须。见陆梵目不转睛地望着他的侧颜,礼貌地笑,没多话。车发动了。陆梵想起自己叫车时点的目的地居然是有间茶馆,不无自嘲。想了下,没有更改目的地。

有间茶馆附近有一个小公园,去那里坐一下,也挺好的。

帅哥开车的神态很专注,目不斜视。这样的男人是有魅力的。陆梵都感觉到小腹丹田处无端端地涌出一股热流。如果这个沉默的帅哥开车把自己带到某个僻静处,她想她是愿意的。随便哪里,越快越好。最好是在高铁经过的桥洞下,巨轮从头顶的钢轨碾过,轰隆隆响,整个世界都在颤抖,在呼吸,宛若活物。对了,做完后,帅哥驱车扬长而去,自始至终,一句话也不说。幽深桥洞犹如子宫,她独自在子宫里漂浮。随着薄薄晨曦的涌出,她将得到分娩,新生。

这样的念头只能是想想而已。

陆梵下意识地并起双膝。

接着她想起李琼下午讲的那个故事。故事很简单,一句话可以说完。

一个滴滴司机深夜独自去了动物园,打开猴笼,把猴子全放了出来。幸好他打开的不是猛兽笼,要不然够得上一个扰乱公共秩序罪。就不只是被抓到派出所蹲几天的事。

李琼的优点与她的缺点一样突出,她的叙事太干巴巴了。这件事其实可以写成一篇动人的小说,起码是短篇。李琼喜欢范勇,可她没有意识到。或者说,她没有这个勇气去承认这个事实。

手机响了,王贵打来的。陆梵没接。能猜到是什么事。范勇说的故事就是一块骨头,再加点调料,用几块白萝卜提下味,能熬出一锅老少咸宜的骨头汤。王贵这是有了当大厨的心思。可这事与自己有什么关系呢?

悦耳的铃声在车厢内来回荡漾。像波浪,在一个狭窄空间漾动。在浪峰与浪谷之间,陆梵猛然瞥见那个小小的二十年前的自己。是如此瘦小羸弱,眼神是那样胆怯惊恐。在养母尖利的斥责声中,这个可怜的小人儿战战兢兢,洗衣做饭,刷锅抹碗,跪在地板上,用蘸了洗洁精的抹布努力把厨柜里面背板擦洗干净。对了,这个小人儿还必须考学校第一名——她知道考第二名的后果是什么。所以她简直是一个拼了命团团转的陀螺。

养母是好人,美丽,温柔,心地还特别善良。

闺蜜抢走的男友,因为一场意外车祸双双弃世后,她还不计前嫌,收养了闺蜜与前男友的女儿。

这是所有人都知道的事实。可只有女孩知道,这是假象,是《聊斋》里面的画皮。只有女孩才清楚养母卸下那层好看画皮后的恶毒与尖酸刻薄。那些可怕的东西,比大马士革刀子还要锋利,把女孩的魂灵剁得比韭菜馅还要碎。

一直到今天,陆梵也没办法把这些碎馅缝补整齐。

噢，陆梵惊呼出声。

那个小人儿突然被一个浪头甩出车前窗玻璃，眼看已滚下引擎盖……感谢造物主，她那只细小的布满疤痕的左手，鬼使神差地抓住了车前栅格。

陆梵眼睁睁地看着那个小小的自己，一点点重新爬了上来，一点点从"即将被车轮碾碎的命运"挣扎着爬出。很快，那个小女孩学会了如何在疾速的车辆上保持平衡。这是困难的，但头顶的月色是这样美好啊，皎洁似雪，让小女孩都以为胁下长出了翅膀。不是"以为"，是一个正在发生时，一个奇迹，一个只有她独享的秘密，包括身边这个好看的陌生司机，也不能让他知道的。

陆梵轻捂住嘴。

好了，现在她已进化成了一个小小的精灵，通体发亮，闪烁着绿光。

光在蔓延，在黑暗中与陆梵的脸庞相遇。这张脸就有了一些奇异的变化，像是有某种未知生物要从里面爬出。

陆梵瞟了眼依旧沉默如岩的司机，蓦然说道：

"去动物园。"

3

故事还有一个小尾巴——用王贵的话来说，这是画蛇添足。可没办法，生活就是这样。

三个月之后，陆梵结婚了。

胖子范勇，跃上主席台，哆嗦着一双厚唇，从司仪手中抢过话筒，递到与他同姓的新郎嘴边，请这个比自己瘦了几圈的本家兄弟，讲述他们的邂逅与恋爱史，等等，八格牙鹿，统统交代。

范勇喝多了，脸红耳赤，话都说不利索，不过大家都明白邮筒的意思。所有人都好奇，该死的，寡言少语的新郎简直是一颗天外陨石。这个外省青年凭什么拿下众人眼里的女神？天啊，据说他还是一个开滴滴的司机。

更让李琼不爽的是，新郎与一袭婚纱的陆梵对视的眼神。这是真正相爱的两个人才会有的那种眼神。李琼确认这点。

"那天晚上，她说要去动物园。我怕她把笼子里的老虎放出来，就跟了过去。"

穿着西装的男人说得很慢，鼻翼两侧都冒了汗。

见鬼，这话是什么意思？大家面面相觑。王贵叹气："我怎么觉得自己好像是回到高考现场，面对一个看不懂的大题呢？"

王贵身边有一个扎羊角小辫的小女孩。小女孩的眼睛是亮的。女孩身边坐着的女人叫陈美丽。两个月前，王贵见到这个女人，还有她收养的小女孩。王贵想不明白陆梵怎么会邀请她俩来参加婚礼，她们居然也真的来了。

王贵朝小女孩挤挤眼，扮了一个鬼脸："这道题，你会做？"

"我当然会。知道新郎是谁吗？他就是那个放走动物园猴子的男人。我在电视里见过。他比电视里帅多了。"小女孩扔过来一个不屑的眼神，扬起下巴，猛地弯下腰，从脚边抱起一团雪白的京巴，一脸恼怒地说道，"喂，再不听话，我再把你关到门外去。"

李琼叫出声。

王贵眨眨眼,似乎明白了什么,又好像什么也没有明白。

陆梵过来了。

端着一杯酒来到陈美丽跟前,说了她来到这桌酒宴前的第一句话:"谢谢你。"

2019 年 6 月 9 日星期日

一男一女

上篇　因为我蔑视这样的生活（赵高）

1

临街是一排落地窗，宽敞，干净，透明。

窗外是路人，传说中的路人家族。

一个愁容满脸的妇人在无声啜泣（脸部轮廓与演《红高粱》时的巩俐一样），一个身上有十几种颜色的靓丽少女在低头刷机（脚准确地避开台阶，敏捷似雌鹿。她脚下的阿迪达斯鞋上安装了自动导航芯片？），一对把对方的舌头当成冰激凌来回舔着的情侣（一次接吻10秒钟，有8000万细菌迁徙），一个好像鸟随时要从街头飞起的T恤少年（现在还理这种杀马特发型真是需要勇气），一个脸色灰暗的中年男子在对着手机念念有词（他的样子真让人难过），一个慈眉善目的老头儿提着鸟笼（笑容果然治愈），一对神态亲昵穿着同款吊带裙的姐妹淘牵手跑过（她们嘴里的口水想必异常美味)、一个拽着母亲衣角哭成泪人儿的女童(瓷娃娃般精致的面庞真美啊)……他们宛若《动物世界》里缓慢迁徙的鸟类与兽群,是动人心魂的奇观,又被所有人忽略。

世界轻轻地嘘了一声,露出口腔里的若干褶皱。

赵高想了半天,想起赵忠祥老师在解说《动物世界》时那个浑厚富有磁性的嗓音,目光重新落回到他对面坐着的饶美丽身上,咳嗽一声,嘴角的笑容一闪而逝。严肃点,这是在谈判呢。

"就不要提什么身败名裂。那只能说你还爱着他。不是吗?恨是爱的延续,或者说是爱的异质。对不?咱们心平气和地想一想,假设你继续这样闹下去,他完蛋了。对你有什么好处呢?无非是出口恶气。日子还得继续下去,就像河。河里的鱼再怎么闹腾,也得顺从河流的意志,只能在这个狭窄幽深的凹处度过一生,不管它是否感觉到自由又或者被幸福的闪电击中过……

"对不起,我抒情了。言归正传,咱们得学会画句号,清零,重新开始,踏上新旅程。要对得起咱们受过的高等教育。你说是不?咱爹咱妈,不是有钱人,供我们出来花掉的银子海了去。

"咱们就是爹妈的碎钞机啊。拿什么来报恩情?得赚钱。对不?首先就得把自己从恨的牢笼里挣脱出来。你还如此年轻,美貌……"

赵高说到这里停顿片刻,不是心虚,是为了让对面坐着的这位,充分品咂下这两个普通汉字里所蕴藏的惊人能量。

"生活对你来说还有着无限维度,是小径分叉的花园。明天你出门就可能碰上高帅富。开宝马的同志请自动走远,起码得是驾法拉利的。你身下的摩拜单车轮胎撞到法拉利所定制的米其林轮胎……隔着悠长岁月,三世轮回,你以微笑,以沉默,以惊慌失措的眼泪,于瞬间俘虏了他的心,彻底的,360度无死角。而他将宠你如心肝宝贝,视你若灿烂晨星。"

这些话张嘴就来,都不用打草稿。赵高听见他的嘴在吧唧吧唧地响着。

像在吃蚕豆。

"我只要他身!败!名!裂!"

饶美丽体形偏小,肺活量不小。但她说这句话具有机床齿轮运转时的精确性,语调没有起伏,音量也不大,充分透露出某种决心。不是决心,是策略,是对自身策略的决心。否则,她得做如丧考妣撕心裂肺状,脸上不该是这种蒙娜丽莎式的谜之微笑。有另一种可能,被猛兽盯着的小兽在弄清楚自身不可更改的命运后,也是这样笑的。她是小兽吗?

这是一个小鼻子小眼睛的姑娘,颜值偏下,与那个敏捷似小鹿的少女还有着一段距离。五官平庸,搭在一起也能看,还耐看。耳垂好看,形似水滴,是青苔岩壁间盈盈下坠的水滴。对了,还有颈下的那对纤细锁骨。姑娘通常是幼稚的。再幼稚的姑娘——那些胳膊刺青、鼻翼穿环,不穿胸围与内裤、随时准备把恋爱搞成革命风暴的姑娘,赵高有幸见识过几位。那其实不叫幼稚,得叫愚蠢。对付那些愚蠢的姑娘就太容易了,无非是性欲与甜,必要时再来上一场提前规划好的冒险旅程,她们便会弃旧爱如敝屣,视新欢为真命天子。

这没有技术含量。

真正有难度的也不是经验丰富的熟女们,她们的套路是照着电视剧里的狗血剧情来演的,而是眼前这种死心眼的——好像她们上辈子是祝英台。可惜如今社会已经没有梁山伯。这是一个由资本与科技所构建的新秩序,所有的古典美学与浪漫情怀都注定在这个现实面前头破血流。男人们都懂,否则他们就没法在这个完全迥异于传统的社会结构里找到一席之地。

为什么死心眼的饶美丽就不明白这个浅显的道理呢?

死心眼,死得快。赵高暗自嘀咕。

话已谈过三次,谈得让人心若死灰。

若全是灰烬也就罢了,偏生这灰烬中还偶有火星一现。这就让人很为难了。第一次在湖北路的云上咖啡馆。简餐与咖啡糟糕透顶,真不明白厨师与老板有什么仇。谈话中间还冲进一大群人,领头的是一个高颧骨的妇人,没头没脑地问大家是否看见她的丈夫。这样的问题怎么回答?异口同声说没看见。妇人对人民群众的声音没有丝毫信任。又是让大家看相片,又是红着眼眶拨手机。眼里的泪水淌了又淌,还跑来问赵高,是不是真的。赵高说是真的。妇人又说,是真的吗?赵高把话重复了不止三次,妇人还是坚决地摇晃着她那个橄榄球形的脑袋,好像赵高是骗子,在座所有人都是骗子。还恶狠狠地走来走去,把地板跺得当当响,不时箕张五指,又好像她丈夫就隐藏在其中某个顾客的体内,而下一时刻她就能把他揪出来。与饶美丽的谈话就只能仓促结束。这种剧情极可能影响饶美丽的行为。

第二次还是在湖北路，还是饶美丽选的地方，马哥私房菜馆。赵高比约定时间提前半个小时到，找了个不大的包厢。特别嘱咐厨师在菜肴里多加一点辣。饶美丽来自江西抚州，千古拗相公王安石的故乡。那里的人嗜辣，尤其是让喉咙里有火的那种干辣。赵高是做了功课的。饶美丽还是全程面瘫，没动几下筷子。赵高拼命找话题，期间收到一条收智商税的垃圾短信，便联想起一个曾上过热搜头条的新闻。说一个高一女生想买个苹果手机，手头缺钱，找到一本当地政府官员的通讯簿，以小三的口吻群发这种诈骗短信，数月间收到数名官员打来的四十多万。少女吓死，把卡上交公安，为中国反腐事业做出卓越贡献。赵高边说边笑。是尬笑。饶美丽目光坚毅，根本没体谅赵高的良苦用心，嘴里不疾不缓道："我就想要他身败名裂。"

第三次在饶美丽公司楼下的书店。当时谈的是法国人阿兰写的《幸福散论》，说那匹叫作布赛法勒的烈马对自身影子的恐惧，说人生的烦恼，七情六欲，都是自造的。既是自造，便可自灭。又说起萧沆的《解体概要》，对世界的怀疑与否定，对平庸与绝望的承认与顺从等。赵高以为他这般引经据典，多少能在鸡蛋壳上敲出一条缝，结果饶美丽嘴里说出的还是"身败名裂"这四个字。赵高不能理解她的脑回路。

接着就是现在了，这是第四次。再不能谈成，赵高就只能对那个容貌像莫妮卡·贝鲁奇，看一眼就让人肾上腺素飙升的人间尤物说声抱歉。

人间尤物一定是漂亮女人,漂亮女人未必是人间尤物。赵高到这世上三十七年了,还是第一次近距离接触到这种女性美。

"有妻如此,为什么还搞小三?这个世界太诡异了。"

赵高怀疑他是不是在一个《西部世界》里,转念一想,不对,《西部世界》这种科幻片与《权力的游戏》这种奇幻片同样遵循着现实世界的逻辑。

为什么?有一个笑话,叫柯立芝笑话。第三十任美国总统柯立芝是主角。严肃一点说,据说我们都是DNA的寄宿体,是其奴隶。对于自私的基因来说,没有什么比种群延续更重要的事。而与更多雌性交配,是扩散其基因的最佳策略。

赵高扭头看向窗外。街道不宽,车流很慢。几个人围坐在对面巷口的遮阳篷下,在吃龙虾喝啤酒,看不清面容,看得见他们的快活。那些快活明明白白。黄昏那种特有的光线与雨后湿润空气所造成的滤镜效果,让他们如同丙烯油画里的人物,仿佛是历史某个瞬间的凝结,又或者说某种时代风尚与民族属性的具体而微。可等到赵高揉眼再看,这种油画的质感效果便已消退,化为乌有。仍然只是日常生活中最普通的一幅画卷。

这个城市太多奇异而令人惊疑的秘密,只存在于惊鸿一瞥时。如果用一个比喻来描述这种"短暂、偶然与稍纵即逝",那就是万花筒。赵高小时候为之癫狂的玩具。

赵高又要了一杯苏打水。得润润嗓子。兜里还有一盒金嗓子喉宝。欲善其事先利其器。不过,最重要的还得心态好,就算搞不掂眼前这位犟姑娘，也没啥大不了。相信这是命运的骰子的意志。

要心平气和地接受命运的恩赐或者折磨，还是那个比喻，就像鱼接受河流，不管它是清澈见底，还是浊浪排空，鱼都得在河里游。顺从的真意不是一个理性思维对问题的建模求解后得出的最终结果，而是认同骰子，认同这个概率宇宙是真实不虚的存在。并且——不管这种存在是荒谬的，或是在人类的理解范围之外的，还是局部吻合某种秩序与伦理的；也不管认识这种存在的路径，是属于秘所思还是属于逻各斯，总之，必须五体投地，必须心平气和。

但，说什么好呢？大脑皮质层里的千沟万壑跟水土流失严重的黄土高原一样，放眼望去就看不到一片绿色。难道多年辛苦才熬出来的金字招牌就要毁在这个单纯幼稚，偏要学人高冷面瘫的女孩身上吗？招牌树起来难，砸掉易。宇宙是个熵，人类社会这个系统也不例外，或许所有的金字招牌都不可避免商誉减值，最终归零。

赵高脑子里起码有十几匹马，白马黑马灰马黄马各跑各的路，跑得赵高脸色苍白，额头虚汗。是到了吃药的时刻了。赵高当着饶美丽的脸从兜里拿出一个迷你小药盒，捡出五六片一把倒入嘴里，伸长脖子，努力咽下。

药丸里装的都是维生素。

这是套路。赵高见过心肠硬的女人，比钢还要硬的特殊合金，但这些特殊合金在一个吃药的男人面前，心肠也偶尔是会软的。他现在要的就是这个偶尔。

"饶老师……"赵高继续咳嗽。

然后他闭上了嘴。

窗外,黄昏最动人的时刻终于降临,犹如神灵阔步前行,把一顶顶荆棘王冠四处抛撒。如此盛大美景,真让人屏声静息。而,其中一束光穿过玻璃窗,在饶美丽饱满多肉的脸颊上绘出一个椭圆,好像伤口。不仅仅是伤口,还有别的。饶美丽脸上原本的淡雀斑在变幻的光线下渐次浮现,有香味,仿佛是被烤得喷香的面包上撒着的黑芝麻点。这让她的脸庞有了一些让人想用舌头去舔的冲动。是细微的冲动,是蒲公英的种子刚刚飘落,又被一阵微风轻轻吹走——宛若从来没有出现过。紧接着,一道闪电在赵高脑子里画出了一个 Z 字,照亮千沟百壑。

"不是爱,也不是恨。你是嫉妒。你嫉妒她。他妻子。"

赵高脱口而出,原本想说的话都不见了。

在饶美丽突然溢出眼眶的泪水里,赵高紧绷着的身体一点点放松下来。关于嫉妒的诸多句子瞬间从大脑深处涌现。

"嫉妒不可耻。唐朝宰相房玄龄,当多大的官。惧内。他老婆死活不让他娶妾。李世民看不过眼,那可是千古一帝,就遣人对房夫人说,你若不让房先生娶小老婆,就乖乖喝掉这壶毒酒。你猜怎么着?房夫人大喝'妾宁妒而死',把毒酒一饮而尽。佩服吧。当然,她没死,壶里是醋。这是吃醋的出处。

"据说,其实是一项科学研究,咱们得信科学,对吧。牛津大学的研究人员进行了一个关于嫉妒的情绪实验。一个赢钱游戏。赢钱是前半截。大家赢的数量是不一样的。好了,后半截的精彩来了，所有赢钱的人可以选择是否花钱来燃烧别人的奖金。同等数量地燃烧。你猜怎么着，原来赢得最多的人变成穷光蛋，三分之二的玩家选择烧掉他的钱。所以说嫉妒是人的天性，是人灵魂不可或缺的一部分。又有什么必要为我们的天性羞愧呢？

"嫉妒推动社会进步。将相王侯宁有种乎，又或者说彼可取而代之。前者是陈胜说的，后者是项羽说的。这是上史书的大人物。大人物毫不掩饰自己的嫉妒之心，咱们这种小人物又何愧之有。我也承认嫉妒是一种具有破坏性的负面情绪，起源于自我认知的焦虑，与所求不得。但说到底，是根源这个社会的不公。我们说条条大路通罗马，在这些路上一走就是几十年，可有的人一出生就在罗马城。我懂你的……"

夜来了，轻轻喘着，能听见它的呼吸声。赵高听见了身体里的小提琴协奏曲，是门德尔松的 e 小调小提琴协奏曲，这位发现老巴赫、德国浪漫乐派的代表人物，一辈子养尊处优，就不知道人间疾苦两字。若真有主，想必他不在意人间疾苦，他要的只是人间这个系统，就像一个程序员并不在意哪条代码是否公平正义。璀璨灯光于街头燃起一团团火。众生，是扑火之蛾。赵高都想为自己拍掌叫好。大局已定。正式进入官子阶段。

半个小时后，赵高不再舌绽莲花，恭恭敬敬把一纸合同与一支得力中性笔，摆至饶美丽面前。合同是早就准备好的，有标准格式，只要在空栏填上数字。

"十万。签字后，我马上把钱打至你账上。"赵高耐心为饶美丽解释条文,"只要你不再联系他,不回复他的消息,不接听他的电话……噢,建议立刻把他拉黑名单,或者另换手机号码。假如他胆敢再来纠缠你,直接报警。就只需要做这点,这十万块钱就是你的。"

有点像大灰狼劝小白兔。

小白兔还在哽咽。不对,眼神不对,这只小白兔不会是从安吉拉·卡特笔下溜出来的吧。

饶美丽的声音不大,有点漫不经心的意思,笔尖悬在空中:"这笔劝退小三的业务,你能拿多少提成?"

赵高受了惊吓。这个问题不好回答。

撒谎是人性,但通常不是赵高的第一选择。关键是,这如天外飞仙的一句话,完全粉碎了赵高原先对饶美丽的判断。眼前这个看上去幼稚无脑的女人绝对不像是她表面那样人畜无害。赵高在与那个叫徐瑶的人间尤物签下那份劝退小三的合约时,还是轻率了点,资料收集工作也粗率了点,分析也草率了点。

小三劝退师是一门新兴职业。

这是通俗说法,但最准确。叫婚姻咨询专家、维情师什么的,皆是扯淡,前者大而无当,后者纯属抒情,国家秩序可以维稳,情感这种东西还真维不了,"易得无价宝,难得有情郎"就是这道理。

赵高进这个圈子非常偶然。

在微信里与大学时代睡在上铺的兄弟聊天,谈起内蒙古公安厅原厅长赵黎平枪杀情妇李小红、济南市人大常委会原主任段义和炸死情妇柳海平、呼和浩特公安局原局长梁冠中杀死情妇李秀清、安徽芜湖市原政法委书记周其东杀死情妇孙兆华等贪官杀小三的事，赵高斩钉截铁说了一个字："蠢。"

兄弟说："现如今不是李鸿章的晚清，做官是需要智商的。你以为他们真是蠢。这叫命，懂不？"赵高说："我有的是办法逆天改命。"

兄弟气极生笑："有本事就真刀实枪来练练。一个现成的，我老板，快被他小三纠缠得抑郁跳楼，我看他都快恶从胆边起想学赵黎平了。你若能替我老板揩干净屁股，第一，你是救了两条人命，胜造十四级浮屠；第二，我老板亏待不了你，银子不会差你；第三，以后咱们同学聚会啥的，你说啥就是啥，叫我当场裸奔那也没问题。否则你丫挺的明天就给我赴北京长安街裸奔。"赵高本是吹牛不上税，被兄弟这样一说下不了台，让兄弟发来他老板与小三的资料。一研究，还真不好办。

兄弟老板做的是冷门生意，肯定送不了小三进长江商学院，让她有机会另择高枝。否则早答应小三要求的五百万分手费。小三是自由职业者，文青，三五年才出一本不卖钱的小说，不可能搞舆论战，逼她撤退，或者通过组织力量施压；小三性格叛逆，父母远在千里之外的乡镇，没见过世面，通过父母做工作也不可能；找流氓威胁恐吓那就太下作，这不吻合赵高的作风。再说流氓可不是夜壶。找他们办事，那就得做好玩火者必自焚的准备；至于找一个帅哥，开着豪车假扮高帅富来钓小三这种低级伎俩，老板不蠢，早请人干过，被小三当面揭穿打脸。那场面还真是尴尬。

赵高头发白了几根。行最后一搏，用小号加小三的微信。小三通过验证后不知道聊啥好了，总不能聊骚吧。小三的警惕性不低。基本是尬聊。谈文学可以，谈别的直接拉黑。还真是停杯投箸不能食，拔剑四顾心茫然。不甘心。赵高心想，男人的脸，他就这样主动双手捧到兄弟脚板下，供其践踏吗？长风破浪会有时。李白是诗仙。诗仙说的话总该有几分道理。又换了一个小号。没敢鲁莽行事，把小三的朋友圈从头到尾刷了一遍。

看到一条微信。说要卖掉她的房子供养其上师。

赵高赶紧百度搜索，迎面就是"朝阳区里30万散养仁波切"的新闻标题。疯狂搜索完毕，赵高致电兄弟，劈头盖脸一顿痛骂，如此重大消息也胆敢隐匿不报！出过一口恶气，又嘱他私下细探。小三这话还真不是说着玩的，中介上门看过房，最后被闺蜜劝住。这是一个多么疯狂的小三啊！这是一个心灵多么匮乏的小三啊！赵高连"啊"数声，表示惊奇。亏得这小三还是一名省作协会员，算是一名领过执照的作家，真是有辱写作这个行当。

同学群里有个在民宗委工作的。找到这哥们，叙完旧事，托哥们牵线与上师见了一面。哥们在场，不时虎躯微震，上师果然是人精，明白赵高来意后，颔首拈花。过了一些时日，兄弟那边传来捷报，说小三不再亲自出门，托人带来口讯，分手费降至一百万。赵高哈哈大笑，问咨啬的老板最多肯付多少。兄弟说一百万。再谈下来的数字，就归赵高。就算谈不下，也打赏二十万。这出手还是很大方嘛。赵高拿二十万，直奔北京，与上师同游后海的鸦儿胡同，又到广化寺走一趟，顺便用五万块钱买了个小金佛抛给上师把玩。上师慨然断言赵高是有缘福人，那小三本有血光凶灾，因为赵高这位有缘福人的出现，有了转圜余地。当然小三必须于本月31日前与那段孽缘彻底断清关系，否则因果反噬，大凶大险，其灾还将涉及其父母。

赵高都想改行从事上师这门职业。

想了想民宗委那哥们的眼神，还是按捺住。

回家。又三日，兄弟来电，小三把分手费降至五十万。

一个月，刨掉给兄弟的十万、小金佛与各种杂费，净利五十五万。这比贩毒更来钱。毒品还要本钱，这个的本钱就是大脑里冒出的几个泡泡。赵高眼睛绿了。兄弟也来撺掇，说此一役后，业界皆以传诵赵高大名为荣，以不知道此役为耻，名气已经冲出大气层的赵高必须趁热打铁，做大做强，先搞一个人工作室，再弄一个婚姻咨询公司，早日上市，为成为资本追逐的一头风口上的猪，不懈奋斗，奋斗终身。

赵高本没这番雄心壮志，架不住同学群里的口碑传播。21世纪最强大的传播渠道是什么？就是口碑传播，又号称病毒式传播。没隔多久，第二桩生意就找上门来。然后是第三桩，第四桩……出道两年，赵高就没塌手过一次。

今天这是要阴沟里翻船的节奏吗？

赵高目光冷峻。饶美丽的手臂依然悬于半空。笔尖位置没有丝毫改变。一双弯弯细眼，好像无知，好像呆萌，好像被食肉动物吓蒙了的小兽。眼眶还是温润的。"你说实话，我就签。"

能说实话吗？如果山沟里的穷人知道皇帝一顿不是吃三个馍，而是吃他闻所未闻过的阿拉斯加帝王蟹白化鳇鱼鱼子酱澳洲胡桃与白地茹,早就闹起革命了。赵高有点后悔。后悔与徐瑶签的那份包干协议。他太轻敌。以为他的智商、情商与人脉能够360度无死角碾压一个23岁的外省女孩。这笔劝退小三的业务总标的额不高。30万人民币。相对于男主刘法的身份与徐瑶的资金实力,太低。更窝心的是付款方式。首付定金10万,签字日起三个月内没有问题再付10万,半年内没问题结清尾款。一个月内若搞不掂,定金双倍返还。

赵高有点想不明白他当初为什么就会签下这份丧权辱国的不平等条约。

"定金双倍返还"这种违背行规的承诺,哪怕只是口头承诺,同行知道了,也是要拿斧头上门,控诉不正当竞争。

唯一的解释就是人间尤物。这只魅惑人间的尤物不仅深谙男人的弱点,还精于谈判的技巧,几句话一绕,就把赵高架到这个"双倍返还"的柴堆上。

这种利用性别优势降低成本的谈判策略太可耻了。

这种有胸有大脑的女性太可怕了。

难怪尊敬的刘法处长要弃尤物于不顾,与眼前这个姿色平庸的犟丫头耳鬓厮磨457天之久。这是一个男人去找回他的尊严,他的自信——唯有如此,他才有颉颃人间尤物的勇气。世上是没有后悔药吃的。如果有的话,刘法肯定比他更想吃。

"我不能坏了规矩。这传出去,对我不好,对你也不好。小姑娘,世上有很多事,还是不知道的为好。"赵高理了下思路。

"那我直接与徐瑶谈吧。"饶美丽搁下笔。

这是买卖双方直接见面，不让中间商赚差价？

中间商之所以能赚这个差价，靠的不只是信息的不对称，关键还是专业能力。赵高摸出一张徐瑶的委托授权书。

"你与她又不是没见过面。有些事，直接见面谈，未必是好事。树活一张皮，人活一张脸，没有转圜余地，话容易说死，大家都下不了台。"

"没关系。你给我讲的道理我都听进去了。既然是卖，那当然得尽量卖个好价钱。十万，与十万零一块还是有差别的。当然，我不会让你吃亏。你该拿多少，仍拿多少。我只是想在徐瑶给你的报价上再加一丁点。"

这姑娘有一套，说话滴水不漏，敢情一直在装小白兔呢。

知道吗？兔子脑子里整天想的都是啪啪啪。生命周期内的唯一使命就是生小兔子。当然不可能有爱情。你那卖的，不叫爱情。十万块钱真不亏待你。

这些话，赵高没敢说出口，深吸一口气："你以为你在卖什么？"

"卖身。"饶美丽扭过头去看窗外的行人，眼神飘得厉害，"我陪了他457天，就算一天1000块，也得45.7万吧。"

饶美丽，1995年9月12日生。处女座，身高1.58米，体重51公斤，血型B。2016年毕业于南京师范大学。当年7月进入某公司从事编辑工作。国际标准IQ测试127分，不低，要不然不可能从江西考到南京。家境不好，属于工地搬砖那种。父亲在街头巷口开了一间不超过20平方米的小超市。母亲过世八年。还有一个同母异父的弟弟。弟弟有癫痫症,在念小学六年级,是她母亲与一个浙江包工头的孩子。包工头死于酒后失足。她母亲是自杀的。应该是对生活绝望了,喝的是农药。饶美丽与家人关系并不亲近。大学四年基本是靠助学贷款与节衣缩食撑下来。2016年8月,公司老总在接待刘法处长时,把她喊上了。刘法替饶美丽偿还了那笔二万元的助学贷款。最早是说借。

刘法看上饶美丽哪点?

这种姿色的年轻女性一抓一大把。

也许,是她们的性格。性格固然是人被社会反复打磨的结果,或许也与基因的编码与排列有关。饶美丽与徐瑶同样聪明,懂得如何攫取利益,懂得怎样经营自身的性别优势,懂得适时伪装……夸张点说,前者是后者的1.0版本。刘法在3.0版本面前失去的,是想在1.0那里找回来。这只是假设。她们是不同的,世上就没有两片一模一样的树叶。饶美丽是张爱玲迷。是美剧迷。对了,张爱玲迷。

"胡琴咿咿呀呀拉着……"赵高念出一句对白,见饶美丽没搭理,招呼服务员过来又要了一杯苏打水。问饶美丽要点什么。饶美丽醒过神,说咖啡就好。

"这行做了些时日,偶尔会想起张爱玲写的《倾城之恋》,想起范柳原与白流苏。一开始,他只想要她做情人,她也只想找一张长期饭票。爱情是加减乘除,是彼此计算,是拨算盘珠子,就与我们的今天一样。到后头子弹打过来,打得大家都走投无路,他们反而不顾一切了。流苏被柳原接去浅水滩避难时,心里想的是,

'她若是受了伤，为了怕拖累他，也只有横了心求死。就是死了，也没有孤身一个人死得干净爽利。她料着柳原也是这般想。别的她不知道，在这一刹那，她只有他，他也只有她。'我没记错吧。"

饶美丽点头。礼貌性地点头。

赵高咳嗽，继续说道："我相信你与刘法之间也是有过爱的。可能并不如自己想象的那般纯粹，不掺杂任何杂质，但肯定是有的。只是还没有子弹打到头顶，所以你与……不，是我们，我们不得不挣扎于自身无法启齿的卑微里。

"文宣系统是清水衙门，他一个小小处长，能有多少钱？现在全国上下都是一片不敢腐不能腐不想腐的态势，公务员又是阳光工资。他一年收入也就二十万不到。他还是苦出身，老家还有需要帮衬的哥哥姐姐……"

饶美丽打断赵高的话，声音紧绷绷。

"他带我去过他家。他那个家，在锦云路翠西国际花园，两百多个平方，你说值多少钱？他家客厅里的那台施坦威钢琴，最便宜的也要二十万。我是小户人家出身，百度搜索还是会的。我要的并不多。就这样，你转告徐瑶，最少 45.7 万。她拿得出来的。别忘了她可是上市公司的财务副总监。我查过的上市公司高管人员薪酬公示，年收入不会低于 60 万。赵老师，我还有点事，今天咱们就聊到这。谢谢你的耐心。"

饶美丽起身走了。

赵高懵了。半晌不动，猛拍桌子，破口大骂王八蛋。不是骂饶美丽。男人搞小三，太常见了，这事不分贫贱富贵；男人把小三明目张胆带回家,还真稀罕。就算有那么几个,多半是舍不得钱在外开房的。

刘法差这点钱吗?

刘法的智商有这么低吗?难说。男人这东西,哪怕是爱因斯坦,遇到苏联女谍玛加丽塔·科涅库娃,同样乖乖地拜倒裙下,奉上美国研发原子弹和开展高能物理的绝密情报。在得知她的真实身份后,仍然不收手,顶风作案,为了佳人,秘密约见苏联驻纽约副领事。多年以后,这位千年一出的天才回忆往事时,心怀一种悲伤的快感,深情款款地写道:"我曾经痛苦万分,也曾甘之如饴……"

是的,男人就是蠢货,不是这一个,或那一个,而是所有的。赵高也不能例外。看着饶美丽远去的背影,赵高越发觉得与徐瑶签的这单生意太亏了。是被收了智商税。一架施坦威钢琴,最便宜的二十万,最贵的两百万打不住。要重签合约,必须重签。或者,干脆止损退出。这个饶美丽,不是一盏省油灯。赵高为他的愚蠢痛心疾首。把苏打水一饮而尽。

开始拨打徐瑶的手机。

2

街对面的遮阳篷下的人群越来越多。有霓虹逐一亮起,一块块,构成汉字、细微的波浪、走兽、蝴蝶翅膀与"众多碎片与伤口"。这是氖气灯管写的诗,各种诗,有家美容店的"容"字下半部分不亮了,看上去就是一个穴字。这算是色情诗吧。

红橙黄绿蓝靛紫。最多的是红，血液的那种红。红得让人晕眩。这个城市就是一个真正的生命体，由人类所构建，悄无声息地逸出"理性的樊笼"，有了自身意志与五脏六腑——人，这种两足无羽，不过是它体内的寄生虫，就像绦虫寄生于人体。只是人类还无法理解这种更高级的生命形式。

赵高收回目光。几个男人在他身后的卡座上说话，声音还挺大。在说中国 A 股。又说起一些在股市中发家致富或者倾家荡产的人的故事。开发银行的谁挪用两千万，逮到一只翻几番的题材股后胜利大逃亡，一跃成为人生赢家；区国土局一名小出纳也挪用公款，还加杠杆，结果倒血霉，连续几个跌停后人间蒸发等。都是一些让人耳朵起茧的话。

赵高去掏耳朵。有点痒。

一个吊梢眉讲的故事略有点新意。说 2008 年的事。一个男人，赵爷。据说账户上曾有几千万。2008 年立冬那天炒权证彻底归零。大家以为他会跳楼，神色黯然，让出一条通往天台的路。他摇晃了下身子，推开要搀扶他出门的保安，又问人讨了根烟，没抽。下电梯时碰到有工人往上搬钢琴。跟去主人家说自己是调音师。用了两个小时弄好，还弹了一首柴可夫斯基第五交响曲，极具专业水准。主人给了他五百块钱。他说了声谢谢就回了家，继续回到他停薪留职下海前的单位，过起一个普通人的生活。

这是一个牛逼的人。不过其他几个男人不大认同吊梢眉的想法。他们不约而同发出哄笑声，说老婆离婚了吧。就算没离婚也肯定有了隔壁老王吧。"我给你讲一个牛逼的，原来住城南缝衣巷口。也炒权证亏了钱,与老婆一起设局搞仙人跳,硬是搞出了一番轰轰烈烈的新局面。现在北上广深都有他家的连锁店。他老婆……"一个猴形男人,吹了声轻快的口哨,"去了韩国几趟后,如今已是名媛。"

猴形男人的看法不奇怪。他们是大多数。日常秩序就是由"大多数人"观念的加权平均所决定。如果有哪个数学家能绘出这个模型,有资格得诺贝尔奖,不对,诺贝尔奖本身未设数学奖,被视为数学界的诺贝尔奖是菲尔兹奖。阿尔弗雷德·贝恩哈德·诺贝尔为什么就不设置数学奖呢?

有物先天地而生,即数。多么简单的事实。难道这个瑞典人真是为情所伤,恨上所有的数学家,包括还没到这个世上的?又或者说是因为他根本就不懂数学的重要性,就像集哲学家教育家科学家思想家于一身的亚里士多德,到死也不知道地球是圆的这一事实?

若穿越到公元前335年的雅典,赵高相信他的知识大概率能把亚里士多德按到地板上摩擦。但为什么大概率能把亚里士多德按到地板上摩擦的他,沦为中国股市里被收割的韭菜?A股收割散户的套路不新鲜,全是套路,甚至是一望而知的套路。这一年半来,赵高损失惨重。答案也许简单。套路都是针对人性的弱点所设计。所以,越是陈词滥调,就越有效;越是一望即知,就越容易掉坑。套路就是海洛因。

赵高有点惆怅。连续问了自己几个为什么,又迅速给出回答。后遗症就是脑子嗡嗡响,地面有了倾斜感,杏眼蛾眉的服务员有点迎面扑来的意思。赵高买单结账时，手不自觉地按在漂亮小女生的手背上，结果挨来一记白眼，与一句"先生请自重"。赵高哈哈大笑，一扫心中烦闷，出了门。

一辆路虎驶过来。一个络腮胡开车门跳下，三步并做两步，就把一张凶恶的表情与一个拳头递到他面前。

拳头有力。起码打过沙包。赵高的判断非常准确。这一拳干脆利落，把他放倒在地。紧接着一只皮鞋狠狠地踹在他臀部。赵高惨哼，身子顿时弯曲如弓。上帝设计的人的这张脸的痛感神经还真是发达。真他妈的痛。火辣辣的痛。人在江湖走，总得挨拳头。赵高对此有充分的心理准备，还曾匿名特意跑到知乎网站提问——挨揍时的正确姿势。这时，学以致用，终于派上用场。赵高双手抱头，尽可能用手臂与腿部遮盖住身体的要害部位。只是赵高想了半天，没想起来这个络腮胡是谁。

"姓张的，你敢搞我妹，就得对我妹负责。否则我见你一次就打你一次。"

络腮胡在赵高身前蹲下，拍打着赵高脸颊。

"姓张……等等，我姓赵啊。"赵高有点糊涂。该不会是认错人了吧？眼角余光瞥见路虎车上又下来两条又长又白的长腿。长腿停下。

这应该是在借助霓虹光源进行人脸识别。

赵高松开护住脑袋的双手。一张陌生的面庞，女的，活的，眉心还有颗痣，绘着淡蓝色的眼影，一看就是个如假包换的骚浪贱。

赵高腹谤。

"错了?"络腮胡漫不经心从牛仔裤的屁股兜里摸出一根烟。

女孩毫不掩饰脸上的失望之色,继续盯着赵高的脸反复研究:"你是不是有个孪生兄弟?"

"我老赵家三代独传,哪来的兄弟!"

赵高一脸悲愤。骚浪贱脸上为什么就看不到一丝歉意?果真是世风日下,人心不古。赵高爬起身,想破口大骂,给这个骚浪贱一耳光,可络腮胡的武力值在那里搁着,动手只能是自取其辱。

"送我去医院吧。兄弟,你的车牌号是苏 A7Z888,真是有钱人啊。"

赵高哆嗦着嘴唇,接住络腮胡子扔来的一根烟,黄壳子的至尊南京。好烟。赵高没斥责对方当街行凶,也没拨打 110 报警。都是成年人,得照着规矩来,点清要害关窍就行了。没必要说的话就得管住嘴。给人脸面,就是给自己方便。这是常识。我们这个社会就是太缺少常识了。赵高不断安慰自己。

"兄弟,借一步说话。"络腮胡的手搭在赵高肩膀上,又朝着四周围观人群瞪去一眼,"回家看你爸与你妈去。"到偏僻处,嘿嘿一笑:"兄弟,不好意思了。鄙人,穷人。"

"什么意思?"

"车是我哥们的。"络腮胡指指已坐回路虎车上的骚浪贱,"这妞,我想泡。你懂的。"

赵高一把拽开络腮胡的手:"你什么意思?!"

络腮胡嘴里吐出一个烟圈。烟圈像根绳套绕在他的颈脖上，久久不散。思索良久，摸出一本证件，是学生证，医学院的。

"鄙人，未来的医生。你这种皮外伤到医院统统加一块算，不会超过三千块，这还加上拍脑部 CT 做全套检查的费用。不能白打你一顿。不过精神损害金赔付的前提是得够上伤残等级。这样吧，你脸部多处软组织挫伤，肯定够不上伤残，我也按伤残 10 级的赔付标准给你五千块，再加上两千块交通费、误工费啥的，凑个整数，一万。哥们够意思吧。"

络腮胡的笑容是那样坦荡真诚，见赵高点头如捣蒜，嘴里又喷出一个晃晃悠悠的烟圈："我打个欠条给你。证件押你这儿。"

"别，千万别给我来这套。"赵高恼了，这是要把他当猴耍的节奏嘛。

"两千三百四十二元零五角。我一个月的生活费全部在这。你要不要？现金。这事就拉倒。唉，本打算揍完小白脸，与妞撸个串，就着啤酒畅谈人生，半夜再找个酒店互相抱着取下暖。这回……只能去找个僻静野地车震。"络腮胡皱眉，摸出钱包，恳求道，"我下午数过的。兄弟，能否给我留个三百撸串钱？我是真没钱了。支付宝里还欠着花呗一万多呢。"

赵高鼻子差点痉挛。取过钱包，数了两千揣入口袋，把剩下的塞回去，声音里都快哽咽了，拍拍络腮胡肩膀："兄弟，替我日死她。"

络腮胡大喜，啪的一下给赵高行了个礼："Yes，Sir。"

医院是讨论生死之地，凝视疼痛之处，亦是众生邂逅的神奇之所。鼻青眼肿的赵高居然在输液室碰到一脸焦灼的徐瑶。就是那个人间尤物，一身白底蓝碎花的家居服，这让她的美从云端来到人间，不再刺人双目。

徐瑶屈膝蹲在一个小男孩面前，露出颈部一段白瓷般的光滑细腻。

赵高觉得血液中有些东西在沸腾，情不自禁地咽了下口水。

止渴。

真美，比湖里的天鹅还要美。不对，这个比喻太蠢了。好看的女人果然是站着也美，走着也美，躺着也美，蹲着也美，穿什么样的衣服都美。但这种美会让男人的智商急速下降。赵高闭眼，做白骨观，做不净观。

小男孩，八九岁的模样，眉清目秀，但说出的话要把人吓死。

"妈咪，你若生小弟弟，我下回就改喝洁厕灵！"

这可不是一般的熊孩子，果然是遗传了母亲的好基因，一句吓死人的话也被他说得这样风轻云淡。赵高一惊，暗暗跷起大拇指。母子之间的对话就像是一场外交家们解决国际争端的谈判，其间有迂回，有曲折，有银瓶乍破铁骑突进，有罗马方阵，更有无赖手段，但端得是煞有外交家的风度，声音分贝就始终没超过60。

赵高算开了眼界。他八九岁的时候只晓得背诵春眠不觉晓，远远地看邻居大哥们打架斗殴，蹲在街头无所事事；又或者是挑木桶，拿着粪勺，跟在父亲身后去自留菜地里浇水拔草。人与人的差别有时真如同两个物种。这小孩的智商、知识面、心理素质、表演才能等，是对当年的赵高的全方位碾压。

小男孩不出意外地大获全胜，心满意足地在徐瑶脸颊上吧唧亲了口："谢谢妈咪。"问徐瑶要了手机，注意力集中在屏幕上。护士给他插上针管。小男孩哼都没哼一声。徐瑶起身。可能是蹲久了造成的暂时脑部供血不足，一个趔趄差点摔倒。看见侧后方坐着的赵高。徐瑶下意识地用小指把腮边散乱的鬓发勾至颈边。赵高点头示意，扬了扬手机，示意她去看手机。徐瑶点头。

两人眼神各自迅速移开。就暂时当彼此是陌生人。这里不是说话的地方。

赵高口观鼻，鼻观心，继续默念《般若波罗蜜多心经》。

但，今晚就是邪性。

赵高身边还坐着一对年轻情侣。男的是个病号，方头方脑（好像接生婆拿斧头削过），戴着个耳机闭目养神；女的留着刘海，剪着短发，一直在刷手机，模样很有点恬静温婉岁月安稳的意思，没想到突然抬头，还把下巴朝向徐瑶处，石破天惊来了句"你家孩子，长大后就是一个精致的利己主义者"。

这个判断，赵高基本认同。可刘海是操哪门子闲心呢，这是赤裸裸的挑衅。赵高相信徐瑶这位回眸一笑百媚生的主儿，皮囊之下那真是有一副铁娘子的筋骨，且绝对具备全天候、全地形作战能力，看她刚才的舐犊情深，今天自己的吃瓜群众是妥妥的了。

赵高弄缓输液管的调节阀。这个时候若能再来一盘冰镇西瓜与一听嘉士伯啤酒，那人生真是不要太幸福了——啊，人生苦短，若是学不会苦中作乐，那真是没法在这个糟糕的世界上多挨一刻,所以小确幸是好的;若是没有小确幸,小确丧也是好的。

徐瑶抬眉,目光里就有了刀子。不是一般的刀子,是刀身布满丝绸织纹的大马士革刀。女性是多么神奇的一个物种!瞧瞧徐瑶此刻的迎敌姿态,再想想她刚才那副蹙眉揪心我见犹怜的模样,著名川剧表演艺术家、变脸艺术传人王道正先生若在这里,怕也会立刻恭恭敬敬退避三舍,让出舞台。

赵高都想为徐瑶鼓掌。

徐瑶没有辜负方圆数米屏气静息、瞪圆双眼的吃瓜群众,瞥了眼对手,眼里的刀子一转,瞬间化为绕指柔,拍拍小男孩的胳膊肘:"小宝,在公众场合大声喧哗,这叫什么行为?"

"不文明的行为。"小男孩瞅了眼短刘海,轻声细语道,"小姐姐,你小时候爸妈都这样教你的吗?"

个别吃瓜群众憋不住笑了。这母子俩一唱一和还真是把怼人这回事提升到一个艺术层面。

赵高再次感受到那种强烈的被碾压感。徐瑶就不说了。小屁孩的心理素质与应变能力太好了,不敢说是天才,起码是一个训练有素的结果。

刘法何德何能,娶了这样在外能打拼赚钱、在内能持家教子的妻子,居然还有心思去外偷腥?苍天,请你降一道雷,劈死那个极品渣男。

刘海蹦起身。脸是红的。

徐瑶道:"小宝,妈咪是怎么教你的?批评人要注意场合,不要在公众场合或人比较多的地方。哪怕别人确实做错了，也最好是事后私下委婉提出。"

小男孩眨眨眼睛，一脸狡黠："小姐姐，对不起。我不能委婉地骂你没家教。"又扭过头问徐瑶："妈咪，书上说人类是唯一会因为羞耻而脸红的动物，是真的吗？"

刘海的眼珠子都赤了。

她的全身肌肉、呼吸频率、脖子后的汗毛，甚至手指头的温度……都开始了愤怒。这是要掀起光掀起电掀起那激动人心的风暴？

时代变了，剧情提速，这就直奔高潮？是不是就快到了他大喝一声如西门吹雪鹰击长空凌波微步闪亮登场的时刻？赵高摸摸下巴，忘了他手臂上插着的输液管。

生活果然精彩。各种层出不穷的精彩。

刘海没给赵高机会，跺脚，转身，一把揪落男友的耳机："你是死人啊！就看着你老婆被人欺负？！"方脑壳这才如梦初醒，惊坐起："怎么回事？"

"你！老！婆！被！人！欺！负！了！"刘海一字一顿。

方脑壳四顾。围观群众纷纷低头去刷手机屏幕。没手机在手的，也赶紧去看地板或天花板。刘海指着小男孩，语速飞快。没扭曲事实，但是在断章取义。对自己的鲁莽轻描淡写一笔带过，重点强调徐瑶母子俩骂自己没家教。

方脑壳的脑袋还真不笨，马上抓到问题的关键："你为什么要说人家长大后就是一个精致的利己主义者？"

不对，还是笨的。老婆都急眼了，居然还有心思做是非判断，读书人果然是孔乙己投胎转世。这宇宙里最大的"是"还有大过老婆的吗？

老婆即道路，即目标，即真理，即信仰。不明白这个道理的男人是不可能成为一名优秀的小三劝退师。

"我们国家就是被这些人渣败坏的。他们做得，我还说不得？"刘海气急败坏。

"人家还是个小孩子。你怎么知道他将来就一定是？你若真有这个未卜先知的本事，咱俩等会儿就去买彩票。中了奖，别墅买俩，一套住，一套用来养猪。你看这样好不好？别生气了，乖。"

"别给老娘来这套。种下的是杏仁核，长出来的就一定是杏树。"

姑娘吼了。

"那与你没关系。"

"怎么跟我没关系？乡愿，德之贼。每个人都是广袤大陆的一部分。我们的国家，我们的民族就是这座广袤大陆。"

刘海的眼里有了晶莹泪水。

赵高与某名吃瓜群众的视线撞了下，彼此皆露出心领神会的笑容。屠格涅夫《门》里写过一个俄罗斯姑娘，那是一位多么纯粹又富有高尚理想的姑娘啊！刘海是被那姑娘附身了？赵高去看方脑壳，小声咳嗽。赵高是不想咳嗽的，但这喉咙里的痒实在是没法忍住。方脑壳脸上有了尴尬的表情："求你别掉书袋行不。又是孔子，又是约翰·多恩，这会让人精神错乱的。咱们回家慢慢说好吗？"方脑壳拔掉输液管的针头，想鸣金收兵，不再为某个已经憋笑憋得双肩发抖的个别吃瓜群众免费表演相声。

"今晚这事你到底管不管？"

刘海已亮出指甲。指甲在嗖嗖生长。方脑壳额生细汗，赔笑："咱们回家一起看《经常请吃饭的漂亮姐姐》。你上次说演那个徐……"刘海赏给了方脑壳一个嘴巴，泪水夺眶而出："回家咱们就离婚！"

这巴掌真响。刘海呜咽，掩面飞奔。红色的血从方脑壳手背创可贴处渗出，一点一滴落在大理石地面，梅花一样。满头大汗的方脑壳打算拔腿追。他拔了针头，忘了滴流管还绕在手腕，挂药水的钢支架被牵倒，重重地，砸在仍沉溺于吃瓜群众心境中的赵高脑门上。

真准，是太阳穴。

赵高倒下去的一刹那，看见徐瑶的目光。

目光是冷漠的，也是轻蔑的，是隐隐嘲讽的，也是无情的。也许还有别的，肯定没有怜悯。在上等人，或者说在自我感觉是上等人的眼里，像赵高这种人本来就是一只夜壶。是擦屁股的纸。

徐瑶在人有三急的时候也是美的吗？

这个突兀问题出现在赵高脑子里。也许，美并非一种绝对值，是人的抒情，对有限之物的修辞与比喻，是人的发明，而非发现，是人对试图补足自身脆弱性的投射与移情。甚至，只是这个操蛋时代一小撮男人的密谋结果，是这个过度消费社会里一个被精心孵化的符号，是资本追逐更大利润时的媒介，是权力发泄欲望时的马桶。

赵高听见自己冷笑一声。不过他很快就忘掉了他的这声冷笑。如果说徐瑶的颜是一颗催眠药,他在服用催眠药后所遗失的智商与技能,还没有完全回到他体内原来的位置。

一个小时后,头上扎好绷带的赵高接到徐瑶电话。

这回赵高没有忘了通话录音。赵高言简意赅地说了饶美丽的要求。还特别强调了刘法把饶美丽带回家的事,饶美丽还知道她家客厅里那架牛逼闪闪的施坦威钢琴。徐瑶沉默下来,赵高也没催,隔着走廊与一脸歉意的方脑壳摇手再见,又顺便去医院楼下超市要了一听冰镇啤酒,就坐在超市前面的石阶上喝,慢慢喝,一点也不着急。等赵高打算再去超市拿听啤酒的时候,徐瑶说可以答应饶美丽的条件。不过她还有一个故事,得烦请赵高转告饶美丽。

说是故事,根本没有什么跌宕起伏的剧情,就是一个小三劝退师,雇了个艾滋病人做搭档,业务做得风生水起,无往不胜。这不是故事,腾讯新闻里有报道,中部某城市,有个小三不肯退让,被艾滋病人真拿针扎了,闹到法院。

这故事是说给饶美丽听的,也是说给赵高听的。这哪是什么故事,就是对饶美丽的警告与威胁,还有对赵高业务能力的鄙视。

赵高有点明白儿刘法为什么要找饶美丽。

不过这跟他已没有太大关系。赵高老老实实承认自己的无能。提出愿意返还定金。没提双倍返还。这段时间没有功劳也有苦劳。让徐瑶把支付宝账号给他。徐瑶嗯了声,说还有点事以后再说,就挂断电话。

3

从医院出来后，赵高没敢叫出租，叫了辆沉稳稳重的专车。车到后，前后左右上下都看了一遍，确认地上的窨井是有盖的，头顶没有随时可能坠落的广告牌霓虹灯铝塑门窗，四周也没有劈波斩浪飙出60码的电动车与戴着耳机疯狂夜跑的健身达人，这才小心翼翼挪进车内，再三叮嘱司机"开车别太快，太快火葬场"。司机脾气不错，连翻几个白眼后没说啥。到家，赵高往沙发上一躺，又是一杯冰啤酒落肚，这才惊魂稍定。

地球太乱了，可惜他又没有哪家亲戚能与号称要把人类送上火星的马斯克扯得上关系。赵高点开手机，搜索了马斯克的新闻看了半天，唉声叹气起来。人家白手起家，三十岁就投资1亿美元创办美国太空探索技术公司，后来又搞了特斯拉，把世界远远甩在身后。真是人比人气死人。又想，果然是在家千日好，出门时时难。最好，这个家里还能有良田千顷，美婢十名，园林一座，几块叠石，半亩奇花异卉，若干帮闲。尤其是这些美婢，无一不精研《女诫》，深具中国传统女性的美德。

赵高脑补了一回自己穿越到古代生活的画面，晚明也行，大唐勉强，最好是宋朝，就算没资格与"环滁皆山"的欧阳修当食客，起码七天的黄金周假期，人家那时一年就有五个。几本宋人笔记的电子文档一直在赵高手机里搁着，这回想起来马上找出，刚看了眼"城池苑囿之富，风俗人物之盛"，手机响了，不依不饶。是饶美丽打来的,这姑娘是怎么了?

这是把自己当啥了,小三劝退师也是有职业尊严的好不好?

"过来,要不我就从这楼顶跳下去。"

饶美丽的声音有点儿像《这里的黎明静悄悄》里大义凛然的热尼娅,不对,是精神接近崩溃的嘉莉娅。赵高打了个寒战。还没开口说话,那边又冒出一句:"打错了。呃。"声音醉醺醺,有气无力,还打了一个响亮的嗝。喝酒有五种语言,按先后顺序大致是:欢声笑语,豪言壮语(花言巧语),胡言乱语,不言不语,自言自语。饶美丽这是在胡言乱语,还是自言自语?

赵高卧倒,继续看书,看了几行,看不下去。一个姑娘独自在楼顶喝酒的画面,还有那句"我就从这楼顶跳下去"的声音,就在眼前颠来倒去。

姑娘是在威胁谁呢,闺蜜,还是刘法?

大概率是后者。姑娘,45.7万虽然还没拿到手,好歹已经报价了,这还有没有一点契约精神?

赵高严肃批评了一声饶美丽,埋头看书。看到"缅怀往事,殆犹梦也",长叹,发现胸腔里冒出一只通体透明的小动物,伸着爪牙,左抓右挠。还真想把这只呆萌可笑的异兽揪出来扔到窗外去,终究没挨不过小兽的啮咬,抓起手机回拨过去。

万一跳楼了怎么办?哈姆雷特的魅力是那样大。

这若真跳了,他这余生怕是过不好了。

"饶老师,在干吗呢?现在都凌晨1点了。你这是要斗酒诗百篇,还是常记溪亭日暮沉醉不知归路?"赵高不好意思说噪声污染。

还真是喝成一只醉鬼。

"你谁啊?"

"我赵高,咱们晚上不是刚见过面的吗?"

"哦,是你啊。有什么事吗?"

"没事,就问声好。我挂了。"赵高想了想,"还有,别一个人在楼顶喝,去酒吧。1912街有家老站,老板是我哥们,你报我的名字,能打七折。"

"无事献殷勤,非奸即盗。"

小姑娘的警惕性还真高。赵高打着哈哈,挂断电话。几秒钟后,饶美丽的电话再次拨来:"赵老师,我有个问题想请教您。"

"别您啊您的。你这样礼貌,我还一下子接受不了。有什么事,请吩咐。"

"我刚看见我妈了,我妈说我这样把爱情卖了是不对的。"

赵高打了两个寒战。

难道说饶美丽的妈与那个不知名的浙江人,是祝英台与梁山伯转世。安徽有个诗人,叫陈先发,写过一首《化蝶》,里面一个句子,赵高记得清楚:

她忍住百感交集的泪水
把左翅朝下压了压,往前一伸
说:梁兄,请了——

赵高没敢吭声。

姑娘，你那叫嫉妒，叫孤独，叫荷尔蒙作祟，叫力比多升华，叫不道德的交易，叫斯德哥尔摩综合征，叫创伤后应激障碍……叫啥都行，千万别叫爱情。能卖的，就不是爱情了。范柳原与白流苏的那个，那也不叫爱情，叫生意。流苏在浅水滩避难时心里想的那句话，只不过是生意人在面对无可抗御的生命劫难时的抱团取暖与自我催眠，是两个溺水人分别把对方当成稻草，在意识到稻草的真相后的同病相怜，相互慰藉。

这样说真绕。简单点。爱情就是穷人为了赢得交配机会，发明出来的谎言。后来穷人翻身变成上等人，就把这个谎言升华为一种文学语言，一个游戏概念，一件牟利工具。

"既然你妈这样说，你就再慢慢考虑下。我挂电话了。"

这句话一出口，赵高就知道他又犯错了，身上有了鸡皮疙瘩。人家的妈都过世八年了，人家这明明是活见鬼了，他这还真是哪壶不开提哪壶。饶美丽的声音立刻哽咽，都不带一刻停顿。

"我妈都过世八年了。"

饶美丽呜呜地哭。赵高没法挂断电话了，耐着性子听着饶美丽越来越大的哭音，心想这剧情再照这个节奏下去，饶美丽怕是要出演安吉拉·卡特笔下《扫灰娘》的女主。犹豫，纠结，口腔里的那根肌肉却自动弹出两字："在哪？"

饶美丽号啕，还真像一个溺水的人抓住一根稻草："我在汇远大厦楼顶。"

哭得这样上句不接下句，哭得此般愁云惨淡天地同悲，居然还能听见他那根舌头在没有请示大脑擅自弹出的且分贝绝对不超过 45 的两个汉字?

女人啊女人,你果然是茫茫寰宇最神奇的物种。

还能说啥?赵高披衣出门,一路上诅咒着自己的软心肠,又同时赞美着自己的善良,赶到汇远大厦。保安睡着了。一张饱经风霜的脸。脚架在另一张椅子上,不知道梦见了什么,一个中年男人睡得跟个婴儿似的。赵高没敢打扰,轻手蹑脚上电梯。天拉个噜,饶美丽还真的独自坐在天台外沿。汇远大厦不算太高,大概十三四层,这要是一阵大风吹来,这个年轻的肉体还是要变成一块肉饼。

夜里风大。赵高以手掩额。

"我刚才想,若是再过 10 分钟,你若是没过来,我就真跳下去了。"

饶美丽的一双眼睛在夜幕里闪闪发光。

"真的?"

"当然是真的。不过不是朝外跳,而是现在这样跳。"

饶美丽屈身跳回到楼顶。

"你真是一个好人。是不是你遇见过的女人最后都给你发了好人卡?"

这话真毒,但,也真是事实。

赵高愣住了。

这个夜晚赵高陪着饶美丽俯瞰全城美景,听着饶美丽痛说家史、恋爱史,闺蜜与同事间的各种八卦撕逼,一直到晨曦破晓,眼瞅着饶美丽越来越精神,感慨着年岁不饶人,提醒阎王爷万万要记得在阴德簿上不要忘掉给他记下重重一笔,就开口告辞,说回家补觉。

赵高没提与徐瑶电话的事。

饶美丽做过几个瑜伽动作,在灿烂霞光下露出腰肢的一小段月牙白,突然说道:"看过《蛮荒故事》吗?又名《生命中最抓狂的小事》。"

"看过。"赵高承认。

这是一部黑色喜剧,由6个独立短小精悍的故事构成,但刚好构成一个神秘惊悚的六芒星图。第一个故事是说一场蓄意制造的空难。机长把与自己有过节的人全弄到这架飞机上。第二个故事是说一件餐厅里的凶杀案。懦弱女招待不敢报仇,临阵退缩反被有不共戴天之仇的客人殴打时,老板娘果断出手。第三个故事是说一场车祸。在路怒症面前,屌丝男与奥迪男取得平等,结局是同归于尽。第四个故事是说一次恐怖袭击。一个循规蹈矩的人是被严丝密缝的条文逼成一个炸停车场的恐怖分子,因此咸鱼翻身,有了鲜花与掌声。第五个故事是说一桩顶包案。富二代飙车撞死孕妇,顶包者讹诈到别墅后,出门后被受害者家属砸死。第六个故事是一场盛大婚礼。新娘得知丈夫的炮友居然是嘉宾,跑到楼顶天台,当着新郎面与厨子来了一回OOXX。这不是关键,关键是他们最后居然原谅对方了。

"最喜欢哪个?"

"都喜欢。"

"我最喜欢第六个。要不,我们来一下?"

"你说啥?"

"我说,我们来一下。"

饶美丽仍然保持着瑜伽一字马的姿势，没看赵高，看天际寥落几颗晨星。紧接着，起身，腰肢慢慢后仰，身体形成弓形，最后她的双手碰到了坚硬的水泥地面，就像一只柔软的祖露出小腹与阴阜形状的四脚动物。

"来啥一下？"

赵高有点懵。

"你这人真没劲。"

饶美丽翻转身，开始盘膝收腿。

这是莲花坐。瑜伽动作中最放松的姿势，据说是调息和冥想时的极佳体式。

赵高认得。

这还是昨晚那个要死要活的姑娘吗，还是那个高冷面瘫的姑娘吗，还是那个口口声声爱情的姑娘吗？

这个姑娘，赵高有点儿不认得。

年轻真是太好了，一宵折腾，脑子里的荷尔蒙还是满的。赵高心里有了一些荒谬感。荒诞感其实没那么糟糕，至少它让人生的苦变得不那么难以忍受，是戏剧元素，身陷其中的人大可以"唱、做、念、打"。

人生如戏，全靠演技。

赵高默立，干巴巴地说了声："风大。"

赵高拦了辆的士，平安到家。肉身一接触到床铺，眼前所见，脑里所现，耳中所闻，顿时化作一片乱云飞絮。强撑着双眼皮，开了空调，哀号一声，立刻躺倒去找周公。

这一觉就睡到午时。睡得心满意足，胯下那物什自然勃起，不予理会,揉睡眼,伸懒腰,哼三字经,去摸枕边手机,一个激灵,人就从床上站起来。

手机不见了。

赵高惊恐地想起一个可怕的事实,前天晚上他重装手机系统,在拟设置开机密码时,接听一个兄弟的电话,当时就心急火燎赶出门,忘了密码这茬事。换句话说,在捡到他手机的人眼里,他就是一个裸奔男。

尽管屋内是开着空调的,赵高的额头还是立刻泌出一层冷汗。呆立半晌。祈祷福尔摩斯附体。

福尔摩斯若来不了,名侦探柯南肯来帮忙也是好的。

福尔摩斯与柯南都忙?

得五体投地祷告。

马上翻箱倒柜,蹿高伏低,连床铺底下也爬去检查了一遍。

还是没有。

不能再抱有侥幸之心。赵高打开笔记本电脑,百度"手机丢了怎么办",心里更慌了,套了件老头衫,抓起钱包窜出门,想找部公用电话,街头没有,几家店里也没有——我们国家的主要矛盾已经是人民日益增长的美好生活需要和不平衡不充分的发展之间的矛盾。公用电话这种落后事物早被全面淘汰。

幸好,幸好,还有一家便利店。

幸好便利店风韵犹存的老板娘是赵高熟悉的。

赵高冲进门:"借我手机。"

老板娘二话没说搁下面碗,递来手机。

赵高一拨，心凉一半。手机关机。未必不是好事。马上拨打95188，要对支付宝进行口头挂失，耐着性子输完身份证号码，再按人工智能语音的提示按键操作，没用，骂娘也没有用，又兜回到原点，还得重新输入身份证号码，再接转人工台服务，客服忙，无人接听。

赵高伸腿踢墙。

墙给予了坚决果断的反击。

老板娘已弄清原委。

"打95188没用。昨天一个客人打了半个小时还没有打通。你赶紧去手机营业厅现场办理。记得拿上身份证。"

赵高道谢。离家最近的联通营业厅在云山路，有约八百米距离。拦了辆的士，听说是去云山路的，司机马上说是交班时间。大清早的交啥班啊。人家这是嫌路短。灰溜溜下来，五分钟后又拦住一辆，听司机又说到了交班时间，赵高急中生智，拍出二十元："不用找了。"

钱啊，你这人类灵魂的帝王，尊严果然无比尊贵。

赵高赶到营业厅，推门一看，凉了一半的心又被兜头浇了盆雪水，还是南极洲的千年雪水。上百位老年朋友摩肩接踵，一片夕阳红的欢乐情景。赵高哆嗦着嘴唇，一问，原来是搞积分换礼物的活动，能换五十元的电话卡。

排在第一位的是个颇有几分仙风道骨的老头儿。

赵高抽出一百元往他手里塞："大爷，我手机丢了，得赶紧挂失，能否帮个忙？"

老头儿没接钱,也不吭声,侧身让出前面的位置。这是志士不饮盗泉之水?赵高想往里面挤。队伍中间的某大妈不乐意了:"排队。"

赵高当自己是聋子。柜台里面的营业员不是聋子。没接赵高双手递上的身份证,眼神空洞地望着电脑屏幕,牙齿缝里冒出两个字:"排队。"

赵高瞬间理解了《蛮荒故事》里那个秒变恐怖分子的工程师。若手上有把 AK-47 步枪,他还真有点控制不住自己。等等,这个营业员是谁?好生面熟。没有了淡蓝色的眼影,一脸死气沉沉的僵尸脸,但眉心痣错不了。

这就是昨晚的骚浪贱啊!

难道络腮胡昨晚没有让她体验到梁羽生笔下那种"生命的大和谐",又或者说骚浪贱识破了络腮胡的屌丝真面目?

赵高胡思乱想。仙风道骨的老头儿用手指头,很礼貌地捅了一下他的腰眼:"请让一下。"

克制果然是一个人最好的美德。别人生气我不气,气出病来无人替。赵高没有理会老头鄙视的目光,气喘吁吁地对着人龙挥舞钞票。

"一百块,谁给我让个位置?"

一个驼背妇人想伸手抓这张钞票。她排在第五位。

一个黑瘦妇人抢在驼背妇人前面伸手抓住这张钞票。她排在第三位。她上辈子一定练过鹰爪功。赵高手背上有了几条血痕。

驼背妇人不乐意了。俩妇人隔空骂战,手指头飞来戳去。一个说对方的嘴巴是专门喷粪的，就差这一百块买卫生纸擦干净；另一个骂对方媳妇属螺丝的，欠拧，需要这一百块请个水管工上门。骂得精彩，可以到大学课堂讲授一门创意骂人的课程。始终就没偏离这一百块钱的主题。若是吃瓜群众，赵高必定兴致盎然，这次只想磕头喊这两位大妈叫奶奶。秩序骚乱。赵高眼瞅着保安眼神不善——这是要把肇事者驱逐出场的执法眼神。当即掏出另一百块，一人手里塞了一张，大喝："你们俩的位置我都买了。"

"人生如戏，全靠演技"后面还有八个字——

演技不够，拿钱就好！

赵高开始祷告，过往的神灵啊，路过的亡灵啊，犄角旮旯里藏着的生灵啊，还有天上的圣灵阴间的死灵……急急如律令！不对，自己又不是捉邪驱鬼的茅山法师。

得换个虔诚的姿势。

先拜菩萨，文殊菩萨观音菩萨普贤菩萨地藏菩萨大势至菩萨；再拜西天诸佛，托钵的释迦牟尼佛托塔的药师佛趺坐莲花的阿弥陀佛，啊，真想拜一下斗战胜佛，求他老人家奋起千钧棒。不行，这一棒子下来自己也要化作万里埃；要拜下天庭，玉帝爷掌管三界六道十方内四生的一切阴阳祸福；奥林匹斯十二主神必须拜，今天这个世界就奠基于希腊文明之上，宙斯赫拉赫斯提亚波塞冬德墨忒尔雅典娜阿波罗阿尔忒弥斯阿瑞斯阿佛洛狄忒赫菲斯托斯和赫尔墨斯……你们的关系真有点乱啊；还有印度的梵天毗湿奴湿婆，北欧的奥丁索尔与世界大蛇耶梦加得，所有大大小小神灵，请听吾一卑微生灵之至诚祷告。

祷告了 37 分钟 4 秒，赵高熬到窗口，长吁一口气，递上身份证。

这回用的是单手。

骚浪贱审视了零点几秒，头都没抬，用一种近乎人工智能 AI 的机械口音说道："过期了。去区公安分局办证大厅重新办好再来。下一个。"

赵高脑子里面有一吨 TNT 爆了。

低头仔细一看，身份证还真过期了。过了三天。

赵高努力挤出一丝媚笑："美女，我这不手机丢了嘛，能否通融下帮着先挂失一下。这不才过期三天，拜托。"赵高这回看清骚浪贱胸口挂着的工牌，周静。

周静的眼睛没有离开电脑屏幕，指了个方向，手臂像是在行纳粹礼："经理室在那。"

经理挺年轻，估摸着不到三十。

赵高进门就是一句："小姐姐，帮我。"没喊美女，现在美女只是女性的代名称，是对那些真材实料的美女的不尊重。更重要的是，现在的年轻职业女性多半热爱韩剧。现在最流行的韩剧就是小姐姐们在情场职场的辗转腾挪。赵高没有辜负他恶补过的情感攻略、喝过的心灵鸡汤，五分钟后，嘴角噙笑的小姐姐踱进柜台嘱周静做了挂失，又全然不顾四周人如芒如刺的眼神，轻言细语道："你还是得赶紧去重办身份证，要不没法补办新卡。"看着想悬梁自杀的赵高，又补了一句："你记得当时的密码吗？若记得，也行。"赵高缓缓摇头。小姐姐露出一副哀其可怜怒其不争的表情。

赵高都想与小姐姐加个微信发个红包安慰她的心灵。

有部电影叫《罗拉快跑》。

影片中女主角弗兰卡·波坦特在拍摄中七周没有洗过一次头发。

多性感的姑娘啊，活色鲜生，滋滋作响。为了爱情，奔跑在只要有毫厘之差人生就会大不同的三个时空。

没有拦到出租车的赵高沿云山路，奔裁衣巷，去将军庙，至新仁坊，到西门口，再拐入平山铺，远远地望见那幢高大威严的建筑物，两条腿已软得像两根煮熟的面条。

赵高把自己这一百多斤的重量挪进屋。一寸，二寸，三寸。

古人说得好，积跬步以致千里。

古人又说得好，世上无难事，只要肯攀登。

这是赵高第一次来。

办证大厅的警花与联通营业厅的周静还真是两个星球的生物。干练，高效，全程是露出八颗牙齿的微笑。就没有一颗龋牙坏牙变色牙，一律细密洁白整齐。这不仅是一个百里挑一的结果，还需要一个极严苛专业的培训流程，才可能打造出这样一支赏心悦目的高素质团队。

赵高感觉他像进了KTV，不对，是大观园，他是刘姥姥进大观园。四下打量，捡了个长得特别像晴雯的，涎着脸喘着粗气凑上前。晴雯看完赵高手中的材料，笑眯眯道："先生，光有原件不够，还得有户口簿。"

赵高是集体户口。这得回离职两年的前公司人事部拿。再多跑一趟本来也没什么,关键是昔日的人事部主管,一位须眉男儿,曾对赵高眉蹙春山眼颦秋水。赵高觉得自己欣赏不了这幅山水画,结果……地球人都懂的。赵高的人事档案也在原公司。有一次赵高想把档案拿出来搁人才市场去。人才市场说要公司开证明。赵高跑回去与须眉男儿商榷。须眉男儿说:"让他们开证明来。"那番折腾让赵高差点产生幻觉,以为自己是《第二十二条军规》里被印糊掉的宋体字。

赵高的脸变绿了。

晴雯还真是一个善解人意的好姑娘,不忍心看到眼前这个额冒虚汗、脸色灰绿的男人心脏病发,眉间微蹙,思索片刻:"要不,我给你先办个临时的?"赵高如闻玉音,双手情不自禁胸前合十:"姑娘,你是大慈大悲的观世音菩萨。"

取临时身份证,在营业厅换过新卡,拒绝了小姐姐推销苹果手机的哀怨眼神,朝着周静那个方面比了一个中指,说:"就她这种态度,哼!"扬长而去。在苏宁云商刷卡买了台最新款的华为手机,当帅气的导购小哥把卡插进机槽的一刹那,傲娇的柯南大侦探终于光临赵高的脑皮层——

那只手机就丢在与饶美丽一夜恳谈的楼顶,在水箱东南方向的水泥墩子上。

整个世界纤毫毕现。赵高的眼泪差点下来了,自己的愚蠢赶得上……哈士奇。就是正在苏宁店门口委屈蹲着的那条。手就不受大脑指挥,大庭广众下就给自己来了一记嘴巴。声音太响。脸上浮现出五根指印。导购小哥吓住了,眼神无辜道:"哥,你要是嫌贵,现在就退。"

赵高抓起新手机,又开始一路狂奔。罗拉算什么。赵高都觉得自己飞了起来。

楼下已经不再是那个睡得像婴儿的中年保安。
楼顶空空荡荡。

4

名侦探柯南没有抛弃赵高。

饶美丽所待的公司就在这幢汇远大厦的第七层。赵高找到端坐在格子间里的饶美丽。饶美丽噼里啪啦地敲着键盘。看样子是在全神贯注地写着什么,太阳穴处隐隐鼓出几根青筋。这个小小的身体里蕴藏着无限能量,活像一只能战斗到世界末日的小强。赵高深吸一口气,敲敲桌子:"手机。"

饶美丽如梦惊醒,眼神还有点儿失焦,看样子还没有从这个电脑屏幕的囚笼里清醒过来。赵高再次敲了下桌子。

"你说啥?"

"手机。"

"哦,在这。"

饶美丽摸出赵高遗失的手机。

"谢谢。"赵高说。手机机身发烫。尚有 87% 的电量。饶美丽十有八九看了他的手机。该死的,不是十有八九,是肯定,绝对,一定。这是要被诅咒下地狱的。这是对他人隐私权的肆无忌惮的践踏。亏得自己还担心哈姆雷特杀死她。忘恩负义的家伙啊。

赵高的嘴角有点歪了。气出病来无人替的下句是什么，我若生气中她计？不对，医生说气病难医？也不对，节奏韵律不对。当务之急是弄清饶美丽都看了什么。赵高深呼吸。

制怒。

这是林则徐林大人贴在办公室里的著名条幅。

"等等。"饶美丽说。

饶美丽斜对面坐着的一个圆脸女孩抬起头，一脸焦灼："美丽，就差你的文案了。十分钟后就要交。"

饶美丽朝圆脸女孩比画了一个嘘声的手势，不由分说拽起赵高的胳膊："哥，咱们找地唠下嗑。"什么时候自己成她哥了？饶美丽一个江西人，为啥要学东北人说话？还没出门，一个主管模样的女人拦住去路，语气极不耐烦地说道："小项，文案好了吗？领导等着要。"

每个公司，是的，每个公司，不分国企民营，一律至少存在着这样一个女主管，好像是上帝在构思人间这个剧本时，所故意设置的固定套路，容貌各异，性格不同，但不约而同，都觉得公司是她家的，对下属各种吹毛求疵，横眉冷对。

赵高双手插入裤兜。

饶美丽突然展眉，弯腰，像餐厅服务员迎人进门时那般，做了一个极夸张的动作。这不是在表达歉意与谦卑。这是在挑衅。

"李主任，对不起，我有急事先走。很急的事。你对领导说一下，明天再看死不了人的。若实在等不及，我等会呈上辞职申请。"主管一怔:"你说什么?"

"才疏不能胜任,薪酬不能持家。"饶美丽扬起脸,还特别拽了下赵高的胳膊,"听不懂?哪天我找时间给你翻译下。不过,现在我忙,拜托让一下。"

大厅里有掌声响起。女主管猛回头。掌声立止。所有人仍然是格子间里安分守己的小动物。这种氛围,赵高熟悉。加多宝有一句经典广告:"还是原来的配方,还是熟悉的味道。"饶美丽拉着赵高扬长而去。

仍然是楼顶。

但是不一样的风景。尤其是饶美丽的身子几乎就紧紧贴在赵高手臂上。这能充分感受到一个年轻女性乳房的弹性与温度。男女授受不亲的时代才过去多久?不是自己不明白,时代变化太快。而且其周期也不再是十年,是五年,三年,一年,甚至三个月。三个月时间,就已经沧海桑田。

赵高这上楼的一段路走得有点艰难。饶美丽恍若未见,快步流星,鼻尖泌出一滴汗。这是一张满满胶原蛋白的脸。谈不上有多美,但胶原蛋白本身就是美好。当然若有得选的话,他肯定是选徐瑶那种。

"什么事?"赵高尽量放缓语调,与饶美丽拉开距离。

身下是鳞次栉比的楼群,像船,大小不一,颜色迥异,晃眼;正前方是几幢镶着玻璃幕墙的摩天大楼。一团团火在墙面上燃烧。让人心神不安;再上方是鸟群与云层,它们好像是嵌在穹窿里,不动。有点诡秘;再远处,是下午5点钟的太阳,高而明亮,又令人如置身梦境，而且是噩梦。

赵高的目光在饶美丽的眼梢、急促扩张的鼻翼、沾有小块华夫饼的唇角，一一停留。这是男人看女人的方式，通过皮相看见她们的骨头。

都说女人是水做的，有骨头的女人赵高还真没见过几个。

饶美丽喘匀气息，凝视着蔚蓝色的天际线："为什么在楼顶看这个城市总觉得很美？不管是夜里来，还是白天来。不管是晴天来，还是雨天来。"

赵高没吭声。

有耐心者，将得到所有。这是富兰克林说的。

"为什么我平时在街头上走着，又或者在这楼的二三楼往下看，总觉得这个这城市很吵很脏很丑陋，一点也不美？"

赵高还是没哼声。

豹子是高居食物链顶端的存在，在捕食羚羊时却能隐身草丛数个时辰，一动也不动。——这是赵忠祥解说的《动物世界》里面的画面，不能白看。

"因为高度。"

饶美丽嘴唇翘起，伸手画了一个半圈，脸上浮现出一种似乎混合了梦幻、悲伤、痛苦与憧憬的奇异表情："我每天辛辛苦苦工作八小时，经常加班到凌晨一两点，别说在这个城市里买一个洗手间，就连去看场电影，也得仔细计算账单。到底是哪里出问题了？是我，还是这个社会？我想了好久，我也问过刘法。你知道的，我是爱他的，所以我没有问他要过一分钱。"

饶美丽跑题了。没关系。英国文艺复兴时期哲学家培根说，不管何人，若是失去了耐心，就失去了灵魂。赵高侧过身，暗自祈祷四面来风能更猛烈地吹到这位年轻女性身体里，最好能吹到她灵魂里面。胶原蛋白是美好的，但属于危险品。刘法，这位省宣系统最年轻的处长，不可能不知道这个常识——他是党员，党纪严于国法，通奸是党员干部不能碰触的红线。是什么让他甘冒这样大的风险？恐怕还真不是找尊严，与"妻不如妾，妾不如偷"这样简单。

是对"不要钱"的迷恋吗？

免费的性，最后一定是昂贵的。这也是常识。是吃腻了徐瑶这道鲍鱼，想换一下口味？不对，这个比喻不准确。鲍鱼这种餐桌黄金可没有徐瑶的毒性，而且太娇气。但若把徐瑶比喻成一条河豚，也不好。河豚有毒，颜值确实不够。徐瑶身体里到底藏着哪种动物的魂灵？

赵高的目光落回到饶美丽脸上。

这张胶原蛋白还是有点东西。

"刘法说，这个社会就像非洲大草原。有两种动物，一种食草的，一种食肉的。这是没法子的事。如果都是吃草的，草原会很快被啃光；如果都是吃肉的，也就很快没有肉了。这是上天给予的平衡。所以这世上最浪漫的事就是一个食肉动物与一个食草动物的爱情。所以他最爱唱《狼爱上羊》这首歌。"

饶美丽的眼眶有点微红。还好，她及时克制了这种无用的冲动。

"今天我想了整整一天,想明白了。"

饶美丽同志,人,不是动物,这是常识。不要被社会达尔文主义的简单粗暴给洗了脑。"人之所以异于禽兽者几希。"这是个局部倒装的否定句,正常语序当是"人以之所异于禽兽者几希"。而这个"几希",这个一丁点,恰恰是人子之光。赵高还是没吭声。

"决定食肉动物与食草动物的区别的关键,不在于出身,在于——"饶美丽的手臂终于把这个半圈画圆,铿锵语调再提高半度,"高度。"

赵高心中由各类关于耐心的名人金句所筑堤坝再也撑不住了。这只狡猾的雌性生物,不知道她的逻辑是多么富有创造力。

"说吧,在这个时代抒情是可耻的,咱们说大白话。"

"我讲的不是大白话吗?"

"说吧,敲诈勒索是够得上刑法的。我有几个在公安局的哥们。"

"别唬我了。拉虎皮撑大旗。哥,你原来作奸犯科,被公安局的同志铐过?"

"别叫我哥,我会脑溢血。"

"那继续叫老师?"

"随便你叫啥。饶美丽,你都看了什么?"赵高取出兜里的旧手机。

"是的。我看了。"饶美丽没否认,别转脸,目光里有幽幽的火,"赵老师,我有一个问题。可以问吗?"

"你说。"

"你的手机为什么不设开机密码?"

赵高想死的心都有了。牙齿缝里挤出阴差阳错四个字,眼神就有点呆滞。不对,这姑娘是在试图掌握话语的主动权,明明是她偷看了他的手机内容,还整得挺无辜的样子。

"饶美丽,你到底想干什么?"

"我想拜你为师。要不要跪下行三叩九拜之礼?我一定会磕得非常标准。我在网上搜索了,拜时先出左脚,手背向上,额要触地。"

"那是封建社会觐见帝王及祭拜祖先的大礼。我又不是你爹。"

"你骂人。"

"我在心平气和与你谈事。你要什么?"

"装逼被雷劈。师傅。"

"千万别这样喊。"

"冲着那30万,我也必须这样喊。赵老师,你这行真是暴利,徐瑶最早说给你30万,你昨天说是给我多少,是10万吧。"

"饶美丽,你还把我的手机内容做了一个备份,并上传到云盘。"赵高咬牙切齿,"别用这种眼神看着我,我不是你肚子里蛔虫,但就冲你说这句话,我也能断定你干了这事。你必须,马上,立刻,删除备份内容,否则我拨打110。我提醒你,你这是犯了盗窃罪,侵犯公民个人信息罪,敲诈勒索罪。"

"悬崖勒马,迷途知返。我好怕哟。"

饶美丽咯咯笑,手紧紧抓住栏杆,指节因为用力发了白,"赵老师,不用你提醒。这顶多算是侵犯隐私权。我中午恶补法律常识，还特别在微信上请教了一位律师朋友。你别吓我。人家还只是一个外省来的小姑娘。经不起吓的。万一人家被吓得坠楼，你可就有了杀人嫌疑哦。"

"说吧，你想干什么？"赵高声色俱厉。

以为靠卖萌撒娇发嗲就行？她的卖萌撒娇发嗲一点也不职业。何况卖萌撒娇发嗲也值不了多少钱。

"我想拜你为师。"

"我已经拒绝了。换第二个。小姑娘，我提醒你，你对这个世界的黑暗面与残酷性还没有真正了解。不要把自己扔到那些东西里去。就凭现在的你，会被吃得连骨头渣也不剩的。"

饶美丽沉默下来。

许久，她开了口，嗓音有点奇怪。

"我本想就看看你与徐瑶的微信。我想知道她背后是怎样说我的。我是一个受过高等教育的职业女性，懂得要尊重他人的隐私权。但微信搜索时没有找到徐瑶及相关内容。我就想，你们是不是用电话谈的。结果还真找到了你与徐瑶的通话录音。昨晚你们聊的那段。也只有那一段。我猜，你可能是刚重装系统。忘了设置开机密码。"

饶美丽抬起头："别的我真没看。我也没有备份。早上看到你忘了手机，我马上就拿起去找你，你已经走了。我没有你其他的联系方式。我想你迟早会回来找手机的。我还特别叮嘱保安，若是看到你，就让你来直接找我。你可以去问那个保安我是不是说过这话。你可以问他，早上5点15分的时候，我是不是追出楼来的。他当时还一脸诧异，问我是不是加了一晚上的班。当然我说这些你都可能不相信，没关系，保安那里是可以调监控视频。

"哥，你是个好人。我长这么大，第一次感受到一个陌生人的善意。昨天晚上其实你是不必来的，可你来了。我是知道好歹的人。我妈从小就教我，受人点滴恩惠，当涌泉相报。我没别的，就还年轻。所以我想拿身子报答下你，可你早上拒绝了。我就更敬重你了。"

饶美丽眼里有了盈盈泪光。

"我反复地听了昨晚你与徐瑶的对话。我本来一直挺嫉妒她的。下午我释然了。她是有毒的。她那么美，为什么心里会有这样的毒？因为恐惧。她害怕失去现在所拥有的。哥，你真是一个好人。她都跟你说了雇艾滋病人的事，还特意让你转告我，威吓我，可你昨晚一句也没说。

"我不会再与刘法有任何联系。你知道的，我与刘法好了457天，最近一次见面还是在9天前，在香河路的水晶酒店。哥，你说这种快捷连锁酒店算咋回事。有句话是怎么说的，若她涉世未深，就带她看尽人间繁华；若她心已沧桑，就带她坐旋转木马。刘法对我是真有爱吗？我看未必，无非是对他内心某种缺失的替代与补偿。我没有那样傻。

"哥，书上说的爱情都是骗人的，范柳原最后也不再与白流苏闹着玩了。他把他的俏皮话省下来说给旁的女人听。白流苏能做的是什么呢？只是笑盈盈地站起身来，将蚊烟香盘踢到桌子底下去。

"哥，她昨晚答应的45.7万我会收下。或许你觉得我只值10

万。可我觉得我还是值这个价的。"

赵高心里念了一声阿弥陀佛。

成为一名光荣的妇女之友,是他近年的小目标。

这不容易,起码得先读完三千本情感攻略,喝干五百碗心灵鸡汤,再辅之以数量不等的关于美容、服饰、奢侈品、星座、塔罗牌、灵修与艺术等领域知识,以及必不可少的育儿经,对了,必须得有几本类似波伏瓦的《第二性》之类的书压舱底,才能勉强算略窥了妇女之友的门槛。赵高本以为他已经登堂入室,此番听饶美丽一番话下来,还真是晕头转向。

也许,女性就是一个亘古之谜,比博尔赫斯笔下的迷宫,全世界所有的脑筋急转弯,再加上量子力学与弦理论,还要让人摸不着头脑。

想了半天:"不想再让刘法身败名裂了?"

"他走他的阳关道。我过我的独木桥。"

"45.7万?"

"是。"

"好,我会去调看楼下的监控视频。如果是真的,我会选择相信你刚才说的。"

"如果是真的,哥,你能否收下我这个徒弟?人家刚刚都辞职了,没饭吃了。哥,我会为你端茶倒水,洗衣叠被,烧水洗脚……而且绝对不会性骚乱你。当然,你如果需要的话,我床上功夫也不错。你看我练的瑜伽就知道了……"

赵高转身就走。

"哥。"饶美丽扑通一声就跪下了，双肩颤抖，泪水涟涟，"哥，我需要钱。我爸得了膀胱癌，我弟有癫痫症，还在念小学六年级。"

后半句是真的。赵高调查过。前半句，赵高不能确定。

赵高停下脚步，谨慎地选择词语："据我所知，你与你家人的关系并不亲密。"

"他们是我在世上唯一的亲人啊。"饶美丽膝行几步，掏出手机递上，"哥，你看。我给我爸转的钱。支付宝里。刘法给我买的套裙、化妆品，我都拿去卖钱给他们了。我爸是刚确诊的。是我弟给我打的电话。我之所以平常少有联系他们，也少有回家去看他们，是因为我赚不到钱，没脸回去。哥，你帮帮我吧。"

"为什么不问刘法要？"

饶美丽沉默下来。

半天，开口说话，喉咙里发出如受伤小兽的悲鸣声。因为羞愧，脸上冒出一抹不自然的红晕。

"哥，反正我都让你看不起了，我就实话实说。我问刘法要过。他也给了一笔钱。50万。因为这笔钱，他开始疏远我了。我也不好意思再开口要了。"

"钱呢？"

"在股市里，全套了。我买的欣泰电器跌了82%，还买了一只暴风集团，也跌了77%。我舍不得割肉。一割就真的没有翻身的希望了。"

饶美丽的嘴唇不停打战。

那个相信"4000点是牛市新的历史起点"的饶美丽是她所憎

恶的，可她没有能力穿越回去提醒当时的自己。

赵高的头有点眩晕，他也买了欣泰电器与暴风集团这两只股票。这还真的同是天涯沦落人。若是有一具琵琶在手，倒还真应了"别有幽愁暗恨生，此时无声胜有声"的心境。

还能说什么呢？

姑娘还对这个世界抱有希望。而他却早已知道，"生活就是个缓慢受锤的过程，人一天天老下去，奢望也一天天消失，最后变得像挨了锤的牛一样"。这是王小波在他的《黄金时代》里说的。这本书写得真好，但若不是因为饶美丽说的希望两字，他都忘得差不多了。

王二与陈清扬之间有爱情吗？

那是伟大的友谊，是"朋友间的互相帮助"。

赵高抬起头来，头顶蓝天如海，四下白云壁立。这一瞬间，在他脑海里就牢牢地刻了下来。这一瞬间是如此庞大，包括了楼群、玻璃幕墙、鸟群与云、橘黄色的太阳，包括了街道的车流与路两边法国梧桐不可计数的树叶，包括了他所看见的他所暂时没有看见的他现在所能理解的他目前还不能理解的，包括了一只懒洋洋卧在屋脊上的猫、一块被风卷着扶摇直上的塑料袋、一件自窗口悄然坠落的花盆、一个脸上都是泪水的女人、香格里拉酒店2805房间里的那对年轻人（那个络腮胡子在这一瞬间终于成功地进入了那个叫周静的女人的身体）、在街头一前一后走着的方脑壳与刘海，以及千万个人的爱与恨，激动与漠然，悲恸与欢乐。

这一刻，无论经过多少次播放，也不管经历了多长时间，它的音质与画质，都不会有丝毫损坏。这是一个事实，就像我们脚下的地球一样，是一个不可更改的事实。

然后赵高听见一个声音从他嘴里冒出来，不由自主，像泉水咕噜咕噜冒出地面。

"小饶，你起来。

"人的膝盖是用来直立行走的，不是用来给别人下跪的。

"我恐怕还是收不了你当徒弟。我决定洗手不干了。就是刚才一瞬间下的决定。其实不必我来做你的师傅，你自己就能做得很好，你有这个天分。

"我没有骗你。小饶，因为我蔑视这样的生活。

"一个男人，大家曾叫他赵爷。据说账户上曾有几千万。2008年立冬那天炒权证彻底归零。大家以为他会跳楼，他摇晃了下身子，推开要搀扶他出门的保安，又问人讨了根烟，没抽。下电梯时碰到有工人往上搬钢琴。跟去主人家说自己是调音师。用了两个小时弄好，还弹了一首柴可夫斯基第五交响曲，极具专业水准。主人给了他五百块钱。他说了声谢谢就回了家，继续回到他停薪留职下海前的单位。他原来的位置已经被人占了，所以他至今还是一名保安。

"这个保安就是我爸爸。他们说得对。我妈跟我爸离婚了。跟隔壁邻居好了。那个男人还真的姓王。生活真的是段子啊，一段一段的。

"我现在想去看看他老人家了。"

饶美丽走了,不知道是什么时候。这个世界安静下来了。

赵高停止自言自语,瞟了眼楼下夜色里那些像萤火虫一样发着光的车流,耸耸肩膀,朝嵌满星辰的夜空扮了一个鬼脸,开始往回走。没进电梯,走的是楼道,一级一级往下走。大厅前台值班的是那个一脸沧桑的中年保安。赵高朝他点点头,什么也没有问,就走出门了。

2018 年 7 月 1 日星期日

下篇　因为我厌恶这样的生活(徐瑶)

1

在这个人头攒动的城市里,能让身体暖和起来的机会并不多,尤其是人过三十。又或者说身体是一个黑洞,唯有酒才能灌注其中,让它有一丁点实在感。

徐瑶把酒倒入喉咙。屋外的月光仿佛有点羞怯,像春天的葡萄藤,沿着窗棂一寸寸爬进屋。脚下的影子随之也慢慢长着,不多时就有了一件羽氅大小。徐瑶眯上眼。

是来自法国波尔图的玛歌红酒,比拉菲便宜,要好喝许多。入口细腻丝滑,有那么片刻,喉部好像也穿上了一件窸窸窣窣响的绸衣。绸衣弥漫出花香、果香与橡木香。这些香气形若有质,层层叠叠,似花瓣在口腔中逐一开放。这时候就感觉是一个人在花海中行走，自己也变成这花海的一部分。身体里就有了响动，应和着花瓣开放的节奏，四肢百骸涌出细微的热流。花海更为开阔盛大。也真是海，顿时惊涛拍岸。定睛再细看，波涛又有颜色，优雅的紫、耀眼的黄、充满热情与欲望的红、神秘的蓝，还有那一尘不染的白。每种颜色自花蕊开始，由浅及深，这让人眼眶湿润，以为睹见神迹。

徐瑶咬住嘴唇，感受到脸颊上一阵冰凉的烫。

是的，"冰凉的烫"。

门锁转动。接着是那个熟悉的脚步声，轻得像一只发完情的公猫。脚步声先去了左首，那是小宝的房间，小宝睡着了。在说梦话。偶尔坐起身哭泣片刻，又再继续躺倒。徐瑶问过医生。医生说这很正常，白天尽量别让孩子太兴奋，平时多吃一些富含蛋白质和微量元素的食物。医生开了安神补脑的药。没有多少用。又问一个做过医生的闺蜜。闺蜜到徐瑶家，听着听着掩嘴失声而笑。徐瑶问她笑什么。闺蜜不肯说。徐瑶佯作恼怒要拧闺蜜胳膊，闺蜜这才皱眉解释，说小宝太有趣了。别人家小孩讲梦话说的是白天遇到的事情，要吃糖、要喝水、要打架等等，小宝不一样，说的都不是小孩该说的事，基本是那些超过他年龄的句子。也许他身体里有一个诗人的魂灵。

徐瑶变了脸色。闺蜜这才惊觉失言。

徐瑶与闺蜜是大学同学。大三时，有个刚入学的男生疯狂追求徐瑶，以一天一首诗的节奏，写了无数表白，标题的基本格式是《致徐瑶》，接着是01、02、03……还把这些表白张贴在女舍入口的通告栏。表白很正常,像徐瑶这种女生,追求者绕校园三匝。再奇葩狗血的表白,大家见怪不怪,都有免疫力。但这个男生长得太像奥特曼。大家窃笑。私下觉得这种表白简直是对徐瑶的侮辱。就有徐瑶的追求者去教训这个不知天高地厚的穷矮矬。一个体育特长生带着几个哥们把奥特曼拦在四楼寝室,一顿暴打。奥特曼擦掉口鼻间的血,傲慢地宣布,说体育特长生爱的是徐瑶的颜,他爱的是徐瑶的灵魂。徐瑶不接受他的爱没关系,但谁也剥夺不掉他爱的权利。又说,你们中的谁愿意为爱奉献一切,包括死?抓起水果刀割脉。体育特长生见不得血,当场晕倒。这事让奥特曼成为校园里的焦点。徐瑶不堪其扰。院辅导员找到奥特曼的父母。癞蛤蟆想吃天鹅肉是可以理解的。癞蛤蟆若惊吓了天鹅就罪不可逭。辅导员也是徐瑶的爱慕者,话说得委婉,意思很明确。那对来自浙西乡下的中年人就去劝儿子,一把鼻涕一把眼泪。奥特曼有半个月没再写诗表白。等到大家以为这事就此平息,一个暴雨如注的夜晚,奥特曼把他那一百斤的重量悬空挂起在女生宿舍斜对门的法国梧桐树上。口袋里还藏了一封用血写的诗,标题是《致徐瑶 107》。大意是说,因为对徐瑶的爱,他有幸品尝到活着的滋味。徐瑶是"冰凉的铁轨",他要坐在这段铁轨上,让死亡的列车把他碾为两截,这样他的爱便可上升为星斗,"不是要求永恒,而是能偶尔照耀着徐瑶的面容"。可怜那对哭得死去活来的中年丧子的夫妇。

闺蜜说小宝可能看了太多不应该是他这个年龄该看的书籍。

翌日,徐瑶把屋子里的文学书全卖了废纸,包括刘法收藏的崇祯绣像本《金瓶梅》。刘法出差回来,夫妻俩冷战。刘法认为徐瑶不尊重自己，就算一定要清理，事先打声招呼有多难？这卖废纸算咋回事？徐瑶认为阅读是一个循序渐进的过程。乱读书，还不如不读书。

刘法听着孩子的梦呓声表示口头屈服。

小宝发现家里的书不见了，问徐瑶是怎么一回事。

徐瑶解释，说一个人要文明其精神，更要野蛮其体魄。精神与体魄不是并列关系，后者是根，是本，是源头。小宝跟着刘法每周去参加游泳班、足球班，夜里仍然是那些让人心惊肉跳的呓语。闺蜜安慰徐瑶这需要一个过程，时间是最好的药丸。话有道理，最近小宝的呓语少了许多。

脚步声来到右首。是主卧，徐瑶的房间。停顿片刻，没有转去里间次卧，朝阳台行来。徐瑶放下高脚酒杯，换过坐姿。凝视着头顶上方那盏吸顶吊灯。

光在微微喘息，像那些还不能很好控制住自己的剪发师。

徐瑶曲线优美的影子被光扑在地上，也生出一层光。

这是一个像牡丹般光芒四射的女人，也只有这个庸俗的比喻，才能让人恢复对花朵之美的感受力。

刘法踱到徐瑶身后。徐瑶的身体紧绷着。良久，紧绷的弦才有了些许放松。

"我不打算要二胎了。"徐瑶咬了咬唇。

刘法没问为什么，在徐瑶对面坐下，慢条斯理地点燃烟。徐瑶伸手拿了一根。两个人的手指在空中碰了下，都有些僵硬。两人不再吭声，直至把烟抽完。

刘法脸色木然:"我尊重你的决定。"刘法打算起身回屋。

"小宝今天去了医院,他喝了半盒洗洁精。他说若再生小弟弟,他就喝洁厕灵。"

"放屁。"

"你儿子的脾性你是清楚的。他可不是说着玩玩。"徐瑶蹙眉。

与刘法的婚姻已持续十年,七年之痒什么的也熬过来了,徐瑶还是不能适应刘法的粗鲁。最早,徐瑶是喜欢这种粗鲁的,在她还没有成为刘法妻子前。那时,她以为这是真实,是塑料花盆景之外的一丛青草,是荒野上的草,原始,野蛮,生机旺盛,没有被虚假的语言荼毒,天然就与那些令人作呕的游戏规则格格不入。后来,也不知道是从哪天哪时哪刻开始,当年所着迷的,已经成为她深恶痛绝的。徐瑶与闺蜜探讨过这个问题。几种原因。第一,这是未见过荒野的人对荒野的想象。一旦身临其境,荒野的粗粝坚硬便是生命不可承受之重;第二,这是一个伪真实,同样隶属于"虚假的语言"之范畴,是表达方式的魅惑所掘出的幻境;第三,她已经演化为那些曾被自己唾弃的那部分。就像贾宝玉说的,"一个女孩子,几乎是不可能改变从珍珠到鱼眼的命运"。只是承认第三点是困难的。

这场探讨是在一个下午茶的时间。说着说着,两个人都不约而同长吁短叹。闺蜜叫陈丽娜,情史不少,至今单身。不做医生后,做了某医药公司的地区代理。话题不了了之。后来,徐瑶说过刘法 N 次。刘法每次都是虚心认错,坚决不改。徐瑶只好随他去。

月光大了，那些葡萄藤融入了月光中。月光像水面上的涟漪，在窗外来回荡漾。不时有闯入月光里的车辆。

都是陌生人。锦云路翠西国际花园是一个守卫森严的、被二十四小时管控的高尚小区。电梯直接入户。据说能最大限度收获"居住者的尊贵与私密"。徐瑶在这里住了七年，至今仍不知道同一楼层住户的姓名与职业。偶在车库相见，礼貌性点头，擦肩而过。这与徐瑶不爱交际的个性有关。小区里设有游泳池、图书馆等公共区域。中心地带是一处公园，足有百余平方米大，叠石流泉，颇有几分苏州园林的韵味。最早，不少住户还是很乐意在这里兜圈散步，聊上几句山气日夕佳。后来，大雪夜，一个捡破烂的红衣老妇人，不知道怎么就避开保安眼目，冻死在公园的小亭里。然后传说这个老妇人是住在这个小区里某人的母亲。大家就很少再在此休憩。

徐瑶带着小宝去过数次小区里的游泳馆。总有一些男人围绕过来，一些有意无意的肢体碰触。不能说是性骚扰，感觉像吃了苍蝇。而女性打量徐瑶的眼神就不那么友好了，多半是厌恶。偶有挑衅与恶作剧的。一次周日下午，泳池里的人不算太多。徐瑶下水没多久，身边的水蓦然变红。徐瑶羞愧，以为突然来了大姨妈，想想日期不对，身体也无异常。正在莫名其妙的时候，就有几个妇人一脸鄙视，拉开与她的距离。又有几个男人表情极是猥琐。就有闲话传来。说没素质，还在池里小便；也有轻佻话，美女尿尿啊。

徐瑶火冒三丈。问小宝。小宝一脸无辜，说妈咪，我都离你有三米远。又说，妈咪，就算你真的尿尿了，游泳池里的水也不会变成红色。泳池加药,遇尿变色,这是谣言。小宝气呼呼地爬上泳池,众目睽睽下,尿出一道弧。池水果然没有变红。这不能解决问题,反而引来更多的鄙视目光与猥琐视线。徐瑶喝止,拉着小宝逃回更衣室,斥责这是极不文明的行为。下次若再犯,罚扣三个月的零花钱。小宝委屈,想说什么又咬牙忍住。徐瑶回家,百思不得其解。搜索科普网站,如小宝所言,这种添加在池里的神奇物质只是一种虚构。又在知乎上匿名提问,就有专业网友回答,只有一种解释,有人悄悄靠近,撒下高锰酸钾之类的粉末。

徐瑶努力回忆,是有几个女人靠近过自己。仅仅是为了羞辱他人,这些非富即贵的同类,就能做出这等无聊龌龊之事?是她们中的谁干的?

这不重要了。徐瑶想象得出那些流言的内容。一个来了例假还跑到公共泳池里的没有羞耻感的女人,一个教孩子在大庭广众下对着泳池尿尿的母亲,等等。这让人恶心。不过徐瑶也没有去做什么给予反击,没必要,不值得。

刘法的脸庞在月色里沉浮不定。像在涟漪细沫间摇晃不定的一件东西。是的,东西。

时至今日,她对他的了解是越来越少。而他对她的了解又何尝不是这样。

从两个陌生人,到喜结连理,到同床异梦,分房而睡,同一个屋檐下最熟悉的陌生人,再到两件会自行移动的东西,甚至有时候还不是东西……这个过程还真是快如白驹过隙。

徐瑶又点燃一根烟。嘴角不无嘲讽。

刘法也再拿了一根烟。两人默不作声地吸着。烟雾袅绕。俩人仿佛是两个停止不动的固体。连掐灭烟头的动作都像是两个固体在外力推动下的倾斜。烟灰缸里的烟蒂积了七八根。

刘法打破沉默:"陈丽娜搞的健康宝,外头风声有点不对。你要小心点,这个击鼓传花的博傻游戏。"

徐瑶嗯了声。

"明天我接小宝放学。"刘法起身道,"另外,江副部长老婆买的两百万健康宝,你对陈丽娜说说,拿回给她。"

"等等,你这是什么意思?"

一个念头从徐瑶脑海里掠过,像山谷里疾速掠过的云。云层的缝隙里漏下一束光线。她下意识地伸手抓住,又赶紧松开,这光线犹如荆棘。徐瑶仔细想了想道:"这话我不能说。要说还得你自己去找丽娜。"刘法皱皱眉,没说什么,回了屋。

江副部长不是刘法的直接领导,分管宣传教育处与未成年人思想道德建设处。在几个部领导里排名最末。年龄也快六十。三年前他老婆赵茹萍不知道从哪听说了徐瑶与陈丽娜的关系,就让刘法带话,说要买两百万健康宝。

健康宝是陈丽娜所在公司搞的一个针对特定高端人群发售的封闭型理财产品,年化固定收益率 18%。主要客户是党政机关国企事业单位的高管家人。圈子里口碑不错,私密性极强,购买还需要会员介绍担保。公司老总相对看重这个平台所提供的人脉资源,经营谨慎。但归根到底,它就是一种私募基金,并且由于它拉人头的分销模式,基本还是属于"庞氏骗局"的一种变形。

这年头做哪行能有稳定的 18% 的回报？

目前无非是公司老总把企业利润贴补进来。这种事从短期来说，是给参与项目者发钱——这有法律风险，某种意义上说，是变相行贿；从长期来看，一旦老总打算"提现"，它还是一款随时可能爆雷的金融产品。

财务出身的徐瑶对此向来敬而远之，陈丽娜说了几次，无意参与。说不好听点，这种产品就是专门给那些自恃聪明的人设的套。

至于这些官场中人的路数徐瑶太清楚了。可能是长期浸淫于"既要马儿不吃草，又要马儿跑得好"的话语模式里，脑子里既眼红这种理财产品的高利率，又心知肚明它的高风险……就让下属顶雷，赚了是自己的，亏了就是下属的。

前两年有个区财政局的局长硬生生把手下的办公室主任逼得抑郁症发作跳楼。还好人没大事，只摔断一条腿。最后办公室主任辞职，风波才算暂告一段落。

徐瑶劝刘法不要蹚浑水，找个理由婉拒。毕竟这话是江副老婆说的，不是江副部长本人说的。话再说得难听点，背着丈夫在外面乱收钱、泡牛郎，甚至包养小白脸的高官夫人，每个地方总有那么几位。

刘法前两年还是副处。这从副到正，在官僚晋升体系里无异于"惊险的一跃"，多少副处熬了十几年，还在眼巴巴地望着。刘法思前想后，觉得自己正在提拔当口，人家既然开了口，就不能三言两语搪塞过去。你让人家一时不痛快，人家有的是办法让你一辈子不痛快。再说也不能完全排除是江副部长开口的可能。

徐瑶讥嘲："那你就用这两百万买个正处吧。值吗？"

徐瑶不想搭理这茬。

刘法直接找了陈丽娜。陈丽娜来找徐瑶。

徐瑶说："这是你与刘法的事，与我没关系。"

陈丽娜说："刘法是小宝的爹。哪天你们离婚了，他还是小宝的爹。"

徐瑶问陈丽娜的看法。

陈丽娜想了半天，说："我就是其中一个拉人头的。按说人头越多越好，但我还是不希望这人头与你有什么关系。"

陈丽娜的意思已经很明确了。大家都是聪明人。徐瑶本想提醒陈丽娜克制贪婪，话到嘴边又咽下。还是那句话，大家都是聪明人。只能说克制贪婪是天底下最难的事。包括徐瑶对婚姻现况的不满，对理想婚姻的渴望，又何尝不是一种贪婪。

欲望不存在一个"到此为止"的刻度，当接近此刻度，它将变异、分裂、繁殖，产生新的欲望。

又或者说，欲望即贪婪，不存在正常的欲望与过分的欲望之说。所谓正常与过分，只是来自他者的评价，与人自身的心灵没有关系。

又或者说，贪婪是推动社会变革的主引擎。没有贪婪，这个社会就是死水一潭。

这两个"又或者说"，前一个是徐瑶感慨过的，后一个是陈丽娜对徐瑶这句话的回应，是对的，但是笨拙的。

等刘法中午回家，徐瑶特意烧了几道他老家的苏北小菜，说了陈丽娜的意思。刘法当即恼了，问徐瑶是什么意思，别人家的妻子听闻这事都恨不能倾其所有，甚至贷款来助丈夫一臂之力。徐瑶倒好，不帮忙也就算了，还帮着拆台。

　　"别人家的妻子"？

　　这话有点难听。徐瑶反唇相讥"别人家的老公"，说到后面，两个人都红了眼眶，刘法摔门出去，徐瑶回屋躺下，想哭，哭不出来，额头湿津津的，愤怒掏空了身体，疾病袭来，嗓子里是一阵阵嘶哑的风声。挣扎着起身在药盒里翻出几片诺氟沙星，一看，都过了保质期，想起早就叮嘱过刘法买点常备药，更感委屈，一咬牙把过期药片咽了，挪到梳妆台前，看着镜中那个憔悴的影像，反复问自己，这是我吗？

　　她还是没有眼泪。也许是镜子早就把眼泪吃掉了。

　　桌上有很多瓶瓶罐罐。大部分是护肤品。还有一整套雅诗兰黛的彩妆系列。在这些瓶瓶罐罐后面的抽屉里有几盒水溶性颜料。徐瑶深深地吸了一口气，拉开抽屉。她开始往脸上扑粉底。整个过程都不用动脑子，手就这样做了。手不慌不忙地修饰着她的仪容。像是在举行一场神秘而又漫长的仪式。她是旁观者。手的主人另有他者。她所唯一知道的就是：当这个仪式结束后，那些原本沉淀在她体内的痛苦，就会暂时消失。像一头被打败了的野兽。野兽还会卷土重来，再来的时候会比这次还要凶悍，更加嗜血。她知道，她完全清楚，她对此太有经验了。但没关系，在接下来的一段时间内，她还能像个正常人那样活着。

现在那个憔悴的影像不见了。

她涂在嘴唇上的唇彩是玫瑰紫。上面又覆盖了一条白色的鱼骨纹，纹尾从唇角挑出。两处脸颊绘有数道红绿相间的饕餮纹。眼圈是很深的烟熏蓝，与两端鼻翼的蓝构成一个渐变的 V 字，边缘又装饰着一排向日葵的金黄细小花瓣，眉心中央是一颗深绿色的六芒星，下颌处是一朵橙色与黑色相错的莲花。

这像一张色彩艳丽、驱鬼避邪的傩面具，又不完全是，混合着京剧脸谱的特殊谱式，非洲部落面具相对原始古朴的线条，以及一些极可能是在梦中所窥见的奇异碎片。

徐瑶凝视着镜子，凝视着镜中这张夸张而又怪诞的脸谱。这让她吃惊，像是被魇住，足足呆坐了半个时辰，才突然失声而笑。

没有人知道徐瑶的这个秘密，包括陈丽娜。

那天中午，她没能再继续守住这个秘密。刘法折身返家。缓慢地，小心翼翼地走入她的房间。然后目瞪口呆。

徐瑶的声音清澈如石间流水，没有因为刘法的出现有半点惊讶。

"知道吗？有一次，我在脸上绘出了一头豹子。一头无与伦比的豹子，通体闪闪发光。可能是豹子的缘故吧，那天晚上我还梦见了乞力马扎罗山，你知道的，海明威笔下那座海拔 19710 英尺的高山。"

"山顶终年积雪。"刘法嘟囔着，脸上神情迟疑，变幻。他在挣扎，他也不明白自己在挣扎什么，似乎是心里出现一个雾气蒙蒙的沼泽，沼泽里有一头巨兽已露出可怕的脊背。

这是一个他从未见过的妻子。

房间里开着空调，刘法额角还是泌出一层细汗。他有点控制不住自己的双腿。他听见自己似乎说了一声"你在干什么"，也可能没说，这声音很快就让位于心脏处的一阵剧烈的颤抖。

徐瑶看着刘法，眼神却像穿透了眼前这具肉体，去了遥远的非洲大陆。

"知道吗？那天晚上，我还梦见了那个用猎枪打爆自己脑袋的男人，梦见他干了我19710次。"

刘法嗷的一声叫。那头巨兽披着污浊湿腥的泥水从沼泽中拱出，獠牙犹残存有肉屑与血迹。

刘法扑了上去。

陈丽娜问徐瑶："你怎么又改了主意呢？"

徐瑶说："你说的，他毕竟是小宝的爹。再给他一次机会。"

徐瑶在说这话的时候想起的不是刘法，而是那个用一把12毫米口径双管英式猎枪把自己的脑袋打爆了的男人。空气有点冷，有点湿，有点像一块受了潮的饼干。她咳嗽几声，把这些饼干屑吐出去，又低沉地笑了几声。她清楚自己的软弱与这个决定的愚蠢。但这又有什么关系呢。那个喜欢打猎、拳击、斗牛、酗酒，喜欢无休止地追逐女人的大胡子男人，同样是软弱与愚蠢的，哪怕他曾身中237片弹片，头上缝有57针。

软弱与愚蠢是人这个物种的基因密码。那些特殊材料制成的人也不能例外。所以人世就有了后悔，就有了"嫦娥应悔偷灵药，碧海青天夜夜心"这样动人的句子。

"我有时很后悔。这当然是无济于事的。但我为什么还要后悔？因为我得以体验后悔。这种复杂的心理活动是人类的基本情感之一。这说明了我是人，不是怪物。从另一个维度来说，后悔还是人类数万万年逐渐形成的对弥漫于各种历史时期、各种形式洗脑的一种心理补偿机制。它让人还有勇气活下去。它根源于明天会更好的愿望。而这是美好的。"

徐瑶说完这段话后，陈丽娜不再说什么了。

"你应该留校搞学术。"这话是陈丽娜对徐瑶的评价，这么多年了，一直未变。当年留校机会是来敲过门的，敲门声还很响。徐瑶一口拒绝，没有留下半分转回余地。为什么要拒绝呢？与一个男人有关。但那个男人的脸庞，现在都想不大起来了。使劲去想，也只能想起片爪只鳞。记忆就像一张泅在水里的纸。纸上的那些字迹，那些曾经以为是雷声闪电的，就这样慢慢泅散了。

陈丽娜在街对面的饮品店里买来两根香草冰激凌卷。两个人像大学里那样，沉默地并肩坐在长椅上，看着夕阳下的人流车流，慢慢地咽下舌尖的甜。

这是难得的奢侈。吃完这个，晚上就得加码多跑五千米。

徐瑶想着往事，摇摇头，拿起玛歌红酒，在杯子里斟了少许，不紧不慢地品着。

月光下，一头浑身嵌满神秘花纹的豹子跃出云层，在铝塑窗棂前默无声息蹲了片刻，就跳进屋，朝她靠了过来。

2

事情就是这样。

当坏事可能发生，它就一定会发生，还是提前降临，迅雷不及掩耳。

半夜，徐瑶接到陈丽娜的电话，健康宝出事了，那个在陈丽娜描述中长袖善舞、睿智谨慎的老板突告失联。"他怎么可以这样？怎么可以这样？"陈丽娜的声音里带着哽咽。

一直悬在空中的那只靴子落了地，徐瑶心里倒没有太多惊讶。出事是早晚的事，不出事反而不正常。倒是江副部长的那两百万怎么办？这是徐瑶的第一个念头。这个念头很快被陈丽娜的哽咽声打断。尽管陈丽娜从未提及她与她老板间的事，徐瑶还是知道，这不需要神秘的直觉，只需要一点常识与逻辑。

三十多岁的女人对男人的情感就像一场飓风。不知道它什么时候会刮起，但它刮来的时候，只能是毫无保留地去接受。包括接受它命定的离去，还有离去后满目疮痍的现场。现在飓风带走了那个优雅知性气场强大的职业女性，电话那头只是一个强自镇定的祥林嫂一般的妇人。

舌尖犹存有一点玛歌红酒的甜。

玛歌红酒的甜与冰激凌卷的甜不是一回事。

徐瑶下床，随手披上件纱巾，回到阳台上。那支玛歌红酒的瓶子蕴满月光，静静地站在方桌上。是那样迷人，不真实，仿佛大师笔下的静物画，饱含了一种对物顶礼膜拜并渴望为之献祭上自身生命的强烈情感。物,比人走得更远吧。人是易碎品。相对于这个瓶子此刻所提供的空寂之美,人的皮囊是要自惭形秽的,尽管前者是后者的造物。徐瑶怔怔地听着陈丽娜的声音,一直到陈丽娜闭上嘴,这才慢慢说道:"你打算怎么办?"

"我不知道。"

良久,陈丽娜应了一声。

那些不断重复的"他怎么可以这样"的话语掏空她的身体。陈丽娜嘶哑的声音里有着明显的深度溺水者的痛苦感。这种痛苦感是如此真实不虚,让徐瑶握着手机的手也有了下意识的颤抖。

"你在哪?"

徐瑶皱眉。

手机里有一些断断续续的奇怪声响,像风在推动凶宅之门,像嗜血兽靠近猎物,像有一些不祥的鬼魂在窃窃私语,像月光下发亮的水即将淹没一个人的头顶。

陈丽娜没吭声。

"我们用视频通话。让我看看你在哪里?"

陈丽娜还是没吭声。

徐瑶提高音量:"陈丽娜,你到底想干吗?"

"我想死。瑶瑶。他怎么可以这样?"

陈丽娜号啕出声。

徐瑶没有打断陈丽娜,耐心地等待着。她清楚眼泪这种东西就像被堤坝拦住的汹涌洪水。她希望,也相信,随着分流泄洪的结束,陈丽娜心中的堤坝会迎来修复加固的机会。

这是一个女性必要的成长过程,如凤凰涅槃。

不经历几个渣男，怎么长大？尤其是老渣男。

徐瑶抽动嘴角。然后，低头看见自己胸腔里不知何时已浮出一只怪兽，怪兽嘴里发出一种奇异的好像匕首在钢板上划过的刺耳声音："丽娜，你应该想，怎样让他去死。"

陈丽娜的哭声戛然而止。两个人不约而同沉默下来。

这句话，许多年前，陈丽娜也对徐瑶说过。而这句话说出的后果，那个令人惊惧的夜晚，是她们这些年之所以如此亲密的根本所在——尽管她俩在事后谁也没有再次提及。徐瑶的手指节发了白。她怀疑自己会不会把手中这个金属之物捏碎。她有点懊恼。她不该说这句话的。有些事，就跟神话里的怪物一样，不要说呼喊它的名字，哪怕是想一想它的样子，都可能使它复活。

"丽娜，告诉我，你在哪，我过来。"

什么是我？假如你是洪水，那么我就是堤坝。

什么是你？假如我是洪水，那么你就是那道必须把我拦下的堤坝。

学生时代的徐瑶与陈丽娜都是诗歌的热爱者，也都在《会计基础知识》等教材的字里行间默写过海子与顾城的诗句，尤其是那首《面朝大海，春暖花开》。当时陈丽娜还一本正经地说："这诗挺好的，如果把明天这个词改成今天就更好了。从今天开始……诗的基调更为铿锵有力，更能让读者体会到诗人的信心与行动力，也更富有感染力。"

徐瑶说："那这首诗的作者就不是海子，是马雅可夫斯基。"

两人压着嗓门在学校图书馆里争论起来。声音不大，还是引起坐在她们前排的一个男生的注意。男生回过头插话道："当然是明天这个词好。"见陈丽娜挑起杏眼，男生补充道："明天是关于未来的想象，是希望。它永远不会成为现实，也不应该成为现实，否则这就是对希望的剥夺。是从轻堕落为重。明天还提供了一个时间的纵深。在这个纵深里，人才能拥有抒情，真正的抒情，诗才会获得超出日常生活的光泽，成为艺术品。如果没有这个纵深，人的抒情只是伪抒情，不过是对滞重现实的一种巴甫洛夫式的本能反应，这是低级的。另外……"

男生的"另外"没讲下去。一直垂着头的徐瑶抬起了脸。

男生突然结结巴巴，"另外"了好几声，也没下文。陈丽娜扑哧笑出声。这样的场景，两个女生都不意外。

男生叫赵勇夫，出了名的怪人，面容高古，颇有几分庙里降龙罗汉的真意。据说在课堂上从来就找不到他的人影，但只要考试必定是排名第一，属于碾压学霸的神话人物。又据说他本来是能考北大清华的，高三那年不知何缘故他不想念书了，对班主任说家里有事，要休学，每天背着书包从家里出门后就跑到公园里溜达，与人下棋，看人提笼遛鸟，或者就在湖边躺一整天。被邻居发现，觉得纳闷，回来与他父母一说，父母尾随，大怒。他这才不情不愿地回了学校。这时离高考只剩数周时间。他只复习了这几周，就轻轻松松地考上这所985大学，再一路读研读博。性格孤僻，少与人言，曾有多名仰慕其才华的学妹跑到他寝室送温暖，无不铩羽而归，皆言这是一块焐不热的冰。

这些是徐瑶后来知道的。

图书馆相逢后，赵勇夫开始对徐瑶的追求。这样的事太正常了。不太正常的是徐瑶。用陈丽娜的话来说，选谁都好，为啥选他？追求徐瑶的队伍中不仅有普通的花草树木，还有各种珍禽异兽。徐瑶心虚，辩解，说男人是从原始社会就停止进化的物种，选谁都一样。陈丽娜更郁闷，杏眼圆睁，说既然选谁都一样，那起码得选个不丑的吧。就不说牵在街头时的耀武扬威，起码自个看着也赏心悦目。徐瑶不吭声，埋头涂涂画画。陈丽娜夺过本子一看，嗤笑出声。

徐瑶写的是：什么是你？假如我是洪水，那么你就是那道必须把我拦下的堤坝。

陈丽娜抓起笔，在上面补充了一句：什么是我？假如你是洪水，那么我就是堤坝。

又说："我明白了。你这是体内荷尔蒙作祟，我等会替你买两盒太太静心口服液。"

徐瑶羞恼，两个女生撕成一团。

徐瑶也问自己喜欢赵勇夫什么。面容是虚幻的，不过当看到他写的文章，这面容就犹如有了光照，棱角渐次分明。比如那篇《十二月党人与他们的妻子》，徐瑶是如痴如醉，几乎能背诵出里面每个标点符号。

——为什么接受我呢？

——因为你是西伯利亚的囚徒。如果你渴望成为谢尔盖·沃尔孔斯基，那么我就愿意成为玛丽娅·沃尔孔斯卡雅。在你服役的监牢外面建起小木屋，燃起壁炉与灯火，等你回家。

——假如我永远回不来,永远都有一堵墙把我们分开,甚至不让我们有机会互相看上一眼?

——我也愿意。因为这才是爱情。

——那时的你怎么活下去?

——我会耕犁、捕鱼,做裁缝,用锥子和麻绳为来往的路人缝补皮装;我还可以去做一名老师,有几位孩子就教几位,给他们幼小的心灵撒下火种,告诉他们有一个男人为了他的国族不惜献祭上自己的所有……做什么都好,只要是能离你近一点,再近一点就好。这样你就能呼吸到我呼吸过的空气,我也能呼吸到你呼吸过的空气。我们仍然是时时刻刻在一起。

——假如恶狼来临怎么办?

——与他们搏斗至死。如果我那样死了,你也不用难过。因为我会活在你心中的啊。因为,我也深深知道,我一旦死去,你也会马上死的。死是我们的团聚之所。我们都是一样的"傻瓜白痴"。我们是一种人。

……

这些是徐瑶与赵勇夫说过的话。

在学生时代的徐瑶看来,赵勇夫说的是对的,是千真万确的,就算不是真理,起码是真理的投影。即:爱情若只是甜到齁,那就是一个智商为零的游戏。支配着两个年轻人行为的,就是力比多与多巴胺,与他们的大脑无关。而且,这个愚蠢游戏,因为彼此间的心照不宣,更具有一种恶毒的意味。

而,真的爱情……

赵勇夫说到这里，向着远方寥廓的群山张开双臂，一张神情坚毅的脸庞在阳光下流光溢彩，几有神圣光芒。

徐瑶记得，记得很清楚，甚至记得从他嘴里说的每个字的体积、重量与转动的速率，还有阳光投射他身上时那一片袅袅蒸腾的白色光芒。

"真的爱情，必定是一点幸福二寸忍耐三分责任，它不仅是对生而为人的本性与美学风格提淬凝练，更包括了牺牲与奉献、哀痛与悲悯。而这四个关键词所凝结而成的痛苦，还与这个时代的进程息息相关，呈现出一种由日常现实分娩而出的高贵——哪怕它衣衫褴褛，哪怕它灰尘满面！"

关于爱情最好的榜样就是十二月党人与他们的妻子。这是赵勇夫的结论。

徐瑶怎么也没有想到，这个声称要做"中国的堂吉诃德"的男人，这个把爱情理论上升到如此惊天动地高度的男人，不久之后原形毕露，露出真实脸容。

赵勇夫的博士论文是关于中国水污染调查的课题。暑假前夕，天天泡图书馆的赵勇夫提出，想用这两个月的假期沿着长江走一趟。做学问不能光坐在象牙塔内，需要实地勘查。这道理徐瑶懂。"串门访户，走田头，进工厂，坐航船，观商埠"，当年的费孝通就是根据1935年他在江苏省吴江县江村的翔实调查，才撰写出那部被誉为人类学发展史上里程碑式的著作《江村经济》。徐瑶毫无保留地支持赵勇夫，说要陪着他一起去。赵勇夫虎着脸说这又不是去徒步旅游，路途艰辛，说不定还有什么风险。背着双肩包就上路了。

徐瑶更是放心不下，悄悄尾随赵勇夫登上同一趟列车。赵勇夫哭笑不得，心里还是颇为感动。与徐瑶约法三章，一是不准撒小姐脾气；二是听指挥；三是重新买过一双平底鞋。徐瑶脚上穿的是一款白色达芙妮的坡跟凉鞋，陈丽娜送的生日礼物。徐瑶还特意到专卖店查过，一双得三百多块。舍不得扔，用塑料袋装好放在背包里。

两人自长江口溯流而上，鸡声茅店月，人迹板桥霜。开始还是有不少欢声笑语，这个念"君住长江头，我住长江尾"，那个引吭答"日日不见君，共饮一江水"；又或者这个问"落霞与孤鹜都到哪里去了"，那个说"别急，也许拐个弯就是"。

拐个弯仍然不是。江风浩荡，扑鼻而来的仍然是一阵阵难闻至极的气息。江面上漂满各种垃圾与大面积的油渍。江水浑浊发黄。徐瑶神情凝重，"这水能活鱼？"滩涂里有一条尺许长的死鱼，样子很怪，披着坚硬的菱形鱼鳞，嘴长，里面满是锋利的牙齿。赵勇夫皱眉，拿出数码相机接连拍了几张。

水污染的情况太严重了，完全超过他们最坏的想象。许多流入长江的支河就像是一条条臭不可闻的下水道。沿支河再往上走，两岸密密麻麻的工厂在晨曦与落日的映耀下，就像末世来临前的魔幻世界。两个人来到一个叫麻镇的地方。进镇没多久，就看到几辆自卸式载重卡车正在往江边倾倒废料。空气中有异常难闻的气息。皮肤都痒。赵勇夫再次拿出相机。刚拍摄几张，几个臂缠联防队员袖章的人就从身后围了过来。

接下来发生的事情就是一场噩梦。

相机被抢走，砸毁。被带到一间平房，铐在铁栅栏上。被拳打脚踢。当这群野兽作势要侮辱徐瑶时，赵勇夫红着眼眶跪下双膝，承认自己是心怀不轨的小偷，还写下保证书。天快黑的时候，他们被放走。很多人都看见了，各种恶毒的诅咒。当他们跌跌撞撞逃到镇口的公路上，一辆没有牌照的面包车撵上他们，恶狼一般把他们叼到荒郊野岭处。几个蒙面男人就在车上轮奸了徐瑶。等到这几只畜生精疲力尽地离开徐瑶的身体，开始商量怎么处置他俩，这个说挖坑就地活埋神不知鬼不觉，那个说扔硫酸桶里不留半点渣滓，另外一个说就埋废料场里再倒上几车废料……一直被刀尖抵住喉咙的赵勇夫终于崩溃了，哭了，哭得上气不接下气，口口声声，我错了，我不想死。

不想死，那就去干你的女朋友。

赵勇夫干了。

不想死，那就把这只鞋子塞进你女朋友的阴道里去。

赵勇夫塞了。是那只达芙妮的坡跟凉鞋。

不想死，就骂你女朋友是婊子，是鸡。

赵勇夫骂了。

他们吩咐他做的，他不打半点折扣全做了。他是他们中的一个。不，他比他们加起来还更可恶。徐瑶怔怔地看着身上这个越来越陌生的男人，唇上咬出血，眼泪早已枯涸，她不知道自己为什么会咯咯地笑出声。也直到这一时刻，徐瑶才第一次懂得了什么是恨。

蒙面男人们走了。他们中领头的那个显然是一个玩弄操控人心的高手。他的分寸拿捏得很好,还懂得要想从这场强奸中全身而退,就不妨去制造另一个更大的仇恨。他也很谨慎,临走时不忘叫手下人用湿布擦净徐瑶全身,让赵勇夫在徐瑶被清洗过的阴道内射精。现在就算警察赶到,也没有任何证据能够证明他们的禽兽行为。甚至,他们马上就可以转身为一队发现野鸳鸯的联防队员。领头男人有一双精光四溢的眼,左眉毛上还有一道疤。他是那样肆无忌惮。

徐瑶回到学校。没有报警。几天后赵勇夫找到她,跑来祈求原谅。

她没有理会。她只想忘掉这场噩梦,包括与这场噩梦有关的一切。她在寝室里睡了三天三夜。陈丽娜打电话来,听出异样,从家里赶到学校。问她发生了什么。她一声没吭。徐瑶病了,烧得厉害。陈丽娜把她送到医院。等她醒来,看见赵勇夫居然坐在病床前。她愤怒了,让他滚。陈丽娜这才清楚他们之间发生了问题。问赵勇夫。赵勇夫什么也不说。问徐瑶。徐瑶只从牙缝里挤出一句话:"那是一只畜生。"赵勇夫再来,陈丽娜就往外赶了。

徐瑶以为自己可以很快地忘掉这场噩梦。年轻的她不知道人一旦作起恶,就会有多么卑鄙。很快开学了,徐瑶与赵勇夫的分手就像当时他们的相恋一样成为学校里面的爆款新闻。而分手的原因是,"徐瑶在外面做鸡,被赵勇夫发现了"。谣言的制造者可想而知。徐瑶有了想死的心,幸亏陈丽娜盯得紧,这才不至于酿成惨剧。陈丽娜急了眼,问徐瑶到底是出了什么事。徐瑶这才把当日的事情和盘托出，说到伤心处号啕痛哭。说自己被那群畜生强奸时还心存幻想，认为自己是玛丽娅·沃尔孔斯卡雅，没想到那个声称要做西伯利亚苦役犯的男人，居然禽兽不如。陈丽娜大怒，去找赵勇夫。赵勇夫一口否认那些谣言起源于自己，反而说什么无风不起浪，苍蝇不叮无缝蛋，说徐瑶与自己在一起时就不是处女。

后半句又是造谣。陈丽娜本不在意处女这回事，但很清楚徐瑶的第一次是给了谁。听到赵勇夫这般信口雌黄，颠倒黑白，上前就与赵勇夫厮打。推搡中，赵勇夫跌落天台。是陈丽娜把赵勇夫推下去的。随后赶到的徐瑶在灯光下看得清清楚楚。"没关系，是这只畜生因为羞愧主动跳了楼。我们必须统一口径。"徐瑶拉紧陈丽娜的手。在接受校保安处与警察的质询时，两个女生一口咬定赵勇夫是跳楼自杀。徐瑶还如实供述了赵勇夫的"羞愧"从何而来，没说得太详细，九分真实，一分虚构。此事就不了了之。毕竟学校更愿意接受"自杀说"。赵勇夫的几个同学证明，赵勇夫不止一次流露出自杀的念头。警察还在他抽屉里找到一份写满了"对不起"的信笺，以及那双达芙妮坡跟凉鞋（鞋上沾满精液——这样变态又有什么是做不出来呢）。而横亘在天台下方的两条线缆也在无意中调整了赵勇夫堕楼时的姿势与落地距离。

赵勇夫的死是只属于徐瑶与陈丽娜的秘密。

这秘密是一团温暖的暗火。

现在陈丽娜有了麻烦。自己又该为她做些什么呢？从翠西国际花园出发，五十七分钟后，徐瑶在通往江心岛高速公路的应急车道上看到陈丽娜的那辆黑色奥迪。四野寂静，有夏虫唧鸣。叫得轻柔，是一个个破碎的音符。道路两边是缓缓起伏的丘陵与村庄。一盏盏灯像是一双双疲倦的眼。

在这个广袤的穹窿下，这里就像是荒原。陈丽娜斜靠在车前引擎盖上，像一棵树，被风扭成一种很怪异的姿势。

徐瑶听到自己心中有个句子响了一下，是普希金献给玛丽娅·沃尔孔斯卡雅的《波尔塔瓦》中的一小段："西伯利亚凄凉的荒原，你发出的最后的声音，是我唯一的珍宝，我心头唯一爱恋的梦幻！"

徐瑶下车，近前。月光下，那张一直无比精致的妆容被泪痕毁得惨不忍睹。也不能说是惨不忍睹，反而有一种奇怪的美。似有一个毛茸茸的生命要从被晕染得黑乎乎的眼圈与粉底的面具里挣脱出来。陈丽娜在望着月亮，仰着脸。尖的下颌。下颌是一条柔美的曲线。月亮又大又圆。陈丽娜的声音是淡涩的。

"瑶瑶，你说，月亮是不是一个 UFO？"

陈丽娜没说"像不像"，说的是"是不是"。

健康宝的事，在这个满是套路的世界里，不会比黑心商贩兜售的猪头肉更新鲜。但再不新鲜的套路，轮到自己吃下肚，这痛苦没有任何人可以替代。是五脏六腑着了火，火焰烧得脱氧核糖核酸都变了形。是生锈的刀子割破了胃，还在上面画了一个十字，嘴里满是呕不尽的苦胆水。是一个人连哭与笑的表情都丧失了，胳膊不受大脑中枢指挥，叫它抬起，它不抬起，等打算不理睬它的时候，它忽然劈手给了自己一个耳光。还有腿，明明是宽阔平坦的高速公路路面，却感觉像是行走在华山栈道，还真的恐高症发作了。

这些感受徐瑶是尝过的。也深知这种痛苦无从安慰，只能一个人独自消化。幸好最艰难的时刻已经过去。

车里有烟。徐瑶取来。两人肩膀靠着肩膀，默不作声吸了十余根，陈丽娜说了第二句话。

"瑶瑶，对不起。"

"为什么要说对不起？"

"刘法放在健康宝里的钱不是两百万，而是两千二百万。"

徐瑶脑子里轰的一声响，再也说不出话来。

如果说健康宝最初只是一个基于人脉资源构建，用于利益输送的隐秘平台，这两年随着企业基本面的下行、金融去杠杆的持续推进，它已渐渐蜕变成一个真正的融资输血平台。陈丽娜所在公司的老总最初是为了避免质押股权被平仓的风险，补充质押物，从健康宝里抽了一管血。又赶上飞来贸易战这只黑天鹅，在人民币汇率飙升，重点客户订单流失等多重因素的挤压下，为了保证企业的正常经营，注入流动性，也就从健康宝里不断抽血，资金链的压力瞬间骤升，终于崩溃。而其所质押的股权也随着A股市场近期的暴跌，被强行平仓。

"崩溃前夕，我本可以抽身撤出，我不是什么聪明人，也完全知道这其中利害。瑶瑶，我劝过他不要打健康宝的主意，饮鸩止渴伤的是根本。可他没有办法。我也清楚。几家银行本来答应还旧借新，结果还旧是真，借新遥遥无期，还挖下巨坑——他以高额利息从民间拿来的几笔过桥贷款全填到这个还旧里了。瑶瑶，我还劝他得壮士断臂，要止损，卷土重来未可知。说了很多，没有用。我只能是竭尽全力去想办法，也正是在这个时刻，我才真正发现自己爱着这个老男人——不是因为他曾拥有的财富，也不是因为他在绝境中所爆发出的战斗精神。就是爱，就是这个温柔的字眼。

"如果爱就是陪着这个老男人下地狱，那就下吧。瑶瑶，你别笑话我。我还真是听见了自己心底的这个声音，是那样清晰。也许会否极泰来。瑶瑶，你说过的，困兽犹斗是一个贬义词，换个说法就是生命不息、战斗不止，是曾国藩的《挺经》，是鸡汤文里的'坚持到最后一分钟'。更凶险的情况，老男人也面对过多次，最后不也都熬过来了吗？

"我用各种法子安慰着自己，又听朋友讲，城里有一个不出世的易经大师，便顶着炎炎烈日去了一趟，还真是求得了一个上乾下坤的天地否。但有什么用呢？接下来所发生的一切，就是烈日下的雪，沸水里的鱼。"

陈丽娜喃喃说道，像祥林嫂那样反复说道。

"你打算怎么办？"徐瑶挺起身，下意识地问道，甚至不指望陈丽娜的答复。

四周一片漆黑。月光到哪里去了？这团令人头晕目眩的黑暗要将人吞噬，吸进它的最深处。徐瑶痴怔了许久，这才感觉到一些光亮。

"我不知道。"陈丽娜的声音好像是从另一个世界里传来的，

"我本来是想去他老家，在那个他说过很多次的小县城待下来，等他回来。他不可能不给自己留后路的，狡兔还有三窟。我是这么想的……可我错了。半个小时前，我接到他的电话。就在你赶来的路上。"陈丽娜停顿片刻，慢慢说道："他不再是一只打不死的小强。"

陈丽娜的表情是那样哀恸。一缕缕风，像一群奇异的蝶，拖曳着月光，扑在这张脸上。扑了进去，挣扎片刻，又从她的脑后飞了出来。

一个人的灵魂就是这样消散的吗？

"他说什么了？"

"说他该死了，让我不必到处找他。不是跳黄浦江，也不是雇人把自己悄悄埋了。他会给自己一个相对体面的死法。他得给一些人交代。用他的死。我会在报纸上看到他的死法，也许是服毒，也许是在某个宾馆的房间里悬梁自尽。瑶瑶，你相信他说的吗？"

"不信。"

"我信。我觉得好荒谬啊，我现在与你说着话，他却在一个人死去，在一个我不知道的地方，咽下最后一口气。"

"你太天真了。"

"瑶瑶，我知道你不相信男人。当初我不大明白你为什么会选刘法，现在好像有点明白了。你就是在'选'，就像我们从超市货架上选东西一样。自始至终，你都没爱过刘法。事实上，在赵勇夫后，你就没有再爱上过谁。又或者说，你也不是真正地爱上赵勇夫。那时候的爱不过是以爱的名义来满足荷尔蒙。你说过的，爱是一种三十岁以后才能掌握的能力，也是一种三十岁以后才能懂得的艺术。"

陈丽娜说的是一个事实，虽然是陈词滥调。徐瑶皱起眉头。

"两千二百万不是一个小数字。刘法铁定赔不出来。其实他也够谨慎的，除了两百万是他以个人名义存入健康宝，其他两千万他当的只是掮客，拿提成。瑶瑶，你知道我是怎么说服他的吗？"

陈丽娜又摸出一根烟，没吸，脸颊上涌出一片不自然的红晕，纤细的手指也有了轻微颤抖。陈丽娜道："我勾引了他。尤其是老婆的闺蜜，哪个男人不馋呢。完事后，我说我爱他，说健康宝是能发财的，让他去筹钱。他很谨慎。最后，我说你就不想送徐瑶一个鸽子蛋吗？他才入了套。"

徐瑶胸腔里传出一声细不可闻的哀鸣，脑子还没想明白是怎么一回事，手已经不受控制，劈手给了陈丽娜一记耳光。陈丽娜没躲，反而把另一侧的脸递上，嘴里发出一阵怪异刺耳的笑声："瑶瑶，如果打我两下，你心里会快活一点，你就打吧。"徐瑶觉得浑身都被冻成了冰，没再动手，胸脯剧烈起伏，盯着陈丽娜那双蕴满泪水的眼睛，半晌才从嘴里吐出一句话："你错了，他为的不是我，是一个叫饶美丽的小三。他给了这个小三五十万。我还一直纳闷这钱他是从哪弄来的，原来是从你这。"

陈丽娜微怔，把那根没吸的烟重新塞入嘴里。去摁打火机。橘黄色火焰是一个小小的圆圈。夜被挤开了些。可以看见陈丽娜眼角的泪水，它们在滚落。滚得那么慢。

"瑶瑶，你真可怜。"

"我有没有男人爱，不重要。陈丽娜，你还是收起这点闲情雅致,好好想想现在怎么办吧。"

身体里的冰在碎裂,这是一种奇异的痛苦,像有一个深渊在冰下浮现。

幸好冰面上还有一只海螺,在耳朵里嗡嗡直响。

徐瑶强迫自己站住,站稳。她有点搞不明白陈丽娜说这些话的意图何在。是想炫耀她有男人爱,或者说她能够死心塌地爱上一个男人,乃至不惜作践身体,把它当作交易的筹码?

很奇怪,胸腔里的那丝哀鸣只响了一下就不见了。裂开的冰面下方也不是深渊,是一阵莫名涌动如潮的情绪。同样是危险的。不再令人望而生畏,相反充满一种危险的诱惑。潮水上面似乎有一叶晃动的孤舟。这孤舟到底是什么?单薄,随时可能倾覆,却始终在浪峰谷底间出没,就好像是神祇的化身,卷起了岸边的千堆雪。

遥远天幕的后面是否还有另一个平行世界?

如果有的话,那个平行世界里的徐瑶此刻又在说什么?

细微的风在路边的杂草与灌木丛中发出"嘘嘘"声响。有一群虫豸,游荡在这个银灰色的自由国度。自己下辈子会转生为虫豸吗?

徐瑶收回目光,语气转冷:"丽娜,刘法是我的丈夫。你这边出事了,他这辈子就完蛋了。"

"是的,他会完蛋的。你会与他离婚吗?"

这是一个不必回答的问题。

徐瑶没吭声,背部一阵灼热。身后的车引擎盖上传来呱的一声响。两个女人惊回头。是一只鼓着圆眼踞坐的青蛙。陈丽娜慢慢伸出手,这只青蛙居然也不逃避,眼看陈丽娜的手指就要接近,呱的一声跃起,跃过足有它20倍体长的距离,消失在路边的草坡里。这真是一只勇敢的青蛙。四周蛙鸣齐起,犹如在乐队指挥棒下的交响乐团。

半晌。陈丽娜扔掉烟,弓身回到车内。摇下车窗,仰起一张泪水盈盈的脸:"瑶瑶,谢谢你赶来劝我。我会好好地活下去。如果你想找我,就在微博上置顶一句话,说,我想你了。我会回来找你的。"车发动了。徐瑶攥着拳让开位置,心中百味杂陈,眼看黑色奥迪车身一颤,驶出十余米的距离,脑子里某根电线驳准接口,突然想明白了那叶孤舟是什么,大叫出声:"丽娜。"

车停下了。

3

"你说半个小时前,那个老男人打来电话说,他决定去死?"

"是的。我说了。"

"然后你就傻站在这里等我来,也不立刻报警?手机定位找人,不是黑科技,把来电号码告诉公安部门,十分钟内,他们就能找到那个老男人的位置,救他一命。除非你并不像你所宣称的那样,爱他爱得死去活来。"

"是的。我不爱他。我只是说说罢了。你知道的,很多话我们都只是说说罢了。"

"刘法有一个坏毛病,说梦话。我就是从他的嘴里得知了饶美丽,但从未听过他提到你。他若真与你有那回事,不可能不在睡着的时候吐露实情。"

"他还弄来两千万搁我这。有没有在睡着的时候向你吐露实情?"

"这是两回事。"

"说吧,瑶瑶,你到底想说什么?"

"丽娜,卷款逃跑的人是不是你,在健康宝即将崩盘的前夕?"

"是的。"

"为什么要这样做?"

"因为厌倦。因为我厌倦了这样的生活。"

"为什么要打电话给我?"

"你知道的。"

"我不知道。丽娜,你的演技真好。我能否相信你现在说的是真话?"

"瑶瑶。你想听真话,那我告诉你。真话就是三个字,很简单:我爱你。没有哪个男人会像我这样爱着你。从我见到你第一眼的时候,我就想对你说这三个字。瑶瑶,跟我走吧,我都快要被这三个字弄疯了。"

"爱是陈词滥调。"

"我知道。你说过的话,我都记得。你说在陈词滥调里是找不到人所渴望的闪电与雷声。他们必须往悬崖与云层里去。现在我动身了。"

"丽娜,陈词滥调构成人的日常,犹如一日三餐。主食就这些品种，要么是以淀粉为主要成分的稻米、小麦、玉米等谷物，要么是土豆、甘薯等块茎类食物。我们只能在这个范畴内做选择，并告诉自己'选择即自由'，自己是爱玉米的，或者是爱土豆的……丽娜，你想干吗？别，别吻我……别，吻我。"

徐瑶听见花瓣在口腔中开放的声音，是那么响，那么亮，就像赤足的花神娘娘在唇齿间跳起舞。不仅仅是响，也不仅仅是亮，这声音还繁复细密如同一袭织锦，在汇聚了世间千种颜色后，轻轻系于花神娘娘腰间，再吐出一缕缕幽香。

香气凉得发烫。

就像雪，来回搓着被冻得失去知觉的脸颊与手脚，四肢百骸在一股热流的引导下，渐渐回到它们应该在的位置，有了它们早就应该有的感受。

"我要死了。"徐瑶恍恍惚惚听见一个声音。

还有一个声音，有点遥远，不那么真切，与天上那团蒙蒙月华一样，光芒照进大脑皮质层的沟壑，照亮了那些被尘土与污垢堆积的地方。"人都是要死的，我想在死之前做好一件事，就是爱你，就是想把自己受损的灵魂，劈成薪柴，投入炉火，用跳动的焰火所散发出来的些许光亮和热量，温暖你，抚摸你，把你的手指与脚趾一根根含入嘴里……"是丽娜的声音吗？也许不是丽娜的，是自己的，另一个平行宇宙里一个叫徐瑶的女人说的。

这声音真好听，是天籁。

然后她看见半空中，那层层叠叠的花瓣中间，渐渐浮现出一张脸庞，一张她在镜中看见过的脸庞：

涂在嘴唇上的唇彩是玫瑰紫。上面又覆盖了一条白色的鱼骨纹，纹尾从唇角挑出。两处脸颊绘有数道红绿相间的饕餮纹。眼圈是很深的烟熏蓝，与两端鼻翼的蓝构成一个渐变的 V 字，边缘又装饰着一排向日葵的金黄细小花瓣，眉心中央是一颗深绿色的六芒星，下颌处是一朵橙色与黑色相错的莲花。

是她的脸，在俯下；也是陈丽娜的脸，在仰起。

她的嘴唇轻擦过陈丽娜的额头、双颊、下颌，停留在她的嘴唇上。

一阵清凉的潮水席卷了她的全身。所有的细胞都同时感受到这阵狂喜。徐瑶叹一口气，继而微笑。很快，这些色彩与线条在她的笑容中开始扭曲，融化，旋转，在某个奇异的瞬间，如同喜欢一只脚站着写作的海明威伏案写下的一行行文字，又在徐瑶试图凝眸细看的刹那，向内塌陷，构成了一只豹子皮毛上所有神秘的花纹。

豹子低低吼了一声，不再迟疑，跃出铝塑窗棂。这吼声是如此低沉，又如此巨大，以至于把她一把揉出梦境。

头顶上方还是那盏吸顶吊灯。

高脚杯里的玛歌红酒已经点滴不存。阳台的犄角旮旯里，月光是一层浅浅的晃动的水。小宝没在说梦话，在磨牙。那个叫刘法的男人宛若不存在。

徐瑶再也忍不住，眼泪夺眶而出。

彩票中奖后

1

马忠义进了有家咖啡馆。喘气，呼吸急促，脸白眼赤。喘得费力。在沙发上坐下后，两只眼球要迸出眼眶，身体抖动如筛，其幅度与频率，不会比一个酒精深度依赖者好多少。"给我一杯……"被话呛着了。人几乎要窒息，用力咳嗽，手指在饮料牌上猛力戳着。

服务员理解了。迅速端来一杯拿铁咖啡。马忠义两口喝完，又要了一杯。喝得太猛，热从食管直插胃部。赶紧再要了一杯冰水。

马忠义的脸又圆又亮，晕暗光线下，像一轮月亮升起。

服务员叫李嫣。这个双肩单薄的姑娘是一名勤工俭学的学生。这家生意冷清的咖啡馆附近有家不入流的艺术学院。李嫣在那念研二，表演系的本硕连读。咖啡馆老板是艺术学院的老师，一个奇怪的都市隐居者，一把山羊胡子。偶尔出现在咖啡馆里，也是目光失焦，不断捻着那几根焦黄胡须。不清楚他为什么要做亏本这种愚行，更不明白他对李嫣的信任根源——李嫣听过山羊胡子的几堂课，关系仅限于此。但奇怪的是，山羊胡子对店内经营基本撒手不管，盈利与亏损，李嫣报一个数字也就是了。

必须说山羊胡子老师的授课还是非常有意思。每周一堂，座无虚席。在课堂上能把佛陀的眼耳鼻法身意与表演技巧联系起来，妙语如珠，瞳仁发亮。就是过于严苛，给学生的分数低得吓人。李嫣与同学们辛苦做了一出戏剧，内容是说一个小偷在得知自己所窃乃失主替家人治病的救命钱后的种种挣扎纠结。小偷最终选择归还，赢得满堂掌声，山羊胡子仍打了一个不及格。李嫣很愤怒，脸涨得通红，跑去问原因。山羊胡子说了三条。第一这是陈词滥调；第二表演技术拙劣，小偷扒窃通常有四种手法，你们那不是表演扒窃，是表演土匪；第三条有点奇怪，"你申诉，为什么要脸红呢？"

李嫣不认同。没办法，山羊胡子是老师，她是学生。

山不转水转，李嫣想找份兼职，走进这间咖啡馆后，就看见山羊胡子坐在柜台后面。

用山羊胡子的话来说，在这里是有可能真正发现当代人的存在及其偶然性，属于今天的"生活常态"，人是如何通过无聊的对谈来对抗虚无，通过肢体语言进行交换的那些不便宣之于口的秘密、喧嚣的孤独，生而为人的各种困境、压抑感与戏剧性，等等。山羊胡子说了一组排比句。李嫣犹犹豫豫地接受了这份工作。

忙过半个月后，李嫣发现山羊胡子的秘密。

咖啡馆里装满了各种摄像头，360度无死角。

这个死变态，怕在洗手间里也装了针孔摄像机。李嫣在微信里提出辞职。山羊胡子一连三天没吭声。就在李嫣打算锁上店门扬长而去的时候，山羊胡子出现了，鬼魂一样。坐下来的第一句话是，"你要多少薪水？"李嫣解释这不是钱的问题，没有人喜欢生活在老大哥无处不在的目光下。山羊胡子抖着胡子低声地笑，开始讲他者镜像与自我建构，从乔治·奥威尔的《1984》说到古希腊，说到黑格尔，再到德里达，又说到被个人自由主义蛊惑的愚昧群氓，又落回到晚报上连篇累牍的"平安城市"建设及遍布大街小巷的三十余万只摄像头，得出一个结论：老大哥一直在看着我们，我们迟早会爱上老大哥的。这叫斯德哥尔摩综合征。

李嫣听得晕头涨脑，几番欲推门出去。人是可以被驯化的——这个实在不算是什么人生洞见。同属陈词滥调。山羊胡子觉察到李嫣的不耐烦，解释他还是很清楚边界所在，比如他没有在洗手间装摄像头，那是私域。咖啡馆本身即是公共空间，来到咖啡馆的人在进行消费的时候，即已接受了一个被他人观看的隐形契约。他通过摄像头看，与躲在柜台后面用肉眼看，有什么区别呢？只要他不把这些影像资料公布上传至网络，就不存在对隐私权的侵犯。

山羊胡子的话让李嫣无法拒绝。

根本原因的是，母亲的病让李嫣无法拒绝。家里缺钱，不是一般的缺。李嫣要了一个不算低的报酬后，按照山羊胡子制定的规矩在这间咖啡馆继续待下来。半年下来，双方都算愉快。其实就这样活着，活一辈子，也挺好的。那个"拼命奔跑才可能留在原地"的世界被拒之门外。尽管只是一扇玻璃门。此处无宠辱，有去留，一张张人脸，是瞬间、偶然、飘飘幻影，亦是关于一个"持续不断的流动性"的恒常持久。全于男朋友，啊，这种满脑子荷尔蒙的生物还是有多远就滚多远吧。

李嫣到柜台，打量手机屏幕。自打发现山羊胡子的秘密后，她对山羊胡子专业造诣方面的尊敬荡然无存，同时她还发现这种"窥视"确实令人着迷上瘾。干脆装了一个软件，把手机与监控视频后台联结起来。每张脸皆是不一样的，屏幕（镜头）这种人所发明的存在，把这种"不一样"放大至一个匪夷所思的程度，它切割开时间与空间，用一种蒙古骑士征伐地球的野蛮性与侵略性，把关于人的某一瞬间最本质、最本能的行为举止固定。那些平凡人脸庞上的毛孔、皱纹、痤疮与色斑等，无不深邃如谜。

她喜欢上这种"窥视"。

他们是啤酒与小龙虾，是《使女的故事》与《爱，死亡和机器人》，是蜈支洲岛海底的五彩斑斓、形态奇异的珊瑚礁，是在戈壁滩上一株无人知晓静静开放的野花，是漂浮在这个宇宙尽头瑰丽星云间的诸多小餐馆。

这种"窥视"即占用，一种彻底完全的占有。这种占用就像让柏拉图看见洞外摇晃火把的那束光。

而且，更让李嫣愉快的是，这种"窥视"可以换钱。

把它们上传至某视频网站，会有人为这种影像打赏。打赏金额不高，集腋成裘，一个月下来够买一个华为p30。这算是意外的惊喜。这一点不能让山羊胡子发现，否则这个死变态多半还要跑过来大谈什么个人自由与隐秘。大数据时代，岂有隐私有言？如果说有，那只是说价格问题。窥视他人与"塑造一个适合被窥视形象"，已经是地球人无比热衷、为此狂热的全球性运动。人无法脱离这个时代活着，它是矩阵与母体；若无视否认，只会带来道德与感受上的双重恶心。

李嫣不断自我安慰，做得还是很谨慎小心。

上传视频时用的是海外代理服务器，视频内容经过后期处理，剪辑内容，强调人像表情与各种细节，突出事件的戏剧性，同时虚化场景。

让李嫣惊讶的是，这些视频中，最受欢迎的倒不是那种大奶打小三之类的狗血剧，而是那些独自向隅而坐者的眼泪。

一个知识分子打扮的女人，气质濯濯如春月柳，在一个大雨滂沱的黄昏，于临街座位上，喝了半个小时咖啡，掉了半个小时的眼泪。

眼泪掉得太有艺术性。先是那么一小滴，慢慢挤出眼眶，沿着那张胶原蛋白犹存的表面向下，淌至颔尖，在万有引力的作用下，似坠非坠。想来传说里，由海中鲛人泪滴凝聚的宝珠不过如此。一滴眼泪随后赶来，把这颗珠子撑大胀圆，光华流转……几欲令人上前双手捧起。

这段视频得到7300次点击，打赏近万。可惜风情绰约的女人只来过这么一次。李嫣有点遗憾。也在深夜孤枕难眠的时候，衷心祝愿这个脖颈修长像一只受伤天鹅的女人,能早点度过人生这段灰暗时光。

这是一个移动互联的时代,这是一个喜欢偷窥别人,同时也渴望被人偷窥的时代。

啊,靠墙角落里坐着的圆脸男人,脸部表情真够丰富多彩,若一张张抠下来,能做成表情包,娱乐广大人民群众的日益增长的文化需求与精神需要。

李嫣心中赞叹,拿起干布擦猫爪杯。

该死的猫爪杯。就是一个双层结构透明玻璃杯。外面有数朵樱花点缀。一个进口水晶玻璃杯在淘宝顶了天不过百余元。这种星巴克出的猫爪杯搞饥饿营销,售价最高时达到千元。一群"雌社畜"(山羊胡子发明的这个让李嫣略感不适的词语)为它搭帐篷漏夜排队,不惜各种撕逼。据说"这是女性消费者愿意为自己的生活方式和价值观买单",但在李嫣看来,这只是一个消费主义洗脑的结果,是女性试图填充内心空虚感的拙劣表演,是刷存在感与拼人设的低级方式。

李嫣把十只猫爪杯抹净倒置于绒布上。杯子是她在淘宝买的,二十元一个。倒入有色液体后出现的那只肉嘟嘟的猫爪确实既萌又可爱,但最多就只值二十。

上帝,这个男人是怎么了?

如果说刚才圆脸男人是"一个迎着光的鸡蛋";现在,壳碎掉了,蛋黄淌出。他手上抓着一本杂志,是《读者》。脸上有了一间颜料铺。男人身后书橱里有几大摞书与杂志。其中有百余本《读者》。这是山羊胡子的恶趣味。难道说，《读者》里的文字鸡汤引起他生理与心理上的双重不适？这可是神经系统疾病症候里的一出新鲜案例。

李嫣冲着屏幕上的男人抛出一个飞吻。这是为她独享的欢乐。男人的手机锁屏照片是主演《刺客联盟》的安吉丽娜·朱莉，她的手机锁屏照片也是安吉丽娜·朱莉，是主演《古墓丽影》时的安吉丽娜·朱莉。

2

马忠义傻了眼，像被枪打了，不是一般的枪，是小时候的土铳。

纸上的这些汉字是土铳里的黑硝与钢珠。

他高中时就看过这篇文章，就在这本封面花哨的《读者》上。那时他还是一名寄宿生，尽管窘迫，他还是挤出口粮钱每期必买。那时，他是多么热爱《读者》啊，它是一束穿透云层的光，给一个活在逼仄与阴暗的小镇青年打开了一个充满善意与爱的温暖世界，一个关于人之应然的诗意花园，以至于考上六朝古都那所著名大学后，他还把辛苦积攒的那百余本《读者》不远千里带到校园——这让他成为一个笑话。

最早他还想与这个"笑话"做斗争，用了整整两年时间，他才不得不承认，那些不无怜悯的目光是对的。现实不是《读者》，如果把现实比喻成一座逶迤绵延的山脉，《读者》顶多就是山坳里的一株具有强烈致幻作用的藤本植物。马忠义烧掉杂志，觉得自己已经脱胎换骨。

可该死的肌肉记忆！

橱里有这么多的书籍，偏偏拿起《读者》，鬼使神差，偏偏是这一期；随手一翻，就翻到这篇曾经在他魂灵深得激起巨大回响的文章。马忠义只瞟了眼标题，马上想起关于它的全部。体内有一个生锈的阀门被扳开，管道内蓄积多年的污水倾泻而出。带着一股难闻气息、有着可疑漂浮物的水流，瞬间淹没了大脑皮质层里的千沟万壑。马忠义有了要被溺死的感觉。他合上杂志，扔到对面的座位上，以迅雷不及掩耳的速度。

他端起第二杯咖啡，往喉咙里倒。天真他妈的热。该死的，这么热的天，窗外连一个穿丝袜的长腿少女也没有见到。她们都在宝马车里哭吧——这是她们所热爱的。

马忠义用手背拭去额头密密泼出的汗珠。

如果他没有记错的话，这篇文章说的是一个彩票故事。

说一个生活清贫的人，一个朝九晚五的小职员，唯一的热爱是午休时去买一张彩票，机打下注。这是小职员疲惫生活中唯一的光亮。倒不是说小职员不清楚中奖概率要远低于小行星撞地球，而是说这种行为即是对希望的保存。这样坚持了三十年，风雨无阻。某日，小职员出门时，碰到老板。老板随口请他帮忙买一张。小职员买了，还用该死的铅笔在两张彩票上分别做了标记。回来后，老板忘了这茬事，也没给钱。小职员记得，不打算去提醒老板，把彩票搁抽屉里，准备忘掉这事。几天后，报纸上公布中奖号码。小职员中奖了,不是他那张,而是他替老板买的那张。不是一点钱,是很多很多钱,足以让小职员买下这间公司,开掉这个苛刻的老板。小职员对几天前拿铅笔做标记的自己愤怒不已——那个愚蠢的家伙为什么要多此一举画蛇添足呢?小职员吃不下饭,睡不着觉……在愧疚感的反复折磨下,在"心中道德律令"的光辉指引下(准确说是在作者的意志下),决定把中奖彩票还给老板,赢得了一声感谢与一个蛋糕。

可能有些细节记错了。他不是博尔赫斯笔下那个博闻强记的富内斯。但马忠义不想去重新翻开那本杂志来确认这点。这不重要,重要的是这个故事一直像鬼魂一样缠着他,在今天这个时刻,露出青面獠牙。

马忠义不是彩民。

马忠义钱包里现在有一张彩票。七个数字,分别是他与女友的生日各种排列组合。复式票,总投注额520元,取的是"我爱你"的谐音,是他拟送给女友的礼物,是他试图挽回女友的告白。

女友爱吃,爱买彩票,爱在微信上与各色男人暧昧。这是她的"三大爱"。第三个爱是她嘴里的"天赋女权"——女友同时还交往着两个男士,一个是电力局的,一个是省人民银行的。按照当前婚姻市场的交易原则,他只能是备胎。

马忠义在一张A4纸上反复计算过,用数种婚姻模型论证过。所以他只能在一些小心思上下功夫。比如在争吵翌日,买下这张彩票。

这是马忠义献出的诗与玫瑰,是他的检讨书。争吵是因为买彩票引起的。女友在买彩票时筛选号码，耗时有半个时辰。马忠义等得有点不耐烦了（大约是小指甲盖那么点），随口说了一句彩民都是被收割的韭菜，比股民还不如。女友当时没说什么，出彩票站后一路上横鼻子竖眼找各种不是。

"我错了。"错了就改，还是好备胎。

一宿没睡好。

翌日清晨，马忠义骑着电动车，跑附近彩票点打了这张单子。卖彩票的是一个扎马尾辫的小姑娘，低头在玩《王者荣耀》的手游，从头到尾没抬头瞧马忠义一眼。马忠义又兜了一个大圈买了女友最喜欢吃的马祥兴大肉包，再跑到女友公司楼下，准备给她一个双重惊喜——彩票是形而上的，肉包是形而下的。女友不在，说不来上班，北京那边临时有业务，有笔单子得马上赶过去。要在那里待上十天时间。

女友说的是假话。

"大数据时代没有隐私"这句话是真理，尤其是对于像女友这样头脑简单的雌性生物而言。

她在机场，马忠义与她通电话的时刻。她要去海南三亚，也许会去蜈支洲岛潜水。她喜欢那里。马忠义与她去年去过一次。那里的海水是透明的。在机场跟着她的男士是那个电力局的，那个在英国念过一年艺术硕士、有六块腹肌的男人。

马忠义眼前发黑，一屁股在女友公司门前的石阶上坐下。

马忠义下载过一个木马程序，藏在一个购物链接里发给女友。她上哪里，与谁通话，说了什么，马忠义清清楚楚。马忠义很想冲到机场去，把这个满嘴谎言的雌性打一顿。忍住了。必须忍住倒不是说马忠义有多么爱她，多么喜欢关老爷头顶那款帽子的颜色，而是说他需要婚姻，她是他目前所遇到的雌性中最合适的，起码她爸是区宣传部的副部长。

人啊，还是少知道一点事会快乐一点。

无知者幸福。

马忠义鼻子发酸，单手扶住电动车把手，另一只手用力往嘴里塞大肉包，骑得风驰电掣，骑得眼泪夺眶而出。到办公室喝过一杯婺源绿茶，心情略有平静，把彩票拍了照，在微信上发给女友，说这是他赶早买的，是给她的礼物，还怕女友看不懂，特别指出"是520哦"；说北京早晚温差较大，要注意保暖。

女友对他的及时认错表示赞赏，发来一个盈盈笑脸，与一个拥抱。马忠义赶紧又复制了几首叶芝的情诗发过去。

他是贱。他知道。甚至不妨说女友同样清楚这点，所以她都没费心思去找另外一个借口。一个听上去更不吻合人情与常识的逻辑。十天时间不算短。女友不是自由职业者，是没有资格来一场说走就走的旅行。这趟海南行，想必筹备已久，起码单位上请过假。

再说得不好听点，就算她真得赶去北京出差，事发仓促，也理应给马忠义打个电话说下。起码，马忠义不必一大早像傻逼一样站在她所在公司的楼下。

祝：鸳鸯戏水，都他妈淹死；比翼双飞，都他妈摔死。

马忠义重重吐出胸中一口浊气。

但他没有办法，哪怕她嫁给他的时候，肚子里还怀着隔壁老王的孩子，那也是下嫁。事实就是这样。这个社会是由这样无数个微小事实构成的。

几个小时前，这个事实发生了变化。一个不为大家所知的变化。

复式票里有一组号码赢得 3980 万巨奖。

女友赴海南的第十天。很平常的一天。如果说有什么异样处，那就是马忠义这十天没再关注女友的行踪。这种关注是痛苦的，徒然自取其辱。好不容易熬到第十天早上睁开眼，马忠义看着墙壁上安吉丽娜·朱莉的挂历给女友发去短信，继续嘘寒问暖。女友回复：今日回，不用接机。约他晚上 6 点在静安路的沸腾鱼乡吃饭。这让马忠义的心情略好过一点。

马忠义的单位是家国企，主要是卖心脏支架等医疗器械。单位效益不算好，食堂伙食不错。中午吃过饭，马忠义骑上电动车准备去附近商场转转，打算买一个礼物。途中瞟了眼彩票点。门前拉起红色横幅，"恭贺本站喜中 3980 万元巨奖"。一群人聚在门前唾沫飞溅。人群中间是彩票点的老板，叉着腰，叼着烟，很有点指点江山挥斥方遒的意思。这个膀阔腰圆的家伙太喜欢露他胳膊上的那两条龙文身。这与艺术无关，纯粹是内心虚弱的表现。

马忠义没凑过去。

相反，他心中涌出一丝怜悯。这些在庸常生活的污秽面庞啊，难道是真的不知道关于彩票的那诸多黑幕吗？是的，他们绝大多数是不知道的，而另一小部是清楚的，但他们需要这样一个接近于零的小概率事件给予他们继续生活下去的勇气。

马忠义去商场。

商场在彩票点不远，新开的一家购物广场。人流稀少。马忠义在黄金柜台与化妆品广场来回走了一个"回"字，拿不定主意要买啥。肚疼，问清洗手间的位置奔过去。

蹲坑，想起前几天买过的彩票。搜索打开本地彩票官网，凝神一看，脑子里嗡的一声，瞬间静止。怎么说呢，像《红楼梦》里说的那句话，一片白茫茫大地真干净。紧接着，以往生活的点点滴滴，所受到的委屈与不堪，在同一时刻全部呈现，包括那些以为早遗忘的陈年烂芝麻。这些记忆的总和，宛若一个有着无数切面的棱体在虚空中缓缓旋转。对了，这种感觉与濒死的感觉极为相似。

洗手间里没有旁人。足足过了十余分钟，马忠义才从这种濒死的状态中恢复过来。哆哆嗦嗦撑起身子，系好皮带，再觅了个隐蔽处，又开始对号码，起码对了十遍，怕眼花。对到最后还是忍不住嗷地叫出声，头发根根竖起，眼泪扑簌簌滚下来。

3980万啊，是人民币，不是津巴布韦币。

马忠义的第一个念头是立刻冲去省彩票中心兑现这张彩票，紧接着，第二个念头把他牢牢地按在地球的表面。这张彩票，从法理说，他已赠送了刚从海南归来的女友。女友现在知道彩票中奖了吗？

应该不知道，否则他的手机早就响了。她迟早会知道的，或许下一刻手机就响了。

马忠义脸庞阵红阵青阵白阵黑。

人为什么会这样蠢，比如自己？马忠义百思不得其解。两杯拿铁咖啡下了肚后，他也没弄明白。他给了自己一记耳光。他的圆脸因为这记巴掌又更圆了些。

圆是什么？

3

李嫣没捂嘴，没让自己叫出声。

只用了五分钟，她就确认了角落里这个圆脸男人遇到什么事。她都想给他端去一杯掺有七氟烷迷药的苏打水，夺过这张彩票立刻冲到省彩票中心，领完奖后，再随便跳上一辆高铁。不管高铁开往哪个方向，都是好的。

3980万啊。就算她年入百万，也得连续工作近四十年。李嫣都想竖起中指，朝着三尺之上那些看不见的神灵。李嫣买过彩票，寥寥几次，从来没有中过，哪怕是两块钱。李嫣的母亲，市食品厂的退休女工，倒是买，隔三岔五地买，买的金额不大，每次买之前还在菩萨面前烧香，回来后把彩票压在香炉下，虔诚祷告。每次祷告的话语、姿势分毫不差。然后去给李嫣做好吃的。一次没有中过。李嫣倒是因此口福不浅。

若是母亲见到了3980万，不，哪怕是39.80万，她也会从梦中笑醒吧。现在母亲就躺在省肿瘤医院的走廊里，挂着点滴，等着一场冠状动脉支架植入手术。

李嫣看着屏幕里这个面目狰狞的圆脸男人，觉得肩膀疼得厉害。

老天爷真不公平。为什么最需要钱的人，偏偏没有钱？

圆脸男人真下得了手，这记巴掌的力度快赶得上胡屠夫给女婿范进的。如果是她中了这笔奖,恐怕也会这样扇自己嘴巴的。可店里没有七氟烷,这是处方药,在药店里也买不到。就算袋子真有这样一包药,李嫣也清楚自己是没有勇气把它倒入苏打水里的。

李嫣心神黯然。突然眉头打开。似有一只看不见的大手揪住她后衣领,把她拎出柜台,一寸一寸拎到圆脸男人对面的座位前。又或者说,李嫣的魂灵在半空中,看见一个脸部肌肉僵硬的年轻女孩,宛若一个木偶人一样,寸移快步向前,哆哆嗦嗦弯腰捡起杂志(这具肉体里各关节运转向前的吱嘎声,跟刀尖划在玻璃上的差不多),还小声嘟囔道:"小时候我很爱看《读者》,后来才发现它们都是骗人的。"

这个不要脸的女孩是想勾引这个男人吗?

她太蠢了。

这是李嫣第一次主动与陌生男人搭讪。李嫣的脸刹那间涨得通红,为自己的大胆与愚行。这个不要脸的女孩还想干什么?是不是想掏出手机请求陌生男人添加她为微信好友?

李嫣的魂灵窜回体内,拿着杂志,逃回柜台。

马忠义没有注意到服务员的古怪举止。

他的脑袋里此刻只有一个声音,若是女友打电话来了,他接还是不接;若接,他该说什么;若是她提及这张彩票,他又该说什么?

马忠义下意识地屈指敲橡木桌面:"服务员,再来杯水。"马忠义把彩票塞回钱包,手托着腮,凝视窗外空空荡荡的街头。这个世界真是他妈的荒诞了,这么热的天,连一个穿丝袜的长腿少女也没有。

　　李嫣的手机响了。是山羊胡子打来的，就一句话："给这个喝拿铁的男人再端去一杯。说是店里搞活动，买二赠一。"

　　他想干什么？山羊胡子的声音干巴巴的，紧绷。李嫣悚然一惊。

　　十五分钟后，山羊胡子出现了，与马忠义在咖啡馆的门口撞了一下。轻轻一撞，宛若被风撞了一下。失魂落魄的圆脸男人根本没有注意到钱包被窃。隔着玻璃门，李嫣看得清清楚楚。这是扒窃，技巧令人叹为观止。就是两根指头的快稳准。这是艺术。是扒窃的艺术。这个山羊胡子在为人师表的同时，还有着什么样的黑历史？又或者说，这是一个表演艺术家应该具有的本领。李嫣屏住气息，心脏剧烈跳动，浑身上下连根指头也动弹不了，所有地方都疼了。

　　山羊胡子进屋，快步入柜台。

　　"一百万。"山羊胡子眼角一阵神经质跳动，脸上有了古怪的笑容，"再加上这间咖啡馆。不能再多了。够你母亲上一个好医院，请一个名医主刀。对了，那个人会回来的。你得表演好。像完全不知道有这回事。我想你肯定能拿一个合格线以上的分数。"

　　山羊胡子走了，端着一杯拿铁咖啡，兜里揣着李嫣手机的存储卡，像恶魔一样离开了。出门一刻，还回头咧嘴一笑。

　　血液重新回到李嫣体内，开始奔腾，尖啸。

4

马忠义的女友没提彩票的事。

她换了一个新手机，一个金色的 iPhone XS。在与腹肌男赴海南三亚的第九个夜晚，在他俩鸳鸯戏水的时候，她的旧手机掉浴缸里了。当天晚上，腹肌肉陪着她去了三亚的海棠湾购物中心。

这些事是马忠义不知道的。他不关心这些。那天晚上他没去沸腾鱼乡。女友打来几个电话，未接。

他的钱包丢了，钱包里还有一张中了巨奖的彩票。他沿着他当天走过的路来来回回走了十几遍，把商场里所有的垃圾袋翻了一个底朝天，还雇梳通马桶的工人到他蹲过的那个洗手间折腾了数个时辰。没有奇迹。曾对他撩起性感面纱的命运女神重新又隐匿于虚空之中。

马忠义想不通自己为什么会弄丢钱包，为什么弄丢的不是眼睛又或者是某条胳膊？他想不通，想拿把刀子戳进脑袋，找到钱包丢失那一刻。记忆究竟是怎么一回事？上帝抹去了载有"那一刻"的神经突触元。马忠义有点想不起来他是在什么时候发现彩票遗失的这个悲剧。

应该是他回到单位，上司嘱他交本月度的业务进度表，他想把键盘砸在上司那张胖脸之后的一分钟。对了，就是那时。《刺客联盟》里的男主在得知银行账户里飞来一笔巨款时，就把键盘砸在女上司胖脸上。

他买了这张彩票。他可以对天发誓，以老马家十八代祖宗，还有子子孙孙的名义。手机里存着他发给女友的截图。

马忠义去了省彩票中心，工作人员说兑奖一定要见到实物，又补充一句："你这图是 P 的吧？"马忠义去彩票站，颠三倒四地说。小姑娘一声不吭。那个胳膊上有龙的老板嘴里挤出两个字："傻逼。"马忠义跑到法院，问假如有人捡到遗失的彩票拿去兑奖，失主是否可以提起诉讼要求归还。法官说证据不足。他一口气跑过几个律师事务所，回答大同小异。说他发给女友的这张截图及相关消息，法律效力不充分。部分律师的口才特别好，马忠义都觉得自己是奔跑在克里特迷宫深处，又或者是一名在读《二十二条军规》的飞行员。

马忠义不死心，跑去派出所，声称报案，说专家能鉴定出这张截图的真实性。他愿意出鉴定费。警察啼笑皆非，耐着性子听完后表示，就算微信截图是真的，截图里的那张彩票也未必是真的。马忠义叫喊出声，说彩票点可以证明。说不定彩票点装有视频监控呢。监控里能看到他进彩票站，买下屏幕里的这张彩票。马忠义大叫大嚷，说到情急处，几滴眼泪迸出，就差下跪磕头。3980 万不是小数字。警察去了彩票点。

小姑娘说她在那天早上是卖出这样一张彩票，但是不是马忠义买的，不能确认。那天她忙着打游戏了。店里没有视频。再说就算是马忠义买的也没屁用，认票不认人的。小姑娘说的是实话。马忠义绝望地指着店外附近电线杆上的摄像头说："你们装的摄像头不是无死角全覆盖吗？调出来。"警察没说话。其中一个年长的，看马忠义的眼神如看白痴。

马忠义决定把这件事告诉女友。这段时间失魂落魄的他并没有得到女友更多关注。马忠义一直疑惑女友未提及彩票之事。他的疑惑得到女友不耐烦的极明显的敷衍。看样子女友是要把他开除出备胎这个序列。马忠义把手机上存着的彩票截图重新发给女友。不管怎么说,她父亲是区宣传部的副部长,是众所周知的大人物。或许会有办法的。他抱有侥幸之心。

"真的?"

"真的!我发誓。"

他的左脸立刻挨了女友的一记耳光。女友瞬间失控,歇斯底里地叫喊起来。如果是在沸腾鱼乡,她极可能会把一盆热气腾腾的底汤泼到他身上。幸好他们是在大街上,人流熙来攘往。女友用一种极为可怕的眼神盯着马忠义,又赏了他右脸一记恶狠狠的耳光。

他蠢,他认。如果副部长能找回彩票,马忠义情愿每天早晚各挨她一记耳光,从此刻一直扇到入土为安日。

副部长盯着女儿的手机看了半天,看得马忠义心里发毛。

"真的?"

"爸!"马忠义的女友跺脚。

副部长的目光扫向马忠义。这目光是威严的,跟探照灯一样让人无所遁形。马忠义很想说一声:"我若说了假话,不得好死。"说不出嘴,腿肚子发软。探照灯应该是照见了马忠义肚子里的这句话。半响,副部长鼻孔里哼了声,拿起手机:"我进屋打几个电话。"

副部长在几名警察的陪同下,调出马忠义购买彩票那段时间的街头监控影像。那些闪烁不定的影像能证明马忠义在那个时间段进出过彩票点。

这能说明什么？这不能说明更多。

一名佩戴两道横杠加两枚四角星花的女警官，极有耐心地向副部长一行解释证据链构成的三个要素——如果李嫣在场，她会发现这个女警察就是那个在咖啡馆掉了半个小时眼泪的女人。女警官允诺了副部长的请求，陪同副部长赶赴彩票中心。在那间冷气放得太大的会议室里，彩票中心的有关领导，在详细听说完事情原委后，摊开双手，一脸遗憾地表示，该张彩票已兑奖。数日前，一个衣着普通的中年男人戴着面具领走这笔巨款。按相关规定，中奖人的身份信息受到严格保密。

这让人心如死灰。3980万啊，马忠义的女友失声痛哭。副部长的眉头越蹙越紧。女警察似笑非笑，一副吃瓜群众不嫌事大的表情。

两天后，手眼通天的副部长找到领奖人的信息。这个"找到"后面的种种博弈与相应人事纠葛，是马忠义不知道的，也不想知道。

叫高尚，是一个家住左家巷178号的本市居民。在去左家巷的途中，马忠义小声说道："如果这个姓高的，不肯物归原主，能打官司要回来。起码能要回一部分。我问过律师了。"

没人说话。氛围压抑。女友看马忠义的目光宛如仇雠，嘴里只是反复念叨："3980。3980。"副部长脸上有琢磨不透的表情。

左家巷178号有一个高尚，三年前因血管瘤过世了。线索中断。

命里有时终会有，命里无时莫强求。一脸阴郁的副部长顿脚，转身走了。女友的眼泪夺眶而出，盘膝坐地，且旋起旋跪。上帝知道这短短数日，她受了多少煎熬，都从一个精致女人转型为一个街头泼妇。

最痛苦的不是痛苦本身,而是那一缕不肯熄灭的希望。

希望破灭了。

马忠义都听到体内有某个东西咔嚓一声,发出巨响。

犹如天启神授,在这时刻,这个圆脸男人终于感觉到自身血肉回到它们原来的位置,也发现那个把灵魂装起来的皮囊在慢慢浮出深渊。这是一种极古怪的体验,像濒死之鱼缓缓浮出水面。鱼鳍在初夏的阳光下闪闪发亮。

马忠义心中涌起强烈的冲动。他很想蹲下身,问女友,三亚十日是否还愉快,再告诉这个披头散发的女人,所谓中奖彩票只是他的恶作剧,图是 P 的。

这种恶毒的玩笑没有说出来的必要。像有神灵曾在某个短暂时刻,揪住他的头发,令他来到云端之上。现在他坠回地表,但他在云端之上所窥见的那些,已经在这短短数日,深刻地重组了他体内的基因序列。

他看了眼四周,为自己这些日子近似疯癫的行径羞愧难当,紧接着他不无惊讶地发现,女友,准确说,是眼前这个坐在台阶上哭号的年轻女人,就是一个陌生人。紧接着,他终于确认了一个事实:这个他眼里的白富美是一只什么样的生物。

真奇怪,生活真是太他妈的操蛋了。马忠义耸耸肩膀,情不自禁地伸长双臂,像一只鸟那样扑棱下跳下台阶。

沿着逶迤巷子深一脚浅一脚,向前百余米,再拐过在两排梧桐树下喑哑无声的关天路,就能听见花红柳绿的叫喊声。午后太阳的光在大街上涂上了一块块层次感极是鲜艳的颜色。这个世界是一张"泛着光亮"的二维平面,有着令人心醉神迷的形式感与质地。马忠义用目光捕捉这些自日常事物中涌出的线条,赞叹不已。也意识到自己在这张平面之外。

犹豫片刻,他还是一脚踏入这张平面。

前面路口是有家咖啡馆。馆里有个双肩单薄的姑娘。不知店里是否还有买二送一的赠饮活动。马忠义吹了几声口哨,进屋。屋内的光线有点黯淡。不过这有什么关系呢,这是屋外那张平面的阴影。阴影与建筑共同构成了一个有机的完整体。马忠义冲着柜台后面的李嫣露出歉意的笑容。过去这段时间里,他打扰了她太多,跟一个神经病没有区别。

"给我一杯拿铁,要热的。不加糖。"

马忠义听见自己的声音。然后他想了起来。想起那天下午他喝完三杯拿铁咖啡后,在咖啡馆门前撞到的那个有着一缕山羊胡子的男人。

他的心脏咯噔响了下,很快他就确认,这种"想起"毫无用处。

他的眼睛开始变得明亮。他又听见自己对着这个脸上有盈盈笑意的姑娘小声说道:"我可以加你微信好友吗?"

马忠义的脸又圆又亮,昏暗光线下,像一轮月亮升起。

5

与马忠义在一起 520 天后的黄昏,一个快递小哥敲门进了有家咖啡屋，给了正在店里擦洗忙碌的李嫣两张票。两张靠前排的 VIP 座位，票价不菲。信封里除了这两张票就没别的了。一出戏剧，剧名《彩票中奖后》。

李嫣纳闷，用手机搜索。如受雷殛。导演是那位曾像一个气泡从这个秩序森然的世界里消失的山羊胡子。天啊，这幕戏还刚在英国爱丁堡戏剧节上拿了大奖！被誉为戏剧对当代人的生活的重新发现，结实、诚挚，有着异常动人的叙事光泽。

李嫣目瞪口呆。

在柜台里忙着搬酒的马忠义凑过身来问她怎么了？

李嫣嘀咕一声。声音细微。马忠义还是听见了。她说的是："这真是一个画蛇添足的尾巴。"李嫣把票揣入口袋。马忠义挠挠头，没问谁送来的票。可能是李嫣前任，这不重要。马忠义问："我们晚上去看？"李嫣说："不了。我去闲鱼上卖。也许能卖个对折吧。"

自从马忠义来了后，咖啡馆的生意好了许多。幸好 520 天前的那个下午，碰到马忠义。要不然，母亲的那场心脏支架移植手术会变成一场可怕的医疗事故。这个圆脸男人是靠谱的，可以与之共度余生。但还是缺钱。母亲的手术花了四十万，还有六十万，李嫣已经付了人和小区一套二室一厅的房子的首付款。

李嫣对马忠义露出抱歉的笑容，俯身在他唇上重重亲了一下。她的嘴唇上有马忠义从未品尝过的甜。

在他们身后的墙壁上，是一张安吉丽娜·朱莉主演《古墓丽影》时的海报。

2019 年 8 月 24 日

十一片断

一：时间

公元 2018 年 10 月 17 日上午，北京时间 6 点 31 分。

地是灰青色的，天空是蟹青色的。这让人不愉快。觉得自己在一层泛着青光毛玻璃的夹层里，要被夹成一张二维平面。

我在阳台上刷牙，努力把这种不悦吐掉。一羽灰鸽落到对面的屋檐上。屋檐翘起半弧。蹲在这根弧形另一头的花脸猫看见了。几分钟后，猫吃掉了鸽子。也不能说是吃，纯粹是杀戮本身。花脸猫捕食的动作与豹子一样敏捷，极富观赏价值。与豹子不同的是，杀戮完成以后，花脸猫失去了对鸽子的兴趣，弃而不顾，沿着青色琉璃瓦面飞蹿，猱身跳到下方挂着的格力空调，再跃至一扇挂有灰帘的窗台，用右爪拍打玻璃窗，拍一下叫两声。不是在叫春，叫声中有种说不清的东西。

我知道该有事发生。我都忘了吐出嘴里的牙膏泡沫。

灰帘被挑开。是电影镜头里的慢动作。

一只纤细苍白的手。

可惜随之出现的不是一个眉目如画的脸（如果我是西门庆，她会不会是杨思敏主演的潘金莲？）。

一张大街上随处可见的妇人脸。如果说它有什么特点的话，那就一个：没有特点。妇人穿着低领短袖的藏青旗袍，瞪着这只猫，颈脖处露出一段白。花脸猫的叫声一声比一声低，不再叫了，乖乖地蜷伏，一团，任妇人揪着脖子拎回屋内……窗户被关上，灰帘重新拉上。

我漱完口。

取出先前放在微波炉加热的馒头，就着榨菜啃。嘴里发酸，馒头难以下咽。有哪里不对劲。我用目光四处搜寻这个"不对劲"，又瞥见一羽灰鸽落在窗外的屋檐上。

小区里的灰鸽太多了，它们看上去几乎是一样的。

我继续啃馒头。我想我是眼花了。我再次看见那只花脸猫。我认得它，化成灰也认得。它曾经瘦骨嶙峋地蹲在我房门口，可怜兮兮。我收留了它，从菜市场买来鱼虾精心伺候，还给它取了一个名字叫"喂"。越来越习惯回家第一件事就是喊一声"喂"。三个月后，它不辞而别。我找遍半条街区，像神经病一样到处喊它的名字，喊了半个月，没找到。某日，看见它，在那个穿藏青旗袍妇人脚边，打滚卖萌，极为欢乐。我喊了几声喂，它连看都没看我一眼，专注献媚。

一条多令人讨厌的公猫啊。我当时应该把它阉了的。

我意识到不对劲。这只猫不是刚被旗袍妇人拎回屋了吗？我瞟了眼搁在盥洗台上的华为手机，还是北京时间 6 点 31 分。也许，关于猫捕杀鸽子，及妇人拎它进屋等，皆是幻觉，是昨晚梦境所遗的涟漪——我想不起来昨晚所踏入梦境的情节与细节。我没再多想。出门上班。上班的心情与上坟差不多。我还是一丝不苟地完成领导交办的事宜，顺利打卡回家。吃过泡面，刷完美剧《高堡奇人》，关灯睡觉，一觉睡到天亮，再起床刷牙……

我又看见蟹青色的天空，还有屋檐上的灰鸽与猫，那个穿藏青旗袍的妇人。

手机搁在盥洗台上。华为荣耀v10。

公元2017年10月17日上午，北京时间6点31分。

我想手机出问题了，或者我哪里出了问题；又或者，这个世界出了问题。三种相对应的解决办法分别是：把手机拿去修理。把我拿去医院修理。把世界……不，还是把我拿去修理，最好是能拿到《土拨鼠日》那部美国影片的编剧手里修理一番。说不定我也会从一个尖酸刻薄的人变成一个温和友善的人，从一个自私自利的人变成一个乐于助人的人，从一个乏善无趣的人变成一个幽默风趣的人。若是能收获一个像丽塔那种美丽女人的爱情，那就是翻身奴隶把歌唱。

不对，既然男主菲利变得如此完美，还拥有了丽塔的爱情，这个土拨鼠日就是他的伊甸园。菲利太傻了。走出土拨鼠日，即是被逐出伊甸园时。他为什么要让时间重新开始呢？这种意味着他与丽塔变老，可能中风偏瘫，大小便不能自便，患上阿尔茨海默症，连对方的名字都会忘掉。

我几乎要号啕痛哭。

一个穿藏青旗袍的妇人拍了拍我肩膀："在想什么？"

"在想'喂'。"我歪过头，想了想，小声说道。妇人颈脖处露出的那一段白里有许多褶皱。那是时间的味道，让人不愉快的味道。

"它在你脚边呢。"妇人哼道。

是的，这只花脸猫蹲在脚边，盯着我悬空的手臂，黄绿色的瞳孔里露出阵阵杀气，齿缝与胡须上还沾着血。如果我没有看错的话，在它眼里，我的手臂即是可以扑杀的一羽灰鸽。幸好，"我的手臂"还连着我——一个体积比它大 N 倍的事实。我念了声阿弥陀佛，继续刷牙。

泡沫漫出嘴角。奇怪，舌尖上好像有馒头碎屑。

手机响了。我抓起盥洗台上的华为荣耀 v10。一条该死的垃圾短信。

现在是公元 2018 年 10 月 17 日上午，北京时间 6 点 31 分。

一个念头在脑子里嗡嗡响了下，艰难地保持着平衡……突然飞了出去，是一羽灰鸽。

"时间是什么？"

我脱口而出。

"是你个大头鬼。"妇人把馒头往我面前重重一搁，眉眼间极是不耐烦，"有这个闲心，还是多关心下河西的房价又涨了多少吧。"

二：讲座与《棒球棍》

晚上听了陈嘉映先生的讲座，娓娓动人，很迷人的讲述。陈先生最后给出一个结论：人要努力保持个人生活的完整性。（大意）

这是对的，但觉得有问题。可能是因为时间原因没展开，但也可能不是，这个结论与他今晚的主题"西方伦理观念的变迁与演化"还是一脉相承。

为什么说有问题呢？

陈嘉映先生举了浮士德与高僧为例，来说明他们各自在德性与智性的完整性，认为两者没有区别。这陷入一个相对主义的诱惑中。完整性有点类似无限的概念。自然数是一个无限，偶数也是一个无限。但是两回事。完整性当有区别，虽然其内部都具有稳定均衡自洽的特质。打个比方，一把包豪斯风格的椅子，一个苹果手机，二者都具有完整性，并因为这种完整性呈现出获得一个抽象的概念（名为万物之母）。我们得以据此辨认与其相关的各种知识。但这两种完整性迥然相异。不仅有差异，还有着价值上的高低差别，它们在当下市场中的定价即是对这种差别的描述。

陈嘉映说的完整性是那把 19 世纪的椅子。是一个"过去式的完整性"。今天关于椅子的完整性已经不再是一个有着四条腿与靠背的平面，而是一个更丰富的结构，流动，时有逸出，可能没有腿，甚至没有平面的物。椅子与人日益增长的各种维度之需要（不仅是安放臀部）有关。

我的意思是什么呢？

陈嘉映先生谈论的完整性还是在一个人文价值的范畴中，一个历史语境里的完整性；但今天我们再讨论完整性，就要再加上工具理性这个坐标轴。只有把这两个坐标轴叠加一处，既死又活，我们才可能真正活在当下，而非是用那些古老缓慢的箴言来应对这个剧变的块茎化时代，才可能在这个正在重新建构时空观的全球现代性浪潮中获得一个"有效的完整性"。他所说的那些根源于希腊文明、世俗社会及基督教伦理（以及他未提及的佛教、犹太教、伊斯兰教、《论语》等）的完整性，在今天这个极可能触及"技术奇点"的时刻（这两天的基因编辑婴儿刷屏），即是残缺。

这种残缺，再直观地讲，就像功能手机与智能手机的对比。你不能再说功能手机能打电话能发短信就有完整性。没了。

这是我们要正视的现实。真正有意义的话题，即是在这种日新月异的"新现实"（我一再说的三个字），如何来获得人的完整性。否则完整性就是一个闭合的圆，而根据势力学第二定律，圆内的人事物是摆脱不了熵增命运，热寂，沦为无聊与无意义。

完整性不是一个静物画，不是圆，不是对圆之外的拒绝。

它是动的，犹如剃出去的刀子。哪怕它最后割破的是自己的喉咙。作为刀子本身，它是完整的。这个完整性是指：刀子（物），抓着刀子的手（人），以及把刀子割破自己喉咙的理由（事）。

完整性不是对幸福追求的庸俗化表达。而是个体生命价值的体现，或高或低，是人事物三者的统一，尤其是在这个时间空间人事物三者纷纷碎片化的"新现实"里。

（所谓幸福就是被雷劈，除了让人头晕目眩，脑子里突然装满棉絮之类的丝状物，以及对轻的迷恋与上瘾，不能提供更多。幸福的实质也是一团歇斯底里的激情，不过是通过某种枷锁所固定。）

换而言之，一个现代人根本不必沉溺于"要努力保持个人生活的完整性"，这只是一个世俗层面的退而求其次，是无力面对现代性风暴的哀鸣，你也保持不了，不管你多么努力。科技与资本会像两头大象破门而入，把你要"努力保持的"一一踏碎。

事实上，科技与资本都在尝试建构起属于自己的伦理体系。这是一个由工具理性孕育的，可以通过计算机语言描述的全新的伦理体系。比如它们对善恶的描述，就不再是盖希望小学是善的这种价值判断，而是盖多少座才是善——这里的"多少个"会根据时间与地点游移不定。是一个基于量化基础上的定型，可计算的模型，而非只是定性的表达。

强调：

我们在一个现代性的浪潮中。

现代性是一个"碎片化生存"。

完整性是把碎片黏合的过程。是过程，不是结果。这些碎片应该有四个维度：政治、经济、科学、文化。或者说有的是铁，有的是木，有的是火。这就需要作为人的艺术，才可能把这些属性不一的事物，根据自己对世界的理解与对未来的想象，建构成宫殿或园林，或一个更复杂的现代性建筑。这很难，但人也本该是一个艺术品，要有对这种难度、对这种艺术性的追求。

我原来说，现代性正在把人打碎，时间、知识结构、人际关系、对世界的理解方式等。要回到作为人的整体，作为"一"的自洽，只能是求诸上帝，或者在某些时刻去阅读文学，而不能指望理性与逻辑——没有比它所导致的傲慢更糟糕的事情了。这是抒情。事实上，个体只能作为人类的一分子，意识到须臾肉身不过是人类这个海洋里的一滴水、一道闪光，才可能真正接近"他作为人的完整性",只是接近,而非获得。这也是我们生而为人的意义。意识到个体的价值(海洋是由无限水分子构成),也意识到海洋,意识到"个体与海洋"的互相生成。我讲的历史混沌理论,讲微小个体对系统的影响,也是完整性在一个更广阔背景下的表达。坦率说,在现代性里,所谓的静态"完整性"根本不存在,不过是对已然逝去的田园牧歌的挽歌与祭奠。

再说美德与道德。

道德是一种实然,是人的最小公约数。是连接人际,建构社会秩序的焊接物。道德很大程度上是一个时间概念与一个地理名词。我们说移风易俗,就是说道德的嬗变。道德有它的"永流传",如忒修斯之船、阿能诃鼓。

美德是一种应然,如"标月之指",是光,打在这实然上,使它弥漫出光晕,具有一种魅惑面貌。它落在人的具体阶层(骑士的美德)与职业结构(比如医生的美德)就有了各自内涵与特定表达……哎,说这些真无聊,还是讲个故事吧,故事大纲就暂叫《棒球棍》。

一个女程序员。有胸有大脑。喜欢一个男人。男人是运动健将。隔三岔五带着宅性深重的女程序员去户外嗨,攀岩跑酷徒步旅行,还从泰国带回一根小叶紫檀的棒球棍送给女人。

女人非常爱他。是非常非常。非常的N次方。

有一天,男人在自驾游时出事了。在悬崖下的激流里找到出事车辆,没找到尸体。当各种搜寻救援都宣告终止后,女人还是不肯放弃，独自背包沿溪寻觅，找了一次又一次，一遍遍呼喊男人的名字，喉咙都喊嘶哑了，还是找不到。

这种痛不欲生的思念，让女人几乎崩溃。

为了让自己还能够站在地球的表面，女人决心开发一个软件，投了很多的心力人力物力财力。感谢主，在她快要撑不下去，几番被债主催款差点被暴打的时候，有国际金主收购了她为男人做过的一个测量爱情智商的小程序，付了数千万美金。女人把有关男人的一切，身高、血型等，还有他改不掉的老家口音、口头禅、与陌生女孩搭讪时的幽默感，一点一滴全部输入到这个程序里面。上帝对女人真是眷顾。程序获得成功，活了过来。

是的，"活了"过来，就像一个真正的人那样会说话会走路会做爱。

这个程序应该得到命名，就叫"他"吧。女人把她对昔日男人的爱全部转移到他身上。

他是她的爱人，也是她的孩子。他满足了一个女人对妻性和母性的同时渴望。

这样过了几年，失踪男回来。男人回归之途，有各种意外与冒险，更有流血与牺牲，男人像希腊神话里面的英雄赫拉克勒斯——还顺手解救了一个被绑架的科学家，一位"被缚的普罗米修斯"。在临近家门之际，男人看见与自己有着一模一样容颜的他，他在清理花园，连开割草机的姿势都跟男人完全一样。男人还看见妻子和他之间的如胶似漆与比翼双飞。

这让男人伤心欲绝。

男人试图提醒女人——自己才是正牌货。

有什么用呢？男人所有的所作所为都是徒劳的。女人在经历震惊、疑虑、狂喜、不安、焦躁、惊惧等一番纠结挣扎后，下达驱逐令。男人不得不向他提出挑战——男人要在棒球场上击败这个偷窃自己人生的克隆品。克隆品接受了挑战。他不是男人的对手。糟糕的是，眼看胜利在望，女人在赶来赛场的路上出了车祸，这让男人心神不宁，接连失手，被三振出局。男人不服，试图杀死这个罪魁祸首，并大声指责这个克隆品从未真正爱女人。克隆品笑而不语，闭目待死。隔着轻风、阳光，还有几根绿得发黑的灌木枝，女人毫不犹豫地击毙男人，用男人当年送给她的那根棒球棍狠狠地敲在男人后脑勺上。

这是不可避免的。

三：玻璃球游戏

早晨是寂静的，清澈透明，玻璃珠一样。从树梢滚至窗前，低头钻过窗户缝隙，在白色墙壁上弹了两下，滑落至暗红色的檫木地板上。有些奇异的声响。有几根不知从何处来的金黄色光线在这个玻璃球内缓慢转动，不知过了多久，接近停止。墙壁上出现几块蝴蝶形状的光斑。

蝴蝶的翅翼擦过油画（是陈逸飞《浔阳遗韵》的临摹品），在那个执团扇女子的嘴唇上，微微一颤，停住。像一个吻。

"是的，父亲隔着空气对脸有愁容的女儿的吻。吻她的唇，隐秘，静谧，极其轻柔。只祈愿这个荒谬而又美丽的世界终为她真实拥有。"

这个句子出现在你喉咙里。你把它咽下，腹部一阵滚烫。你能感受到这个吻里所饱含的情意，以及犹豫。

风吹进屋子，带着夏末的荷香与初秋的菊气（它们混杂成一种让人微醺的气味）。你换过一个姿势。现在你可以看到油画下方的镜中影像。这张脸已被时间磨损太多。是一个被雨水浸泡过的苦杏仁，饱含不快。你摸摸颧骨，目光转移到画的左上角。那个凝神拨着琵琶弦的女子，容貌与你前妻颇为神似。是前妻。你生命中最重要的三个女人都在这张油画上。尽管陈逸飞先生没有绘出低首吹箫女子的脸容，但你清清楚楚知道她有一张什么样的脸——你母亲的脸。女儿，前妻，母亲。你把这幅画挂在卧室里，一睁眼就能看见她们。她们一般年纪。一般美丽。

你赤足站着。你在想。

你踩在檫木地板上。

这种日复一日的"看见"，或者说塌陷，让痛苦演变成了一颗密度巨大的中子星，伊始还保持着某个固定频率与脉冲强度，让你备受折磨，在许多个夜深人静的时候，不得不用牙齿咀嚼手指以缓解诸种不适。随着时间推移，你逐渐发现这个比钢铁还要坚硬百亿倍的球状物表面日趋光滑，它所带给你的也不再只是痛苦……比如此刻，它孤悬于脑海深处，犹如匪夷所思的宇宙奇观——迟早某日，它还将成为一颗不发光的黑矮星。这是奇妙的寓言。如果科学家说的没错，整个宇宙不可避免毁坏崩损的黑暗命运，连原子都会被潮汐之力撕裂，不复存在。

原子是会不存在的。黑矮星会不存在的。中子星会不存在的。你的痛苦也会不存在的。

你踱出卧室。你来到餐厅。你把粥喂入嘴里。

餐桌上有本《玻璃球游戏》。黑塞写的。扉页上有句题词："献给东方旅行者。"下方还有一行铅笔字迹，是你女儿写的："东方。地理名词，同时也意味着傲慢与偏见。是来到东方的旅行者在描述自己与一个异国女子邂逅的罗曼史、一些尴尬遭遇、一段新奇经历，以及几处迥异于他出生之地的景色时，所选择的一种极可笑的叙事角度。是一个自许为文明的本体对他者观察后，对其片爪只鳞的印象所进行的浪漫而又贫乏的想象。"

簪花小楷。你翻动书页，浏览女儿折叠起来的那几页。你不喜欢黑塞，这个瘦削的德国人，满脸苦相。可能是译文问题，每个句子皆干枯紧涩。

一个、一些、一段、一处、一种……

你用舌尖品咂着这些与"一"有关的量词，它们多如恒河之沙，不可计数。

一只苍蝇飞来了，嗡嗡响着，背甲微绿淡金。羽翼薄而透明，在空气中高速颤动，这使它能在瞬间疾飞俯冲逃离危险。你看着它，手掌停在书页上。它能够洞察你的内心，翅膀一收，停在粥碗边沿。很奇怪，这种生物的味觉器官，不在头上，反而在脚上。它搓动双脚，不慌不乱。玻璃球在它背脊上滚动，让人目眩神迷。你咳嗽一声。它立时飞起，围着你的头顶绕行盘旋一圈后，贴至对面的墙壁上。这种喜欢在粪尿污秽等处爬行觅食的生物，从不被病菌感染。它有一个极独特高效的消化系统，能够快速摄取食物营养，病菌还没来得及繁殖便在几秒钟后被排出体外。人为什么不可以这样？

心脏处有刺疼感。这不好。你挥起手。你的预判是对的。

苍蝇死了。它终究只是靠惊人的繁殖力,才在这个人类统治的地球上生存下来。手掌感到了快乐。手指有点无意识的痉挛。脚底传来一阵麻酥。你想,你脑子里至少分泌了几毫克的多巴胺。你咧嘴微笑,这个早晨,一个苍蝇死掉了。被你打死了。这个世界(一个混沌系统)会因为这桩光天化日下发生的暴行以及蝴蝶效应,发生变化吗?如果会的话,是会变得更好,还是更坏?你扯出餐巾纸裹住苍蝇的尸体,在俯身把它扔入垃圾桶前,先于额头画了一个十字,为它举行了一个简短葬礼。葬礼是必须的,不管它有多么矫情恶俗,它是仪式,再蹩脚的仪式都能安慰人。

你感受到身体深处卷起的潮水。手掌重新放回书页上,对着扉页题词下方的钢笔字挤出笑容。

光线从额头缓缓移开。早晨结束了。你继续阅读。

没有意外发生,没有驴说人话,没见哪只猴子目运金光射冲斗府,也没有看见格里高尔·萨姆沙变成的那只甲虫。你叹口气,对着"四周寂静"许了一个愿,把自己塞入这本书里。

你是这本书里的一行文字。

现在,你与那幅画的距离,是咫尺,亦隔着数个星系的距离。

四:罗拉

罗拉,对,就是 luó lā ,发音要标准。要讲普通话。这个短发长腿杏仁眼的女老师说一口字正腔圆的普通话。罗拉在篮球场上跑着,球在她手下啪啪啪地跑着。我们从未见过像罗拉这样球打得好看的女人。我们冲她吹起口哨,心猿意马。如果上帝还活着,他一定能看见我们的脑子里同时想起的是什么。是的,马,一匹雌马,长鬃飞扬,四蹄翻腾(当罗拉后仰跳投时),马背上还搁着一具镏金裹木质的马鞍。

我们都想坐在这个马鞍上。

我们不断地拍掌叫喊:"罗拉加油,1234,换个姿势,再来一个。"

罗拉从我们眼前跑过,反跑,折返跑,从底线切入飞快地跑。汗水打湿她的脸,还有那件橙色的 24 号球衣。我们都看见了那对盖住她胸前涌动波涛的黑色胸罩。她还是当我们不存在。我们很恼火,一边拍巴掌叫喊,一边把坐在单杠上的王羽、刘明远、侯志踢下去。好了,现在,我们就剩下三个:张松、马家财、孙贵。我们要好好谈一谈。我们是一个讨厌的复数。

一具马鞍上只允许坐一个骑手——再多半边屁股也是不可能的事。我们不是龌龊的人。所以当马家财开始幻想三个火枪手同骑一匹白马的低俗画面后,我们立刻把他开除出队伍。不要问我们是怎么知道马家财脑子里发生的画面。我们没有特异功能,但我们知道,我们就是知道。好了,现在我们就剩下张松与孙贵两个。不能再少。再少就不是我们。"我们的队伍向太阳,脚踏着祖国的大地,背负着民族的希望,我们是一支不可战胜的力量……"我们齐声唱,欢声唱,撕心裂肺地唱。歌声在我们脚下安上钢制弹簧。我们跳下单杠,来到场边,撸起袖管,鼓起二头肌,继续唱,一遍遍地唱。

球在罗拉手下啪啪啪地响着。罗拉乜视。罗拉说："张松，我们单挑。"张松目露精光："好男不与女斗。"罗拉说："孙贵，我们单挑。"孙贵一脸谄笑："好女不与男斗。"我们都不是罗拉的对手，哪怕张松比罗拉高十厘米，孙贵比张松还要高十厘米。孙贵说："罗拉，你球打得这样好，想不想进国家队？我小姨二表哥的侄媳妇与咱们国家女篮领队的堂弟的小舅子在一张床上睡着。你想去，我替你说说。"罗拉说："孙贵，就算咱们国家女篮领队的堂弟的小舅子是西门庆，你小姨的二表哥的侄媳妇也不是潘金莲吧。"张松说："罗拉，你别嚣张，有本事我们摔跤。"罗拉拿球把张松砸了一个跟斗。罗拉说："哪天你把你的臭脸摔到你的屁股底下，我就说你有本事。"谁有本事把自己脸摔到自己的屁股底下？啊，这画面太美不敢多想。我们快快走开，一路上讨论罗拉的脑组织被篮球砸出了多少个环形坑。张松说有一万零一个。孙贵说，起码有一万零二个。为什么非得是一万零一个？多出一个，山鲁佐德也许就杀掉了生性残暴的山鲁亚尔，自己当国王了。张松说："你这是谄女症发作。"孙贵说："你这是厌女症发作。"我们都没搞明白谄女症与厌女症到底是怎么一回事，就不由自动地使用了它们。我们以为它们是核武器，结果发现它们屁都不是，只好打了一架，打得连天空中飞过的鸟儿也看不过眼，分别在我们头顶抛下一泡鸟屎。我们鼻青眼肿回了宿舍，一个卖萌，一个装傻，一起对着窗外的黄昏与云层里的飞鸟，大声喊道："罗拉，快跑。"

五：大师

一个患有重度失眠症的职业书评人，只有当他打开书页的时候，才能沉沉睡去，最初这是可怕的，很快这就是理所当然的，甚至是愉快的。把脸埋在书页中的睡眠，香甜无比。这是他从来没有获得过的体验，比他这三十余年得到过的各种享受之和还要幸福。

没有人能够轻易摆脱幸福感的诱惑，像鱼沉溺于水里。

好了，他现在彻底无法阅读了，不管这些象形字出现在哪种介质上。哪怕前一秒钟他还盯着电子屏幕上的影像咯咯大笑。只要构成像素变成文字符号，他的大脑神经立刻陷入一种麻痹状态，紧接着有一个异常温柔的声音在他脑海里响起："睡吧，孩子。"幸好没有呼噜声。

文字是催眠的音节，是摇篮曲的旋律。这对他构成了短暂的困扰，但没关系，他还有耳朵还有嘴，可以听可以说。作为一个书评人来说，他曾阅读过太多。如今这些"太多"可以避免那些新鲜文字的干扰，有了一个坚固外壳，形成一个稳定的有机系统。这个奇妙的系统在"刹那永恒"这个时间长度上，也渐渐有了岩石与土壤，树木与河流，还有人，那种原始状态下刀耕火种的人。

他注视着他们，观察着他们的一举一动，狩猎、婚嫁丧娶、部落冲突，对工具的使用，以及知识的增长——如果中间有人表现出对科学的兴趣，哪怕只是一丁点，他便伸出小指头摁死。

他的码字生意并没有随着他的疾病或者说障碍失去，反而声誉日隆。他不再是一个书评人,人们都喊他:大师。

六:想了一分钟

我在想开始的逗号,那个不可避免的句号。

我在想宋江题写在浔阳楼上的"敢笑黄巢不丈夫"。

我在想我们为什么渴望盲从(不盲从的都被进化论淘汰了)。

我在想立德立功立言,还有王阳明的心学是嫌浅陋粗疏。

我在想青龙白虎玄武朱雀腾蛇勾陈五大神兽。

我在想部分之和必然会大于或者小于整体,不会绝对等于。

我在想黑洞视界边缘的涟漪——人得以窥见时空的本来面目。

我在想与你的脸容窃窃私语了一个小时的那盒迪奥粉饼与那支眉笔。

我在想盈盈清江水不如女儿媚。

我在想你为什么要与他分手(原来是喜欢一个人,现在是喜欢一个人?)。

我在想河边的玫瑰、远方的城,落日下的旗帜迎风下垂。

我在想如果说天才是疯狂的,那众生既疯狂又愚蠢,我是其中最蠢的一个。

我在想江南雨水曾在阳春三月绘出的那幅笔墨丹青。

我在想凡人皆有一死,阴阳两隔再无消息。

我在想当代中国人的真正面容与未来人类起身时的足履,以及关于《众生》的自我吹嘘。

我在想爱情是穷人发明的一个词语。

我在想你身上那件湖绿色的长裙,还有你裸露的纤细锁骨。

我在想作家是被时代劫持的人质,其中大部分还不幸患上斯德哥尔摩症。

我在想第一次读到"天地为炉,万物为铜,阴阳为炭,造化为工"时的悲伤。

我在想资本与科技已经重写了地球此系统的底层代码,尤其是资本的贪婪。

我在想情之一字,犹如火焰;唯纵身其中,才能得偿所愿。

我在想一个妇人说她身体有一个伊甸园(会有苹果与蛇吗?)。

我在想看横排文字,头左摇右晃,就是在说不;看竖排文字,头一仰一俯,就是在点头称赞。

我在想宇宙诞生时的基本粒子与苏轼那句"鸿飞那复计东西"。

我在想河流是在雕刻大地。

我在想爱斯基摩人称呼雪时上百个单词的发音。

我在想新闻里那头吃了许多塑料袋不幸惨死的鲸。

我在想风为什么撕不碎蝴蝶的翅膀?

我在想小学同桌开挂的前半生,还有迎接白富美进洞房那晚那场让人痛心的车祸。

我在想我 18 岁的时候,脑子里装满荷尔蒙。每天都耽于超现实的意淫。

我在想一个感受不到历史车轮碾压的人,一个内心没有干旱、饥荒与逃生冲动的人,一个不时时刻刻被绝望感折磨着的人……

这一辈子，基本上是虚度了。

我在想"求而不得就要放下"这话不对（就像鱼，它需要水。不能说，鱼没有水，是鱼的问题，鱼要放下）。

我在想塞满街头巷尾的共享单车。

我在想"一个人若意识到孤独，那他就永远孤独"——意识是痛苦的根源。

我在想杰奎琳当了十八年图书编辑，比当第一夫人和富豪妻子的时间加起来都要长……

我在想现代性的七张脸庞，第一张脸庞就是人的主体性。

我在想人是一个被造物设计的结果，而非一个自然演化的结果。

我在想亚瑟王的那句"我在哪里，哪里就是世界的中心"，还有网上那句"你在的地方就是我的世界中心"。

我在想所谓信，不是相信 1+1=2（这是理性），而是相信 1+1=3（因为荒谬，所以信）。

我在想中国股市里的杠杆熊，会在中国房市里重现吗？

我在想活着，能拥有春夏秋冬，还有此刻，是一件多么美好的事啊。

我在想构成人之思维的最小单元是什么呢？

我在想春天是少女的眼（想望），夏天是少女的唇（想尝）。

我在想只要真能走进书本里的那个异域，其真实性，不会亚于人在所谓现实世界中所感知到的，在准确性与深刻性上更有超过。

我在想如果说 20 世纪的主题词是主义，21 世纪的主题词那就是国族，一个全球化背景下的国族博弈。

我在想"千秋邈矣独留我，百战归来再读书"——曾国藩送别曾国荃时写的一句诗。

我在想刚买的倍博特与三七粉，还有药店姑娘眼袋下方的滴泪痣。

我在想精神疾病者真是需要被治疗的吗？也许他们将打开关于人的另一维度与相应文本。

我在想现实如毒品，让人上瘾，难以戒断。要摆脱现实的诱惑，如摆脱海洛因。

我在想在这个概率宇宙里，人所唯一拥有的，也只有天真与感伤吧。

我在想文学刊物上的现实主义，离那些正在发生的、正在决定着人类未来历程的真正现实，有着十万八千里的距离——它们是冗余。冗余是有价值的，其边际阶值趋于零。

我在想一切"人、事、物"的根源。

我在想自然数的无限与奇数的无限、偶数的无限不是一回事。谈论无限，极易陷入佯谬与悖论。

我在想一个小说主题，它同时包括先知、梭罗式的隐居、V字特工队、反社会人格、自我牺牲、天才、投向工业社会的炸弹（工业制造）、无望的爱等。

我在想你出现在这个广袤宇宙不是无缘无故的，或许就是为了被我看见。

我在想"峰峦如聚，波涛如怒，山河表里潼关路"。

我在想周梅森的《人民的名义》。这本书出来后，中国的纸贵了许多。

我在想下午七八点钟伦敦近郊的天空，是那样高而明亮。

我在想橙红柳黄藏青淡金……某日下午 6 点，天上开的那间颜料铺。

我在想读者读我的书，是我的荣幸；读者不读我的书，那是他们的损失。

我在想你。

七：艺术家

一个男人，喜欢穿扎克伯格爱穿的那种圆领 T 恤、牛仔裤，背双肩包。不是码农，做工程机械研究，智力算得上是出类拔萃。但他从来就没有渴望过"人类群星闪耀时"。就是热爱，纯粹地热爱设计图与钢铁的弯曲。当然作为社会的细胞，他知道自己还要一个妻子，所以相亲，约会，举办婚礼，按照大家认可的方式走完这一系列烦琐流程。没有孩子，这是幸运的，那种二十四个小时哭闹不止的小东西，简直是地狱里面爬出的小恶魔。他对他拥有的生活满意极了，但有一点不好，妻子有点啰唆（整日幻想小恶魔）——对于他这个素来沉默寡言的人来说，那是很多很多的啰唆。他终于忍无可忍，打算把妻子扔进洗衣机里脱水，折叠好，挂在卧室橡木门后。等到有客人（主要是他的同行）上门拜访的时候，再把那"薄薄的一层"扔到浴盆里。

五分钟，只要短短五分钟，他还是能拥有一个端庄美丽的女主人。

他征求他妻子的意见。令人匪夷所思的是，他妻子同意了这个极其荒谬的要求。好了，现在他有了一个完美的两人世界。他赶紧亲吻了一下他妻子。但上帝不喜欢这种完美。不知道是哪个早上，突然刮起一阵龙卷风，他手忙脚乱地去关闭窗户，强大的气流还是带走他的妻子。就像一只断线的风筝，他妻子消失了。他有点儿不知所措。

生活出现一块空白。他坐在桌边心神不宁，接连画错几张图纸。他没办法再保持专注与效率。他不无痛苦地意识到这点。当他对着镜子怒气冲冲大喊大叫的时候，镜中的那个愤怒的影像吸引了他。他不无诧异地发现他是头一次品尝到这种让脑颞叶也剧烈抽搐的情感。他也没办法不对此着迷沉溺。所以当朋友提醒他可以再去找一个肯变成"薄薄一层"的女人的时候，他断然拒绝。他承认朋友的话很正确：他的妻子与其他女性并无区别——如果非说有的话，那也就是姓名罢了。但问题是这该死的痛苦啊，简直是一剂高纯度的海洛因。

正因为这个缘故，几个月后，当他妻子湿漉漉地敲响房门时，他没打开房门，始终没有。他在妻子有节奏的敲声门声中听到一只啄木鸟用长喙刺穿树干的旋律。这个旋律与他的身体某部分的振动频率发生奇异共振，逐渐唤醒了埋藏在他体内的童年记忆，那些几乎已遗忘的。他热泪盈眶，想起了带他去山林里看啄木鸟的奶奶，母亲秋日穿的那件淡蓝色的旗袍，邻居大姐兜里有着甜腻奶香的椭圆小饼干，幼儿园女老师手中一张破碎的塑料认字表，弱冠之岁时紧张学习的同桌女生与她向在足球场上疯狂奔波投来的炽热目光……还有那个吻。奶奶亲了一下他的额头，母亲亲了一下他的脸颊,邻居大姐亲了一下他的眼睛,幼儿园女老师亲了一下他的手指头,同桌女生亲了一下他的嘴唇。他没法停止下来,记忆犹如一只蜘蛛吐出这条线又吐出那条闪闪发光的线,一直延伸到他对妻子的那个吻,又再继续向前,那些他曾在电视里、书本里见到的吻,化成一根根轻轻颤动的丝线,有着不同的湿度、味道与韧性。他就这样在门边站着,被这些丝线缠紧。

一个小偷发现他的古怪行为。

他的站姿得到广泛传播,上了新闻头条与综艺节目的真人秀,几家全球有影响力的电视台还专门派人翻窗而入拍摄。他成了一个艺术家,被写入当代艺术史。幸好这股热潮只持续了数月。就像来的时候一般突然,门外熙熙攘攘的人流也是突然消失的。他对这一切显然无动于衷,他甚至不知道艺术家这回事,就这样站着,既不因为这样活着痛苦不堪,也没有兴高采烈,只是平静,像滚烫岩浆在停止流动时的那种平静,平静地望着那些还在不断生出的丝线。

八:真人

从"真"这个字开始说起吧。真的对立面不是假,而是匮乏。

一个被垃圾食物填饱的男人,在某个时间,突然发现自己很难有能力去品尝露珠与清晨第一缕光线。他是饱腹之徒,亦是匮乏之人。他没有这个能力保持饥饿感,身体里塞满各种信息碎片与各种欲望胶囊。

这种饥饿感,决定着人,决定着人在摆脱一个纯粹自然状态后的存在形式，决定着人在挣脱宗教枷锁后的（尼采宣布：上帝死了）可能行动，决定着人是否有资格以这个广袤宇宙为背景开启他们的星辰大海。它是人类未来的生长点。新的思想新的语言新的连接方式与结构，乃至于新的历史，皆由这种饥饿感分娩而出。

这个饱腹之徒瘫坐在沙发上，大腹便便，脑满肠肥。他非常清楚，哪怕只是挪动一小寸，那也会让他陷入心力衰竭的险境。他是对人之历史的终结者，其存在没有任何可能性，在他身上只有凝滞的历史与消费主义所提供的那些层出不穷，近乎于堕落的廉价快感。

他喘着粗气拿起手机，但他所迷恋的并非是各种技术现象、应用程序所打开的自由国度，而是它们的阴暗面，犹如吸毒。对于他来说，那持续不断的"闪烁与红点"，即是巴甫洛夫投食前所晃动的铃声，是其大脑中枢所无法拒绝，甚至要为与之适应做出生理结构性改变。

他没有意识到"我就是这个时代的冗余、渣滓、排泄物"。他也时常感到焦虑，沮丧一望即知。因为他的大脑已丧失了作为一个人应该有的思维力及完整性，没有这个能力地审视他所置身的生活，基本上是不假思索地按照屏幕上那些快速流动的信息活着，哪怕这些信息前后矛盾——这时，他又表现出惊人的遗忘。这不奇怪。他的脑子已被这些五颜六色的信息流吃掉了。

某种意义上说，他就是丧尸。

对他来说，古希腊阿波罗神庙门柱上刻着的那句箴言"人，认识你自己"是无效且多余的，他所唯一能做的，就是"活着"。

一个影子站在他身后，始终凝目注视着他的一举一动。

那是他的少年时光。

影子里面还有一小团一小团的黑雾状的东西在翻腾。如果用高倍显微镜去看，不难发现那是一些汉字。

一个保持饥饿感的人才可能让外部世界进入体内形成云层与闪电。他是他自己的敌人，他是他自己的风暴。会有新与旧等等冲突，会有残酷的凋零与死亡，会有绝望的哀号与悲恸，可这些痛苦一旦不能击垮他，就必定化为养分滋养他。这不仅是守得云开见天明，更重要的是，风暴宛若子宫，他得以在其中重组基因密码，完成人的叙事，乃至于突变，成为另一个物种。

人这种存在是以冲突为基本特征的。

冲突是一个全球性的普遍事实，遍布于人类社会的每根毛细血管，所以他人即地狱。但更重要的是，在今天这个蓝色星球上，人的自我冲突才是"认识你自己"的起点，否则起点即终点，一生不过是名利的囚徒，物与金钱的奴隶，或几句已然失效的名人名言的注解。

生命需要"所有"作燃料，才能化而为璀璨星辰。这就得要有饥饿，就得要对外部世界有足够多的好奇，人才可能摆脱自私的基因，打破萨特的诅咒，走出霍布斯描述的丛林，与他者进行合作，进而成为人类的一分子，而不仅仅只是他自己。

这个时候，他将意识到：

如果说认识自我是一个路漫漫其修远兮吾将上下而求索的贯穿一生的动人旅程，那么还有四个字比这趟旅程更多异域与星空之美。

哪四个字？

摆脱自我。

这个时候的他，即是真人。

九：街头

一个女人拎着裙角走在街头。那种露出双肩的镶蕾丝边的鱼尾晚礼服。

她的样子像上岸来找王子的美人鱼，神情是那样羞怯不安。我想迎上前，又怕惊扰了这种"羞怯不安"——这是一种世所罕见的让人窒息的美。

我可能得了司汤达综合征，浑身打摆子那样颤抖。胳膊与腿完全不听从大脑指挥，感觉不会比一个傀儡木偶好多少。我踩着她的脚印，亦步亦趋，时不时还感觉到来自灵魂的抽搐——一种快要被撕裂的痛与一种极疲倦后洗个热水澡时之快乐的糅合。

有人问我，她是谁。我想说是我的女人。喉结滚来滚过，舌头偏偏吐不出一句完整的话。就有人用同情的目光瞟了我一眼，往我手里塞了几张人民币，上前一把拽着她的手，不由分说把她塞入车内，就好像她真的是我的女人。

十：名字

我认得这个女人。当时我十八岁，脑子里装满了荷尔蒙。每天都耽于超现实的意淫。

"性是荷尔蒙加意淫，一个是肉体上的，一个是精神上的，两者缺一不可。"我对这个女人说。那时她穿着一条湖绿色的长裙，脚踝光滑，脚趾头涂着绿色的蔻丹——我光注意她的下半身，没去看她的脸。也忘掉了她的胸部大小。坦率说，我对那些没兴趣。我是在很久以后才明白这点，并且确认：我所热爱的，只是女人的脚。她的脚踩在一条波斯图案的地毯上。很性感。我非常希望自己是那条地毯，哪怕自己因此被一个波斯老妪的手指反复踩躏也没关系。我记得这种感觉，热烘烘的，麻酥酥的，沿着脊椎骨往后脑勺里钻。我还说了许多，我忘了。总之，后来我娶了她。

"现在我三十八岁了。她不再是我的妻子。这很正常。警察先生，据说北上广深这些一线城市的离婚率都高达50%。我只是说，尽管她已经不再是我的妻子，但我还是一眼就认出她，认出了她那只美丽的脚，虽然脚踝已不再光滑，脚趾头上也没有了绿色的蔻丹。

"这是我千百遍亲吻之所。我不会认错的。它曾像真理一样唤起过我心中的热情。我怎么可能会加害真理，哪怕是昨日的真理？是的，警察先生，她死了，死于凶杀。我知道，根据哥德尔不完备定理，真理与通往真理的可能路径是两个完全不能相通的切面，可我对她的爱恋并没有减少一分。我不清楚是什么把我们分开，我忘掉了，可这又有什么关系呢？她现在躺在我面前，因为沉默，有着无与伦比的美。我只向您祈求一件事。您知道的，人的生命极其有限，极其脆弱。而要把这种'有限与脆弱'保存下来，也只有……警察先生，我还没有说完呢，你不能这样把我赶走。她是我的女人，我的热情，我唯一的真理。

"该死的，她叫啥名字？"

十一：父子

父亲七十三岁的时候问你，人活着有什么意义？你回答不了他。这个问题他问过许多人，在他丧失记忆之后。他问你，不是因为你是他的儿子，而是你正在他身边。他问过每个会移动的物体，哪怕是一根晃动的树枝，一只无所事事的流浪猫。

你们在公园里，他在轮椅上。

你们之间的历史早被这些年积累的恨毁坏殆尽。如果非要提起昨日……它比噩梦还不可思议，是 π（宇宙中的任何一种痛苦都能在它的小数位中找到）。

昨日难以言说。

昨日与今时，就像你们面前那几座桥面残破的立交桥墩，彼此相望又只能沉默相对。你尽可能用平淡的口吻尝试给他解释这个意象，尝试给这个中风偏瘫的白发老者解释你俩之间的关系。也许比喻更容易接近真相，把一块冰握在手里比阅读 N 篇文章更容易让人理解什么是冷。

你又讲起你小时候家门口那座由几块破木板拼成的木桥。家里没有钱买米。父亲让你去借。你难为情，死死趴在桥头不肯动弹。父亲一脚把你踢下了桥。那么高的桥啊。你摔落在水面上的时候，以为这就是死；你从水里湿漉漉爬起来的时候，死是跟在你身后的大尾巴狼。

树叶间隙里交错的光影仿佛是野生的荆棘丛。

你说了一个时辰,也可能是两个时辰,喉咙里尽是苦涩与咸。你从来没发现,原来自己竟然会如此渴望一个父亲——只要不是轮椅上坐着的这个就行。

父亲没再说什么,歪着头若有所思的样子。他的脸在午后的阳光下泛出一层铁锈。不是纯铁,纯铁是银色的。

一架飞机自云层缝隙间漏下的扇形光束边掠过,带着奇异的嗡嗡响声。整个世界都陷入微微的战栗中。你极目眺望,飞机离你越来越远,就像你手中推着的轮椅越来越轻——你没有及时地意识到这一点。几十分钟后,也许是几分钟后,父亲死了,歪着头,一些灰色斑点从他体内钻了出来,以肉眼可察的速度向四周扩散,漫上他的脸庞。

你身体的各关节顿时锈住。

你好像是一个刚从污水里捞出来的机器人。你非常清醒地意识到这个联想是多么不合时宜,有悖于伦理,身为人子的你本该失声号啕大哭,让所有人都能看见你的痛苦。可你没法控制自己不这样想。你听见那个全身伤痕累累冒着火花的机器人,犹犹豫豫地说了一句话:凡人皆有一死。

寂静压迫着你的耳膜与眼球,如同一管管润滑油注入你的魂灵。你不得不闭上眼睛,望着那个如释重负的机器人,情不自禁地笑出声。你开始推着这架几乎是空无一物的轮椅,在公园小径上疯狂地跑,一边跑,一边喊:"爹,你不要死啊!"

然后你站住了,蓦然站住。你体内积蓄多年的,以为至死方休的那些恨，被一种神奇的力量突然清零。这股力量是如此强大。你摔倒了，紧接着飞了起来。一种轻攫住你。你的身下是一辆红褐色的斯太尔货车，还有驾驶室内的那张年轻的脸。是个男孩，与你儿子差不多年纪。这辆车已经在路上连续行驶了1384公里。他太疲倦了，眼皮都快要睁不开了。

　　你朝他笑了笑。在这个奇异时刻，你终于看见这个世界的完整。

中 辑

谁的心不是伤痕累累

树

1

树站在那里，是法国梧桐。光线与深绿的颜色覆盖其上，犹如一只蝴蝶不断战栗的翅翼。你知道，在未来的一个黄昏，你将经过树下，抵达那里。

那里，一个奇异的空间，可能是球形，也可能是被砍下的头颅形状。它或许能帮助你摆脱时间的困扰，摆脱政治、宗教、历史以及废弃的河流、童年阴影、妇人之胴体、一小片金属所带来的尖利疼痛。

你停下脚步，望着那棵注定要改变你命运的树。你不知道是谁在何年何日栽种了它，也不知它在何年何日何时将被砍伐，甚至连根掘起——这两者皆如黑暗的深渊。你改变前进的方向，绕过一个污水横溢的巷子。现在它在你身后。它的影子被阳光扔在你脚下。你努力地踩着，试图把它踩进土里，这令你的脚步显得滞重。你不无尴尬地挤出笑容，舌头在口腔中迟缓地转着圈。你耐心分辨着舌尖的滋味，希望最好是能有一点儿酸甜，你还是失望了。你的那个给你带来了太多麻烦的胃，不是一个可被信徒们赞叹为神迹的西红柿。你加快步伐，虽然每一步都比刚才迈出的那一步来得更吃力。你觉得自己都成了被炮火击中的纳粹豹式坦克。你都不敢抬头去看路两边的窗户。它们与塔罗牌一样，所隐藏的永远比所显现的要多得多。于是，你忍不住转过身，去看那棵沉默的树。

树叶跟水的细浪一样在不停拍打着枝丫。这令那些原本粗糙的树枝看上去已接近完美，而在你的经验里，球形才是最接近完美的存在。水的细浪中又隐匿着十几只形态各异的老虎，或捕食，或咆哮，或行走，或拖着舌头舔着自己皮毛上的花纹。这些货真价实的老虎像火焰一样明亮。它们的存在让绿这种色彩变得极为丰富，就好像"绿"才是这个世界的本来面目，而不是所谓的红黄蓝三原色。它们服从了你的眼睛，并为这种神秘的服从而栩栩如生。

你是虎年出生的。你为眼前的幻觉惊讶莫名。你观察着这些老虎的形态。这是一个宏观肉眼可见的世界，应该不存在"薛定谔的猫"之类的问题，你还是幻想起两只乃至十几只老虎叠加在一块的样子——那就不应该是虎了，是树。你为自己无聊的"观察"叹气。一只老虎朝你扑来，消失了，取而代之的是另一只一模一样的老虎。所有的老虎都是同一只老虎，脸庞丰满，鼻子湿软，它们都是你的性格，不具备任何真正的危险，反而因为自身的名字，要被迅速捕杀剥皮剔出骨。你硕大的生殖器只会成为女人的意淫之物，成为他人悬挂于墙壁上的装饰品。你忧心忡忡地望向自己的胯间，裤子的拉链下方有一小摊湿痕。你是披着虎皮的食草动物。你清楚草的美味，但总不能真正搞明白——你的腿部肌肉，若烹饪得法就是食肉动物嘴里的美味。在你这四十七年的光阴里（大约18亿5千万次心跳），你始终无法理解，同一种形状里是如何同时包含着食草与食肉这两种截然不同的属性。你开口说道：

> 活着的人啊，我是慧能、杨过、曾子。
> 我是你们的标本，是雕塑，是上帝行的神迹……
> 在通往生命、道路与真理的途中，我是你胸脯上那两个光芒四射的半球体。

你哑然失笑，为自己不可救药的愚蠢。无聊加上愚蠢会有什么结果？一辆卡车驶过来，碾倒了树，顺理成章地碾倒了你。

2

你在病床上。医院朝你伸出手掌。脸颊冰凉，好像被鬼魂抚过。你注视着死，它们在门外碎步移动。门楣宛若活物，细小的斑点洒在门楣上，勾勒出一把灰色的镰刀。如果人是稻禾，那么被镰刀收割是幸福的。你朝死挥挥手，表示欢迎。你笨拙的手势牵动输液器导管。管壁附有一些小气泡。空气一旦进入静脉，就可能造成栓塞，导致人体死亡。但你知道你不必害怕，这并不是那种20世纪八九十年代的老式橡皮输液器，由于气体表面张力作用，气泡并不会随液体下移。可你还是害怕。你为这些没有道理的害怕烦躁不安。你转动头颅。颈椎发出金属齿轮相互咬合时的脆响。穿灰蓝上衣的护工在门外看了你一眼，目光凝固。

一个乡下妇人。是陌生人。有一张特别大的向日葵一样的脸。因为她的注视，你发觉疼痛猛地覆盖了你。你倒吸一口凉气，心满意足地伸长腿，你还不是她手中推出的四轮担架上的尸体，意志清醒，还有权处置把"你"装起来的这个肉体。你觉得自己又活了过来。你顺着她的目光看见病房窗台铝合金框架，以及上面趴着的一个十来岁的孩子。他在回头看你，也许是在看你身后。他身上有青草和烂泥混合的味道。他慢慢地松开双手。然后，掉了下去。上了年纪的护工喊叫起来。你呼出一口气，望着屋内多出来的阳光。它们水波一样荡漾。你不知道这个男孩的故事，也不想知道。你的目光随着一个冲进屋内的女人的脚步跳动。她看看你，看看你左侧的病床，看看铝合金窗架，似乎要在这三者之间找出什么联系，终于尖叫起来，眼睛里全是恐惧，就好像是你把那个男孩扔出窗外。

屋子里塞满各种滑稽的脸庞。你的输液管架被碰倒，你透不过气来。缠绕于手背的塑料导管一截截变红，那是你的血。嘈杂的音浪涌入耳朵。耳朵变成海螺，呜呜响。你觉得自己身处大海，正在一艘逐渐倾斜的船的甲板上。你嗅到福尔马林、鸦片香水、死亡、血、粪尿的味道。你为自己如此灵敏的嗅觉深感恼怒，后脑勺好像被棍棒敲了一下。你说：

是什么在日复一日敲打心脏。
马从腹下奔过
带来剧烈的疼痛

没有人听见这个声音，包括你自己。

你又重复了一次。你悲哀地发现大脑根本无法指挥喉部肌肉。你被几只大手扔进四轮担架。你再次看见那张向日葵一样的大脸。你的愤懑随着它的光芒四射变得怒不可遏。当车轮拐弯的时候，你伸出尚能活动的右手死死地抓住门楣。门楣吐出橘黄色的牙齿。你的手背上跳出根根青筋。担架停止行驶。你看见担架旁边长发覆肩的她。她在叫你的名字。你觉得你的名字被她叫脏了。你说，不要用舔过其他男人鸡巴的嘴叫你的名字。你不敢确信她是否听见了你的呻吟。她脸上有几十种痉挛蠕动着的颜色。这些颜色跟饥饿的老鼠一样，钻进你的心脏疯狂啮咬。你下意识地松开手。你与她的距离迅速从一寸变成十寸，然后是十尺、百尺。

咫尺便是天涯，百尺应该是在银河系两端。门在你眼前，门在你身后。万物在虚空中滑行。一根金属异物刺入腰部骨椎处。你缓缓闭上眼睛。疼痛消失。耳边有人说话。这些话语就像是浮在水面上的原木，也像是小时候大人摇扇纳凉时从天空中坠下的星辰。你爬上木头，努力保持着平衡。这是一个梦。比你曾去过的所有梦境加起来还要不可思议。你在梦中注视着自己的足迹，以及与之相应的形象。一颗星星划过山的那边，落在你脚边，一小团，比书本小，比火柴盒小，比针头小，比肉眼不可见的病毒还要小，但你还是看到（并非是感觉到）这个无限小的存在。这是世界的奇点吗——时间与空间在此处开始，也在此处结束？为什么是此处这种空间概念——时间只是对空间的另一种描述？那个"逝者如斯夫"的时间并不是确实的存在？那个循环往复跟随着"星期一""星期二"……敲响你房门的时间也不存在？

有"此处"，就该有"彼岸"。

3

每天醒来，你都像来到梦中，脑子里被凶猛的非洲象群踏过，有几十个巨大的凹坑。坑里蓄满绿水，水面漂浮着蚯蚓、甲虫的尸体。一只只色泽艳丽的尖喙鸟不停地俯冲下来。那张光碟就是其中一只特别凶悍的鸟类。它在脑海里反复俯冲盘旋，用坚硬的喙啄击你面门，啄得鲜血淋漓。你无法摁下 stop，又或者是暂停键，只能一遍遍观看。应该是针孔摄像机所拍，镜头固定。

是一间宾馆房间。屋里有两个人。男人趴在床上。长发覆肩的女人趴在他身上。他们都光着身子，像两块叠在一起的五花肉，下面的肥一点；上面的白一点、小一点。这是一具接近完美的女性人体形态，但也确确实实只是一块肉，若有谁愿意把它剔成 3375 份，你会很愉快。裸体要怎样呈现才叫人体艺术？显然，这并不是他们第一次这样干，否则也不可能睡得这般艺术。这个女人脸上有一块迷幻幽艳的阴影。你在她二十二岁的时候娶了她，现在她三十二岁,你还是第一次见到她的这种表情。你咬着手指,口中溢出酸水,如同怀孕之妇人。

妻子,熟悉的陌生人。

你看着她没有瑕疵的胴体。这是一件精心保养的工艺品。你几乎能背诵所有有关于她的数字,生日、身高、体重、三围等等,你还是不了解她,不清楚她为什么要这样,也不明白究竟是谁,又出于什么原因,拍摄了这张光碟,并把它寄给你。快递信封里只有这张意味深长的光碟。信封上所填写字迹潦草不清。你照寄件人的电话号码拨过去,是空号,这是理所当然的。那么,又是什么不是理所当然的?

你十指交叉相扣,体温逐渐变凉,体内卷起阵阵暴风雪。哪里能有御寒的毛毯?你都想钻到泥土里面,哪怕是变成一只丑陋的蚯蚓也在所不惜。你把光碟揣进口袋,出门朝着一个没有她气味的地方走去。你走得很快,快到你以为自己是走在一个没有时间与空间的地方。你现在在哪里?

你惊醒过来。

4

你坐于桌前。桌前是窗,窗前是树,是三球悬铃木,又名鸠摩罗什树、净土树、祛汗树。词语命名了它,使它成为它们。"它们"包含的信息是无穷的,只要你愿意,且有足够供你挥霍的时间,你可以把沿着它们的枝丫,把所有曾在书籍上出现的词语铺开成一个与星穹同样恢宏博大的文本。但,这句话在逻辑上虽然成立，可逻辑这种链条上的任何一环，都可能随时脱落，变成蚂蚁、野蜂、瓢虫与飞蛾。这是常识。你的目光回到灰褐色的桌上。桌上是一台键盘上涂着银白字母的电脑，字母上方是你被烟熏黄的手指。手指的斜下方摊着一本书，二百多页，三十二开，白色封面。封面上印着几个美术字：《诉讼笔录》。昨天，你遇到它，随手翻看了几行，又看了几页，头发根竖起来。这应该是一本你现在写的书，但你还没有开始写，它就出现了，并且是由一个二十三岁的法国人在1964年前就写了出来。是什么在三十年前爬入他的体内，又在十几个时辰前钻入你的身体？

"可被测量的时间是人为的一个概念，这概念的构成乃是由于空间这个观念的侵犯。"你对自己说了一句话，又想了半天，还是弄不清楚这句话为什么会脱口而出。脑袋里各种念头像冰凉的雨滴，都是黑色的，都有拳头大，它们从天而降，纠结于一处，形若深海乌贼。你开口说道："我是抹香鲸。"你哈哈大笑。

然后，你点燃一根烟，深深地吸。你拨了一个手机号码。电话那头是你的大学女同学。几年前，因为一次无聊的学术会议上的邂逅，你们开始保持联系。你们不讨论车子、房子、票子、位子、爱人与孩子，尽说些无聊的事，比如：世界是一个原因，还是一种结果，抑或是所有因果的总和？又或者说，世界与因果没关系，是一连串没有意义的偶然与错误，只不过这偶然与错误刚好具有人的形状？

你说了一个故事。一对夫妻。妻子厌倦了平淡无奇的生活。有了外遇。丈夫没有抱怨妻子的外遇。只是请求妻子不要离开。

妻子告诉他，除非今天晚上老天下雨。那是星光灿烂的晚上。丈夫听了后，端着脸盆爬到屋脊上，往妻子的窗前浇水，浇了整整一晚。妻子在天亮后发现后，就没有再走。

你问："为什么这个男人不抱怨？"

你的大学女同学回答道："外遇是对婚姻的有益补充。几个世纪前的意大利贵族还把妻子有权拥有其他男人作为条款写在婚约中。要保持婚姻这种形式，又要解决婚姻中的乏味与不和谐，包括性冷淡，外遇是最科学的，是最经济的。"

你继续问："那妻子以后还给不给丈夫戴绿帽子？"

你的大学女同学再次回答道："婚姻的起源即是对财产的保护，是把女人视作一种可供交换的财产。女人不过是父母待价而沽的商品。若发现某个女人有婚前性行为，这意味着财产的被损坏，男人有权向女方家庭索回聘礼或是要求赔偿又或干脆把女人休回家，而女人则遭到来自父母兄弟姐妹们的羞辱，认为坏了门风，得投河自尽。为保护财产不被损坏，男人发明了贞操带、守宫砂……"

你异常难受。心脏不是被猫抓了，是被小刀剐过，横着剐了1001刀，竖着又剐了2374刀。每一刀剐下来的肉皆米粒大小，还会在刀尖跳。

你挂断手机。你想你这辈子都不会再与这个拥有机器人嗓门的女同学说一个字。一秒钟后，女同学回拨电话。你没接，把手机调整为飞行模式，再摸起座机打自己的手机。手机不再瞎叫唤了。这款三星S8000C手机机身超薄圆润，配备了有500万像素的数码相机。你胡乱地给自己拍了几张照片，下意识地按下机身下方中央那颗独特的水晶立体按键。你在虚无中，看着时间这条锁链，突然发现"那刚逝去的一秒"脱离出这个一环扣一环的范畴，赫然是一只嚯嚯叫着的蟋蟀。而时间整个链条依然存在，但连接在链条上的，却只是原来"那一秒"的影子。你毛骨悚然，小声说道："若不结婚，这世上哪有通奸？若没有通奸，哪来的《圣经》与所谓伟大的文学？"你还是不可救药地想起一部只有两句话的科幻小说：

"地球上的最后一个人独自坐在房间里，这时突然传来敲门声。"

5

午后的阳光穿过窗帘，在墙壁上嵌出一幅几何抽象画。艺术要从客观物象中解放出来。人同样也要从日常生活中解放出来。你的手指被她的嘴唇包裹。她唇上细微的皱褶与向日葵一样。你失了神，小声地说："我的爱人，你是神赐予我的礼物。没有你，我就没有意义。"你几乎要哽咽出声："这是什么样的爱情啊！只要想起你的名字，我就要流出眼泪。"你喃喃说道："我愿意死在你的子宫里。"风荡起来。大大小小的风。女人的细腰是一根在风中飘动的羽毛。你骑在羽毛上，挥舞着看不见的长刃，想象着宇宙的尽头，不断向着那座女体之宫殿的深处冲刺。宫殿的尽头是什么？宇宙的尽头是什么？是一面镜子？一头抽象牛？一间小餐馆？还是门被人一脚踹开？

你爬起身,对着破门而入的威严脸庞,诚恳地说道:"我是嫖客。"你为自己镇定自若的语气感到吃惊。你顺手把毛巾被覆于身后的女体上,低下头,心满意足地打量着腰间一圈圈赘肉。你挨了重重一巴掌。你看见红橙蓝绿黑紫。你用舌头舔去嘴角溢出的血,轻轻笑起来。张大春的小说《城邦暴力团》中有一句是这样的:孙小六从五楼窗口一跃而出,一双脚掌落在红砖道上;拳抱两仪,眼环四象,气吐三分,腰沉七寸,成了个蹲姿。

这里也是五楼。你会是孙小六吗?

不知道什么缘故,你觉得眼前这张威严的脸庞看起来很舒服。你老老实实地穿好衣裤,伸出双手。威严的脸庞发生奇怪的变化,迟疑地说出一个名字。你点点头,想起来了,他是你的学生,他的毕业论文是从网上抄袭的,一字不改。你把原文扔到他面前,但还是给了他一个及格。你重复了一遍:"我是嫖客。"你都忍不住笑容满脸。门关上了。你双手握拳,怅然若失。蜷缩在毛巾被下不停颤抖的女人,看着你的眼神里多了一丝敬畏与困惑,身体就与夜里从河面上漂过的物体一样,散发出潮湿浓烈的腥味。你举起双手,双手拇指各抵住太阳穴。手指上的戒指深深地嵌在皮肤里,好像是骨头长出来的一部分,惨白。是她在十年前给你戴上的。你冲女人扮了一个鬼脸,说道:"咱们继续?"女人惶恐地叉开双腿。你猛然一阵恶心,呕出酸水。你想起第一次阅读萨特成名作《恶心》时那种强烈的、无可挣脱的绝望感。你冲着女人双腿中间吐了一口唾沫。

现在,你确信:只要人相信自己不会受到惩罚,那他一定是恶的。你擦掉溢出眼眶的液体，摇摇晃晃出了包厢的门。你把四百块钱搁在空无一人的柜台上。柜台上有一支毛笔，一瓶墨水，一张裁成八开大的红纸。红纸上有四行字，是瘦金体，写得不错，颇有功底，运笔飘忽快捷，笔力遒劲，瘦而不失其肉。只是最后一行，只有一横。这一横也没有收笔带钩，拖得极长。

聘：娱乐公关

待遇：日薪1200元以上，可兼职

要求：18至35岁，青春靓丽，时尚前卫，充满活力、敢于挑战自我的靓女

————————

这个"————————"像长矛刺穿你。你缓慢地抓起毛笔，在额头上写了两个字，也是瘦金体，但是反写。你凑身至柜台后面镜子前。你看见镜中自己那个不断模糊的形象，以及那两个结构严谨的汉字：嫖客。

"我的爱人。你读过辛格写的《傻瓜金佩尔》吗？你一定看过。你知道什么是对背叛的惩罚吗？你一定不清楚。"你走出人和街，拐进水带巷，出菜市口，过了将军塱，来到珠江路。一只蝴蝶始终跟随着你，轻飘飘地飞。它不按直线飞行，是因为它的脑子有问题。所以一些非洲部落的女人想与丈夫离婚时，就会暗中使丈夫吃下掺有这些蝴蝶翅膀的食物。

你流下眼泪。你尝到眼泪的咸味。

你涕泪纵横。你痛恨起你的大脑。

如果这块由约 140 亿个细胞组成约 1400 克的豆腐花似的东西，能自始至终保持沉默，尤其是面对那些在经验范围之外的不可言说，那些反复出现的匪夷所思只能定义为童话的日常现实，以及那些被傲慢与偏见用不容置疑之口吻所宣布的真理又或者是普遍规律，你就还能是你，拥有各种意义。

世界是各种声音震动的总和，是临兵斗者皆阵列于前，是嗡嘛呢叭咪吽，它没有质量，只有压力；它不是物体，只是一个名称。一把把烧得通红的刀子，不断刺入你喉咙深处。

你唱起黄霑的《男儿当自强》，慢慢地挺起脊梁。你站在她必经的路口，站成了树，是法国梧桐，学名二球悬铃木。当光线与深绿的颜色覆盖在你额头上的时候，你发现自己飞了起来，就像一只绿斑燕尾凤蝶。

2009 年 8 月 3 日

我们为什么结婚

爱有污垢凄苦，一如下午 4 点钟的树影。

1

一个女人。她的美丽像刀子
捅入我的心脏。我想拔出它，
又怕鲜血惊吓了她沉静的面容。

他爱上她。故事总是这样开始的，由一个男性拧动车钥匙。

"你应该听说过这部电影，《桃色交易》。一部老片，改编自欧·亨利的短篇小说，一个乏善可陈的关于金钱与人性的故事。但我喜欢魅力四射的黛米·摩尔，不是说她演得有多好，她真美，完美无瑕，至少在扮演这个为了钱与百万富翁共度良宵的有夫之妇时，她的美丽就像一把完美的刀子。"

午后的街道有着轻微鼾声。从高大梧桐树里漏下的阳光犹如雨点，轻敲着落地窗。玻璃洁净，恍惚不存在。但数只俯在玻璃上的苍蝇还是用它们的绝望透露了这个秘密。你们在一幢灰房子的二楼。是一间茶餐厅。不大，寥寥几个客人，面容暧昧，多半沉默无语。

你呷着杯中暗绿色的液体。他掐灭烟，问侍应生要来纸与笔，很慢地写下这三个句子。字迹挺拔整齐，结构宽扁稳健。你看了几遍，现在能这样写字的人太少了。

"我的一个朋友的故事，有点俗，也有点匪夷所思。你有耐心听吗？"

他鼻翼处有两小团阴影，像两小块擦不掉的污渍。那是光线的杰作。他的脸很有雕塑感，眼里有血丝，左眼下角有粒痣，身体始终在微微轻颤。

2

女人出生于1980年12月16日，喜欢看法国电影，听古典音乐，父母健在，还有一个弟弟在念大学。

在一次朋友搞的密室逃脱聚会上，他遇到她。追了她三年，她始终不远不近，好像他是行星，她是他围绕运行的恒星。他说："请给我七天时间，我们一起去凤凰古城。如果在经过这段日子后，你仍然不能接受我，我送你一辆凯美瑞。若你觉得我还可以，那我们就发展成恋人关系，车子我也就不送了。"他是从《桃色交易》里得到的灵感。觉得这也算是一种对爱的表达方式。她怎么想的，他不知道。他这样说的时候，真觉得她就是黛米·摩尔。

她答应了。他们相处得很愉快,有了性生活,一起与苗族妇女讨价还价,买下一大堆银饰、剪纸、蜡染。她甚至在梳洗毕还对着沱江的早晨快乐地呼喊:"时间啊,请你停止下来吧。"带着她体温的气流,又因为她舌尖的跳跃,有了宫商角羽。他脸颊发烫。她真是勇敢啊。他凑过身,把来自她喉咙深处的气流贪婪地吸入腹中。她的声音让江水更青,一片青碧。

江面撑船的阿哥用桨敲船帮,咿咿呀呀地唱。唱的是:秋天落叶遍地黄,哥想妹来妹想郎。

唱至最后一句,江面上齐齐响起一声"吆哦喂!"

她抿嘴笑,人来疯,接着唱。

唱的是:日出等到日头落,阿妹等哥来拍拖。

他真喜欢她的样子,鲜嫩活泼。她与那个他认识了三年的女人好像是两个人,又或者说前者是从后者体内长出来的。"别人都知道她的美,但只有我知道她的更美。"在几个时刻,他真想拜倒在她脚下,去亲吻她行走后留下的履痕。他尽了最大的努力才克制下这种莫名其妙的冲动。他不能让她知道他的这种感受。不能,永远不能。

他们在狭窄的老街走来走去,嚼松糕,闻熏肉,尝姜糖,访沈从文故居,进田家屋,找《乌龙山剿匪记》内景拍摄地——陈斗南宅院。他们俩把青石板踩得叮蹦作响。"祖宗明德远矣,子孙勿替引之。"他们进杨家祠堂。她一本正经地朝正殿里供奉的杨家祖先牌位鞠躬作礼,汗湿了鬓角,半边脸颊是透明的。他忍不住在她腮上亲了口。抹着脂粉的讲解员嘻嘻笑,把他们领到右侧厢房,那里有一张明清式样的雕花大床。"苗族的爱情就是忠贞。上得这个床,新郎就要对新娘说一句话。什么话呢?床上只睡你和我。一辈子也不准换人。"她向他挑来一眼。这一眼就是一把妩媚的刀子,要掏出他的五脏六腑。而这将是一件多么幸福的事啊。他勃起了,竟然在那个地方。她发现了。他们来不及赶回宾馆,沿木梯悄步上了正殿对面挂着"合族同鉴"牌匾的戏台,在绘有"杨母教子"的屏风后面,他捂住她嘴中濒临死亡动物般的叫喊,用了一分钟时间,在她体内一泄如注。他是疯了。她也疯了。他们都疯了。

"知道吗?杨家祠堂原来是凤凰县政府驻地。"

他们走出这所侧开大门的祠堂。十指相扣,相互拖曳。一种触电般的麻木使他肌肉僵硬。若没有她,他就是行走不便的残疾人了。他是如此感激自己那个拙劣的想法。那一定是因为上帝怜悯,才把它塞入他的脑袋。因为它,他才第一次真正获得完整,就像凸获得了凹。

一位兜售"西兰卡普"的土家族妇女拦住他们。一种图案斑斓的土家织锦,或为衣裳,或为被盖,色彩极鲜明热烈。她的眼睛湿润得就如同眼泪:"买这张鸳鸯戏水的吧。"他把妇人手中的织锦全买了下来。"她就好像林中空地上的一个池塘,既清澈又深邃。"他忘掉是谁写的这句话。

它在他脑海里一声声叫得清澈,犹如鸟鸣。

第五天晚上,他们在家小店吃血粑鸭,手机响了。是他公司里的一件微不足道的事情。鬼使神差,他脱口说道:"公司里有急事,我得先赶回去。"他们都愣了,被这句话吓的。她的筷子掉在地上。他起身重拿筷子时,又打翻一碟苗家酸萝卜。萝卜酸中带辣,非常好吃。他想起那句话的作者是谁,是毛姆,尖酸刻薄而又才华横溢的毛姆。书名,《寻欢作乐》。浙江文艺出版社1984年版,三十二开,封面是一个波浪头发穿红裙的女人。那是毛姆前妻罗西。"她就好像林中空地上的一个池塘,既清澈又深邃。跳到里面去会觉得很畅快,即使一个流浪汉、一个吉卜赛人和一个猎场看守人在你之前曾跳进去浸泡,这一池清水仍然会同样的清凉,同样的晶莹清澈。"

他的眼泪几乎要掉下来。

翌日,他们回到他们生活的城市。他打电话问她什么时候来拿车,或者给他一个账号。她嗯了声。他听见话筒那边刻意屏住的呼吸。他在等待她的声音,她所等待的又是什么?她挂断电话。他觉得自己是《等待戈多》里的一个莫名其妙的人物。他与墙壁谈了几分钟的《马太受难曲》,以及巴赫去世五十年的无人问津;又与桌子上的水晶摆件说了一会儿法国电影《罗曼史》,那是一个女人以性为武器与世界斗争的过程;再上了互联网,通过校内网把她昔时相片与其最近的日常活动浏览了一遍。也不知道是哪张照片就跟针尖一样在他心脏处扎了一下。这个外形像个桃子、前后略扁的倒置圆锥体漏出许多暗红色的液体。

不是液体。是成千上万只蚂蚁。它们爬出来,爬得飞快,爬上嘴唇,爬至胸膛,爬满膝盖,通体麻痹。他踉跄起身,在橱柜里摸出一整瓶红酒,往胃里倒下。过了半晌,又再倒了一瓶。现在他可以瘫软在地,不再感觉浑身酸痛虚弱。几天后,他乘高铁独自去了趟南京,找到小百花巷,那是她长大的地方——她在博客里写下太多的相关文字。那些文字是蝴蝶翅膀上的粉末,一片一片,像鱼鳞一样,有着无与伦比的绚丽之色。小巷曲直深幽,两侧民居青砖小瓦,墙体斑驳,石灰脱露处,偶有数块烧有铭文的明城墙砖。屋檐的瓦当上多有兰草花卉,最多的是福寿两字。又有古井,古井边有汲水的红衣妇人,腰肢处露出一弯月牙白。那是普生泉,据说为乾隆皇帝赐名。她是喝着这井水长大的。他问汲水的妇人借了桶,舀了一点水,喝了,真好喝,甜的。在离小百花巷不远的一处小区,他瞥见她父母。这不难辨认——他在她QQ空间的家庭相册里早已熟悉两位老人的脸庞。他没有想到的是,当他目睹两位彼此搀扶着的老人时,有了一种幻觉:那也是他的父母。他默默望着,眼泪汪汪。

手机响了,她打来的,约他今晚吃饭。他几乎是哽咽着说:"好。"她说了时间地点。他迟疑了一下。他没法在短短数时辰内赶回去。他说:"明天?"

那是他有史以来最难下咽的一顿晚餐。尽管她用了兰蔻口红,抹了迪奥香水,还穿上她从法国带来的露背晚礼服,他们之间曾拥有过的亲密已经荡然无存。他结结巴巴,像三流演员背着拙劣的台词。他羞愧难当。当她抓住他的手掌,他突然觉得身体不再属于自己,形同虚设。她几乎是怒气冲冲地在他面前褪下衣裙。那个曾被他称为世上最美的花园,就像是宇宙的黑洞。

3

想念藏在你身体里的天鹅绒,与
蔓延在你脸庞上的火。

他喃喃自语，眼睛里有着绝望的光，左眼下部的痣跳得颇有几分惊心动魄——相书上说，眼下有痣，情多波折。但平心而论，他说的故事确实滥俗。你也没弄明白这种"俗"又是如何完成向"匪夷所思"的惊险一跃。

你去过凤凰古城。它有一张奇异的面孔，半边是眉目如画的处子，色彩鲜明纯净；半边是艳俗的放荡妇人，表情暧昧夸张。这构成它独一无二的魅力，一种独特的审美形式，就犹如夜里从沱江水面上漂过的生活垃圾，在散发着潮湿腥味的同时，又弥漫出梦幻、超越现实的光影。它不再是乡村，也不愿意进化成城市——那是人类最后的高潮。它对钢筋水泥金属玻璃有着最本能的警惕，那将使它迷失。又或者说，它现在是一颗廉价的彩色玻璃球，被一种不加掩饰的肤浅与恶俗，兜售给了蜂拥而来的旅人。人，在那里，极易被催眠，被自我催眠。所以"他同我演戏，我回报以演技"。

窗外的阳光像一个薄得透明的水泡。水泡表面流转着红橙蓝绿。它们是冰凉的手指，紧捏着你的眼球与心脏。你仿佛置身于倾斜的甲板，不得不努力克制着恶心与不适。尽管你并不想去看，目光还是情不自禁地越过一幢幢房子。

在一所有着深远出檐与凹曲屋面的房子里，你看见了她，看见了她身上的那个男人。她出生于1980年12月16日，是你的合法妻子。男人，你也认识。一个来自湖南湘西的民工，二十三岁。你永远也忘不掉他胳膊上文着的那只模样狰狞的蓝虎。一年前他绑架了她，你给了他十万块钱；现在，他们睡在一起。显然，这并不是他们第一次睡，否则也不可能睡得这般艺术。你不明白发生了什么,更不想去弄明白。妻子,一个多么可笑的词汇。口中吐出酸水,如同怀孕之妇人。你怔怔地想着。心脏不是被猫抓了,是被小刀剐过,横着剐了1001刀,竖着又剐了2374刀。每一刀剐下来的肉皆米粒大小,还会在刃尖跳。

你咬紧嘴唇,让自己不至于呼喊出声。你一点点收回目光,手指下意识地按在自己左眼下角那个因黑色素细胞增多引起的皮肤凸起。你凝视着他的脸,那是你在镜中所见。"那是我要找的面孔,就是世界创造之前我的脸庞。"你嘟囔着,合上眼睑,拳起四指,以左右大拇指螺纹面按住两侧太阳穴,再以左右食指第二节内侧面轮刮眼眶上下一圈。这是小时候学过的眼保健操。

你看见他笨拙地挡开她的手。

她想替他系领带。你不明白为什么直至今日此刻,她还能这样深情脉脉。她的表情有点儿吃惊。她在叫他的名字。他觉得他的名字被她的嘴弄脏了。他很想对她说,不要用舔过其他男人鸡巴的嘴叫他的名字。他的嘴巴动了下。声音没出来。有种东西把嘴唇黏住了。他拿起公文包。她再次伸手过来,不容拒绝,迅速系好那根斜纹灰底的布条儿。他看着她的眼睛,弯下脊背,慢慢地,在她脸颊上亲了一下,就与过去一样。他出门下楼,进地下车库,把车倒出。在后视镜里,他看见她还在二楼的窗户边站着朝他挥手。他扯掉领带,擦掉眼眶里溢出的液体,把车拐进林荫小道。他不知道他的手为什么要发抖,用力给了自己一耳光。他踩住刹车,凝视着手指上的戒指。戒指深深地嵌在皮肤里,好像是骨头长出来的一部分,惨白。是她给他戴上的。他粗鲁地把手指塞入嘴里。他想阻止什么,还是无济于事。喉咙里进出一声尖锐的叫喊。他被这声音吓了一跳,茫然地望了眼车窗外面。湛蓝的天空躲在几株树后面,对着这个世界露出古怪的笑容。一种难以言喻的酸楚揪住他的鼻子。黏滑的泪水汹涌直下。他号啕痛哭,俯在方向盘上,哭得是那样伤心,连车身都跟着他的哭声在颤抖。就好像这个方向盘拧开他身体深处藏着的阀门。

这令人难过,但不奇怪,你还在北京人潮汹涌的王府井大街上,看见一个白发老者放声大哭。

你皱起眉头,小声问道:"为什么?"

4

餐厅里有一对男女。可能是夫妻,也可能不是。他们坐在你隔壁,声调不高,刚好还能听见。语速不快,基本没有什么平仄起伏。从你这个角度望过去,刚好还能见到那个男人的小半边脸。男人的黑头发里有几根白发,左眼下角有一粒痣。他们在讨论婚姻与出轨,他们说的话你在不止一处听过。比如"外遇是最科学的,是最经济的";比如"丈夫爬到屋脊上,往有外遇的妻子窗前浇水"等等。

那个尖下巴的女人快被男人那催人欲眠的腔调弄崩溃了,出于礼貌,还是尽量克制,剥着指甲上的颜色,极为不耐烦地说道:"书读成你这样,也可以投河自尽了。'婚'是什么?把这字拆开。就是一个女人昏了头。为什么会昏头?最早是男人用棍棒敲晕的,现在是拿甜言蜜语、珠宝又或者是什么凤凰古城七日游什么的弄昏的。"

女人四处张望，目光在脖子上系着蝴蝶结的侍应生脸上停住。一个很帅的小伙子。

男人顺着女人的目光望了过去。看得出来他很想挽回点什么，可他的嘴唇，那双薄的嘴唇说出来的话语根本就无能为力，是那样干涩，在自动播放着：

"女性已沦为商品。这种并非只体现在她们的子宫、家务劳动、社会工作皆可通过具体的价格进行描述，而在于她们已经成为整个消费社会饕餮欲望的最重要的符号。对女性的狩猎成为社会的驱动力，而获取的质量与数量，则定义着一个男人的成功。这是一种可怕的却已然普遍的价值观。更可悲的是：大多数女性接受了它。她们的自我认识，基本就是对男性思维的复制。她们在心甘情愿成为男人所豢养的小狗小猫。"

女人皱眉说："你到底想说什么？"

男人说："有大多数女性，就肯定还有另外一小撮女性。她们是不一样的。所以说我理解《寻欢作乐》里的那个罗西，理解她天真的无耻——因为喜欢，随意与他人交欢；在极度绝望的时候，投入陌生人的怀抱；一夜狂欢后，又若无其事地回到生活的轨道上。她是荡妇，但灿若星辰。你看过这本书吗？毛姆写的。罗西有金色的头发，淡黄色的皮肤。她抛弃了功成名就的丈夫，与一个破产了的男人私奔。当所有人都认定她晚景凄惨时，她还幸福地活着，生机勃勃。"

男人脸上的表情像一个黑洞。他对自己的嘴会说出什么已经不再吃惊。

"我不喜欢毛姆。没看过他任何一部作品。也不想看。"女人用指甲剔了下眉毛说,"你说,我们为什么要结婚?"

男人的嘴动了下,又咳嗽两声:

"社会的角度,家庭是社会的细胞。人,作为社会人,必须建立家庭。不结婚的人被视作病态。社会的压力迫使人们接受婚姻;经济的角度,买一张床要比买两张床划算。两个铺盖搬在一起,能降低生存成本;性的角度。性在婚姻中的价格趋于零,是最便宜的。双方事先为其支出各种成本,比如隐私空间被侵犯等;生物的角度,婚姻提供了繁衍的合法性,保证基因传递……"

女人终于再也忍受不了,起身扬眉道:"亲爱的,你就是一架傻逼中的战斗机。"女人离开了。

5

你笑了。他也笑了。你们一起哈哈大笑。

你又重复了一遍刚才的问题:"为什么?"

"因为你是我的咽喉。因为你,我才可能品哑书上所有的词语,用我的舌头,我的五脏。或者说,你是我的咽喉炎,使我咳嗽、低热、眩晕,坐立不安,全身不适。而正因为这些症状,我才知道我还活着,这个糟糕的世界也从未有一刻遗忘了我。"

他的声音里没有激情,只有极深的厌倦与平静。

你把目光投向窗外的马路:"你知道的,我问的不是这个。"

"那天晚上,她睡着了,我也睡着了。我在梦里遇到她。我们交媾完后一言不发各自离去。我以为我会再也想不到她,像水忘掉了水,就算在路上偶遇,只会礼貌地报以一笑。这样过了三十年，我老了，庸俗了，胆怯了，圆滑了，牙齿松动，看什么东西都模糊不清，只依稀记得从小寒起，太阳黄经每增加30°为另一个节气。我以为我会悄无声息地死去，像一只蟑螂。但有一天，一个二十岁的女孩找到我，说她爱我，爱我满脸的皱纹，瘪掉的嘴唇，不再光滑的额头，松弛的皮肤。她还给我背杜拉斯《情人》的开头与叶芝的诗篇，说时间这个暴戾而又伟大的君主，就藏在我这张备受摧残的面孔上。

"你不要笑。她说的是真是假并不重要。重要的是，有个年轻而又漂亮的姑娘来到我面前说爱我。我接受了她的爱情，与她举行盛大的婚礼。洞房夜，当宾客们都走了，她侍候我躺下，开始脱衣服。脱得很慢，一件一件。过了很久，好像有一个世纪那样漫长，她白皙的胴体就犹如闪电。我觉得要脑溢血了，想叫她拿瓶药端杯水来，可眼珠子动不了。她还在脱，脱的是皮，像周迅在《画皮》里脱掉那件从美国运来的仿真人皮。她把皮扔在椅子上，问我是否害怕。我已经说不出话。那张在电影中只出现了六秒钟的仿真人皮，据说花费了一百多万元，真的够贵了。

"我问她为什么要这样。我又不是英俊潇洒家财万贯的王生，不值得花上这么多钱。她问我是否还记得她是谁。我就想起来了。她老了，谈不上老态龙钟，也花白了头发。她身上有一种异乎寻常的优雅。这让我想起了法国作家芭贝里笔下孀居多年的门房老太太荷尼。这么老了，还扮文艺女青年，羞也不羞。我很想提醒她把《情人》看完。杜拉斯在书里毫不讳言，她所热爱的只是中国情人带来的性与现金。但我最后说出口的却是'我爱你'。我不知道我为什么要这样说，可我就这样说了。

"男人说谎,就好像他们在女人体内射精;女人说谎,却是男人高潮的春药。我老了,我知道我没有说谎,也知道了她的诚恳。她是爱我的,就那样口齿不清地爱着。她说她一直忘不掉我,就在花甲那年去韩国做了一个全身的美容手术,回到自己二十岁的模样。她说,若是我愿意,她可以再穿上那件人皮衣裳,再不脱下。

"她真傻。既然知道了是她,我还会在意是二十岁的她,或者六十岁的她吗?所以梦醒之后,我立刻向她求婚,她答应了。"

6

如果说光阴是河流,生活是网,你是捕捞的渔夫,
那么,我愿是那尾鱼,鳞甲撕裂。
——我知道这个比喻的庸俗性,可没办法。
我是如此想你啊,像瞎眼之人
在溺水时想着这世上所有的色彩。

你以为你是你,不是的。你并非自我选择的结果,而是一个不明确的手势,一张阴郁的脸庞,乃至某个早晨一场突如其来的雨水所给出的。这不是你的错。没有多少人能获得自我意志的苏醒,继而越过事件森林,摆脱词语的眩晕,抵达倾颓荒芜的神殿,在被青苔覆盖的石柱上找到那行几乎已不能辨认的神谕。

你揉碎纸团,抛入废纸篓,摸起搁在旁边的公文包,结账,出餐厅,下楼。这个世界是摇晃的大海。灰房子,红房子,黑房

子，白房子。白房子，黑房子，红房子，灰房子……它们是在海面上航行的船。而你是你自己的船。你没开车，走得不快也不慢，借助于用条形引导砖与带有圆点的提示砖铺成的盲道，你闭上眼睛，在脑海深处仔细地搜索：过人民中路，在第一个红绿灯处左拐至马鞍街，前行五十米，约七十五步，进入福田花园的侧门——盲道消失了，你贴着墙壁，缓步右行，好像是十米，好像是十五米，你还是找到楼梯入口处的铁门。你的眉头舒展开来，一步一个台阶，上了二楼。你睁开眼，轻吁出一口气，在掏钥匙的一刻，你迟疑了一下，伸手敲门。

  门开了。是她，系着围裙，手上还戴着胶皮手套，光洁的额头上有细小的微汗。她在忙碌。在忙碌什么呢？你飞快地朝四周瞟了一眼，打开公文包，掏出一张影碟："我刚去买了这张《桃色交易》。""嗯，今天是我们结婚三周年纪念日。"你注意到她眼中的欣喜与失望。你从裤兜里摸出一个盒子，是几天前在周大福买的，钻石坠子，有一克拉重。你一直拿不定主意是否要把它送给另外一个女人。现在，你把它扔给了她："还有这个。"

2011 年 1 月 10 日

我给父亲讲的故事

父亲老了,躺在病床上,眼神混浊,皱紧眉头嘟囔着。那些嗡嗡飞着的,意义含糊不清、饱含着他体内气息的单词挠刮着我的耳膜。我打量着自己粗大肥短的手指头,很想把窗外那个湿淋淋的天空像拧床单一样拧干,也很想把从他嘴里冒出来的这些乱七八糟的句子都扔进一个罐头瓶里。父亲的目光从天花板上转向我,长吁短叹,胸口拉起风箱。我知道他想说什么。看他的表情,若再听不到一个有趣的故事,我就是不肖子孙了。

上帝知道,坐在父亲床前的这段时间,我都与南海疍民一样,既勤劳,又勇敢,不惮于一个猛子扎进脑海深处,把所有真实与虚构的发光体,乃至于藏于蚌壳里的等等,也一股脑全找出来,可等我刚说了一个开头,父亲不耐烦了:"听过,换一个。"我只好从牙齿缝里再找出一些掖着的新闻八卦野史趣闻,父亲更生气了:"你懂不懂什么是故事?"我没法子,借尿遁跑到洗手间,手机上网搜索一堆据说是史上最囧的段子,再回来抖擞精神。结果父亲从枕头底下也摸出一个智能手机,用很不屑的语气说:"你除了会百度，还会干吗？"我本想说我还会谷歌，又想起他老人家一贯最痛恨不支持民族产业的中国人，只好闭嘴不言。

人啊，一旦把嘴闭上就更无聊了。我与父亲大眼瞪小眼。瞪了有小半个小时，父亲胸口的那个风箱消停了一点。我们一起去看窗外淅沥沥的雨点。雨，黏糊糊的，下得没有半点美学情趣。垂头丧气的树叶们被大大小小的雨点砸着，砸得都令我想替它们叫疼。我本打算就这样望到地老天荒，直至那个坏脾气的小护士进屋打针。但父亲并不准备这样放过我："你给我再讲讲那个男的。就那个陈世美。"

"哪个陈世美，是留板寸的，还是大包头的，还是那个贼眉鼠眼留小开头的？"

"板寸的。"父亲用脚跟敲了敲床板，似乎很生气我咋会问出这样愚蠢的问题。

留板寸头的陈世美，姑且叫他板寸男吧。

板寸男在县城长大，十八岁那年与一个同龄的女孩子相爱，且偷吃了禁果。后来因为家庭变故的原因，板寸男去了另一个城市，在那娶妻生子，并成了一个所谓的人畜无害的三流作家。有一天，警察敲开房门，说有人指证他是一场交通事故的肇事者。板寸男百口难辩，动身去找这个给他带来无妄之灾的证人，想弄清缘故，发现对方正是当年的女孩。当年的春风一度，让她珠胎暗结。她离开流言蜚语杀得死人的小城，独自含辛茹苦把孩子抚养成人，现在她已身患绝症。她是在网络上知道他的信息——互联网上无隐私，在有心人眼里，他的一切都是透明的。

"爸，你让我怎么说？"

"你先给我讲讲他们的那个孩子。他们见了面吧。"

"爸,我昨天说过了。板寸男在火车站旁边的肯德基餐厅避雨时,还遇到了那个孩子,她已经是一个很漂亮的少女。"

"他们见面时,就没有一种似曾相识的感觉?"

"爸,据科学研究,只要电击大脑颞叶的一部分会使人对遇到的每个事物产生似曾相识的错觉。"

"你爸搞了一辈子的科学,就不要你来科普了。两个有着这样亲密血缘关系的人,在相见时,就没有一点异样的感觉?这可是你们这些口口声声自己是小说家的人惯干的事。"

"我又不是板寸男。"

"你不能进入别人的内心叫个屁小说家。"

父亲的话简短粗鲁。

事关职业荣誉,所以我仔细想了几分钟,小声说道:"板寸男那时心烦意乱,顶多只会发现这个少女长得还不错。她一些不经意的小动作可能会唤起他的某些记忆,就像一块小茶饼唤起一部《追忆似水年华》。但这种漫漶的心理活动,与相应的意识流叙述技巧,会让读者迷失于板寸男的内心,就像迷失于自己的梦境深处。这是危险的,对大家理解这对尚还是陌生人的父女关系也无济于事。需要事件与偶然性,比如在肯德基餐厅发生了什么。又或者让他俩邂逅在夜总会——他们邂逅的每一种场所都可以定义出人类的某种基本关系。"

"他们在肯德基餐厅发生了什么?"

"爸,你这不是难为我吗?在肯德基餐厅能发生什么?在夜总会还有可能。"

父亲胸口的风箱突然一阵剧烈响动，他用力咳嗽，唾沫星子还喷到我脸上。我赶紧上前搀扶起他，用手轻拍他的后背："爸，你怎么了？"

"你不觉得你刚才很无耻吗？夜总会？你是想说这对父女在不知情的情况下乱伦？"

"我没这个意思。"

"你就是这个意思。是不是过一会儿还要告诉我，乱伦是人类永恒的主题？你以后要是写这种下三烂，我打断你的腿。"

我张口结舌。我得狠挖灵魂一闪念了。

为什么刚才脱口而出的是夜总会，不是慈善院，或者一场商业推广活动？其实在想到夜总会时，我同时想起的还有某电视台的《约会八分钟》，脑子里甚至出现了一幕幕荒诞图景——少女问："你有房吗？"

板寸男答："有。"

少女问："你有车吗？"

板寸男答："有。"

少女再问："你会对我妈好吗？"

板寸男答："会。"

少女竖起 OK 的手势。

父亲止住咳嗽，眼睛里有了细小的火苗："你上次给我说'人是商业法则的结果，但更是艺术的尺度'，这是对的。但这把尺子是有刻度与长度的，不能以艺术的名义胡搞！你继续说，餐厅里发生了什么？"

我点头诺诺："没发生什么,我总不可能让一个富二代开着加长林肯来向她求爱吧。你说过了,这叫庸俗透顶。她被雨淋透了,站在台阶上。他在屋里隔着落地玻璃静静看着,就这样。很司空见惯的一幕。你若不满意这样平淡的场景,那我就让她参与一场斗殴,她打别人,她就是问题少女;她若被别人打,她就是被侮辱与损害的。他见义勇为,被不知轻重的后生打进了医院……爸,这样也挺庸俗的。你为什么就对这个孩子感兴趣?主角是板寸男与当年那个女孩啊。"

"孩子才是这个故事的关键。"父亲瞪着我,一脸严肃,"你是不是想问我,你是否还有一个从未谋面的妹妹?"

我没敢笑。万一真的笑出一个妹妹来,我是快活了,父亲的日子可就难过了。

"他们在餐厅里互望了一眼,就回到各自的轨道。若说巧合的话,是当他敲响那个证人的门时,开门的就是这个少女。当然,这些都可能是一个短暂、偶然的梦境。"我摊开双手,犹豫了一小会儿,补充道,"爸,要不,我把这个故事写给你看吧。这样会更有意思一点。"

父亲不置可否地点了下头。两个小时后我把电脑搁在父亲床前,打开 word 文档。我还给这个故事取了一个名字,《大雨》。

1

这年夏天,你来到这个城市。迎接你的是一场暴雨。就像一个突如其来的手势,就像在这个手势下射出的千万颗子弹,就像一群被子弹打伤了的熊瞎子,这暴雨在天地间横冲直撞,嗷嗷叫唤。

这是直喻，暗喻，还是借喻？

毫无疑问，这是一连串拙劣的比喻。

除了发情交配期外，熊瞎子一般都单独活动，哪里可能成群结队？

一个时辰，街上水深过膝。这不是奇迹。是这个城市的管理者把这个城市当作脸盆用了。他们应该重新回到幼儿园去听阿姨们讲讲什么叫作"下水道"。

大雨如注，你仿佛置身海底。麦当劳金色的 M、橘黄色的大巴车、绘有性感妇人的广告牌，以及伞——铺天盖地的伞，宛若一群群色泽斑斓的热带鱼。

一个少女从一只鱼的腹底钻出来，湿淋淋的，跳到肯德基餐厅门外的石阶上，嘴里惊呼出声。所有人都看见她湿透的吊带裙下的内容。你甚至看清了她白色内裤上绣着的那只可爱的维尼小熊。你凝视着这个玲珑剔透的背部，指尖在玻璃上几毫米几毫米地滑过，停在一个可以触摸其身体轮廓的位置上，渐渐滚烫。你喜欢这种感觉——因为那可以被测量的距离，你不会被这与刀子一样明亮的美刺伤。

少女有一张古典的脸，脖子异常修长。围绕着她的，除了那些躲躲闪闪的目光，还有一团团袅袅升腾的氤氲水汽。她几乎是用恶狠狠的动作抓下头发下的雨水，把它们摔在地上。她的裙裾在滴水，滴至脚踝。还有血。呼噜流下来的血。她来了例假。她站在那里的样子像陈羚羊的实验摄影作品《十二月花》其中的一帧。

你打开行囊翻出一件衬衣,喊来餐厅里一位女性工作人员。

她回头看了你一眼,把你这件天蓝色的衬衣匆匆系在腰间,嘴唇在动。她是在说谢谢吗?也许不是。谢谢是两个字,从她唇形里溜出来的至少有三至四个字。

你想起昆汀·塔伦蒂诺的《低俗小说》那个著名的开头。若衬衣兜里还搁着一把精致的掌心雷,她是否会像在你高喊一声打劫后,冲进屋把枪高高举起,补充道"命是自己的,钱是国家的"?

你被这个念头迷住了。

当这个想象中的声音在脑子里叮当一下冒出,你仿佛还听见大伙儿的哄堂笑声——这里是餐厅,不是银行。

然后你好像看见自己已跳上乳白色的餐桌,声嘶力竭:

为什么一块钱过去能买三个鸡蛋,现在只能买两个鸡蛋。是谁动了我们的鸡蛋?又是怎么动的?就是纸币的戏法。

少女做了一个手势,转身一头冲入大雨中。

你笑起来,感觉到指尖的滚烫,不是贴住玻璃的那只手,是另一只搁在方桌上的手。一个鲁莽的男孩把一杯热饮倾倒在你手掌里,慌乱地说着对不起。不是所有的对不起都可以换来一句没关系。你还是说了一声没关系。

你有点心烦气躁,摸起餐巾纸擦去污渍,眉头跳起来。衬衣兜里确实有东西,一张车票,一张身份证。你习惯把身份证搁裤兜里,出站时的那个瘦警察非要你掏出它。你说:"我长得像逃犯?"瘦警察眯起眼。瘦警察旁边的胖警察很有幽默感,说:"有点。"

你抓起包，蹿出餐厅。雨已略小了些，似带着怨怒之气的妇人手中密密绣着的针脚。天地间有奇怪的气息，有某种不知名的生物在这些高矮不一的建筑的后面打着令人胆战心惊的喷嚏。你在水里走了几步，重新跳回石阶。街面上混浊的水流看上去就如同大江大河，轿车与巴士的喇叭声又仿佛是江河两岸悬崖峭壁间的猿声，刺入耳膜。

天空是一层灰幔。

一只涂有鲜红蔻丹的脚跳上石阶。

尽管你还不大习惯，但你已经在学习着如何心平气和地望着"已经失去"的背影。

你的目光落在脚的主人胸脯上那对浑圆的半球体上。那个叫不出名字的少女与眼前这个丰腴诱人的妇人是两种生物，前者是透明的，后者是色泽艳丽的。

从透明到艳丽的距离是十秒钟。

你若有所思。少女发现衬衣口袋里的身份证后，会把它寄至身份证上的那个地址吗？就算她真这样做了，你也拿不到。那所故乡老宅几年前已被拆迁。

你目不转睛。你听见了妇人的呵斥："呆B，看什么看，回家看你妈去！"妇人的嗔语就与从她伞尖滚落至你脸颊上的水珠一样动人。

一个胖男孩，扯着妇人衣角，手舞足蹈："妈，我才不怕呢。遇到熊，我就躺地上装死。"男孩或许是刚从动物园出来的。

你侧过身对男孩说道："熊聪明得紧，又贪玩得紧，就算它真以为你死了，不打算把你当晚餐了，也多半会一屁股坐下。你喜不喜欢用脚踩气球？这道理是一样的。"

  男孩躲入妇人身后。妇人有一对异常好看的凤目。你看见了这对凤目后面沸腾的脑浆。让这个妇人歇斯底里的是这团脑浆中的哪种神奇的物质？是多巴胺吗？

  你再次回到雨里。雨又大了，砸在头顶。你的双脚是水面上的船。

  你觉得自己随时就要倾覆。你来到这个城市不是为了访亲探友、寻求幽胜，亦非追求那永远的激情与哀伤的迷雾，又或者命运改变的机会。你是来办事的，来看一个人，一个你从未见过的人，一个指证你是肇事司机的人。

2

  "尊敬的警察先生，我不是肇事者。尽管那年初秋我经常驾驶一辆黑色桑塔纳行驶在乡间马路上——我已记不清你们说的10月16日下午3点，我是否驾车外出，但我驾车以来确实没有撞伤人，哪怕是一条狗。

  "尊敬的警察先生，我没有把您比喻成狗的意思。虽然您是左撇子，这样顺手，其实你可以试一下右手。右手开发左脑。噢，谢谢。我开车从不喝酒。我不喜欢被酒精控制。我更不吸大麻。那辆桑塔纳确实有过一次外壳维修的记录，那是在市外环路修建高架桥，我把车开上去了，不知道桥的那头断掉了。车速不快，当我发现这是一座断桥时，下意识地踩死刹车，车身侧翻，便撞在护栏上。没有人证。

  "尊敬的警察先生，我可否起身挪动一下？谢谢。您说的这个人，我闻所未闻。她在省城，我离她二百余公里。我不清楚她为什么要说我是肇事者。如您所言，没有无缘无故的恶，我也相信她必定有她自己的理由。我不清楚她为什么这样熟悉我，不仅是名字、住址、年龄、职业，乃至于我失败的婚姻与自己都不大清楚的血型。你们不妨考虑聘请她为顾问，也许能在短时间内有效提高破案率。

"尊敬的警察先生，我可以喝口水吗？谢谢。我的潜台词不是在嘲笑你们无能。你们的效率有目共睹，瞧，我不就作为一个嫌疑犯又重新蹲在你面前吗？我只是痛恨那个狗娘养的。对不起，我说脏话了，您肯定会理解我这种情绪。一早醒来，还未洗脸漱口，就发现自己莫名其妙地成了一个肇事者，什么也干不了，哪里也去不了，你也会痛恨那个诬陷你的人吧，哪怕那是一个雌性。

"尊敬的警察先生，我要写封表扬信给你们局长，给省城各大媒体，感谢您这富有人性光焰的理解。我也晓得互联网上无隐私。但这句话适用于那些振臂一呼应者云集的意见领袖。我只是一个籍籍无名的自由撰稿人，连偶尔给我发稿费的编辑也不知道我的真名实姓。我的笔名是我前妻的名字，她的名字比较中性化，她的身份证在搬离时遗落在抽屉缝隙里。

"尊敬的警察先生，千万别把您的手打疼了，您可换根棍子。谢谢，我知道您厌恶暴力。暴力是人对自我最深的憎恶。我确实不是骗子。我前妻确实是一个女性。您懂的，身份证上的相片一般都跟遗照似的，我前妻被拍成这个样子，应该偷着笑了。这不是户籍民警工作不细致，是当时的摄影器材不够先进。您说的是，您就是中国的福尔摩斯。性别栏确实是女。我也不清楚邮局的工作人员怎么不在乎这点，他们必须来您这里接受培训。我承认，他们中也曾有人问过，我嫌麻烦，就说张冠李戴了。他们还真信。他们的工作态度太马虎了。这要批评，严肃批评。我向您揭发，后来他们就不问了，有时候连身份证都懒得看。

"尊敬的警察先生，我使用我前妻的身份证并非是我对她还抱有某种无聊的情绪，最早只是方便，怕麻烦，后来就是习惯，就像某些左撇子，并非天生就是，而是因为一个糟糕的开头加习惯。我没有讥讽您的意思。人类最伟大的艺术家达·芬奇、世界最年轻的征服者亚历山大等，都是左撇子。没有左撇子，就没有人类现有的文明。您说是否存在这种可能，我前妻因为不小心或其他缘故，把我的个人信息泄露在网上或在无意中给了那个指证我的人？您知道的，前妻是一种不可理喻的动物。

"尊敬的警察先生，能再次见到您真是太高兴了。我没有误导您的企图。我只是在说可能性。世界是由种种可能的弦组成的。明天有种种可能，这话好理解；今天，只是这种种可能中被践行的那种。而所谓过去，由于观察者的不在场，它又重新回到种种可能中，所以说，历史就是一个任人打扮的小姑娘。

"尊敬的警察先生，我不是故意要自取其辱。我理解您，您这是正义的惩罚。我死不了，您放心。我只是好奇这样一桩事实。您不远数百公里风尘仆仆数次赶来我面前，告诉我我干过一桩我没有干过的坏事。我有点激动，也有点难为情。请原谅我的语无伦次。历史是一个有尊严的大家闺秀。胡适先生完全可能没说过那句颠倒黑白混淆是非的话。我们要以事实为依据，以法律为准绳。

"尊敬的警察先生，能有幸配合您的调查，实在是我毕生之荣幸。那辆桑塔纳您上楼时也看见了，就在草坪上趴着。前年，我转手把它卖给了一个需要它的人。说来也巧，去年这个人买了这边的房子。当时我看见它时还挺激动。为什么卖车？没理由。就是不想开了。就像我前妻突然不想与我过日子一样。是在这里签字吗？噢，我真是个怂货，又签的是她的名字，第三次犯同样的错误，这次您就不必亲自动手，我自己来。"

3

他像只落汤鸡似的被突然打开的房门吓了一跳。

他讨厌巧合，他写过太多生硬的或别有用心的巧合。所有的巧合都是陈词滥调，都是勒在脖子上的绳索。现在他把自己脖子上的那根又勒紧了点。是那个几个时辰前他曾在雨里追赶的有着一张古典的脸的少女。

他如堕梦境，又觉得这梦境与往昔的破碎、断裂、旋转不大一样，地面平整得令人晕眩。他不得不扶住墙壁，目光在少女胸口稍做停留即赶紧垂落，以支撑住自己快要失去重心的身体。少女已换过一身淡褐色带圆点小斑点的睡衣，脸上有着异乎寻常的不屑与愤怒，手上还拿着一个小纸板，上面有五个清秀的小楷：

你在跟踪我？

他慌乱摆手，脑子里本来已想过千百遍的句子被这五个字一下子就扯成了一团乱麻。恍惚就回到了许多年以前，他还是一个穿着领口洗得发白绿色军装的男孩的那个初夏，一个明眸皓齿的少女也是用这混合着愤怒、不屑与唾沫的五个字，在一条古老的南方小巷拦住他的去路。

惊慌失措的他如同被枪打了,立刻跳上覆盖着青苔灰藓高近二米的墙头——这是一件多么匪夷所思的事啊,事后,他在这堵墙壁下反复练习了数百遍,但再也不能那样徒手跃上墙头。

是一件什么样的稀世奇珍在那个时刻托住他的身体?

他咽下唾沫,把记忆一点点咽到肚子里,退后一步,确信自己并没有看错门牌号码。他堆起笑容说明来意,觉得自己的声音就像从一个遥远且古怪的海螺里吹出来的。这种时空错乱感使他越来越有一种窒息感。少女在门道边搁下藏在另一只手里的黑色垃圾袋,白皙修长的脖颈一俯一扬,一脸警惕,又变戏法似的,指缝里跳出一支铅笔,迅速在纸板上写了五个字:

你找她干吗?

这是一只多么美丽的生物啊,双手就像是阿里巴巴的藏宝洞。黄昏的光线穿过楼道回字形的镂空处,均匀地撒在她脸上,像烤得金黄的芝麻粒。他几乎就要热泪盈眶。

你是我最好的光阴;你是微凉的晨曦;
你是只属于我的珍禽异兽;你是南方天空黄昏时的雨水。
时间在轻喊着你的名字。
在你的头顶。云层是一张恍若隔世的唱片。
我翻来覆去地听。

这些句子就像当年那个明眸皓齿的女孩身上轻轻的战栗。
他看见自己俯下身把这些战栗一一收入口中。
他脸上诡异的笑意惊吓了那只美丽的生物。门被重重关上。

他呆立半晌，不得不敲响房门，敲得慢，一分钟敲两下，轻轻两下。五分钟后门打开了。少女还是一副烦躁不安的样子。

他说："您能递杯水给我吗？我不是坏人。我就站在门口。"

他耐心地诉说着，请她理解他的疑惑以及这四年来折磨着他的种种痛苦。

"我不是《通天塔》里那个忧郁的刑警；她也不是那个叛逆的聋哑少女。"

他不清楚他在诉说时为什么会想起这句话。

他小心翼翼把脖子从这句话所形成的圆形绳索及其阴影边移开。

少女脸上的愠怒渐渐褪去，用最简洁的文字回答了他的问题。他沉默了，就好像他的沉默就是为了这个结果。又或者说，他被这个结果吓着了。他突然痛恨起自己这两根敲响房门的手指，并为这种痛恨心中一片茫然。

那个指证他的人是少女的母亲，还曾经用过一个在他心中萦绕过十六年的名字。

明眸皓齿的女孩与古典的脸的少女的形象慢慢重叠在一起。慢慢地，比最杰出的钟表大师的手指还要慢。她们是母女关系。他听见自己颤抖的声音："孩子你多大？"

少女做了一个十六的手势。

他还想再说什么，门里传来一个虚弱的嘶哑女声。少女似受了惊吓的梅花鹿，跳回屋子里。门虚开着，光线凹了进去。

他握掌成拳，用屈起成锐角的关节叩击太阳穴。黑色塑胶袋里露出天蓝色的一角，那应该是他的衬衣。他蹲下身，取出自己的身份证与火车票。上面有了血迹，腥的。他的眼泪不可抑止地流下来。这令他羞愧。他没再迟疑，快步朝门里走出。

门在他身后蹑手轻脚地关上了。

4

词语是一连串的因果。你撰写了"他"，"她"的身影已隐约可见，而随之而来的狂风暴雨将使你深陷于他们的沮丧与挫折，以及爱恨交织。你将被词语主宰，你将被它们挖空，你将面对镜子伸出舌苔。你是他们的奴仆。这是你作为一个写作者的宿命。

"主啊，我已听见了这些词语里的雷声。指缝里有闪电。"

你从乳白色的餐桌上抬起头。那个少女还一动不动地站在石阶上，腰间缠着天蓝色衬衣。究竟是哪一行句子把你拽进梦境深处，抑或就是昆汀·塔伦蒂诺的那个《低俗小说》？

父亲沉默着。良久，嘟囔道："形容词太多，跟面包上的甜点一样，腻。"

"对甜的热爱，是人的天性。有哪个小孩不爱吃糖的。"我辩解道，搁下电脑，甩动十指，写字真是一桩无益身心健康的体力活。大脑像被十几只受了伤的熊瞎子蹂躏过的玉米地。更郁闷的是，那个来打针的小护士居然在楼道口对女伴嘀咕我神经不大正常，脸上的表情瞬间换过十七八种，还一个劲地嘿嘿傻笑，看得她心里起毛。

父亲的眉毛越皱越紧，一个核桃大小的结蹙着额头中间。

"你想说什么，我没看懂。"

"就刚才这个陈世美的故事啊。当然,这是故事的高级形式,小说。一个真正的小说家眼里是没有读者的,只有头顶的星空与心中的道德律。所以我按你刚才说的办,没写板寸男与他女儿在夜总会邂逅。还有,我把他女儿写成哑女。这样可能更好。"我小心翼翼地选择着词语,琢磨着是否要去哪把这篇文章打印出来,在电脑上看文章是一回事,白纸黑字又是另一回事。

"放屁。我都看不懂。叫个屁小说。我且问你,你想表达什么?"父亲挥舞着他的十根手指头,怒气冲冲。小护士进来了,手指在床栏上敲了下:"安静。不要影响别的病人。"我朝小护士吐吐舌头。小护士扔给我一个白眼,双手插在兜里,走了。

父亲一脸不屑:"东西写得乱七八糟,勾引女人倒蛮有一套的。还吐舌头扮鬼脸!"

父亲猛地吐舌朝我扮了一个鬼脸。我愣了,然后笑了,然后我们俩都笑了,然后我们俩不约而同地拿手捂住嘴。父亲压低声音:"这才是我的儿子嘛。瞧,你这个小说,不,你这个故事里的少女,哪一点像板寸男?"

我啼笑皆非。

"爸,你到底想在这个故事里看见什么?"

"这重要吗?"

"重要。苏学士看佛印是牛屎桩;和尚看苏东坡是佛。爸,你说这两个人谁的境界高?"

父亲哑然失笑:"扯淡。你是说我读不懂你这篇小说,是我的境界问题?"

"我没这个意思。"

"你就这个意思。"

父亲让我重新打开电脑，又把文档浏览了一遍。

"为什么他们的孩子不可以是又矮又胖的？假如她是一个已经参加了工作的二十六岁的老姑娘，你打算如何说这个故事？"父亲用手指头戳着屏幕。

这个问题有点儿要命。我有点恼火，朝门外努嘴："爸，刚才那个小护士漂亮吗？"

"漂亮。"

"那不就得了。漂亮虽然稀罕，也不是没有。为什么非要去让他们的孩子是一个又矮又胖的老姑娘呢？若真是这样，在肯德基餐厅，他或许看都不会看她一眼。"

父亲的眼神不无嘲笑："换句话说，你这个自鸣得意的故事就是建构在一个漂亮少女的形象上？或许你还觉得它是一座有艺术难度的迷宫或花园吧。瞧见没有，只要我动动小指头，它就得坍塌成废墟。"

这话伤自尊心了。父亲说的有一定道理。但，这就是两部小说了。

父亲说："他是一个三流作家，且刚出版了一部新书。这个孩子是一个报社记者，她来采访他，他们不就有了关系吗？"

你低下头，顺着父亲的目光望去。你看见了他们。

1

长方形的房间，在一家书店二楼。空空荡荡。因为是雨后的下午，屋子里分外明亮，可以清楚地数出她脸颊上的雀斑。你数到第二十七个时没再往下数了。靠窗的落地玻璃前搁着一张仿明清式样的方桌。方桌两侧是两把雕有回形纹路的硬木椅。桌上有一台惠普台式电脑。在闪着红灯的录音笔的左边是一个水晶烟灰缸。

烟灰缸里有十七根掐灭了的烟头。十五根是你掐灭的，白色烟身与金色烟蒂形成直角。这种二十元钱一包的金南京越来越难抽。这不是烟厂的责任。所有的烟在抽完第二口后都会越来越难抽。你注视烟盒上的那个圆形图标，你还是第一次真正看见这个图标里隐藏着的辟邪、城门与龙凤。

她的声音悦耳动听，使那些乏味的问题也变得与《追忆似水年华》的小茶点一样可口。那种小茶点的名字是叫"小玛德莱娜"吗？你不敢肯定，依稀记得那个叫普鲁斯特的法国男人在形容它时用的"又矮又胖"四个字。这是一个多么令人愉快的比喻啊。你的脑子里就有一个贴着这四字标签的小抽屉。拉开抽屉，便能找到一些有趣的图片，比如少女时代的宋美龄、许多广场边奇丑无比的建筑群、岩壁间一棵奇怪的树、堂吉诃德那位可爱的侍从，以及现在坐在你面前若有所思的她。

你掬起笑容，很想告诉她，据澳大利亚《每日邮报》时尚版主编的研究，又矮又胖的年轻女人其实更受男人欢迎，这是幸福女人的自然本色，更具有母性的意味；而据你这些年的经验来看，又矮又胖的女人确实是居家首选。

她关了录音笔，递来烟。你深深吸了一口，咳嗽起来，嘴角把你的笑容扯成五线谱。你想起手机里前些日子某公司的短信："一次性交纳500元送50元"。你不得不用手捂住嘴，嘴里喷出的热气又溅到脸颊上,这真是一种奇异的感觉,毛茸茸的。

你说:"没有得到想要的结果?"

她说:"不,非常满意。"

你说:"那为什么眉头紧锁?我的心跳很容易在第五肋间左锁骨中线内0.5厘米处为你这样一副苦大仇深的样子早搏。"

她的脸上一下子就出现了向日葵。还好,不是凡·高画的。

你接受过不少采访,这应该算是第一次遇到在采访结束后还有兴趣与你聊天的记者。屋子里没有空调。额头泌出细小的汗珠。你用手指甲抠下一颗,用舌头舔了舔那汗水中的咸。你又再次听见从喉咙里冒出的词语的响声。最早它们有点像洞穴里来回荡漾的水声,含混不清,很快它们便讨厌起这个拙劣的比喻,在一种难以言喻的节奏下,如同士兵,迅速集结成班、排、连、营,然后步伐坚定地朝着一个你也不大能明白的方向急行军。

它们想占领哪个高地,又打算攻克哪座堡垒?

你嘿嘿笑出声。

她说:"为什么笑?"

你说:"我刚才诡异的笑容,可能并不是内心情感的自然流露。你知道的,医学上有一种病理性的笑。"

她呸了声,摇头:"我不知道,也不想知道。总之,你刚才笑得很难看,很有点小人得志奸臣当道的意思。"

你继续咳嗽:"我坦白交代,我刚才是想起菲利普·罗斯的小说《垂死的肉身》。一本关于一个老男人与一个女学生的小说。那帮瑞典学院的诺贝尔文学奖的评委瞎了狗眼。这个该死的老头无法得到早应属于他的荣誉。瞧瞧,他是如何描写那个古巴女孩与她的乳房的关系的：'她还在摸索它，琢磨它，有点像一个荷枪实弹走在大街上的孩子，拿不定主意该用枪自卫还是开始犯罪生涯？'"

"菲利普·罗斯是挺遗憾的。不过，他不是孤独的。还有托尔斯泰、卡夫卡、博尔赫斯等。或许应该这样说，那些评委未能及时把诺贝尔文学奖的桂冠戴在这些人的头顶，也是他们的遗憾。"

她的目光转动，缓缓说道。

你提高声音："是耻辱。你为什么这样喜欢'遗憾'这种外交辞令呢？你又不是外交部发言人。这个世界不是靠遗憾就能打发的。它需要对与错，需要罪与耻。"

她的神情有点吃惊，似乎不明白你为什么会这样措辞强硬，开始反击："好吧，不管是遗憾还是耻辱，你刚才说菲利普·罗斯是个该死的老头……噢，我没听错吧。为什么？"

她眼里有针一样的光，还是工业用的那种缝衣针。

你说了"该死的"三字？你望了眼那不再闪耀红光的录音笔。是2GB的索尼ICD-AX412F，功能不错，智能降噪，还能够凸显录音文件里的人声。你也有过同样一根，用过一次就搁抽屉里了。这种可以做成钢笔样子的数码产品能最大限度地破坏人与人之间的信任。没有谁能确定坐在自己对面的那家伙衣兜里是不是藏着这样一个居心叵测的家伙。所有人的潜意识，就这样越来越警惕。这一点也不好玩，或者，这个年轻矮胖的女人兜里还藏着另一个4GB的大玩意，桌上这个2GB的只是让你放松戒备、掉以轻心。

她脸上的向日葵不见了，取而代之的是深深的厌倦与专注。

她眯着眼，坐姿由前俯改为后仰，就像一个身经百战的将军，尽管战斗还没打响，却已然洞悉了对方最隐蔽的意图，并深深地相信最后的胜利必定归属于自己。

你取下烟，慢慢摁灭，慢得让你自己也吃惊。你下意识地用手指轻轻叩击硬木桌面。她的眼睛里果然多出一丝烦躁与莫名其妙。你决定终止这场对话，辩论是毫无意义的，你已经无意去说服谁，更无意把自己弄成一只开屏的孔雀。女性是危险的，而有些女性更加危险，比如眼前这位。血液在血管里流动的速度加快了。有点热。你的目光落在她胸前那两个被白色T恤包裹住的凸起上。

这两个凸起下面的乳房是如倒置的圆盘，还是如半球形的教堂圆顶，又或者是松软下垂的布袋？你皱起眉头。所有的乳房都可以用某种水果来比喻，比如菠萝、梨、柚子、西瓜。想一想那些香甜可口饱含汁液的水果吧，哪怕是一只小小的樱桃，都能让你唾沫分泌，喉咙饥渴，为什么你在第一时间想起的比喻却是那些无机物？

圆盘用来盛放食物。

教堂是一种崇拜。

布袋是所有人都迟早要朽坏的皮囊。或者说，是人的集体潜意识？

若弗洛伊德在这里，他又会给出一个什么样的精神分析？弗洛伊德曾经最引以为豪的学生荣格呢？他们真的仅仅是因为学术上的分歧以及"对父权的抵抗"才分道扬镳的吗？在一本你忘掉了名字的书里，你见过一个极狗血的剧情：弗洛伊德有位漂亮的小姨子，她完全理解姐夫所从事的研究的意义——那是她姐姐所不能理解的。姐夫与小姨子就相爱了，做爱了。不幸的是，当小姨子读到荣格最新出版的《转变的象征：精神分裂症的前兆分析》后，又完全理解了荣格的原型理论，被那些与塔罗牌差不多又无法被直接观察的巨人与巫师等原型弄得神魂颠倒——他们相爱了，也可能做爱了。

一个让人崩溃的肥皂剧。不过，你还真是喜欢荣格所提出的集体潜意识。

就是它把乳房变成了男人的战利品。

楼下传来喧哗声，一个男人的声音跟歪把子机枪一样。几分钟后，歪把子机枪升级成AK-47式突击步枪。她的眉头在跳，眼轴线向上倾斜，眼里的缝衣针已换成一把刀子。冷战结束后，AK-47成为俄罗斯出口量最大的商品。其次才是伏特加、鱼子酱和自杀的小说家。你想起不知在哪本书里读到的这句话，脑海里出现一场刀子与AK-47式突击步枪较量的场面。你跟随着她快步来到楼下。很快，你明白了事情的因果。

被她拦在身后的长腿少女，是书店营业员。那个眼大无神的白痴男是女孩的男友。长腿少女与白痴男谈了几年恋爱，又偷偷跑去相亲，在玄武湖边，在一个春风荡漾的夜晚，可能发生了一些不该发生的事，几个小时前被白痴男察觉。白痴男这才怒火攻心跑来，想问问原本被自己打了封条的，为什么要这般丧心病狂。

这是可以理解的。时代变了，比川剧中的"变脸"还令人诧异且百思不得其解。在你与白痴男一般大的时候，向女孩子提出上床的要求，会被讥为恋爱动机不纯；而现在对她们提出恋爱的要求，则会被她们中的一部分嘲为上床动机不纯。更何况眼前的长腿少女有一张让你也怦然心动的脸庞。这等姿色的女孩没去KTV与洗浴中心更有效率地拉动GDP，真是浪费，也许后面还有某种复杂的人事关系。

你暗自感慨，目光重新回到她身上。

二十出头的白痴男说话给力，动作更是暴力，咆哮着，手握成拳，越过她的头顶，只奔长腿少女的面门。

在这电光火石的瞬间，她还朝你投来一瞥，似乎在质疑你还是不是男人。一根看不见的手指在你脑子里按下"慢速播放"的键。梵典记载："一刹那者为一念，二十念为一瞬，二十瞬为一弹指，二十弹指为一罗顶，二十罗顶为一须臾，一昼夜有三十须臾。"一瞬间等于零点几秒？你想起前些日子发表的一篇小说，不无懊恼。你写的"须臾间，她便打倒了他"不准确，一须臾等于2880秒，若坐高铁的话，都够从南京到扬州了。

尽管你确信大脑根本没有发出信号，但在没有得到相关指令的情况下，你的脚还是不由自主地踹在白痴男的大腿处。拳打空了，击在书架上。书架歪了下，没倒，几本封面花哨的图书跌至地面，一本是《黑天鹅》；另一本是泰戈尔的《新月集》。白痴男眼睛血红，大吼，拧身，牙齿里溅出脏话，就把你扑在身下，拳头狠狠砸落。

肋骨剧烈地疼痛，是刺疼。这个大脑里只有拳头的年轻人会不会以为你是长腿少女的奸夫？不会的，他只是需要一个发泄怒火的对象，而你，这个唯一在场的男人，就是再好不过的沙袋。

你尽量侧过头。在一群惊恐尖叫的女孩中间,她在拨打手机,手指在颤抖。是在拨打110报警。你笑起来,她不是刀子,她是握着刀子的手,你是她的刀子,至少在刚过去的一刹那。嘴里出现咸的液体,骑在你胸腹处的年轻人犹如愤怒的上帝。痛觉如同火,缓慢地烧灼着中枢神经,并逐渐往下身蔓延。

心脏好像跳到口里。

生命真是有趣啊,有太多的偶然与必然,不可抗拒的暴力。面对着这个极其复杂的世界,人们还能做什么?多半只能是选择性的筛选,把矩阵运算改为四则运算,从量子力学的不确定性回到清晰明确的牛顿定律。我们需要不再惶恐,需要安全感。但我们永远不知那被遗弃的,是否会成为改变一个人乃至于许多人一生的黑天鹅事件,同时也成为那本正躲在《新月集》下面的《黑天鹅:如何应对不可预知的未来》修订版中一个乏善可陈的案例。

你闭上眼睑,发现身体就好像是那在暴风雨中逐渐倾斜沉没的船。船的甲板还在咯吱响着。那个在甲板上穿着领口洗得发白的绿色军装四处张望的少年惊慌起来,动作笨拙地跑至船头,凌空跃起。他没有马上一头扎入那黑沉沉的海洋,被气流托起,在空中翱翔了一段距离,这才以一个近乎专业跳水运动员的优美动作掠入水面。

2

你醒了。你在病床上,被裹得像一具木乃伊。你皱起眉头,试图找到一个疼盂,剧烈的疼痛又把你紧紧按住,你试图把这种难闻的气味用唾液搅拌了再咽下喉咙,刺鼻的福尔马林的药水味还是让你放弃了这种努力。

她给你倒来了一杯水，眼睛里尽是忧虑。

"你有心脏病，不知道吗？"

她像一个温柔的妻子扶起你，把你沉重的头颅枕在手臂上。你与她不再有距离。她身上有一种栀子花的清香。不是栀子花，是来自法国的Chanel栀子花香水，这种香水自1925上市以来一直都只在香奈儿巴黎精品店销售，2003年底才全球发售。不对，也不是价格昂贵的它。这款香水里并没有真正的栀子花，也许是因为所谓栀子花的花语"永恒的爱与约定"，栀子花的香味并不能直接从花瓣中取得，而是调香师的匠心独运。会是范思哲的那款黑水晶女士香水吗？那款过于精致纤细。

"你用的是哪款香水？"

"我不用香水。不喜欢。怎么会问这个？"

水滋润着你。细小的水分子抱成团，渗透通过细胞膜。白色墙壁停止旋转。她的脖颈变得清晰。你贪婪地呼吸着她身体里散发出的味道，热量。

你有一种错觉，好像她真的是你的妻子，而非是今天才第一次认识的女人。事实上，你还不知道她的真实姓名，只知道供职于一家影响力有限的文化杂志，以及她的QQ上的ID。为什么会接受她的这次访谈？也许你在QQ上答应她时，只是想找个人说说话。

"那个人呢？"

"在派出所蹲着。幸好抢救及时，要不这个王八蛋就得在牢里蹲一辈子。"她看了一眼你，补充道，"根据《刑法》第二百三十四条，故意伤害他人身体的，处三年以下有期徒刑、拘役或者管制。我刚才找了同学，她是这里的外科医师。你这种情况最起码属于轻伤，适用于故意伤害罪。我说你，心脏有问题，自己就一点也不知道吗？"

"知道。无所谓。看过《日瓦戈医生》吗？我说的是电影，结尾那个镜头。在熙熙攘攘的人流中，日瓦戈看到一个女人的身影酷似他的恋人，就追上去，结果心脏病发，捂着胸口倒毙街头，至死也不知道那个女人是不是娜拉……"

"呸，你以为你是日瓦戈，还是以为自己是帕斯捷尔纳克？"

"别呸了，不知道的人以为你是在呸红十字会呢。我只是喜欢这样一个结尾。至少可以把别人吓一跳，对不？"

"你这人，油腔滑腔，焉儿坏。开始时还一本正经，听得我一愣一愣，以为自己看见了传说中的大师。"她用餐巾纸抹去滴至你胸口上的水渍，"以后每天都要吃几片阿司匹林。随身记得带着硝酸甘油与救心丸什么的，别死在街头吓唬别人。有点社会公德好不好。"

真奇怪，你一点也不讨厌她的嗔怪与啰唆。她的肚腹不知何时紧贴住你头顶的百会穴，像热气腾腾、柔软的枕头。你的头下意识地朝前拱了几下，感觉自己好像是她刚从子宫里分娩出来的孩子。这让你难为情，颈椎骨蓦然僵硬。她可能发现什么，也可能什么也没有发现，起身把你的头轻轻移至枕头上："要不要通知你家人？"

你目光直直地盯着天花板。

她一时没了话，从手袋里取出你的手机与钱夹："我怕人多手杂。"又掏出一张名片，说是警察的。你说了声谢谢，示意她把它们搁在你的枕头底下。她似乎还说了什么，你没有听清。心一下子空了起来，空得厉害，但不是真空，里面有大量人类所还不能理解的暗物质。为什么你对一个陌生女人会产生这种奇异的感觉？

脑海里有一道晦涩暧昧的帷幕，不知其宽，不知其高，也许它本来就没有边际，像传说中那条归墟之上的瀑布，在所有的河流尽头悬挂了亿万年光阴，从未发出一丝声响。但定睛细看，帷幕却分明是由一组组肉眼难以觉察的符号所构成。大者犹如宫殿巨石，小者比发丝还要细。有鸟兽人脸、已变形的钟表、荒野中被雷火击中的大树、人潮汹涌的站台、神殿、孤零零的枫叶、被毁坏的农具……它们迅速下坠，一刹那，帷幕上的图案已是无量数。

你在帷幕下，心情渐渐绝望，一种深深的挫折感犹如铁丝网覆盖了你，你的每次挣扎都必然导致铁丝网更严厉的惩罚。突然帷幕上出现一道极细弱的光，你脱口而出："你用的是不是雅芳沐浴液，那种红色瓶装的？"

她回过身，脸容惊异："你怎么知道？"

她临走时替你掖好被角，还喊来她那位杏仁眼的同学。因为戴了口罩，那双眼角微微上翘的杏仁眼更像一个惑人心神的谜语。杏仁眼没有因为她对你的介绍更热情一点，连口罩都没摘下，只朝你点点头就踱出门。她有点难为情，说杏仁眼就这种鬼脾气，但脸冷心热，有事千万别客气。你慌乱点头，表示明白。她脸上的难为情更多了。你懂的。作为一个陌生人，她为你已经做得够多了。你发自内心地说谢谢,并打算等病好出院后给她寄一份小礼物去。在当下中国,能像她这样同时具有职业精神与人情味的记者还真少⋯⋯

我没再看下去,收回目光。
我说:"爸爸,你觉得他这个被肇事指控弄得心烦意乱的三流作家,可能在省城接受这样一场访谈吗?"
父亲耸耸肩:"这重要吗?"
"小说是虚构的艺术,所以更要强调现实的逻辑与能唤起读者感受的真实细节。"
"那我说可能,因为某个理由。"
"爸,我的意思是说他在接受访谈时还可能这般气定神闲?他得闹心,坐立不安,抓耳挠腮。哪还有心情去感慨什么弗洛伊德、黑天鹅、菲利普·罗斯、录音笔、刹那与瞬间、南京烟盒、川剧变脸、雅芳沐浴露⋯⋯"
"他就是这样一个人不可以吗?"父亲噘起嘴,又重复了一次,"他就是这样一个人。他接受了采访,就只想采访的事。他根本不想去面对那个莫名其妙指控他的人。一个三流作家或许没有足够的才华,但有足够的懦弱。这个解释可以吗?"
我张口结舌。
"爸,这个理由不充分。"
父亲不耐烦了:"他在接受访谈时还没有被指控。警察找他是在他接受访谈后发生的事。这总行了吧。"
我沉默下来。雨已停了。空气中除了福尔马林味还有某种难以言明的味道。也许就是这个普通下午的味道。在父亲斜侧面的墙壁上有一小块斑点。是墙壁上的斑点，不是伍尔芙所看见的那只蜗牛。窗外，被雨水洗过的枇杷树有一种五彩斑斓的油画效果，无数光线自其体内迸射而出，犹如巨浪涌来，让人晕眩。树的旁边是月季，像刷了粉红油漆的礁石。在更远的地方是这幢医院的高干楼。三楼的一扇窗户后面，一个穿蓝衣服的矮胖妇人脸贴住了玻璃。

我能依稀看见她眼中蕴满的泪水。

万物如此平静。

我小声说道："爸，我懂你的意思了。你是希望我写出一部《追忆似水年华》。但老实说，世上有一个普鲁斯特就够了。我还是希望'他们的孩子'是一个哑女，而不是一个口齿伶俐的、肚子像柔软的热气腾腾的枕头的女记者。"

父亲没再说什么，身子一下子轻了。我托住他的腰，把他放回到床单上。想了几分钟，也把自己放到床单上。父亲的灵魂缓慢地进入我的身体。现在，我们俩不再分什么彼此。

门开了，还是那个坏脾气的小护士。

身边还站着一个提着果篮的神情怯怯的长腿少女。

少女是来说谢谢的。但更希望我能原谅她那位鲁莽的白痴男友，不要让他去蹲号子。"他是爱我的。要不他也不会动手打你，打得这么狠。打完后还哭得那样伤心。"少女结结巴巴地说着。她有一对好看的锁骨，精致平滑，开阔舒展。杏仁眼跟进屋，瞥了眼衣着暴露的少女，瞳仁里有一丝被迅速掩饰起来的厌恶，打断她的话："建议你最好再做一个放射性核素心肌显影，你好像有点心肌缺血。"

少女吓着了："是他打的？"

我的左脸差点痉挛，赶紧用手去揉。杏仁眼的脸隐藏在口罩下，看得出她也是在强忍着笑。我嘿嘿乐："什么时候做检查？"

"明天上午。早上记得空腹。还有，记得把家属喊来陪同。万一有事，得有人签字。"杏仁眼准备走。我赶紧喊住她，声明在这个城市自己并没有一个家属。杏仁眼耸耸肩膀，离开病房，扔下一个声音："这是你的事。你叫把你送到医院的小范来签字也行。"

少女望着我，十根手指在身后绞来绞去，牙齿不时咬在嘴唇上。我挪动双腿。除了心脏不适外，身上其他部位的伤没有小范说的那般严重，可能只是轻微伤。按《治安管理条例》，拘役白痴男十五天是可以的，但这是毫无必要的。我冲着少女笑，示意她不必紧张，我完全明白她已说的，与她还没有说出口的。少女鞠躬，走了。

我从枕头底下摸出警察的名片，随手撕了。又再摸出手机与她的名片。

父亲，我不知道该不该打这个电话。

2013 年 4 月 2 日

只有球是真实的

1

"大家都知道卡夫卡的《变形记》,但谁也不知道我的父亲在一个明媚的夏日清晨变成一只螃蟹,并在数日之后被我母亲煮熟端上餐桌,而我亲手掰断了父亲的一条腿。"

我们并肩坐在公园的长椅上。他阴郁的目光一如我手指下锈迹斑斑的铁钉。从一种蕴藏在矿石中的金属,到现在这样一枚被风雨侵蚀了的"形状",我能想象得出它所经历过的种种。

我按着它。

他唱起歌,声音嘶哑,不动听,但听着就让人难过,歌的旋律里仿佛藏着一件胎体轻薄的宋代官窑,而他粗糙的喉咙眼看就要把它打破。

一个七八岁的孩子跑过来,一条腿长,一条腿短,手上还在用力地拍打着一个塑胶皮球。球滚到他脚下。他停止歌唱,踩住,捡起,打量着这个脸有惊恐之色的小孩。孩子跑开,带着哭腔:"妈。"

一丛叫不出名字的灌木掩盖了孩子迅速远去的身影。孩子的母亲始终没有出现。很快,孩子的声音消失了,好像根本不曾出现过。

只有球是真实的。

他用指甲反复抠着皮球上的纹路与蓝。自言自语:

"你能否告诉我,如何才能理解人类所曾经历过的全部情感?如何才能确信'我现在所感受到的就是痛苦'?——不多一分,不少一毫。"

我想对他的话语报以某种积极的回应。他显然不需要任何形式的回应。声音在午后的阳光下缓缓落至地面,被他脚上那双沾满污泥的乔丹运动鞋踩成几何状的黑色碎片。球随即被他高高抛起,接住,又用力抛起,再滚向一边,沿着土坡飞快地滚到一个我们都看不见的地方。

"几天前,我说起过一个故事。一对令人羡慕的夫妻。女人是主持人,男人是教授。女人醉驾伤人,男人顶罪坐牢。从这样一个普通都市小说的开头,我说我可以至少写出 108 种命运。但我可能选择的是:潦倒落魄的男人在候车大厅凝视着屏幕上那个貌美如花的女人。她不再是他的妻子。因为她曾给他的苦,他是有福的。

"我忘了对你说。故事是不够的。因为最后我所选择的并非那个矫情的'他是有福的',他失踪了,没人知道他去了哪里。他第二个妻子——对不起,我在他落难的旅途上虚构了一个没读过多少书的疯狂地爱上了他的餐厅女服务员——你去过女仆餐厅吗?

宅男们的热爱。小泽玛利亚曾出演过这样一部主题片。女服务员在他失踪以后找遍他可能去的每一处，城市远郊冒着浓烟的垃圾场、高架桥梁下的阴森涵洞、被大火焚毁荒芜的大厦顶楼，乃至于途经城市河流的不为人知的隐秘处。

"失踪者消匿于世界的罅隙里，是那样彻底，未留下一片衣角。它让悲痛无从产生，也让活着的人对存在本身产生无尽的恐慌，使呼吸变得奄奄一息。它打断人这一生本应该拥有的叙事过程，使原本不可置疑的真理与秩序支离破碎。生命不再是必死的，被失踪这个事实无限拉长，像一根拉坏掉的橡皮筋，毫无价值可言。或者说，它的价值只配在这个午后，被我的唾沫搅拌几分钟。

"我的父亲是一位教授。从小，我以他自豪。现在神话终结了。他与他的前半生都被粉笔擦抹掉。我母亲很快有了第二次婚姻，对方是一个肥胖男人。他有帮妻运。我母亲成了一位家喻户晓的大明星。在化妆师神奇的双手下，她的脸与十八岁的姑娘一样细致娇嫩，看上去，就像是我的妹妹。

"我不恨我的母亲。如果她渴望，我会毫不犹豫地摘下自己的头颅，像农夫摘下藤蔓上的瓜。哪怕瓜尚未成熟，还不可口。死是不重要的。重要的是我母亲与她亲手端上桌的那盘螃蟹。我喜欢螃蟹，这是一种愚蠢又傲慢的节肢动物。但我不喜欢吃螃蟹。螃蟹不仅吃泥沙，更吃死去的尸体，食物匮乏时，还同类相残，甚至吞食自己所抱之卵。

"我能把卡夫卡的小说全部背诵出来。一字不漏。不能说他写得有多好，我只是记得，像蚂蚁记得它回家的路。还记得《判决》

吗？儿子踩着轻快敏捷的步伐服从了父亲盛怒时的死刑宣判。我妹妹，那个肥胖男人带来的，在不断被我的母亲嘲笑后，十八岁便嫁了人。她嫁得很好。这完全出乎我母亲的意料，她本以为我妹妹离开了她后就什么也不是，连狗屎都不是。我妹妹很快有了一个聪明伶俐的孩子。在她小孩满周岁那天，她与我母亲通电话，我母亲问她日子是否还好。她说很好。我母亲说，你这样的人都能'很好'，那叫别人还怎样活啊。她恍然大悟，说是啊，换上平时锻炼的运动服往外跑，跑呀跑，跑到桥边连想都没想便跳了下去。

"生活是多么庸俗的抄袭啊。充满了油菜花香。"

他说话的声音疲倦而冗长，有一种奇异的魅力，像苗族少女手指下织着的布匹。他应该去唱忧伤的情歌，在少女的窗户下，铺开这种布匹，铺在柔软的夜色里。胸脯如含苞蓓蕾的少女们会在某个时刻赤足跃下，把涂着红色蔻丹的脚趾轻轻踩在布匹上的某个细微虫眼上，感觉到痒。

我喜欢这样，也希望是这样。所以我摇动他身下的长椅。

长椅好像水中的摇篮。他睡着了，鼻息微微。日头照在他脸上。他的脸一点点光亮起来。我摘下一片枇杷叶，盖住他紧锁的眉头。四周挤了过来。寂静挤了过来。我，这种"由于冷热气压分布不均匀而产生的空气流动现象"还能去干点什么？我转过头。

他脸颊上有近乎透明的微微茸毛。

关于在树下午睡的年轻人，我曾在几张从杂志上胡乱撕下的纸上看到这样一个故事——一个美貌的少女看见他的睡姿后，悄悄拈掉那片遮盖着他额头的枇杷叶，在上面轻吻。她想嫁给他，为他生孩子，甚至为他死；一对老年夫妻误以为他是他们失散多年的亲生儿子，在一阵惊慌失措与另一阵失落后，打算收他为螟蛉义子，让他成为数处房产的继承人；几个眉宇间有暴戾凶气的行乞汉子商议绑架他，准备向其亲人勒索几万块钱……也许是上帝在看着他们，最后他们不约而同地放弃了这些让他们自己也发笑的莫名其妙的念头。年轻人醒了，一个人。四周是麻雀的叫声。他希望自己是能听懂鸟语的公冶长。他根本不知道曾经围绕在他身边的爱情、财富与罪恶。一坨鸟粪从天而降，准确地砸在他头顶。他慌乱跳起，手指使劲地抓挠头皮，撒腿朝着来的地方跑去。

这样的陈词滥调每天在眼皮底下发生。但我能理解。人们需要甜，需要消费这些被糖衣包裹起来的故事，他们才能卑微地活着，才可能有勇气活到每晚一个人上床睡觉的时刻。我跳上树边的墙头，动作与这个迟早要被手机铃声蓦然惊醒的年轻人一样敏捷。

2

她叫洛。洛丽塔的洛。

我最早遇见她的那个夜晚，她十三岁，松针一样纤细，嘴唇上有细小茸毛，发育尚未成熟，但子宫里每月都要流出腥的血。

她在哭，蜷曲身子俯在地上，哭得歇斯底里，牙齿把嘴唇咬成鲜红的玫瑰，似乎随时要断气，样子是那样美，脸庞在霓虹照耀下，呈现出红、橙、黄、绿。

手臂洁白，照亮了暗。

我在她身边的木椅上抱膝坐下，望着她，心底出现一丛蔷薇。她的五官不丑也不出众，因为那交替而来如同蝶翼一般的光影，显示出一种摄人心魂的艺术形象。她细长的指甲深深地抠入泥土中，眼神哀婉。近乎绝望的泪水在她脸上肆无忌惮地流淌，汇聚至尖尖的半透明的下颌，一滴滴被重力拉出弧线，盈盈下坠。

像有人把拳头揍至我的鼻梁，像一股神秘的泉水涌出干裂多时的地面，指尖隐隐发麻，胸腔下凹。我闭上眼，等再睁开时，她不在了，飘飘如同幻影。

这个世界是不真实的。是意志与表象。是"一个人在剥着洋葱"。我们所看到的、听到的、嗅到的、尝到的、所触摸到的，并非真实所在。椅子并非本来就是椅子，上帝先做了一张椅子，人们才能把肉体放上去。她也是如此。她不会因为她肉体的存在而存在，也不会因为她肉体的消失而消失，她作为"她"存在，作为嘴唇存在，作为玫瑰存在，作为我脑海里的一只与蚌类似的雌性生物而存在，也作为一块弯弯的小小的白而存在……

词语嗡嗡作响，若被打扰了的褐尾蜂群。

这是城市的广场，与公园只有一墙之隔。宽阔而凉爽，形似纺锤，被木栅栏护住，有东西两个出口。一蓬蓬树像一些巨大的慢慢浮起的黑色花朵。人们湿漉漉的脸庞像从花朵里钻出来的鸟的叫声。很奇怪的感觉啊。我仿佛一个幽灵，站在日常生活的外面，被一束来自天堂的看不见的光罩住头颅——

生活是一扇扇门。除了上帝，没有谁能够同时打开所有的门，只能在这扇或那扇门里看见，只属于自己破碎的影子，看见火把、伤口、豹子的鬼魂、汉字与拼音，卡夫卡，以及水面涟漪。

水突然有着异乎寻常的清澈。

雨点滴至额头，轻得让人难以察觉，好像妇人之舌尖。整个世界满腹愁绪。由水蒸气凝结而成的雨滴，在风的作用下，斜斜地飘下，落在一片片高矮不一青黑色的屋脊上。万物在雨声中渐渐化成虚无。所有的人都与我没有关系，也都有某种不可言说的关系。一股战栗自腹部升起，如颤抖的火焰，火苗直冲脑门。我转过头，又看见了她。

她叫洛。她在得月酒楼前。她像猫一样。

她无声无息地靠近了一个醉醺醺的肥胖的人体，并把手中闪电一样的东西扎进去，深深地扎了进去。当那人像尸体一样倒下，她的喉咙里迸出一声尖锐的叫喊。

洛，我再次看见了你。在这个不属于夜晚的午后，你蹲在一块搁着一些劣质发夹、几个一头系着皮筋的棒球的塑料薄膜前，手腕上有瘀青、细小的伤疤与两串彩色玻璃链子。那个曾像尸体倒下的男人站在你面前，眼里有恶毒。你下意识地低头，你的脖子承负不起你头颅的重量。因为你的鲁莽，瘦小羸弱的父亲跳楼自杀，像片叶子悬挂在电线上，身体被烧焦；歇斯底里的母亲在冰冷的雨夜不知所踪。所以，你只能蹲在这个午后广场的一小片树荫下，为如何喂饱生活那个饕餮之胃绞尽脑汁。

洛，你害怕了。你为什么害怕？你之所以害怕，并非害怕眼前这张丑陋的脸，而是害怕当你那个少不经事的弟弟哭喊着姐姐时，你不能待在他身边——是这样吗？

你的眼角沁出一滴泪水，流得是那么慢，比静止还要慢一点。广场上只有你与他。这里是只属于你与他的舞台。暂时还没有观众。肥胖的男人有了诡异的笑，摸出两百块钱，摔在地上，"都买了。"男人踩碎一根发夹，又抓起一个棒球，摔在地上。球高高弹起，男人伸手接住。你咬住嘴唇。你的嘴唇是一个鲜红的伤口。你死死地盯着眼前上下弹动的球。

洛，我看见了你的刀子，那把曾被你死死握在手心的刀子，躺在这个城市的某个抽屉里正愤怒地叫喊。

洛，你听见了吗？我把它的喊声送到你的耳朵里——它应该是你的勇气所化，而非勇气的来源。洛，抬起头吧，就像树枝在沉闷夏日里抬起花苞。

一个妇人撑着把太阳伞蹒跚行来。我把嘴贴至她的耳边。她惊惧地打量着你与肥胖的男人，跑起来，像要跑进十八岁。她臃肿的身体一时还不大适应这些只有年轻时才可能完成的动作，失去重心，摔倒，短小的四肢徒劳地在空中画圈，终于狼狈地爬起，又好像空荡荡的街道打出的一声喷嚏，马上不见了。

脸上有一点唾沫星子。

男人在说着脏话。男人又踩碎了另一根发夹。看得出来，他很想把你的脸踩在皮鞋下，像发夹一样踩碎，或者把你变成他手中的棒球,不停地拍打。

洛,不要惊慌失措。不要让懦弱抓住你。尖叫吧,你的喊声将高达240分贝。只要你渴想,从你羸弱胸腔里涌出的声浪将撕碎所有临街的窗户,捅破所有无礼之人的耳膜,震坏一切胆敢无礼直视你的眼球,使此世界犹如钟摆。

时间凝固在此时此刻。

男人走了。花瓣一样的女孩儿依然低垂着头,身体缩成一小团,天鹅一样的脖颈上有着一块浓痰,像死了一样。我屏住气息,在她面前蹲下。她的脸没有喜怒悲哀,但不能说是木头面具,眼角细小的不受大脑中枢控制的肌肉在颤动,瞳仁是散的,里面有模糊不清的光与影。我很好奇她大脑皮层里的多巴胺正在发生怎样的化学反应,可惜我没法进入她的灵魂。若不是她右手尾指痉挛般地翘起,坦率说,这是一座极富有美学意义上的雕塑。

我见过一座雕塑。一个明眸皓齿的少女的形象。一个衰老的男人用所余无多的光阴创造了它,爱上了它,一天二十四个小时凝视着它。

我还记得他的喃喃自语:"我终于看见了她。她闪电一样的容颜,使我腹中有了千轮太阳。"在这近乎祷告的喃喃自语中,它活了过来,拥有了生命,成为了她。这本该是一个完美的"皮格玛利翁效应",有暗示、碎片、神迹,以最不可思议的虔诚。遗憾的是,故事并未就此终结,也没有若童话所宣称的那样"他们从此幸福地生活在一起",意外发生了。她的目光被在一边侍候老男人的年轻仆人点燃。他们相爱了。不谙世事的她爱得肆无忌惮。她在月光下不可抑止的欢愉叫喊像毒蛇啮咬着老男人的心。年轻的仆人苍白了脸,欲图挣脱她的狂热。她扑上去,死死地咬住仆人的嘴唇,好似他是亚当她是夏娃。老男人给了仆人两个选择,杀了她,给他自由;或者吊死他,在她面前。

仆人的选择众所周知。当斧头劈下,她终于相信了这不是情人的玩笑,她的手臂瞬间化成一双可以飞抵天庭的翅膀。已经来不及了,她的头颅被砍下,她成了石像,被黄土掩盖,又被农人掘起,至今仍被与《米洛斯的阿芙洛蒂忒》和达·芬奇的名画《蒙娜丽莎》一起被收藏在巴黎卢浮宫。人们把她的名字唤作:尼凯——胜利女神。

尼凯。

洛。

我皱起眉头,嘴里呼出灼热的气流。那个跨越时空的与闪电有关的奇妙比喻,似乎把那个雕像魂灵的一部分,注入眼前这个低垂着脖颈的女孩体内。

洛下意识地抓住那两张飘动的人民币,把它们攥成粉红色的小小一团,若有所思地塞进裤兜,瞥了眼四周,又把它们拿出来展开抹平,仔细端详,再折成三角形塞进贴身的胸衣。

洛,终于抬起了头,目送着那个已经消失在拐角的身影。

我抹去她脸上残存的泪痕,希望她没有看见她的未来。她将得偿所愿,亦将孤独到老。她将成为一个她所深恶痛绝的人,身体变成一座连她自己也不愿意躺进去的坟墓。

这是现在的她所渴望的吗?

空中像有人喊一声。太阳不见了。一眨眼的工夫，广场上的人若过江之鲫。洛开始忙忙碌碌，甚至没想到要去擦掉脖子上的那块痰。

洛的身边挤满了摆地摊的小贩们。他们是从水泥里长出来的草本植物，熟稔地打着招呼，齐声咒骂那个侃了价却最终没有付钱的妇人，还根据顾客们的需要及时互通有无。

突然，他们骚动起来，像遇见了鬼，惊慌地，互相张望。随着一声尖利呼哨，他们不约而同地提起塑料薄膜，抓住四角飞快地系成包袱。

洛，跑得最快，朝着公园侧门方向。

她的包袱打得不够紧，发夹叮叮当当地掉下四五个，还有一个棒球。她犹犹豫豫地停下。几个城管从东南方向奔来，大喊："别跑。"一些行人有意无意拦在追赶的城管面前。洛捡起一个发夹，不无遗憾地叹气，继续奔跑。她跑步的样子就像一头无所畏惧的鹿，边跑还边回头喊："给我三千城管，一周占领月球。"大家都笑了，包括我，但不包括城管——这是可以理解的。然后她一头撞在那个被手机铃声蓦然惊醒匆匆跑出公园侧门的青年身上。

我感兴趣的不是两个年轻人相撞后的故事——在漫长的光阴里，我见过许多大大小小的相撞，包括那种直接导致一个星球的死、一种文明之兴起的撞击。我好奇的是：他们为什么相撞？

不早一分，也不晚一秒，就这样被各自的因果抛入相撞的轨道。

这里有时间动转的秘密，世事的繁华奇妙，人的凄凉三叹，或许还有宇宙之奥。

他们互相看了一眼，他流下鼻血。她的前额砸在他鼻梁上。她没注意到胸衣里藏着的三角形掉在地上。她没说对不起。他也没说没关系。他用舌头舔唇角的血，看她身后已气喘吁吁已不再追赶的几位城管。他想不明白他们为什么这样愚蠢。

她瞪了他一眼，往东；他站在原地不动。

"在我痛苦的尽头，有一根树枝。
被坚硬的不可融化的冰覆盖，等待那只手的形状。
我将由你开启并折断，在漫长的岁月。"

她没听见他的声音。我听见了。

我过去拍拍他的肩膀。他眼里有了迷惑，弯腰捡起地上那个三角形，又上前几步，捡起了那个棒球。五分钟后，神色惊惶的她将跑回这里。而他会一直默默站着，就好像那个使他从树下长椅上一跃而起的手机铃声从不曾响起。

我朝他们身后奔去。在许多房子的后面，一扇临街的窗户被推开。一个赤裸双足的女人出现在窗台上。那是他的母亲。她想对这个世界说点什么？她什么也没说，就这样跳了下来。她的身体砸坏第十五层楼住户栽着油菜花的花盆。第十三层住户阳台上的不锈钢栅栏又弄坏她精致的五官。她的样子有点难为情，还是什么也没有说。第九层住户阳台上晾晒的床单裹住她。床单上印满枝繁叶茂的牡丹。我避开突然从楼梯上冲下的那个一条腿长一条腿短的孩子（他的手里又出现一个令人费解的蓝色塑胶皮球），把头仰至脖子后面，情不自禁地想起《百年孤独》中那个被床单裹着飞上了天空的俏姑娘雷梅苔丝。当然，我知道，这里是中国，不是拉丁美洲。现实生活中是不可能出现这种文学性的。

大楼顶端那扇敞开的窗户成了一个黑色的洞。一张男人肥胖苍白的脸，似无声流过的电影胶片，一闪即逝。一个棒球从洞里轻盈跃出。

只有球是真实的。

我抓住了系在球上的皮筋。球继续向下，砸中右脚脚趾，与多年前尼凯的头颅掉下时砸中的位置一样。

2011 年 10 月 9 日

男女关系

上篇

那个春天。天空是蓝的,还晃眼。空中也有云,不是很干净,像几团乱絮,被一只看不见的手胡乱地撕扯,越撕越多。一个男人慢慢地在街头走着,走路的姿势像螃蟹。风卷过来,扯去男人手中捏着的几张钞票。男人悚然一惊,追了几步,停下来。男人左边是一个戴草帽挑粪桶的老人,脸枣核一样的,挑桶的姿势很古怪,头几乎与脊背相平,左手僵直地屈成直角,右手有规律地上下摆动。男人目送老人走了不短的一段路才明白过来,老人不仅驼背,手还残疾。男人慢慢地看,也看着钞票越飞越高,它们飘上屋顶,消失在从云缝间沥出的一束青白色圆柱状的光线里,像已得道,在"白日飞升"。然后是雨,来得突然,一块块,皆铜钱大小,噼里啪啦从天上抛下,落于尘土上,"扑扑"作响。阳光不曾因此减了半点分量,热辣辣的。男人额头顿时满是虚汗,身体里就咔嚓响了一声,很轻,至少男人身边的女人没发现男人任何异常。

女人推了男人一把，说："跑啊。"女人嘻嘻地笑，手遮着前额，往边上跑。那儿有长廊，虽窄，也能挡些风雨。女人跑开了，男人一个人在雨里。雨里还有麻雀，它们栖在电线上，不动，是一群排列整齐的逗号，让这个沉闷的世界生动少些。其中一只扭过头看男人，眼珠子是黯黯的灰，可能觉得男人是傻瓜吧，尖叫起来，"吱吱喳喳"。

男人想起一个故事。男人忘了是在哪看来的，是讲燕子的。一个书生去山里寻找高僧，找了很久，掉河里。河水把他送到一个破败僧院，僧院里到处都是燕子的羽毛、鸣叫、屎尿以及巢。原来，僧人都化作燕子啦。

"落花人独立，微雨燕双飞"又或者"昔日王谢堂前燕，飞入寻常百姓家"。这"燕"字里面总有一股子曾经天命玄鸟的自傲，还不若换成"雀"字，虽聒噪，却也热闹得平常，而且诚恳。

男人这么想着，扭过头，去找女人。女人不见了。走廊边只剩下一只猫，身如青玉，爪子搭在石阶上，肋骨历历可数，回头望男人，可能是饿，眼睛里的光很有点儿杀气。男人"汪"地叫出声。声音出了口就感觉不对。这很无聊。男人抱歉地对四周笑。四周没有人。男人喉咙痒得厉害，又不由自主地"汪汪"了几声。这"汪汪"的声音像是一串灰白色的水泡，打着旋，还冒着热气儿。猫不见了，一眨眼。它怕烫着了吗？得去干点什么。或者让"什么"干干。

男人继续迈步前进。

一对男女迎面走来，步伐是那么节奏明快、肆无忌惮。女人很漂亮，短裙上面印了一些蓝色小花，胸脯凸成山坡，腰肢宛若山坡下流过的溪流，在阳光下来回摆动。腿细细长长，露在外面，没穿丝袜，光泽是瓷器店里的，让人忍不住想伸手去碰一碰，看是否会碎掉。可惜女人身边那男人委实配不起女人。矮，矮成冬瓜；肥，比猪八戒更肥。外八字脚，罗圈腿，脸上更落满苍蝇屎。漂亮女人的手紧揽矮胖男人的腰。矮胖男人的手掐住漂亮女人的臀，掐得那两个半圆球体鼓鼓囊囊的曲线扭曲变了形。

唉，男人叹息了声，又骂了声狗日的，惊慌起来。心悸得厉害。

她上哪儿了？她又不是燕子，不是麻雀，不是贴在墙壁上那些广告招贴画，更不是一滴水。她明明有小脸小眼小鼻子小嘴巴，嘴角还有一粒小小的黑痣。

男人想喊她的名字，嗓音刚涌到唇边，哽住了。

男人的脑海里出现一个又一个岛屿，都指甲般大小。岛上有树，不知是什么树，通体碧绿，树上栖满色彩艳丽的鸟。树下有河，水里有银白的鱼。阳光铺在鸟与鱼的中间，形若实质，炫目耀眼。又有光线从这阳光里迸射而出，似针一般，在空中，也在男人大脑里穿梭飞舞，发出尖利的喊叫。

男人瘪了下去，呼呼的，能听见漏气的声音。男人瘫倒在绿化隔离带的花坛上，惊疑不定。男人知道自己不是自行车轮胎。男人还知道自己不是花坛里的花花草草。问题是——他是什么？男人的手指痉挛，左手不自然地箕张，紧紧地往下掐，掐紧草根，再掐住一只蚯蚓，又掐住一只鸟，一只腐烂的鸟。男人掐烂它的脖子。没关系，它不会对此感到疼痛。不必对此说抱歉。飞得再高的鸟总得要死在地面上。这鸟没有躲过寒冬。寒冬比磨过的刀子还锋利。它也可能是一只买来的鸽子。付钱买它的男主人或许与女主人发生了争吵，一怒之下，就把它扔出窗外。这是它的命。

男人的眼睛觉得痛，下半身的血液往上涌，很快，就头重脚轻。男人看见了一个小人儿，它在翻跟斗，在一个钟龛里，双手拽着秋千，下身光秃秃的，没有凹下去的缝，也没有凸起来的肉。它没有性别，或许是天使，它脸庞上却又没有五官。天使不是这样的。男人摇摇头。右手塞入自己嘴里，嚼着，嚼得咯吱响。男人眼前又暴起一小团火焰，疼，痛，疼得心脏也缩成一小团，痛得全身一阵战栗。小人儿不见了，取而代之的是一只老鼠，尺许长，眼冒青光，气势汹汹地从街对面奔来，拧身一扭，滑出男人惊骇的视线，钻入男人的裤管，往上爬，至心口，一撞，就进去了。然后，男人看见自己捏碎了那鸟的头。

熙熙攘攘的人群一下子就远去了，或黑或白或灰或淡，如一幅糟糕蹩脚的水墨画，悬挂在空中。一个脏兮兮的小男孩在一边抠着鼻子，一边仰脸叫着一个女孩的名字。小男孩抠得专心致志，鼻子都被抠出了血。男孩身边一个小贩在使劲儿地晃一种叫不出名字但能发出巨大噪声的玩具。一个蓬头乱发的少妇看着小贩的脸庞若有所思。一个豁牙老头儿盯着少妇胸前流下口水。一个面目丑陋的男子拿着生锈扳手在老头儿后脑勺比画着。一个小女孩在二楼阳台上没有理会楼下小男孩的叫喊，托腮凝眸远方，小女孩长得太丑了，会让人做噩梦的。

男人转过脸，马上就看见地面上自己的那具肉体，正靠在花坛里的那电线杆上，一动也不动。男人惊讶地发现自己不知何时已跃到空中，心里却没生出半分欣喜。男人把投向四周的视线收回来。花坛里指甲般大小的花歇在青叶上，发出嗡嗡的响声，多半是红色的，也有粉红的。这是男人第一次注意到这些花的颜色。它们真美，无论多小，形状又是如何，每一瓣都那么情绪饱满。男人叹息着，心里越来越悲伤。

男人又看见了那女人，那个小嘴巴的女人，那个嘴角有痣的女人，那个与走在西西里岛上的伊莲娜一样美丽的女人。

女人眉梢散开、鼻翅翼张，眼睛里淌着尚未化去的浓浓春情，颈颊上犹有云雨欢好后的一些新鲜瘀痕。风从女人身后往前吹，忽地撩起女人裙摆。一股腥味朝男人扑来。男人喉咙里嘎嘎一阵响。一瞥眼，看见女人黑色镶蕾丝花边的丁字内裤。男人恶狠狠吐出口痰，就想扭回头不去看，心脏却笔直地往下坠。坠，坠落的坠。重力的加速度，如同不断击下的鼓槌。男人腾地一下从花坛上站起。

一幅幅画面出现在他脑海中，以每秒 24 格的速度飞快闪动。这些画面轻而易举地把他的全身血液压入下半身那个海绵体里。女人在各种各样的男人身下。女人在各种各样的男人身上。矮男人、胖男人、罗圈腿的男人、外八字腿的男人、脸上落满苍蝇屎的男人，还有瘦男人、高男人、竹竿腿的男人、内八字脚的男人、脸上涂满化妆品的男人……女人欢叫着，兢兢业业地叫，啊、喔、哇、嗯、哦、哈，间或还来一段高低起伏的鸟语。女人叫得可真够专业水准。

男人愤怒地喊："婊子！"

婊子？女人的名字叫婊子？不对，一定哪里出了问题。

男人不是瞎子。幸好不是瞎子。这么漂亮的女人怎么可能是婊子？这么漂亮的女人又为什么不可以是婊子？漂亮是硬通货，自然得一直处于流通领域。更何况男人又不是没干过比女人更漂亮的婊子。男人认识女人时，女人才十八岁。那时的女人，多嫩。嫩得掐一下女人的腰，女人也就水汪汪。

男人咬牙切齿，紧走几步，伸腿朝女人的背影猛踢。脚差点脱了臼，差点跌了个狗吃屎。男人捂住脸。一只粉蝶出现在鸟的尸体上。男人从指缝间看见了。立刻扑过去。逮住它。撕碎它。男人还骂了声他妈的。男人的身体一点点僵硬。

男人西装左口袋里滚出一枚硬币，又滚出一枚。阳光晒着它们，一小片耀眼的光芒。男人深深地吸口气，手往西装内口袋里掏，摸出一张百元钞票，摸出第二张，又摸出第三张。男人马上弹起来，比弹弓弹出的石子弹得还要快。男人拦到女人面前，挥舞钞票，嘶声喊："我，我有钱，三百，够不够？"

女人站住了，沉默几分钟，目光自围观群众的头上跳过，接过钱，继续往前走，走得昂首挺胸，走得目不斜视。男人在后面跟，一跳一跳，癞蛤蟆样，手掌上弥漫出恶臭。他们过人民路，入起凤街，沿后塘门一直上了兰亭桥，再拐进三元庙旁一条乌黑小巷，在一简陋木板门前停住。女人开门进去。男人也跟进去，就拽着女人往床上拖。女人拍开男人的手。男人不乐意了："我可是付了钱的。"

女人默不作声端来一盆水，蹲下，拎起搁一旁的热水瓶，倒入小半壶,趔身,又从床脚摸出一块雕牌透明皂,捏住男人的手,洗涮起来。水很烫,男人咧嘴从牙缝里挤出丝丝热气。男人原本想骂人,还没骂出嘴,就感觉一个个毛孔都要在水里溶化掉。这水烫得皮肤可真舒服。男人闭上嘴,打量四周。屋子不大,也就十来个平方。一张床占据了一半面积。墙壁上蒙着墙纸。墙纸贴得很仔细,四角无翘起,中间亦无小气泡儿,素净的原木花纹。墙壁上钉着个木架子,上面搁着几本书,《文化苦旅》《山居笔记》什么的,还有支铅笔,削得尖细。铅笔旁边有盏台灯,某处裂了,贴了一小块黑胶布。床对面是桌子,兼了化妆台的功能,瓶瓶罐罐摆了一长溜,像钢琴的琴键。

房间里很干净。这女人不干净。真糟蹋这么好的去处了。男人闷闷地想着,噘嘴,欠腰,勾腿,用右脚的大脚趾头去顶女人的臀。顶一下。再顶一下。女人的臀是会唱歌的天堂哪。可惜这天堂里却藏了肮脏的排泄处。一念及此,男人心里顿时似被火舌舔了口,热了,热流往下,涌入丹田,下腹猛地滚烫,双腿间那玩意儿又昂然而起,男人一把从女人手中夺过毛巾,抛掉,扑上去,牙齿上的白光一闪。女人呀地叫了声,就在男人猛烈的撞击中顺从地摊开四肢。

女人真是瓷器样的,且应该是传说中的那种秘法烧制,白如玉,响如磬,揉不碎,很快,白皙肌肤上涌出一层细汗。男人突停下来,弓背,鞠腰,动作似乎被某种东西硬生生扳断。男人下意识地往窗口望去。太阳正拖着一条蓬松火红色的尾巴从一片青灰色的屋顶上滚下,像只狐狸,满脸都是诡秘的笑。一只猫在屋脊上,身形如燕,嘴里也真叼着一只燕,也许不是燕,是麻雀,可麻雀的尾巴不是这种剪子形。

男人糊涂了，准确说，是恐惧了。倒不是因为猫的吃相过于凶残。一种莫名其妙的东西猛地扼住他的心脏，使劲儿地一捏。男人的眼情不自禁往身下瞟。女人不见了。男人的毛孔一下子全炸开了，但转瞬间，又像从热气腾腾的桑拿房里跃入水面还结着冰碴的湖中，女人在床头坐着，衣冠整齐。女人没看男人，手指轻挠下颌。

"那粒黑痣到哪去了？"男人问出声。

"挑了。"女人淡淡地应，起身摸出一个方正药盒，找到一瓶氟哌啶醇，就像是变戏法。女人倒出两片白色片剂，轻声说道："吃药了。"

"我不吃，我要痣。"男人伏下身子。被褥里有女人的香味，一丝一缕，令人心醉神迷。没多久，男人眼里又露出奇怪的神色。男人像是嗅到一种由鲜花的香气所掩盖的猫屎和发酵的乳酪的味。噢，这是"人的味儿"。《香水——一个谋杀犯的故事》里的主人公格雷诺耶为提炼"人的香水"，杀了二十五名少女。那是一群比鲜花还要娇嫩的少女。男人为记忆感到自豪，于是，抽抽鼻子，揉揉眼，却又看见一些汉字正在脑海里凸起，一个个，有棱有角，结实得很。男人伸出手。它们在男人的指肚下此起彼伏，并且热气腾腾。男人感到不可思议，于是更加用力地嗅，突然头往墙壁上撞，手往床板上捶："我要痣，我不吃！"

"痣在这里。"女人的神情不无慌乱，动作却迅速得紧，仰身从床边木架上勾下那盏台灯，撕下黑胶布，再撕碎，轻拍在颌边，嫣然一笑，"你看，我刚才与你说着玩的。痣在这里，你摸摸。它没掉呢。"

女人捡起药片往男人嘴里喂去。男人终于睡下了,鼾声微微。女人拾起男人散落在地上的衣裳,又从被褥下摸出那三张被男人捏得皱巴巴的钞票,仔细抚平,再塞回男人西装的内衣口袋。那里还有一张纸条,写着男人的姓名、地址,以及女人的电话。女人搬了把椅子在男人身边坐下,坐下来,看男人的脸,一直看到月光从鼻尖滑下。

下篇

夜已经很深,大大小小的房子都睡去了,发出轻微的鼾声。

那天晚上还有一对不肯睡觉的男女,他们坐在临河的阁楼平台上。天上有不少星星,有几颗感觉自己活得特无聊,就一头撞死在天幕上。血溅出来,滴落在枯黄的树枝上、青白的石头间,以及绿得泛了黑的灌木丛里,就变成露珠儿。露珠儿沿着岸边石阶往下滚,滚到河中,就没有了。不,还是有那么几颗会变成星星,随着荡漾的河水,一点一点升到天上去。

女人靠在男人怀里,声音细细的。女人说:"氟哌啶醇是什么?"

男人双手抱膝,仰头看天。天上有云,在旋转,让人目眩。男人说:"一种非吩噻嗪类药物,用于治疗各类精神病。"

"挺悲惨的嘛。噢,那男人干吗不一头撞死?对了,你看那边。"女人露出一口洁白的牙齿,袖里伸出的手却更是白。女人示意男人去看河里一闪一闪的星。

"这颗小点的星叫始影,夏至时分,女孩儿去拜祭它,会越来越漂亮。在它南边大一点的星叫琯朗，男人冬至时分拜祭它，就能得到智慧。"女人的笑容像从花苞里吐出的花瓣儿，有股清香，"要是咱们能去南极看星星多好啊！那里干净，离星星也近，说不准天上的星星真能听见我们说话。若饿了，逮一只企鹅扔雪里冰冻再架火烧烤；若累了倦了乏了，就裹一身冰雪互相抱紧酣睡然睡去，直待千千万万年后，后人在冰雪里发现我们。那时，我们的眼睛是冰，脸是冰，手是冰，腿也是冰，冰得蔚蓝而且清澈，身体里面没有一丝杂质。哇，他们一定会说，好浪漫哦。"

女人一边说着话，一边用脚跟轻轻蹭着木制的屋脊。

水流潋滟，掬起一波波水浪，冲洗着那些从天上掉下来的潺潺星光。风扫下岸边柳枝上的尘，空气中有种甜的腥味。

男人深吸了一口气，皱起眉头，似有些不快，便做了一个手势。一个拉弓射箭的手势。

夜色凛凛，如柘弓，拉满，而目光所及处则是弓弦，黑色，凝然，沉寂。弦响处，便是那斗大的一颗星辰啊。

男人嘴唇挤出笑意道："尼采是疯的，凡·高是疯的，徐渭是疯的……被疯癫所'征服'的哲学家、数学家、科学家、政治家、作家、画家和音乐家的人数是如此之多——因为他们，人类才伟大——为什么会这样？"

女人哧哧笑："路是人走出来的啊，走的人多了，就成了迷宫。他们整天想走不同寻常路，不疯才怪！"

"疯癫是一种清洁，且因为是非理性的，故而如铁刷粗暴地劈头盖脸地朝我们直刷下来。也唯有此，人身上才能从上至下滴着血；才唯有此，沾在人身上的世俗种种才可能被洗掉。然后剩下一个我,一个最真实最完整最纯粹、打不扁捶不烂煮不熟敲不碎的我。"男人的手指在空中轻弹,"这个我,与现实无关;这个我,是超越尘世的神。"

"我不喜欢那个男人。他老婆做妓女养活他,他还那样一副样子。"女人的声音略显愠意,"他其实是可以不疯的。可他太胆小怯懦了,只能选择疯癫来逃避。"

"疯癫视谬误为真理,视死亡为生存,视男人为女人。它是一面镜子,不反映任何现实,而是秘密地向自我观照的人提供自以为是的梦幻。在这里,现实种种不如意可通过他们自身的心像得到修正,这无疑是对现实世界的极大冒犯,当然要诉之以禁闭与惩罚,以提醒他们是人不是神。"

男人的声音低沉下来:"疯癫的诞生有很多种原因,譬如,虚妄的自恋;原罪感;某些阴影带来的自我惩罚;被种种欲望愚弄,最后只能诉诸疯癫,以渴望逃避或是超越。不管是什么原因,这些疯癫者的行径无疑是非人化的,它不在公众的认知范围内,这让公众觉得害怕。因为,他们在疯癫者身上隐隐约约看到了自己不可告人的秘密。所以疯癫者被他们打入最底层。"

男人的叙述足够缓慢。

女人连打了几个哈欠。"你还是给我讲故事吧。"女人眨眨眼,"你说,她不做妓女不行吗?做个清洁员,每天戴着大口罩拿着竹扫把走上凌晨的街头,哗——哗哗,扫着地,才不管它红尘谁是谁呢。又或干脆蒙上脸,只露出水晶一样的眼,攀墙越檐,身轻如燕,专门劫富济贫。若不小心遇上你这样不解风情的鲁男子,刺啦一下,就从腰间拔出软剑,迎风一晃,切下去。"女人咯咯地笑："你就太监了哦。哇，若满世界都是太监，那多么美妙啊。"女人哦着、哇着、啊着，突然一拍巴掌："我明白了。我总算弄明白了。你们这些臭男人。哼。"

"怎么了？"男人侧过身。

风从远远近近的光线里拈出几根，往男人下颔处一抹，轻笑着沿褚褐色屋顶滑下。一些明暗不定的阴影似蝴蝶，正在轻轻扇动翅膀。男人若有所思。男人的脸因为思索显示出大理石的光泽。这种质地，当真好看。女人一时瞧入了迷，手指甲在屋顶上来回轻抠，颈边飞扬起的几缕秀发就不由自主地飘浮到男人那充满线条美的脸庞上。女人又轻哼了声："臭男人。"

"没有臭又哪来的香？龙涎香，海洋里的灰色金子。再多黄金也难换来一块上等乳白色的龙涎香，其留香可与日月共长久，比此刻眼前的星光更富有穿透灵魂的力量。但你知道吗，它本来是臭的、腥的、膻的，形呈蜂蜡，一块一块，生成于抹香鲸的肠道，闻之令人欲呕。"男人眯眼笑道。

"书呆子。臭男人。"女人嗔道，双手抱膝，颔抵至膝盖处，脸在月白色的衫上轻蹭，"你们男人之所以喜欢讲那些故事呀，就是想在这种罪恶中获得隐秘快意。男人没法拒绝那些不道德的诱惑。"

"不，不是这样。"男人昂起头。

"那是哪样？"女人微笑。

"不说这些，我给你讲故事吧。只是你想听什么样的故事？"男人说。

"讲你小时候。我最爱听了。小时候的新娘。"女人的眼闪闪地亮。

"好的，就说我读书那时吧。晚上念自习，若想抄近路，就得路过一些小巷，歪歪仄仄的，与东边那一堆巷子挺像的，很窄，看上去就更窄，两边的高墙就差脸贴脸。一家一户的门全都是缩头缩脑嵌在墙壁上。门是黑色的，墙壁是白色的，远处的瓦是灰色的。这样走着、看着，就很有点心灰意冷，就不想去上学，就想在巷与巷连接处那些光滑的井栏边坐下，低头去寻找那只坐井观天的青蛙。可惜始终没见到一只。井壁生满青灰色的藓与蕨。但井里还是会有月亮，比天上的那轮更为清晰，一轮，一弯，一抹。"

男人在阁楼上放平身子。

"我也会。不过，看的是镜子。镜子呀镜子，天下哪个女子最美丽？你说我那时是不是特自恋？"女人去捏男人的手指。

"所以你现在会飞啊！"男人微笑着继续说，"小巷里有很多男人，或一个人蹲在墙壁拐弯折角处的阴影里吸烟，或二三个人并排蹲在人家门口青石阶上互不交谈各自面壁，也有四五成群蹲在昏暗路灯下甩着扑克的，甩得全神贯注，甩得面目狰狞。小巷前面大马路，路名通甲，能驶得过并排八辆大卡车，对面是建筑工地，这边则是一家家夜总会、娱乐宫、美容城、足浴厅、按摩院。间或有两家卖南北杂货的，门脸都小得皱巴巴。发廊最多，店名如燕燕、琴琴，又或飘逸、纯美、潇洒之类。也有没店名的，但店里的灯一定是红的。为什么是红？这应该是舶来品，所谓红灯区，洋鬼子们或是觉得'红'够威够猛够张牙舞爪。咱老祖宗诗意地管这种地方叫青楼。也说不准，房中术里有男白女赤一说。

'红'与女人的身体密不可分，女人的唇是淡红的，脸是粉红的，月事是鲜红的，被婴儿唼吸的乳头是紫红的。'红'在古老的文明中还一直象征着性能力、快乐等。"

"你想说什么呀？"女人打断了男人的话。

"我是想说那些蹲着的男人。一开始我还以为他们是趁着夜色歇息在对面做工的民工。后来，留意到他们的服饰、神情、扔在地上的烟蒂，以及嘴里偶尔发出的一些短促零星的感叹词；又后来，见我一个邻居也在里头蹲着，我这才知道他们是城里人，是一些女人的老公。他们的女人在出售身体。他们在小巷等着接女人们回家。"男人说道。

"废话真多。拿去称称，怕有一吨。"女人嘻嘻地笑，促狭地眨眼，"邻居的女人是不是生得美？经常用绵软的手指头摸你额头？给你绵软的糖吃？"

"多做运动有利身体健康，多说废话有利填满时间。时间是一个个格子，尽管没有意义，但得往里面装东西，这才有分量，哪天想拎起时，不会感觉空得难受。"男人没理会女人的顽皮，"走吧，你看，东南方又坠了一颗星。"

"再坐一会儿嘛。"女人撒着娇，"要不，你再给我讲个故事。从前有一个人之类的。我才不想听你讲道理呢。猫有猫的道理，老鼠有老鼠的道理。谁会没有道理？还是故事有趣。"

"好。"男人想了想说，"从前有一个人，女人身边有一条猛狗。一个路人小心翼翼地问女人，你的狗会不会咬人？女人说，不会！话音刚落，狗突然咬了路人一口。路人生气地说：你不是说你的狗不咬人吗？女人笑着点头，可那不是我的狗呀。"

"你呀你，连故事都不会说。下次罚你讲十个。"女人菀然，盈盈站起，往远处望，眉间生出忧色，"他们来了。"

"我也嗅到了气息。走吧。"

女人点点头，身形突往空中扑去，化成一物，红喙白羽，眼波流转，却是一只雪衣娘。那男人挺胸昂首，瞬间，满头乌发尽已雪白，玉石般的面庞生出赤色，鼻梁凸起，胁间黑翼突出，化作翅，也往空中一跃，竟御风而起，却是青色天狗，状极雄俊，嘴里低啸，榴榴作响。

"昔东都有人养白鹦鹉，以为慧，施于僧。僧教之能诵经，往往架上不言不动。问其故，对曰：身心俱不动，为求无上道。及其死，焚之，有舍利。"

"呆子，你咒我死啊。讨打！你才求无上道，你才有舍利子。"

一团光线，半青半白，拧在一起，往一片青砖灰瓦间跃去。说时迟那时快，一块弥漫着血腥味的红光蓦然出现，当头罩下，瞬间已遮住整个天穹。那团光线一扭，扭出一个不可思议的角度，但还是发出嘶的一声轻响。

这一声轻响里似乎有惊惶、恐惧、怀疑、不可置信、眼泪、血……

转瞬间，这团光线已裂成两半，青的光线在白的光线上一踩，穿过红光，继续往高空中跃去，眨眼已不见。那道白的光线身形凝住，往下坠，终于重重地落于污水中，发出哀哀的呻吟。

2006 年 1 月 30 日

同　居

水面有些花纹，不太干净，绿油油，还长着短短的毛。一顶破毡帽中央有个不算小的洞。帽子覆盖在河中间两块丑陋的石头上。水从洞里穿过，像一条结了苔的舌头来回打转。洞的下面是艾吾。她睡着了，身子像鱼尾巴一样摆动，小脸白白嫩嫩，不过没有了光泽。

艾吾是许国强的朋友。不是女朋友。

许国强出门时她还在厨房做菜，油在锅里吱吱响。许国强说："我去买点调味品。"艾吾说："早去早回。"艾吾在烧鱼。鱼是许国强帮她杀的，一刀剁下，那没有了脑袋的鱼在案板上蹦来蹦去。艾吾说残忍。许国强说，这叫超度。这叫大慈悲。艾吾喜欢吃鱼，讨厌杀鱼。许国强搬进来时，她在厨房里与一条黑鱼搏斗。那鱼真凶，跳得三尺高。许国强在厨房门口看了半天，等鱼跳到地上，抄起檫木案板砸下去。艾吾吓一跳，两只大眼睛瞪着。许国强捡起脑浆迸裂的鱼，扔进水池，去了小房间，把自己扔在钢丝床上，再从行囊里翻出一本桑塔格的书看。艾吾说："你哪里的？"许国强说："江西。"艾吾说："你来北京多久了？"许国强说："三年。"艾吾不说话了。许国强把书盖在脸上，睡着了。睡得很香，骨头是软的。睡了大约十分钟，许国强醒来，看看太阳出现在窗户的第三个栅格里，想出门去楼下那个快餐店吃饭，艾吾喊住他，手里握着两双筷子。桌上摆着一盘鱼、两碗米饭。两个小小的碗。一碗是平的，一碗堆得尖尖的。艾吾说："没大碗，要不你用盘子？"许国强接过筷子，说了声谢谢。吃完饭，许国强洗了碗，又把艾吾的那把刀磨了，磨出一条线。艾吾说："磨这么快，会切到手。"许国强笑笑，手上就出了血。许国强把手指含入嘴里。血是甜的。艾吾惊叫，跑回房间，取出绷布与碘酒。

许国强与艾吾在一片屋檐下住了半年。

艾吾一般在凌晨三四点钟回来，用左脚踢开门，身子拧进门，不转身，脚后跟顺势往后一磕，门关上了。艾吾的鞋子也是尖尖的，鞋跟有十寸高，敲在地板上咯咯响。许国强被吵醒过好几次，逮了一个机会问她，为什么不穿运动鞋。穿运动鞋多好啊，若遇上劫色的歹徒也好跑路。艾吾说："干吗要跑呢？我一脚下去能把他们的卵子踢爆。"艾吾是湖南人，声音生脆。这话说得对。有一夜，许国强喝醉酒，回来得晚，在楼道里爬，遇上拎着坤包的艾吾。艾吾来搀他，他的手搀在她乳房上。她上身不动，下边直接飞起一腿。许国强在地上滚过几匝，酒一下全醒了。这是醒酒的好法子。许国强很想告诉艾吾，穿高跟鞋容易导致足拇囊炎、骨关节炎、腰肌劳损，想想吃人嘴软，没提这茬。许国强给过艾吾伙食费。艾吾不要,说一斤米多少钱?不就中午多双筷子嘛。许国强只好抢着付房间里的水电煤气费,并自告奋勇地接过杀鱼这活。杀了几个月,许国强的手艺大有见长,再凶悍的鱼,杀起来,刀上不见一滴血。

日子一天天过下来,住得"您好"什么的全变成"喂"。这让许国强有时弄不大明白艾吾是在叫他,还是在叫她养的那只狗。那是一只西施犬,是假货,虽然一样会吃骨头会跑步会爬上人的膝头翻跟斗,确实属于伪劣商品。这个结论是许国强一个玩狗的朋友做出的。这朋友是旗人。祖上没传下家当,留下了眼光。艾吾每次见到这个英俊旗人时,总要哼上几声,顺手拎起"喂"的耳朵,将它甩到沙发上。"喂"很乖,知道主人在与它戏耍,飞快地跑回来,嗷嗷直唤。艾吾又在它屁股上踢上一脚。"喂"明白过来,掉转头冲着旗人低沉地吼。

旗人身边有个女孩叫齐姜,长得跟张含韵差不多,嘴甜,会叫哥。这很让许国强受用。齐姜喜欢趿一双透明鞋带的半跟鞋到处跑,跑山上,跑湖边,跑到摩天轮上大呼小叫。齐姜身上长得最好看的地方是脚趾头,一个一个,像在婴儿嘴里吮吸着的奶头,让人看了,忍不住想弯下身去。

齐姜来找许国强。不知道为什么,与艾吾打起来。女人的拳头比泰森的拳头好看。她们胸脯上还鼓着两个鼓鼓囊囊的半圆球体。这很有美学上的意义。许国强那天又喝多了,没去劝架,拖出椅子,架起腿欣赏。艾吾拔下齐姜一绺头发,他拍巴掌;齐姜打了艾吾一记耳光,他拍巴掌。她们不是母牛。母牛不打架,只会叉开腿等候两头正在干架的公牛中的胜利者。她们是母蝎子，只有母蝎子才张牙舞爪。小时候，许国强特别热爱去潮湿阴暗处找面目可憎的石头，用棍子撬开石头。蝎子藏在石头底下，因为阳光，惊惶失措地走。这时可用树枝去钳，塞入空瓶子里。过一个星期，它们饿死了。许国强再把它们倒出来，拎着母蝎子的大钳子去找来村里收药的货郎们。他们会给许国强糖吃，会用皱巴巴的手摸许国强的头，说这伢崽聪明，以后要上京城做大官。

许国强抠出鼻屎，用指甲把它们一一弹出去。

齐姜已经扯脱掉艾吾的胸罩。艾吾的乳罩是粉红色的。许国强在阳台上见过。许国强甚至知道艾吾有一条印有小熊维尼的短裤。许国强希望艾吾也能把齐姜的乳罩扯出来。那是他没有见过的。艾吾手劲不大，只能拽住齐姜的头发不放。齐姜火了，说烂屄还不松手。艾吾没松手。她不能松手。如果松了手，就意味着她承认自己是烂屄。齐姜见说烂屄没用，提起膝盖撞艾吾的小腹。艾吾身子软下去，一口叼住齐姜露在外面的大脚趾头。许国强请艾吾吃过雪糕。艾吾的牙齿极为锐利。一根雪糕不消半分钟便消失在她嘴里。齐姜坐倒在地，目光望向许国强，胳膊肘在艾吾背上敲打，嗓子里出现哭声。这哭声是那样绝望，一片一片，好像是许国强用刀背从鱼身上削下的鳞片。

齐姜放弃反击，肩膀急剧颤抖，几滴泪珠掉下来。艾吾松开嘴。"喂"跑过来，蹿到齐姜肩上。齐姜晃晃身子。"喂"掉下来，摔疼了，生气了，连打几个滚，翻身站住，全身毛发耸起，咧开狗嘴，汪汪地叫，然后前肢扬起，后肢发力，跃上齐姜的膝盖，蹲下蜷曲成一团。许国强笑起来。齐姜抽抽咽咽地说："许国强，你烂屄。"

许国强说："你都没用过。你怎么知道烂掉了？"

齐姜的哭声大了。艾吾爬起来，抓住"喂"的尾巴，抡起一个弧。"喂"飞到厨房里。齐姜呜呜地又哭了几声，从地上弹起身，像一粒披头散发的子弹逃入茫茫夜色。艾吾咂咂嘴说："你真无耻。"许国强笑道说："无耻是我的本性。卑鄙是你的座右铭。"艾吾也笑，牙齿闪闪发光。许国强的喉结往嗓子眼处爬。许国强咽下一口唾沫，问艾吾晚上想吃什么。艾吾拍拍身上灰尘，理了理头发，看看许国强，看看从厨房里钻出来的一脸茫然的"喂"，扭过头看了看门外无边无际的夜色，忽然放声大哭。

艾吾说："许国强，你烂卵。"

艾吾又说："许国强，你卵烂了。"

艾吾继续说："许国强，你是卵。"

艾吾一头扑入自己房内，同时用左脚后跟灵巧地关上门。

艾吾忘了把胸罩戴回去。她的乳房没有平时看上去那样高傲挺拔。那种波涛起伏的效果是胸罩里的海绵在作怪。但老实说，她的乳房非常美，是小圆锥体。这是亚洲少女的乳房。年轻，结实，有好闻的香味——只融于口，不融于手。许国强看着墙壁上一幅雀巢咖啡的广告画发愣。关于乳房，许国强懂得很多，也研究过许多。许国强曾想写一本《乳房史》。究竟是谁真正拥有女性胸前的这对乳房呢？曾经必须仰赖母乳的婴儿们现在不拥有它们。产房门前虽然贴满"母乳喂养好"的标语，年轻的母亲更愿意选择奶粉喂养。

许国强查阅过许多奶粉生产厂家的业务公告。表格上的数字呈现出一种惊人的几何意义上的增长。作为生物学上的乳房消失了，取而代之的是外科整形医师眼中的乳房、胸罩制造商眼中的乳房、描绘女体的艺术家眼中的乳房、卫道士眼中具有性挑逗意味的乳房、被有钱人购买作为财富象征的乳房，以及更多男人眼中的性特征。

夜色露出一个个粉红色的伤口。许国强挠头，想不起自己为什么没有写出这本《乳房史》。在许国强与夜色之间是十二米长的客厅。客厅尽头是一个小小的阳台。阳台上挂着几条内裤。许国强起身走过去，把鼻子埋入那条小熊维尼的内裤里，使劲儿地嗅。只有肥皂水的味儿。艾吾与齐姜的语文水平实在糟糕。除了那几个下半身的词汇，就没有稍为新鲜好玩的东西，得用肥皂水好好洗洗。

许国强去敲艾吾的门。艾吾没理。许国强又敲。艾吾还是没理。许国强继续敲，敲了一百多下，艾吾打开门，头发凌乱，双眼红肿。艾吾说："你想干什么？"许国强说："看看，不干什么。"艾吾说："去看你妈。"

艾吾咣当一声把门关上了。门撞疼了许国强的鼻子，鼻腔里发酸。许国强想起一事，跳起来，顺便将悄悄溜到脚边的"喂"踢到半空。许国强奔出屋，飞快跑，边跑边蹦。许国强拦住一辆的士。车子开得很快，许国强往车窗外东张西望，可他始终不能找到齐姜那张满是泪水的脸。许国强不停地说快，再快一点。司机是一个老男人，既黑且瘦，满脸沟壑。他回头看了许国强一眼。许国强闭上嘴。

齐姜没再来找许国强。旗人来了。他可能是想揍许国强，埋伏在黑乎乎的楼道里，手中还握着一根棒球棍。那是中午，许国强与艾吾一起到菜市场买菜。艾吾穿了一件吊带背心，裙子短短，臀部小小。旗人扔掉棍子，熟稔地从艾吾手上接过装了肉骨头的袋子。许国强没问他来干什么，只是觉得眼前这个男人有点儿眼熟。许国强跟在艾吾屁股后仔细回想这些天到底发生过什么。他记得确实发生过一些事情，可总想不起到底是哪些事情。它们是一群蚂蟥。许国强的头疼得厉害。艾吾掏钥匙开门，旗人跟在艾吾身后进房。许国强愣在门外。艾吾转回脸瞟了他一眼。

旗人伸过长长的胳膊拍了拍许国强肩膀，说："干吗呢？进去啊。"许国强恍然大悟，赶紧进屋。旗人帮许国强倒了杯水，示意许国强慢点喝，又往厨房里瞅。艾吾在里面剁骨头。骨头是艾吾买的。许国强喜欢吃骨头。九块五一斤。是腔骨。排骨得十五块，比肉还贵。许国强喝完水，旗人小声问："你丫就因为她？"许国强说："不是。"旗人说："也难怪。"许国强说："难怪什么？"旗人说："不难怪什么。"

旗人与"喂"玩了一会儿，说："你有没有上？"

许国强说："上什么？"

旗人把右手的食指插入左手的食指与拇指形成的"O"中。许国强摇头。旗人说："真没？"许国强的手指头往杯子上重重一敲，说："没。"旗人咧嘴乐了："那我上了。"许国强说："关我屁事。"旗人说："你真没上？孤男寡女一间屋子，何况……"许国强打断他的话："六十多亿人挤在一个小小地球上，要是大家一见面就互相脱裤子，那该多和谐啊。"旗人跳起身说："那我真上了。"许国强把水杯砸去。旗人稳稳接住,把杯子放到桌上,搓了几把手,额头泛起油腻腻的光,喉咙里冒出一串古怪的声响。旗人说:"你丫果然变态。"许国强没理他,头埋入膝盖中。旗人起身往厨房里去了。

过了十几分钟,似乎是几十分钟。旗人从厨房里出来,脸色红润。许国强招呼道:"一起吃饭。"旗人摆摆手说:"改天。"旗人匆匆推门出去。又过了一会儿,艾吾出来了,默不作声摆好筷子,把骨头汤端上桌。许国强盛了饭。饭有点儿焦味,很难下咽。骨头汤也不好喝,糊了。艾吾吃过几口,摸出几张粉红色的钱,放在桌上,又放下筷子回了房间。许国强收拾好碗筷,继续坐在椅子上瞅着这几张钱发呆。"喂"趴在沙发上一会儿看许国强,一会儿看紧闭的房门。房间里还有几只蚂蚁。它们在桌上忙忙碌碌地奔走。许国强想了想,到垃圾袋内捡出一块骨头,摆在蚂蚁必经的路上。

蚂蚁们发现这个从天而降的庞然大物,不无疑惑,轻轻地互碰触角,绕着骨头来回转悠,小心翼翼地向上攀登,奔跑的速度逐渐加快。一只大头蚂蚁在与同伴们碰过几次触角后,急忙往下爬。在它快爬下桌的时候,许国强用一根小指头摁死了它。骨头上的那几只蚂蚁等心焦了。这一次,有两只蚂蚁同时往下爬,一个朝东,一个朝下。许国强分别用左手与右手的两根小指头摁死它们。又过了一会儿,留在骨头上的蚂蚁蓦然意识到什么,从各个角度往下爬。骨头上还是留下一只特别细小的。许国强伸出一根食指,迅速地把往下爬的蚂蚁全部摁死,再全神贯注地看最后一只小蚂蚁。

钟摆在许国强胸腔肋骨后面晃来晃去。不知道过了多久。小蚂蚁也往下爬了。这回，许国强没摁死它，打量它的每一个动作。它爬得很快，不慌不乱，好像已做好承受一切的准备。它穿过桌子的缝隙，沿桌腿一直向下，再爬入沙发底。"喂"已经睡着了，鼾声均匀。许国强揉揉鼻子，捡起钱，装进口袋，也睡去了。等许国强醒来后，骨头上满是蚂蚁。许国强试图找到那只小蚂蚁，但分辨不出来。它们的样子差不多。许国强用纸裹起骨头，扔出窗。

第二天，旗人又来了，不停地与"喂"开玩笑。艾吾没给过他好脸色，却没拒绝他进她的房间。他们把房间门关上。许国强在房间外与"喂"做各种游戏。

第三天一个星期后，旗人不来了。许国强去找他。旗人开了门，没像过去一样让他进屋。许国强揉开他，冲进去。许国强以为齐姜在里面，在屋里跳起蹿落，还趴到床铺底下去看。旗人说："你找什么？"许国强说："齐姜不在你这里？"旗人说："小婊子早回老家了。妈的，真没一点职业道德，还卷走我一只英格力士表。怎么，她也拿了你的东西？"许国强说："你管不着。"旗人笑了，露出一口白生生的牙齿。许国强抄起门边的皮鞋、布鞋、拖鞋砸过去。旗人一一避开，用一个凶悍的左勾拳击倒许国强。

第四天，旗人说："你真贱。就没见过软饭吃成你这样的。我们不是朋友。以后别到我这里来。"

许国强不明白旗人为何说自己贱，回家路上拐去图书馆。字典上说，"贱"有四种解释：价钱便宜；地位低下；卑鄙；自谦。许国强有点沮丧，回到家，看艾吾在厨房里忙忙碌碌，忽然觉得她很像被自己摁死的蚂蚁中的一只。这个念头令他害怕，心脏里面出现了一个洞，所有的东西都在往里面掉。许国强急忙倒了杯水，喝急了，水呛入鼻子，不仅酸，还疼。许国强流出眼泪，躺在床上看天花板。天花板上没有绵羊。许国强还是在迷迷糊糊中数出一千多只。艾吾没叫许国强吃午饭，收拾碗筷出门了。艾吾在门口瞥了许国强几眼，没进屋。半夜，许国强醒来，一身冷汗，骨头散架，胃里有一根巨大的饥饿的舌头。许国强去厨房倒水喝，走到半路上，摔倒在地，摔倒在艾吾门口。门立刻开了，光着脚的艾吾看着在地上打滚的许国强叹了一口气，把他拖到她的小床上，用纸巾拭去他额头的汗珠，还将几粒胶囊喂入他的嘴里。

然后……然后就是现在了。她躺在水里，睡着了，身子在一点点融化，融化成湿漉漉的水。许国强看着在水边走来走去目光空洞的警察，用拳头敲打头颅。头颅里有一片白茫茫的雪。那寂静无声缓缓下降的雪花是脑子里唯一的事物。没有鱼，没有刀，没有想象中的树枝与山谷，也没有骨头与蚂蚁。许国强望着四周，想不起来自己为什么会来到这里。在许国强脚下一直打着圈的"喂"似乎已经想通了什么，踞起身子，冲许国强点点头，跳入水里。它没有游到她身边，很快，被水冲走了。

许国强摸了摸口袋里那几张粉红色的钱，转身朝与河流对面的小巷深处走去。他的两只脚深深地陷入小巷路面的卵石中，一层柔软的东西在他心底渐渐向上扩展。他的手指同时也渐渐延长，变成纤细的蜘蛛腿。这是他所熟悉的路，是一张蛛网。他吓一跳，从卵石中拔出腿，揉揉眼眶，迅速把手指藏进口袋。他移动得很快,眨眼便来到一间黑屋子里。一个裸体的女人拥抱了他。女人的乳房比牛奶还要香甜。许国强觉得自己的舌头都要在上面融化了。许国强用力地抱紧这个看不清面庞的女人,动作急促粗鲁。他仿佛是一只焦急的虫子在寻找过冬的洞穴。女人有很好的敬业精神,慢慢地张开了藏在身体最深处的鱼的嘴。许国强情不自禁地说道:"这里太冷。我们能去酒店吗?"

黑暗中,女人犹豫了一下,小声说道:"我怕不安全。你知道的,昨天早上一个小姐被人杀了。"

2003 年 1 月 2 日

娅

一

我是在公园的躺椅上见到这份被废弃的《扬子晚报》。本想捡起它擦脚下被露水、泥土、草叶弄脏的皮鞋,但让我吃惊的是,报纸的刊头报尾居然写满了密密麻麻的钢笔字。在报纸上写钢笔字这活不奇怪——我也常干。一般写"刘娅,我爱你""李扎,我日你妈",或者把前半句那个"爱"改成"操"、后半句那个"我"改成"你"——但能把这些汉字写得结体敧正莫测、点画错综复杂、线条枯实互应,就让人咋舌。

填满这份厚厚的有九十六个版面报纸的空白处(缺了A37与A38版),这得写多少个字?而且这些字的大小、结体、字画、字距,皆给人一种奇特的感受,就好像每个汉字都是同一个男人的不同表情。人脸可以有多少种表情?我把它摊开在膝盖上,开始阅读。这是一个男人与一个叫娅的女人以及另一个叫扎的男人的故事。我承认自己是一个恶毒的人。这个故事还是让我悚然一惊,脊背上渗出汗水。尽管它有点凌乱，某些地方颠三倒四且自相矛盾，但或许有必要把它抄写出来给大家看看……

二

公元 627 年，也可能不是这一年，年是一种头长触角、让人憎恶的动物。

我在长安城做一名下级官吏，每日朝九晚五，持戟守卫城门。这座由万千词语所砌的城是世界的中心，街道平直宽广，容得下十几匹高头大马并排跑出一阵狂风。覆盖着琉璃瓦的宫阙位居城的中心，被河流环抱，无人胆敢靠近。宫殿之外，人流若过江之鲫。又有东西两市，其间商贾云集，货物山积，有南海鲛人之泪化成的珍珠、蛟龙血经万年凝结而成的翡翠、极北之地奇兽雪白的巨齿、远古黄帝炼丹的铜鼎、大漠深处的黑铁陨石、来自交趾国的雄狮猛虎等。

作为持戟者，一些戴尖顶帽的美貌胡女，常裸露出雪白的肚皮，在我面前跳起胡旋舞。"胡旋女，胡旋女，心应弦，手应鼓，弦鼓一声双袖举，回雪飘摇转蓬舞，左旋右转不知疲，千匝万周无已时……"操着半生不熟汉语沿丝绸之路走来的波斯商人往我怀里塞入盛有金银的皮囊，顺便还告诉我有关西域的传说与奇闻，比如他们那边的王剥掉了一个叫摩尼的人的皮。剥皮并不稀奇，把皮剥成一圈圈狭长的环行细带就让人叹为观止。人皮又在油里浸过，坚韧异常，孩子们踩在上面，像踩在风火轮上。虬髯碧眼的波斯商人，头上缠着古怪的白布，嘴里呼出的气息仿佛是熊熊燃烧的烛火，腋下好像藏着十七八只死老鼠。他们说话的时候爱用手指抠鼻孔。他们的鼻毛太长了，又非常硬，当后背瘙痒时，他们便拔下一根去挠。照在大街上的阳光酥软透香。一个叫扎的波斯商人一跳一跳地来到我面前，目光艳羡，口吻哀伤。

他说，这个伟大的城市与其说是一个地名，还不如说是一个关于人的隐喻。在不远的未来，它要被自身的重量压垮。在经历矛盾、放弃、妥协、屈辱之后，它将沦落，如日落。我逮捕了这个出言鲁莽的商人，把他送进监狱。长安不需要这种喜欢危言耸听、前言不搭后语并且爱自命为先知的家伙。这让我有点难过。他是我的朋友。我从他那里买过一架千里镜。那种神奇的东西能把整个世界都拉到眼前。但扎犯了错误，就必须受到惩罚。

我夺走扎的财富与他不远千里带来的数十名胡女，把她们一并用铁链锁了呈送给国家，以示自己的赤诚。不幸的是，在押送过程中，我爱上了她们中间一个叫娅的舞姬。娅的脖子比象牙还要白，乌黑的铁链缠在上面活像一条可怖的蟒蛇。可娅一点也不怕，照样赤脚扭动身躯。她的舞姿是那样曼妙，如火在扭，让浸泡在水中的鱼儿也一只只跃起。士兵们看傻了眼。我不得不挥起皮鞭抽打他们，也抽打她。尖啸的皮鞭撕裂她的衣裳，又撕开她雪白的肌肤。她叹息着，跪下双膝，把跳到路面上的鱼捡起扔回水中。她说："将军，等我把鱼扔回去，你再打行不？"她的唇上有蜜，隔着空气，我也嗅到那丝甘甜。她的声音美得像春天里从河面上流过的冰。这种水与火缠绵的感觉让我手中的皮鞭颓然落地。我不得不求助于浑身漆黑、有着一双惺忪睡眼、常在城门根酣睡的昆仑奴。这位老兄并没有把娅用"三重棉絮、六层绸缎、八层轻纱"裹来,而是把娅扛在肩头,连夜奔出长安,急行数万里,乘槎浮海而去。

我来到关押娅的教司坊,捡起那根生锈的铁链,挂在脖子上,再用铁镣反铐住双手,拖着灰暗的影子,去了监狱。犯了错的人都要受到惩罚,我不能例外。我遇上扎。这个被酷刑折磨得几无人形的商人,瞳仁深处冒着一点骇人的精光。他认出我,露出幸福的笑容。他说:"你来了啊。"我没理他,注视着几何形状的囚室,它的地板与墙壁皆是坚硬的青石。在离地面三丈高处有数个拳头大的洞。要想看见囚室外的天空,就得钻入洞中。屋内没有风,也没有囚室里常有的血腥与腐烂气味。青石与青石的缝隙间生长着密密的青苔。扎的手与鸡爪差不多干枯(迟早有一天,我的手也会是这样)。他抓了把青苔喂入嘴里,津津有味地咀嚼着,喃喃说道:"你来了,我也该走了。"然后,他的头往一边歪去。

我在石头上躺下,仰望囚室的顶,在青石深处,我用了整整三十六天的时间,才看见那个"古老的、不会毁坏的、永恒的形式",那是一个由数行看来偶然的象形字凑成的口诀,里面蕴藏着许多让人意乱神迷的影像,青牛玉辇、白马香车、酒肆青楼、骊山晚照、灞柳风雪、曲江流饮、雁塔晨钟……还有年轻妇人在南方的夜穹下捣衣。

那是娅。月光泼下。一丛丛水花在她的手指下簌簌地响。娅双目紧闭,脸上的表情无法用词语形容。我看见了隐藏于她面容下的玫瑰、琴、一炷香、透明的雨点。我说:"娅,在岁月无尽的循环中,我又遇见了你。"

宇宙像一只孤独的大鸟翩翩飞起。

我在鸟翼上。

我又用七十二天的时间分别梦见娅的心脏、肝、胃以及十二指肠。当我试图把它们放进娅的身体里时，娅失去了踪迹，出现在我面前的是一个时隐时现幽深的洞穴，与洞穴里长长的不可捉摸的走廊。走廊入口堆满珠宝、药品、骷髅、沙、丝绸、大马士革刀、钟表、望远镜与腐烂的食物。但这些都是无用的，不能充饥，也不能替我多增添一点勇气。

我向神明祷告。神明在走廊两侧增添了数幅娅的肖像。娅唇角的笑容有的如蜻蜓飞得低些，有的如燕子飞得高些。我朝着走廊深处行去。长廊应当是由各种势不两立的冲突、镜子、隐晦的道德、孤寂、人心中最深切最迫切的欲望、空虚混沌、秩序……所构成。虚无中流出的光长着乌鸦一样的翅膀，并有着湿滑黏涩、生满细密鳞片的脸庞——凝视它们，即可陶醉在想象、幻觉和魔力之中。

我情不自禁闭上眼。

我看见扎在一团奇异的状若圆形废墟的光中朝我张开双臂，身上流淌着暗红色的火。我不清楚扎为什么能够死而复生。扎的笑声若石头缝里滴下的水珠。他问我是否理解了囚室的意义。无非是禁闭与惩罚，让一个曾在激情、痛苦与狂喜中挣扎的身体，不再喋喋不休。而任何人事，相对于其他人、其他事，都是牢笼，肉体即是灵魂的囚室。

扎哈哈大笑，眉毛竖起，自怀里取出一坛酒。空气中有馥郁之香氤氲升起。是浙江绍兴三十年的女儿红，琥珀色，透明澄澈。

"最好的女儿红得埋在桂树底下三十年。时间短了，或长了，都不妥。"扎取出两只产自榉城的青玉杯。这杯甚是奇妙，酒液盛满其中，慢慢高于杯缘，却不溢出半点，若定神望去，几分钟后，便能见到酒液里隐隐约约的裸体妇人。

我把灼热的酒浆送入嘴里。舌尖生出甜味、酸味、苦味、辛味、鲜味、涩味。我没问扎这些年都去了哪里，也没问他囚室外的城是否还是昔日模样。那存在的，终是幻影；那永恒的，并非人心。囚室里黯淡的光线仿佛是雨珠，落满胸口。借助于扎那双碧绿的眸子，我看见自己胸口上已长满青色与褐色的苔藓。

扎说："你要去哪。"我说："南方之南。"

"南方之南是那无尽的大海。须乘船行上三年，才能抵达那传说中的榉城。那船之大，不是你我所能想象，高百余丈，如摩天之崖；长数十里，又若威严群山。长安苑里交趾国进贡的巨象若来到它的面前，无异于蝼蚁。这么大的一艘的船怎生划得动？又需要多大的桨？可它偏偏行走如飞。甲板上也少有戴着青铜面具臂力惊人的武士。一些盘着高高发髻的女子聚在船头，边舞边唱。不知她们唱的是什么，那歌声薄如蝉翼，但听了鼻子要发酸，让人忍不住回头看一眼长安。我很好奇这船是怎么在海面上航行，没想到它肚腹中却能生出熊熊火焰。火焰把一种黑的石头分成光与热。这船就受此驱动，在茫茫大海里飞速前进。"

扎的声音混合着腥臭的唾沫均匀地喷在我的脸庞上。

我捡起他搁于桌上的铜镜。镜子既能揭示真相，也能掩盖事实。最早是被巫师们用来占卜未来，当作通向极乐世界或者地狱的门户。后来，人们发现，这个光滑的平面并没有智慧和节制的位置，有的只是欲望。所有的镜子都是《白雪公主》里的那面魔镜。它反射的不是光，是人心以及由此衍生出的廉价戏剧。我默默无语。镜里有一个蜂腰细臀的女人，肩胛骨穿着锈迹斑斑的铁链，衣衫上满是泪痕与血渍，姿态如同风中杨柳。本该哀戚的女人眼中散发出奇异的光辉，含有如此多的火焰，而她的胴体如受孕之兽，宁静，纯洁，圣美。镜子是污秽的。女人沉默地与任何一个相遇的男人交媾，包括侏儒与巨人，并使他们的性欲很快地达到亢奋状态。我突然感觉到一种被撕裂的疼痛。一种与我想象中完全不同的，也在我承受能力以外的疼痛。但我没有尖叫。

我苦笑道："你就是想让我看这些吗？"

扎摇头。这个肤色诡异的波斯商人嚼起青玉杯。青玉杯的杯沿上出现一圈小豁嘴，用手指弹去，有宫商角羽之调。扎摇摇后背。囚室中发出金属的訇然回响。整个空间都开始了剧烈的摇晃，像那逐渐倾斜的甲板。这让我觉得眩晕，不得不抓紧脊背下的石头，以免自己从甲板上滚落到那不可知的暗中。

初次来到榍城的旅人往往大吃一惊，尽管这里充斥着刻有文字的精美印章、粮食、金银珠宝、轰鸣的金属机械、丝绸、巨大的工厂，但在奇怪的地方，"给人希望的不是希望，而是绝望；给人快乐的不是快乐，而是痛苦"。生活在这里的人类似乎是一种残缺的物种，根本无法遏制暴力冲动，一有机会就掠夺。他们也曾建立起契约、禁忌和原则，但最后都被自己所砸碎，尽管这些契约、禁忌和原则其实质即是暴力的酬劳与利息。

就有一个旅人为此哀伤不已。

她有着惊人美丽，让星辰也黯然失色。当月光照在她肌肤上，便化作滋润万物的清露。她决心向这些麻木、疯狂的人传播主的福音。因为，她是天使。"赞美主，唤醒黎明，晨光灿烂，照耀万灵；赞美主，安排夜景，如垂帐幕，护我安寝。"这日，她的声音惹来了一个俊美男人的笑声。男人有着无可挑剔的脸庞。"很久以前，榫城有两层，上面为天堂，下面为人间。这并不奇怪，很多城市也都是这种结构，如同扑克牌的正反两面。但某日，天堂的主管改小了天堂的门，宣布从即日起自己的名不再是'主管'，改称'主'，只有日日诵念主的名的人才能来到天堂。这种做法的结果不言而喻。榫城就成了你现在看到的这样了。"他放下手中的酒，微笑着朝她摊开双手，"你整天背着一双翅膀累不累呀？"

这是撒旦啊，背弃了主的堕落者！该诅咒的魔鬼！她行了主赐予她的能。撒旦不见了，像被大风吹走。恍恍惚惚中，她听见撒旦欢愉的笑声。她惊讶地看见一些蒲公英的种子（撒旦的话）竟然随风飘往她的灵魂深处。这让她惊恐。

榫城到底有着什么样的历史？她坐在山坡上苦苦思索了三十六天，决定拔掉羽翅。这是她身体的一部分。巨大的疼痛像刀子。当她咬牙撕下最后一根羽毛，山坡下走来一个男人。男人说他将好好保管它，并在某日归还于她。她没有听懂，一直紧紧包裹着她的圣洁气息消失了，她已不再认得眼前的男人就是撒旦。她朝山下踽踽行去，涉进那无尽的时间长河，在河水中浣洗被血染红的纱裙。一队士兵发现了她，把她塞进一辆堆满黄金、珠玉与象牙的车辇，送到一个叫纣的男人身边。

所有在时间中曾出现过的城市朝她打开了已被焚毁的众多书籍，但它们已经不再是她所关心的。她只是活着，在轮回中。她流了许多眼泪。泪水改变了她的容颜。所以这一世，尽管她还算漂亮，但不再倾城倾国。因为漂亮，在十八岁那年，她被一伙流氓糟蹋，得了脏病，不得不远走他乡，来到椰城嫁与一个小生意人为妻，生了五个孩子，又在街头开了一间服饰店，每天早出夜归辛苦劳作。这日，店外来了一个男人，手里拿着一件羽衣。她认不出，那是她原来身体的一部分，以为是鹅毛，以一个妇人的品位，为它开出了一个她认为足够厚道的价钱。这男人比汤姆·克鲁斯还要英俊。若他肯与自己相互宽慰、解馋，她倒愿意把价钱再提高一点。这种渴念充盈于心头，她的招呼愈加殷勤，还拿出了青瓷杯与平日舍不得喝的铁观音茶斟了两杯。

"主显示他的威能，并非仁慈。宇宙渴望复杂，这是它对自身的唯一要求。它并不在意道德、宗教、科学、艺术等等，它从来就不想变得更好，也不想避免更坏。若无'生、老、病、死、怨憎会、爱别离、五蕴炽盛、求不得'，何以彰显？天地不仁以万物为刍狗。灾难与罪恶是人类所不能承受之重。但对于混沌来说，却是一种必须的呈现。呈现并无善恶。那被割下头颅的身体，化作沃土。椰城是梦，白驹过隙。你也是。我也是。"撒旦扔下羽衣，大笑着扬长而去。

她没听懂男人说的话，这可能是疯子，白长这样俊了。她心里还是怅然若失，就把羽衣带回家，晚上就着灯光反复地看，因为喜欢，忍不住把它套在身上。时间现出一圈圈涟漪，像有颗石头落于其中。在这奇异的一刹那，她明白了所有的因、所有的果，也看见了她真正的内心——现在这个灰头蓬面、肮脏的女子,就是当时那个圣洁的天使所渴望的。

你该知道,你没有办法。

生命就是这样,让你没有眼泪,让你心若死灰。

你从遥远的西土来到长安。娅是你爱的女人。我知道你们的所有,包括你们大腿内侧的伤痕。沙漠中的驼铃把这些迷人的故事一个音节也未有遗漏地带来。驼铃上满是裂痕,裂痕深处是黄铜的光泽。骑骆驼上的人用手掌擦去额上的风沙,讲述着你与娅的相遇、相爱、相逃的传奇。是的,传奇犹若绿洲上的泉,你们的故事在那漫漫的不可摆脱的旅途中滋润着他们焦渴的心。

扎,那时你还是一个少年。与其他人都不一样,你生下来时手臂就略有弯曲,五指蜷曲成团。这让你的父母为之落泪,认为这是沙漠大神的惩罚。你七岁的时候,父母遇到遮天蔽地的黑风沙,他们害怕了,把你遗弃于荒城。你父亲还在你身上捅了一刀,以为你是大神所要索取的献祭。你疼得缩起来,整个人缩入那个流血的伤口。一个摩门教行脚的默奚悉德路过荒城,看见你弯曲的手臂,帮你止住血,把随身携带的一种四柱四弦的曲颈琵琶放在你手上。你舒展开手指,在弦上来回按动,尽管你是第一次见到这种古怪而又忧伤的乐器。曲音从你指尖流下,如汩汩水流,水流上面漫过块块青苔。漫天黄沙恢复平静,天穹变得明亮。脸庞湿润的默奚悉德在你膝前跪下,颂起咒文。你是他苦苦寻找的萨波塞,是侍奉先知的侍者。

"世界为一座倾斜的山陵,平面的天空在其上旋转。"

默奚悉德抚养你长大，教导你知识以及先知对世界的理解，同时也告诉你生来就必须承担的责任。这一天终于到来，是你十八岁生日的那天，你的名声终于传至王的耳里。王召你进宫。你抱着琵琶走上用火焰石砌成的台阶。你要刺杀那把摩尼剥了皮的巴赫拉姆一世。琵琶腹内藏有淬了牵机毒的利刃。你的影子拖在地上，里面站着数名手执利刃的士兵。他们刚割下一名少年的头颅。王端坐在几案前，手托着腮，打量着搁于银盘上那个俊美的头颅。那用各色石子及彩色玻璃压镶，并用金片填充，有着奇光异彩的镶嵌画，挂满四周的墙。你在王的面前，弹响琵琶，确信自己将完成默奚悉德交给你的任务。为了这一击，你已苦练十年。琵琶声起，满眼烟云。有万仞之山横空而出，山巅是白玉城。栏杆横折迂回，生出滢滢毫光。突有大鸟飞出，嘴衔一轮玉盘。

游侠儿、游侠儿，十步杀一人，杀人不千里留行。

你弹至热血沸腾，手腕一翻，正欲拔刃，青玉案前，娅从暗中飘出，作旋风之舞。那是怎么样的一场舞姿啊！扎，你忘了自己，无力掷出匕首，迷失于娅星辰一样明亮的眼眸。你爱上她，爱上这个巴赫拉姆一世的舞伎。这让你不安，在你所接受的教育里，即使是为了生育的目的，男女之情也该被禁止。而人的身体是一切罪恶的来源。你的手指却不听话，情不自禁地弹出《凤求凰》这首来自东方的神秘音乐。凤凰于飞，其鸣锵锵。在娅火焰一样燃烧的舞蹈中，你看见了那火焰中所隐藏的羊脂玉。你流下眼泪。为避开王的震怒与可预见的来自默奚悉德的追捕，你与娅骑着一头独峰骆驼，白布缠头，纱巾蒙脸，连夜离开王城，在月光中远走西域诸国。

注：《扬子晚报》缺了A37与A38版。我找遍附近，也只能徒然叹气。这段文字与下段文字中间存在着一个悬崖。这让我好奇，但我无法填补，只能望着灌木丛里升起的袅袅雾气。它们的形象如马、玫瑰、蓝色的老虎、一个精疲力竭的诗人……让我的眼睛模糊潮湿。我不知道我在阅读什么。也许是某种东西正在把我阅读。我喜欢这个不知名的人关于《榉城》的描述，但心里很难受。我可以想象得出后文中关于娅的可能的遭遇。愿主保佑她。但那注定不可避免，如同被时间逐渐毁坏的我们的容颜。这让我伤感。头顶的月光好像是从被打碎的缸里倾泻下来的大米。我仿佛置身于扎所说的那条船中，整个公园在轻轻摇晃。几分钟后，也可能是几十分钟后，我继续阅读。这些形若鬼魅的字在我的指肚下一个个凸起。

这是众人所传诵的关于扎与娅的版本。但它并不是真实的。事实上，扎出生时，父母并没有因为他的残疾而遗弃他，反而百般怜爱。扎的皮肤接近透明，是那样娇嫩，哪怕是来自榉城最上等的丝绸也会在上面造成伤痕。要让扎存活下来，唯有去求雪山女神的恩典，求她赐予雪莲衣——当人披上这种神奇的衣裳，他的肌肤能与莲衣融为一体，整个人就像玉石般俊美，还能在水上行走，在火中跳舞。最好的刀也无法洞穿它。扎的父母把扎放进装满水的摇篮，带着他在路上行走了七年。为了让女神听到他们虔诚的祷告，扎的父母每走一步必五体投地，向女神叩首。那雪山比天还要高，扎的父亲失足摔下悬崖。扎的母亲把摇篮抱在胸口，跪着，一步步往上挪。罡风吹裂了她的脸，当她心口淌下最后一滴血，雪莲衣出现在一块亘古寒冰上。扎活了下来。向导把他抱下山，交给山下的一支驼队。驼队的主人视扎为己出。在驼队满载货物回归故乡的途中，刮起了遮天蔽日的黑风沙，不幸的是，驼队遇上沙漠强盗，他们皆被屠杀殆尽。而扎身上的那件雪莲衣让他不至受到伤害。他只是被那黏黏的血吓昏。然后发生的事情与刚才那个故事差不多，所不同的是，娅是巴赫拉姆的女儿，她在扎的琵琶声中听到复仇的决心，为此跃出屏风，用绝世舞姿抵挡着扎准备拔出的利刃。扎被捕下狱。酷吏们在拷打扎时，发现雪莲衣的秘密。一个来自雪山脚下村落的老者宣布，要除掉扎身上的雪莲衣，唯有让扎为他所爱的女人掉下眼泪。王派娅去做此事，并让娅救扎逃脱。这是一场被设计的追捕游戏。每至关键处，都是娅挺身而出救下扎的性命。当娅又一次用身体挡住弯刀，胸口流出热血时，扎掉下泪。雪莲衣从他身上脱落。扎的容颜一下子就变得苍老、丑陋。娅带着雪莲衣骄傲地走了。扎躺在黑石悬崖上想明白事情的因果。他已经做不了什么，只能静待被死神的镰刀收割。世事是这般奇妙，几天后被神主宰了命运的娅重新回到扎的身边，割开手腕，用血挽回扎的生命。然后，他们开始流浪，从这城到那城。娅为何回来？为什么会爱上又老又丑的扎？难道说，爱本来即是无尽的羞辱与痛苦？娅，王的女儿，蒙上面纱，变成世上最温驯的女人，哪怕扎把她卖入娼寮，她也未改初衷。当男人排着队在她身上发泄兽欲，她也只在心底轻唤着扎的名字。她已经准备下地狱。若不是扎忍不住在溪流边弹响琵琶呼唤她，她会一直那样躺下去，被那些粗野的男人蹂躏至死。那夜，月光充满种种变化，东边吹来的风是宫，西边吹来的风是商，北边吹来的风是角，南边吹来的风是羽。娅的身子在一霎间痉挛了。她彻耳倾听，嘴角慢慢挑起，揉开压在身上的男人，赤脚跃出窗，踩着潺潺水流般的月光，从树梢、岩石与青草上一掠而过，飞奔到扎的身边。那溪流里盛满扎眼中流出的泪水，是那样清澈，一尾尾鱼在里面摆动尾巴。娅痴立许久，蹲下身抱紧扎，嘴角绽放出浅浅的梨花般的笑容。

梨花在空中滑了一下。

天穹湛蓝，摄人心魄。看久了，眼眶就湿了，好像突然就失明了。

那些蓝就化作声音，在耳边滚来滚去。手掌上仿佛多出一堆透明湿润的球体。我把手指藏进口袋。月光像风扇一般缓慢地旋转，从洞中飘进黑暗的囚室，碎成无数细小的银屑。这些碎屑跌入我怀中，如同一小捧一小捧明亮的火。

扎，你与娅在流浪中留下太多疑真似幻的传说。它们中的哪一个让你的容颜如此苍老，全身散发臭味？又是哪个传说让娅的美貌不曾有半点流逝？扎，我知道你没有离开。你始终在暗处看着我，看着我鞭打你的女人，把沉重的铁木枷套在她的脖子上，又把她的双腿扳成钝角，用最野蛮的方式蹂躏她。

扎，你该知道我说了谎话。

谎言是比喻的一种。当我们说出一个谎言，本体与客体之间的关系便要发生奇异的扭曲。所谓的本体与客体都是镜子里的影像，是柏拉图掷于洞穴之外的那两支火把。这个世界不可信任。任何一个人看似剖肝沥肺的陈述，都在下意识地为自己辩护。或者不是辩护，只是惯性，又或者说是人天生就有说谎的本能——通过谎言，他们可以获得主宰别人的权力。

浑身漆黑的昆仑奴并不曾有辱使命。他把娅用一块亚麻布包裹着放在我面前，安静地垂下双手。我端去一杯毒酒。忠实的鬈发仆人躬身双手接过杯子，一饮而尽，就这样死去了。我把他软得像棉花的尸体扔入后院的井里。井的深处通向大海，通向他所出生的那些孤悬于大海深处的岛屿。他回家了。娅不能回家。我把娅绑在木柱上。她像一堆雪。但不是雪。我在她身体里反复耕耘，她是一块丰腴肥沃的土壤，她的肚脐眼里每天都会长出一株郁郁葱葱的树。这让我疯狂。最早，她还试图反抗，我就用石头砸她的头。她黑色的头发变成了红色。然后，她像一棵卷心白菜，被我一层层剥开。我搂着她，舔她的脸，咬她的鼻子，啃她的嘴唇。她很快被我弄脏了。白皙的身子满是黑手印。我撬开她，用自己所能想到的法子羞辱她、折磨她。扎，当年你病倒在大宛国，娅为攒钱治你的病，去了娼寮。而我比那所有的嫖客加起来还要粗鲁一百倍，还要凶猛一千倍。扎，你为何始终不发一言？你把娅带离王城时可曾想到你们所要经历的一切？又或者说，当你把娅带到长安时，就已经知道这个不可更改的结果？娅死的时候，脸上露出笑容，身体被风轻托在空中，我用牙齿、皮鞭、烛、绳索以及铁铐所制造出的种种青紫与瘀伤，一点点消散，最后彻底消散干净。她比最美的羊脂玉还要白。那天，她肚脐眼里长出一枝奇异的花，能够在四个时辰里分别吐出兰的幽香、莲的清香、桂的甜香和梅的冷香。花瓣一片片飘落，如同一缕缕青烟，穿过我的手掌消失不见。娅仿佛是长安城外终南山端的雪，在金黄色的阳光中融化。娅死了，天地间并无其他异常，没有雪白的大鸟自空中而落，也没有在月光下悲愤的游侠儿。

扎，你真是懦弱啊，你为何不用藏于腰间的弯刀割断我喉，剖开我腹？

三

一对夫妻，交颈而眠，他们的姿势可以用作印度《爱经》之插页。

因为是午夜，他们都在做梦。一个梦见自己是一只鸟，一个梦见自己是射鸟的猎人；一个梦见得到金子，一个梦见失去金子；一个梦见了城堡，一个梦见了摧毁城堡的飓风；一个梦见自己把匕首捅入爱人的胸口，另一个梦见自己把匕首捅入爱人的胸口，还转了两转——只有在最后一点上，他们才取得了一致，这让他们的脸显然得如此疲惫。

我低下头。在月光下坐久了，慢慢地就有一种要沉下去的感觉。

身体里好像有了河水。而月光里好像有春天河水涨上来的气味。

这些气味颤动着毛茸茸的唇，在我额头上缓缓地移动。我嗅到娅身上的味道。这种香味千变万化，似从玫瑰、茉莉、苔藓、檀香木等植物中萃取，以一种异乎寻常的温柔的方式碰撞着，抛洒出千千万万道线条，突然在某一不可言说的时刻，汇而成一。世界微微发光。一个个光晕罩住我。长廊消失了。

我的眼前出现一条瀑布。它没有长度，没有宽度。它无限长无限宽，若非那些星辰倒映其上一闪而逝的犹如豹子皮毛花纹的光，无法感觉到它的流淌。耳边有嗡嗡的风声。但听不到水流的轰响。"渤海之东不知几亿万里，有大壑焉，实唯无底之谷，其下无底，名曰归墟。"这里便是归墟吗？我转过头。星光中飞出几只丹顶鹤，长腿、通体雪白，其翼若团扇张开。几个人骑在鹤背上。一个头缠白布的人把手中长钩朝瀑布中抛去。钩为珊瑚金打造，非常大，上面裹着用整张鲸鱼皮蒙起的饵。他想钓什么？我朝下坠去。脑海里出现一幅画面，却见刚才那人从瀑布中硬生生拽出一尾晶莹剔透的鱼。这鱼之大，竟不知几千里，瞬间化而为鸟，其翼若垂天之云，怒而飞。极细的钩线绷得笔直，竟不见断裂。那人好大的气力，眸里青光流转，一手握着钓竿，另一只手还端起酒杯遥遥地向另一个抚箫的骑鹤者敬去。不多时，这鸟振翅冲回，状极凶恶，卷起漫空狂风，鹤的尾翼为之翻转，猎猎作声。那人伸手按在鸟的头顶，不知施了什么法术，也不闻他念何咒语，鸟羽轰然炸开，天上地下卷起一阵鹅毛大雪。须臾，半空中只剩下一颗蔚蓝色的晶体。那人拈起它抛向那星辰之海。海面漾起一圈圈涟漪。那晶体在海中沉浮，光芒伸缩不定，并不甘心接受这种命运，但在这极为黏稠的光海中渐渐失去力气，终于不再动弹。

原来，这就是星辰的来历。每颗星星都是这种鸟的精魂所化啊。

漫无边际的水幕继续向下垂落。

声音离我越来越远。水幕深处偶尔可见口中能吐出日月光芒的独脚夔，只有一只翅膀一只眼睛相拥而飞的蛮蛮，长着兔子头麋鹿耳用尾巴飞翔的耳鼠，状似猛虎有九个头并且长着人脸的开明兽，龙角鹿身牛脸马脚虎尾的狌狂……种种奇禽异兽的鸣叫声被重重水幕隔绝。不管它们拥有什么样的名，神态看上去是一样悲伤。而构成水幕的每滴水里竟然是一张张表情迥异小小的人脸。所有的这些脸都是我的脸：愤怒、恐惧、快乐、伤心、厌恶、惊讶、轻蔑……这七种最基本的脸部表情又生出亿亿万万的变化，用手指在上面碰一下，它们立刻变了形，随着指尖拉成一条青白色的弧，当弧伸展至某个长度，又马上缩回去，并不从指尖上掉下来。水幕表面有着不可思议的张力。

四周寂静，非常静，没有一点声音。

此种寂静不可言说。此种寂静，如同滑过野兽皮毛的水珠。

娅出现了，步履轻快，头上包裹着扎曾戴过的白毛巾，一身异乡人的打扮，在街头席地盘腿坐下，解开随身携带的瓦罐，倒出一条黑褐色的颈背有白色圈纹的眼镜蛇。娅，拍起巴掌，一下轻一下重，一下快一下慢，若黑夜里飒飒作响的冬青树叶。盘成一圈的蛇被奇异的啸声与掌声唤醒，扭动身躯徐徐而舞。这该是世上最美的舞蹈。一个少年情不自禁地蹲下身，用手指比画着蛇的舞姿。娅的掌声再次发生变化，好像是水沫舔着长满青苔的石头。蛇舞更是动人。没有人注意到，就在这阵掌声响起的瞬间，蹲下身的少年消失了，地上多出一条扭动的青蛇。

掌声是什么？当蚊子飞过来，我们用掌声来对付它。这更是一种奇特的物质，当它进入人体后，会产生化学反应，血液马上为之沸腾，让人以为自己能够摆脱地球重力。它具有强烈的成瘾性，能在不知不觉中改变人的嗅觉、触觉、听觉、视觉，很难戒除，使自身成为瘾君子们的生活必需品——没有掌声，他们简直连一秒钟也不能活下去。必须说，它是一种仪式化的渴望被驯服的噪声。法国学者贾克·阿达利指出："噪声是权力的根源。"一个叫希特勒的士兵深刻理解这点，结果他成功地说服了一战后沮丧的德国人民。"鼓掌""热烈鼓掌""长时间鼓掌""长时间的热烈的鼓掌""雷鸣般的鼓掌""全体起立鼓掌"……这些写在发言稿里，用括号括起来的掌声，是一只只被豢养的恶虎。它窥视着我们的生活，随时准备把那些胆敢不服从的人撕成粉碎。解读掌声是困难的。有时，它是绝望深渊中的呼号。1958年，《等待戈多》在美国最大的圣昆廷监狱上演，获得了数千名囚犯的热烈掌声；有时，它是温情的。成功学专家卡内基说，"掌声可以使一只脚的鸭子变成两只脚"，但说老实话，它不可能使一只丑小鸭变成一只白天鹅——这是两个物种；有时，它还是那么无知。总有人喜欢在交响乐各乐章之间的停顿处迫不及待地鼓掌。这种情形虽然尴尬，却可以原谅。让人不可思议的是：一个十六岁的女孩因为未扎头发遭到老师拒考，跳湖自杀。家长将学校告到法院。首次开庭，被告方的教师们居然在己方律师发言后，集体持续整齐热烈鼓掌。

我轻轻地抬头,像一只濒死的鸟抬起了它的头。

椰城人认为月球上的黑影是由大群大群的、随着季节迁徙的鸟类形成的。我无法反驳这种说法,只能屏声静息地凝视着眼前古老且神秘的图案。如果我没有看错,图案的中央是一个裸体女子。我认得她,她叫娅。那是一个阴森森的冬天,虽然没有雪,但寒意已抹平了所有的河流。因为冷与饿,我晕倒在椰城一条河边,是娅吩咐仆人把我扛上驼背。娅的家族为城内巨富。在她为我这个异乡客准备的卧室里,我看到了用白银制造的神像、金缕丝线编织而成的壁画、沉香、金如意、来自雨林深处的紫檀木。

娅的脖子比象牙还白。她的面容美丽绝伦,永远新鲜。我不明白她为什么就愿意被藤蔓捆住四肢,嘴角却有欢愉。娅,你可知道,当鸟影彻底覆盖月球,此时站在祭台中央那个头缠白布的中年男人,将用利刃割断你喉,剔出你骨与血肉,以供众人分享?娅,你知道的,尽管我再三向你陈述,这样的死毫无意义,阴影不过是圆形废墟与岩石灰烬,你还是微笑着拒绝了我,拒绝了让侍女替代你的建议(这是我的愚蠢)。

你说:"这是荣誉。"你说:"只有最纯洁的处女才有资格走上祭台。"你说:"她们,也包括即将死去的我,会成为那些鸟中的一只,飞到月亮上。"你说:"我们的名字都是地里的庄稼,被光阴之刃一茬茬收割了去。并不会因为某根麦穗特别粗大,它就不再是麦穗。我们都是鸟的食物。要懂得这点,我们才能理解真正的谦卑,理解那羊的门。所谓碧血照丹青,不过是瘾者的呓语。"

娅，你的智慧与勇气是我所不能理解。我只能抄录下你的话，在纸、镜子与一切可书写处，一遍遍不厌其烦地拼写，试图找出你的灵魂以及你是谁。这些句子有的是宋体，有的是楷体，有的是隶书，有的是魏碑，还有狂草与王羲之的那种行书。我相信这样的书写能把另一个世界的物质悄悄转移到纸张上来。但当我抄完最后一个句子，我手上出现一副扑克牌，并不是完整的，不清楚具体遗失了哪张牌，或许是红桃Q，或许是梅花四。我摊开牌，是一张陌生女人的脸；我又摊开一张，是另外一个陌生女人的脸。我不清楚她们与你有什么样的联系，不得不把这些牌全部摊在桌面。我还是无法穷尽其中可能，更没有找到你的容颜（你的脸庞是对世界无限奇妙性的诗意概括）。

耳边响起低沉的隆隆声，像是海螺中的海浪声一样。水从祭台下方涌出，被月亮照着，是那样惊心动魄。一些血，不知从哪里滴下的，在水里，宛若活物，有鳞甲与腮，慢慢游动。娅，离开榫城的三日（相当于人间三年），我已经明白"世界需要暴力实现它的意图，那种对复杂性的追求，对熵的最终渴望"，明白了"人，作为彰显宇宙那一小部分真相的凝结，必杀戮，必掠夺，必以仇人之血濯洗刀锋"，但我还是怨恨——并非怨恨你，而是怨恨自己的无能，我若是那伟大的王，是让世界战栗的成吉思汗，我会灭绝榫城，灭绝其语言、文字、建筑、绘画、宗教、习俗以及所有的男女老少。若你求我赦免，我会赦免，但将用长鞭抽打你的胸部、小腹、臀。若你不开口哀求，我将不赦一人，不取一物。

娅，你要知道我的恨；娅，你要知道你的美丽正是你的罪；

娅,今夜,我并未带来弯刀、弓箭、咆哮的战马、云梯、抛石车,以及十万铁甲;娅,我只带来了自己。当那男人举起利刃,我将掰出眼球,俯于你身。唯有如此,我才能摆脱自我的折磨,唯祈愿若有来世,你是猎人,我便是匍匐在你脚下的驯鹿;你是渔夫,我便是把腮帮穿透于鱼钩上的鲑鱼。

水来,我在水中等你;火来,我在灰烬中等你。

我轻轻地拍起巴掌。所有的光因为我的掌声发生震荡,好像是水捧住了娅的嘴唇。

我爱你。娅,不管你叫什么名。你就是你,是漫漫时间长河里那个让我迷恋的女子永远不灭的容颜。轮回万世,我一样爱着你。

这是秋日的夜晚,安静,是被缓慢打开的书页。书,一页明,一页暗,一页是♀,另一页是♂。它们有性别。

娅。我的齿缝里仍旧留有你口腔中流溢出的蜂蜜的味道。书页,明了,又暗了;亮了,又淡了。这让我想起与你欢好的那个春日的午后,与你羸弱胸脯上的那对小小的乳房。我曾捉着它们,用力地捏,捏出腥甜的汁液。我痴迷于你薄薄的唇,渴望在那里找到水果的香味。你把唇给了我。我咬肿了你的唇,咬出血。我把你的血咽进肚内,像一头懵懂的发了疯的兽。你摊开柔软的四肢,仰望那青青蓝天。你似乎并未感觉到疼痛,睁大眼睛。阳光照着你与你的手指。它们比竹林里的笋还美。我看见你眸子里浮着的白云,这让我一泄如注,我甚至还来不及撕扯掉你的衣裳。这让我害怕。我跳起身,在高高的山坡上对着天空喊叫。我伸手抓出一只嗡嗡飞过的金色野蜂，在它把毒刺扎进手掌的那一刻，捏碎它的头颅。你把我沾满昆虫内脏的手指含入嘴里。你脱去衣裳，铺在地上，再解开胸围，褪下藏青色长裤，侧身卧下。我看见了那在梦中无数次出现的女体与花瓣。这让我不知所措，双膝跪倒，用鼻尖拱动湿润的泥土，眼里涌出泪水。热泪滴淌在你胸口的丘陵上。

娅，我的爱人。在这茫茫环寰里，我已经明白了万物生化的道理，可我仍然要说爱你，不断地想你。世界是一个熵。人类社会亦不例外。它是一个封闭的系统，迟早要丧失那参差万物的特性，陷入那白银一样的死寂。爱，是那样无力，并不足以抗拒这种不可更改的命运，但它或许能延缓绝望降临的时刻。娅，我知道你为什么要来找我。我也知道你手心中藏着的那把利刃。那是一把神奇的有毒的匕首，可以把一个人的历史从时间长河中抹掉。为找到它，你已经走了太长的路，付出过太多的代价。而我等待这一刻也等了太久。感谢主，他让我们都得偿所愿。

但这些都是毫无意义的，包括重新回来的你，即将死去的我，以及你手中这把能让灵魂彻底湮没的匕首。我说这些并不是祈求你的怜悯，或者是试图通过话语来击碎你那虚弱的内心，得以再次掌握你的躯体。我已经厌倦了，厌倦了所有的人、所有的事，厌倦了种种可能，不管它们是否拥有纯粹之名。它们是日常生活这棵大树上结的苹果，并无任何质的不同，迟早有一日会被人们摘下或者是因为熟透从枝头堕下，在人的肠胃又或者是土壤深处腐烂。

娅，你应该明白这些。你要明白这些。意义没法说，甚至不能在沉默中显示。凡试图赋予人生以意义和价值的东西……都不可说。一切对本质的探讨，都是试图对事物做出粗暴的简单化的理解。万物来源于虚构。"真实的对象被加上括号……在还原之后我们得到了被记忆、被期待、被想象的事物本身……一切事物的本质毫无例外地都是想象的感觉……"在某种意义上说，人与人无法沟通。我们与他人相爱的过程，当是一个谋求共性的过程。这种寻找必然要损害个性。我们永无法真正爱上另一个人，只能无限接近，接近那一片透明的蓝。岛屿在我们中间。我们各自坐在两端，回旋在礁石边的激流揉碎我们彼此遗忘了的容颜，那些泡沫此生彼逝，如同鱼的嘴。那些渺茫的话语，在夜穹里微微发颤的林梢上，轻轻跃过。

月光飘散。树梢在月光中晃动，宛若洞庭湖出产的老君银针。那把匕首，划出一道不明显的抛物线，掉落在一篷青黑色的矮树丛里。一团蒙蒙的光晕中，扎起身大步前行，娅垂下头，碎着脚步，跟在他身后。从娅口中呼出的气息，若水里赤裸的草，一层一层地缠绕在扎身上。几只小小的蝴蝶，银白色的翅，绕着他们上下飞舞。他们越过湖泊、山冈、丘陵与荒漠，渐行渐远，行到天边。

他们面前是那月光蒙起的帷幕。或许不是帷幕，是墙。

扎抬脚，回头冲我笑，牙齿在月光里闪闪发亮。我没问他为什么笑。他伸出手抓住一缕月光，又从口袋里掏出一根绳子，把它缚住，往上吹了一口气，里面飞出一只巴掌大小的蝴蝶。越来越多的蝴蝶从这一小块月光中飞出，发出噼里啪啦的响声。它们飞啊飞，形态不断变化，有的是点，有的是撇，有的是捺，有的是折，有的是横。这些笔画在空中组合出汉字，接着组合成句子与段落，往墙壁上冲去。大多数一碰到墙就爆开了，但还是有几只冲入其中，如同一闪而逝的梦。墙缓慢地凹下去，裂开一道口子，光往里面泻去，好像里面藏着一个可以吞噬一切的洞。他们跨入洞中。墙在他们身后迅速合起，上面并没有一丝裂痕。

世界又回到一片极深的暗中。

我把拳头塞入嘴里。微小的莫名的水滴顺着血管渗入骨髓。一下下，好像铁锤在击打，那极深的暗处开始掉下几块银白的鳞片或者是一片淡青色的翅。突然，就好像那个握着铁锤的巨人发了怒，喉咙间喷出一口热血，这似乎不可被打破的坚硬的黑，如同建筑表层的装饰物，纷纷脱落下来。那跟随着铁锤声跳跃的心脏，在这一瞬间也就寂静下来。彻耳倾听，恍恍惚惚，是叮叮当当轻微的震响。广玉兰、白桦、木槿、银杏、枫、雪松、海桐……

娅，我爱你。

四

天色终于微明，有微弱的火苗在摇动。在青草与露珠相连处，湿漉漉的新芽像细小的鱼一样钻出，又有着精致如小鸟温润的舌尖。我摘下一颗新芽，放入嘴中嚼着。

很快，天与地，已是一个被净水洗过的玻璃器皿，呈现出一片晶莹透明。这块澄清的光开始极为稀薄，逐渐，那四面的光往中心聚积而来，仿佛是有质的镜头，对着大地，也对着天穹下的我。树丛与树丛之间的空，微微地漾动，好像蚕吐出的丝缠绕我的手指。坡地慢慢地矮下去，变得像一张摊开的报纸那样平坦，接着在渐亮的晨曦又慢慢地隆起，又好像是少女正在发育的蓓蕾。路沿着树丛逶迤延伸，引导着我。不是我走在路上，是已被铺设好的路决定着我的方向。

几分钟后，刘娅跑过来，穿着一套森马牌的白运动服，笑容满面。在她旁边跑着的，是也穿着一套白色森马牌运动服长相古怪的李扎。他们穿的是情侣装。他们都是我的同事，半个月前，刘娅还是我的女朋友。我不清楚在我出差的这半个月内到底发生过什么。这显然已经不重要了。我望着他们的背影笑了笑，把报纸揉成一团。

早晨是一只花鹿，踩到我额头上。

2009 年 2 月 2 日

下　辑

小城往事与人生

野人田佳

县里多山，耸峙不得出。

陈元庆指着街头那些流鼻涕的小屁孩，说这些山就与这些互相推搡的顽童一般，尽是一群魑魅魍魉。这个成语不好念，更不好写，陈元庆急了眼："连这四个鬼字底的成语你都不晓得，你说你还能做啥？要不，你就留在这里扮猴吧。"

我们在街头，街头有耍猴艺人。是一只棕灰色的猕猴，戴文明帽，脖子上套着一根细铁链，会各种戏法，骑独轮车，拿木剑劈削，为了讨钱，骨头里都是奴颜婢膝。这是一只聪明的外地猴子，我承认。可陈元庆还非要说，我们县附近山里那么多猴子之所以演不了猴戏，是因为蠢。为什么蠢呢？是因为这些山。

陈元庆个人妄自菲薄也就罢了，他竟宣称，如果从这些小屁孩中抓几个放在山里去当野人，就能改良本地猴的品种！

这种混账话我不想听了，撒腿就跑，临走前还往灰猴摊开的手掌上吐了一口唾沫。我跑得飞快，脚下有筋斗云，可停下脚喘气的时候，阴魂不散的陈元庆又出现身后，一脸淫贱："去缫丝厂？！"

80年代末县政府搞了一家缫丝厂，在城东偏僻处，依河而建，风景算得上优美。只是这种优美对我们这种土著来说没有任何吸引力。我们之所以天天逃课去缫丝厂，为的就是看那些刚入厂的女工。十七八岁的女孩子，腰细脸白，不晓得平时隐匿于县城何处，而今我与陈元庆加起来四只眼珠子都不够用了。陈元庆咬牙切齿："都是狐狸精，昼伏夜出的属性。"又眉开眼笑说："这个妞长得比啥子港姐还要靓。"

我们骑在缫丝厂的围墙上。再高的墙壁也阻挡不了体内荷尔蒙的澎湃力量。看门老头最早还妄想用竹竿把我们挑下墙。"呀呀呔，他还以为自己是常山赵子龙呢。"陈元庆呸。路上拦住老头念小学的孙子，连扇三个嘴巴，又给眼泪汪汪的小朋友手上塞去一盒破旧的变形金刚。老头不再管我们。我们在围墙上翻滚腾越，倒立劈叉。陈元庆胆子贼大，还敢侧身空翻，不怕摔成脑震荡，典型的猴精附体，还是发情期的猴。

陈元庆看上的那个妞，叫田佳。课文里有篇《孔雀东南飞》的古乐府。陈元庆鹦鹉学舌，瞅着那抹娉娉婷婷的背影，嘴巴阖合如嚼辣椒炒肉："腰若流纨素，耳著明月珰。指如削葱根，口如含朱丹。纤纤作细步，精妙世无双。"陈元庆这叫不学无术。《孔雀东南飞》的女主人公是庐江府小吏焦仲卿妻。人妻懂不懂？真是白看了那么多的港台录像。人妻是好，与这种恰破瓜年华的姑娘是一个物种吗？"女孩子一旦嫁了，那就要从珍珠变鱼眼睛。"

我指出陈元庆的谬误。陈元庆来掐我脖子。我们打成一团,双双滚落墙头。真的是团身在滚,沿着围墙内侧的低矮土坡一直滚至田佳脚边。

田佳惊吓,接着莞尔。

"回眸一笑百媚生,六宫粉黛无颜色。"可惜当时我还没读白居易的这首《长恨歌》,要不准会像陈元庆犯该死的同样错误。我被子弹打了,不是一颗,是很多颗。脊椎骨僵硬。大脑皮层被熨平。陈元庆是苕货,比我还不如,弃友不顾,起身仓皇逃窜。我都看见他双腿中间那根夹得紧紧的尾巴。

我与陈元庆在围墙外面面相觑,长吁短叹。灰溜溜回家,佯作各看各的风景。一个念头盘桓于胸:"原来真正长得好看的女孩子,真可以让人双股战栗。"那个叫刘什么瑶的所谓校花,还有那个县文工团的杏仁眼,与田佳这块丝绸比起来应该算是麻布粗衣吧。

辗转反复睡过一夜。醒来发现梦遗,腰酸背疼。我逃课了,没与陈元庆打招呼。昨日鲁莽,未曾备好弹药粮草,非战之罪。往书包里藏了把弹弓。硬木弓身,等腰叉正,皮筋是四根自行车轮胎的气门芯绑起,上等牛皮弹兜,十五米内弹无虚发——我就不信收拾不了那个红颜祸水。

要像个男人一样去战斗,在哪跌倒在哪爬起。

陈元庆还真是一个不要脸的家伙。我出教室时明明看到他趴在桌上打瞌睡,等赶到缫丝厂,他又趾高气扬站在高高围墙上。这个不要脸的家伙,手里也拿着一把弹弓。我一眼就洞悉这个贱人肚子里打的是什么算盘珠子。我们相视一望,惺惺相惜,又同时颇感不适,迅速错身绕开。

我们趴在墙头的两侧,从早上等到中午,又从中午等到黄昏。望穿秋水,衣带渐宽人不悔。田佳没出现。只能怏怏而归。我都想抄起弹弓朝陈元庆后脑勺来上一发。一定是这家伙身上杀气太重,他用弹弓打死过多少只漂亮的鸟儿啊,连栖在河边芦苇梢上的翠鸟也有本事打下来。田佳必定嗅到危险气息,这才化身田螺姑娘。不过没关系,我们还有明日,明日何其多。我就不信她能当上一辈子的田螺姑娘。

田佳一直没出现。我在墙头守了三天,期间用弹弓射落麻雀一只,螳螂三只,秋虫若干。还有一个香港人,猴形,据说一个月能拿上千元的工资,不见他做甚,整天抻着细脖上蹿下跳,声嘶力竭。那些女工从早忙到晚,十几个时辰的劳作不过拿一百多块钱。

这是万恶的资本家!吸穷人的血。他们宁肯把牛奶倒进大海,也不送给挨饿的人。我特意拣出数颗精心磨圆的石子。可惜距离太远,没法出心头恶气。

田佳的事,我后来是听陈元庆说的。其实田佳给厂里管事的香港人塞了一张纸条。上面写了三个字:娶我吧。就是那个长得跟猴子一样的香港人。他妈的,香港人没有六十岁,起码有五十岁吧。厂里替香港人洗衣服的阿姨发现了纸条,当成笑话对大家说。田佳连夜出走。就是她朝我们抿嘴笑的那天晚上。

陈元庆闷闷不乐,瘫在被太阳晒得滚烫的墙头上,把弹弓的橡皮筋放在嘴里嚼了又嚼："你说，她上哪去了呢？她妈说没有这样一个不要脸的女儿。倒是她妹老在汽车站问人，各种打听。真奇怪，我也问了，都说没见过。这样一个漂亮妞，不可能没印象的。她肯定不是从汽车站走的。难道投河自尽了？那身细嫩皮肉也太便宜河里的鱼虾啊。"

陈元庆说的是人话吗？不是。

我跳过去，一脚踢飞。

阳光猛烈，天空寂静。大块的蓝罩住世间万物，罩紧，罩得严严实实。我突然明白了什么是悲从中来。有把生了锈的钝锄头在身体里来回挖着沟渠，挖得歪歪斜斜。这种感觉真疼，也真是糟糕。"陈元庆，你狗日的。"我不得不大力呼喊出声。我被陈元庆打掉半颗门牙。

我们的友情有了一个短暂结束。我未再听闻田佳的消息。

再后来，我不大敢接近漂亮女生。不明白为什么。但凡靠近这种美丽生物，胸口必定发闷，手脚抖震，难以畅快呼吸。陈元庆嘲笑我得了司汤达综合征。还用那种小人口吻唱莲花落，什么"家有丑妻是个宝，骆驼单走罗锅桥"。我想把他从电话里揪出来暴打一顿，可惜我在南京，他负笈帝都。我们忙着比较两座城市的异同，争论鸭血粉丝汤与老北京炸酱面哪个更合适异乡人的肠胃，还有各种指点江山。

我忘掉田佳，陈元庆也忘掉了。是彻底地忘掉。她连草尖露也不是。

毕业，求职，朝九晚五；娶妻，生子，蝇营狗苟。

我知道生活中充满陈词滥调，真没有想到这些陈词滥调是如此让人难以忍受。更鄙视自己的是，我居然就这样一年年忍受下来了，纯属一个"人形造粪机器"——这六个字是陈元庆发明的。他毕业后回老家，娶了一个副县长的千金，仕途上高歌猛进，三十岁出头混上县工商局的副局长，肥头大耳，望之俨然。而在这段时间内，我与他之间的电话联系，也从指点江山，渐趋讨论案头搁放的绿植与办公室内鱼缸摆放的方位，再至缄默。

陈元庆说得好，缄默是成年人一日三餐的盐。

2009年国庆，我回了趟老家看望父母。碰见陈元庆，纯属街头邂逅。

我们的谈话与落在马路上的雨水一样，开始稍显凌乱，很快恢复了节奏，是陈元庆所擅长的节奏。我被他揉进丰田普拉多。一辆套牌车，挂的是广东牌照。问他要带我去哪。答曰：云深不知处。开车还不老实，右手在我肩膀上重击一拳，骂骂咧咧，说我来之前也不给他打个电话。这是他的不对。副科级干部在南京不算啥，在老家县城那可是领导，脑后自带光环，三尺童子亦知其威，尤其是工商局的，手中可是捏着许多具体事务的关键权力。我不过一介草民，哪敢惊动领导大驾？陈元庆说我狗嘴里吐不出象牙。这话更不对。这么多年，我没见过哪条狗的嘴里能吐出过象牙，哪怕是具有英国皇家血统的威尔士科基犬也不行。当然现在科技如此发达，世事又是这般苍茫多变，如果它基因突变嘴里长出象牙，我不奇怪。

象牙珍贵，小心捕杀。

陈元庆说我的毒舌本领日益见长。说今天必须把我这张欠揍的嘴治服。怎么治？必须是打牙祭。说到"打牙祭"三字时，陈元庆扶着方向盘的那双又白又嫩女人似的小手也发了抖。我闭上嘴，有了一丁点好奇。只是一丁点。

车子驶离喧嚣街头，沿东疾行。陈元庆猛踩刹车，摇落车窗："缫丝厂，还记得吗？"我没吭声。工厂已废弃，房屋破败不堪，多有坍塌，其间几畦菜地。落日黄昏，有几分后工业时代的废墟之美。

"还记得田佳吗？因为她，你一脚把我从墙头踢下。他妈的，佛山无影腿。"陈元庆可能怀疑我得了阿尔茨海默症，粗短的手指头来戳我脑门。我揪住，拗。这厮惨叫，反击。他叉我颈，我拧他腹。这肚子真大，装了多少民脂民膏啊。他说得对，我是人形造粪机器；但他是更大号的一只。我们搏斗数分钟，收手，不约而同哈哈大笑。陈元庆笑出眼泪。我不清楚他为什么笑得这样欢畅。这不是我关心的问题。这次回家我在与父母闲聊时已听说缫丝厂这块地被人买走了，据说买主与陈元庆有着千丝万缕的关系。如果陈元庆愿意给成本价，我很乐意买上一套以供父母安享晚年。

陈元庆没提这茬事。我们继续驱车前行。

山路十八弯。草木里隐有溪流潺潺。有什么好吃的要到这种人烟僻静处？就算是吃石蛤，县城长征路上的德月楼也偶尔是有的。这种奇怪的野生蛙类一只足有斤重，与毒蛇相伴生，偶见于清澈见底的山间溪流中，尤喜栖居于悬岩底的深水潭，确属难得的山珍。我吃过几次，入口即化，肉极鲜美。陈元庆葫芦里到底卖的啥药？我闭目养神。脑前额叶处蓦然浮现出一个身影，发覆额，眉目如画。是田佳。陈元庆刚才提到。他提她作甚？我悚然一惊。隐隐约约，好像找到了这些年见了漂亮女生就躲的病根。

雨敛云收。头顶的天穹现出一块澄青。溪流曲处有两间林下木屋，墙身爬满青苔与藤萝。进屋。我见到了田佳。

如果不是陈元庆赌咒发誓，我无法把眼前这个满头白发的女子与记忆中那个窈窕身影联系于一处。我目瞪口呆。女子枯瘦，箕踞于屋角旮旯处，神情惶恐，眼珠子是死的。上身套了件洗得发白的旧军装，胯下缠着一块已看不出本来颜色的布，面前泥地上撒着板栗与玉米粒。我们的到来打扰了她，惶恐，作势欲掩面遁走。我这才发现她左足踝上绑着一条铁锁链，而锁链另一头套在一根被焊死的钢管上。

"一年前发现她时，就一野人。赤身裸体，无片缕遮身。还不能说话，作猴叫。"陈元庆转身去屋后，不多时拎出一个竹笼，里面蹲着一只吱吱乱叫的猕猴。我屏住呼吸。我猜到陈元庆说的打牙祭是什么意思了。

"操，这可是国家保护动物，濒危物种。吃它犯法啊。"

喉咙里没有半点声息。脑子里有嗡嗡作响的野蜂群。这个句子在蜂群中一闪而逝。我的双眼紧紧地盯着屋角这张僵硬如皮革、乌黑发紫的脸容。是她，是田佳，错不了。这张面容曾在我梦境深处有过千百种颜色，也包括乌黑发紫——只是那时的乌黑发紫亦如一尾珍贵的蝶尾墨龙睛。

到底发生了什么？我小心翼翼后退半步，想起几部欧美重口

B级片。如果我没有记错的话，陈元庆下车后未拔下车钥匙。屋内光线阴暗。有一种特别难闻的仿佛腋臭的气味，形若有质。我手背掩鼻，情不自禁打出一个喷嚏。

"吃猴子。"陈元庆的喉结跳了下，眼里有了一丝亮光，快活地笑，"前面镇里有一家店，手艺还不错。付五十块加工费就行了。兄弟，天下美味莫过猴脑。你放心，绝对不会让你吃出SARS，也别担心野生动物保护站的人找上门。嘿嘿，他们自己也吃的。"

他在咽口水。这只人形畜生真的是在咽口水。我皱眉。

"她怎么在这？怎么是这个样子？"

"山民发现的。"

陈元庆答非所问，看我脸色不豫，这才又补充道："你还记得她当年的离家出走吗？记得就好。我一直以为她搭顺风车离开县城的，没想到她跑到深山里与猴子做伴了。渴饮山泉，饥食野果。二十年就这样过来了。真的难以想象。山民发现她的时候，她倒卧溪边。严重营养不良，还有各种疾病。送到医院才缓过来。不认人，不会说话，只会吱吱叫。最早谁也不知道她是谁，还是她妹认出来了。她妹现在是县医院的护士长。她妹把她领回家中，没两天，她又逃了，又逃到深山里。"

"她怎么在这？怎么是这个样子？"

我把这句话又缓慢地，一字一顿重复了一遍。如果他不能给出一个合理的解释，我想我会很享受用拳头砸碎领导鼻梁骨的滋味。

陈元庆眼里有乌云汇聚，脸色沉下，渐有青白："他妈的，别用这种审判犯人的凶残眼神瞅我。操你妈的，老子好心好意请你吃猴脑还请出问题了。不吃拉倒。回去！"

"不着急回去。你得先给我一个解释。"

我往前踏出一步。陈元庆放下猴笼，冷笑，微蹲，摆出一个咏春拳的起手势。这是赤裸裸的挑衅嘛。看来刚才在普拉多里的那场搏斗还没让他过够瘾。我反手抄起门边搁着的一根扁担，陈元庆一叹："他们来了，你问他俩吧。"

身后出现两人，一瘦削老者，一光头青年，皆山民装束。老者手中提着一个猴笼，笼里有一只猕猴。青年反复吸着鼻子，鼻涎数寸，见屋内缩在墙角簌簌发抖的田佳，怪叫，扔掉手中拎着的石蛤，猱身自我胯下穿过，上前一把抱住，左右端看，嘴里支吾有声。是痴呆儿，虽然他的身手足够敏捷。

老人是护林员。痴呆儿已年逾三十。

田佳有心脏病，长年的野外生活不仅摧毁了那张原本姣好的容颜，也使她油尽灯枯。逃回深山不久，她在荆棘丛生的藤蔓中再次晕厥。是痴呆儿救了她。陈元庆掏的医疗费。怕田佳失踪，护林员用锁链铐住她。

"她是他的妻子。没领结婚证。我主持的。医生说了，她还能活大约半年。若没有人照顾，可能明天就会死。"陈元庆指着痴呆儿，耸耸肩膀，"他是捕石蛤的高手，这些日子她可没少吃，要不，她哪能活到今天。"他没提田佳的妹妹，也没提田佳的父母。我理解。

我回到车内，一根接一根地抽烟。

月亮升上来了,挂在乌黑林梢,又薄又轻。此处极静,鸟兽虫鱼声隐约可闻。我想说点什么,嘟囔半天,脑子里只冒出半句:此情此景奈何天。半晌,陈元庆来敲车窗,没说话,用手电筒照了照指护林员搁在门边的猴笼。我下了车。或者说不是我,是腿把我带到笼前。有种猕猴,六耳,神通与齐天大圣一般无二。我拉开笼门。猴子用惊惧的眼神瞟了我一眼,战兢而出,忽在空中翻过一个跟斗,瞬间隐遁。

2020 年 1 月 15 日

叛逆少女周丽

> 周丽有一个
> 将几何体、达利的超现实主义
> 与古老的东方智慧
> 相结合的大脑。

不知这话是谁说的，反正某日我们推开教室门就在黑板上见到这行粉笔字，楷体，还分了行，四段。这句话形成了一种奇异效果，像一只从校园内冲天而上的鸟，在整个县城上空盘旋翱翔，清唳数声。不知道是什么鸟。这不重要。没过多久，连我妈都知道了，打算拎着两袋苹果去"贿赂"班主任，想让我与她同桌。我妈是打算让我肩膀上扛着的榆木脑袋能有幸被天才之光近距离照亮，哪怕照亮那么一丁点也是好的。我制止了我妈的鲁莽。周丽的同桌是陈元庆，他们已同桌一个学期，陈元庆考多少分？比我还差。尤其是数学，一百分的卷子起码要差十五分。这不是因为陈元庆比我蠢，而是被那个次次接近满分的天才之光灼伤。陈元庆是多么聪明的孩子啊，他都会用 13 种方法来求解那道著名的鸡兔同笼算术，还晓得用淘米水加橘子皮来洗那些发黄的衣物。

我坐在我妈对面剥着笋壳，语重心长。我都想给我妈讲慧极必伤的辩证法。我的辩证法是没有白学的。好歹得对得起我妈给我缴的学费。如果我妈还不信，那我就给我妈讲故事，讲课本上的《伤仲永》。我妈颓然坐下，盯着生满青苔的墙角不知在想什么，等我爸手捧饭碗进来，眼里递出一把寒光闪烁的刀子，舌绽春雷："都是你的种不好！"我爸捧在手中的饭碗掉地上了。我手指里捏着的竹笋也掉地上了。我爸懵了，我乐坏了。我妈终于认识到这件事的本质。

我喜欢周丽，虽然她有一张异常严肃的脸庞，额头显宽，下巴的线条有点生硬，嘴唇老抿着，一副谁也不屑搭理的模样。可这有什么关系呢。忘了具体是从哪天开始，只要瞥见她的身影，我的心脏就咚咚跳得厉害，根本不受控制，练《中华武术》上的内功心法也没有用。

陈元庆书包里有一大摞《中华武术》。

我看不进了，那上面的字在打架。

教室里有嗡嗡的响声。上课铃还没响。陈元庆挤来身子，半边臀部悬空坐在板凳上。这家伙不知道从我脸上看出了什么，朝我比出两根手指头，压低声音，表示愿与我做桩交易。交易成功后，他很愿意向班主任申请调换座位。

"啊，那只白嫩细滑的手掌，就那么静静地搁在桌上，如白莲盛开，掌沿偶尔一厘米一厘米地朝你移过来，你这时只要……

操,我不是让你拿圆规戳人,我们都是要建设祖国四个现代化的新人,一起生娃可以,哪能再搞'文革'那套呢?"

这一段话说完,陈元庆脸上已经换过了七八种表情。这绝不是他的极限,手沿额头往下抹,从一身凛然正气迅速切换成猥琐龌龊,还他妈的吐出一根舌头。

"你只要这样伸出舌头,就能有机会舔上一舔。问世间谁最淫,直叫我当仁不让!"

我没像往常那样去拽他那对淫贱的耳朵。

我在想一个极严肃的问题,陈元庆从哪看出我喜欢周丽?

必须严肃。

周丽姑娘在作文里说得好,"严肃的人才能拥有真正的幸福"。

陈元庆摇头晃耳,他居然胆敢窥觑我兜里那两张崭新的大团结,那是班主任让我代收的全班课本费,真是吃了熊心豹子胆。是可忍孰不可忍!我念出此七字,如念真言,手自动就掐在他脖子上。我们打成一团,再气喘吁吁分开。

"黑板上的那行字是你写的。"我是诈他。也可能不是诈,是脑子里的某个声音在替我说话。

"不是。"陈元庆说得很坚决。

"你写的字烧成灰我也认得。"

陈元庆的脸上有许多奇异线条。其中一些线条与那行字的笔画一模一样。我为迟至此刻才发现这个事实懊恼无比,我都想把他脸上某根线条扯断,再打上死结,套他脖子上,勒紧。他脖子上的血管在突突跳,真奇怪,就算是他写的,他也不应该这样愤怒啊。怎么说呢，就像一头被红布激怒的公牛，眉毛竖起，一脸暴戾。他朝我扑来，风驰电掣。"我会喜欢她？也只有你这种傻逼才会喜欢她那种烂货。"

我挥出拳头。这回我们是真打，没几秒钟，都鼻青眼肿。

陈元庆是喜欢周丽的。这是我早就明白的事。

喜欢一个人有必要这样恼羞成怒吗？我不明白。

这个问题在脑子里一闪即逝，如同白驹过隙。一个更让我百思不得其解的问题是：我认识周丽很多年了，还揪过她辫子，从来不觉得她次次考全县第一与我有什么关系，是什么让我"喜欢"上她了？这种情感来得如此强烈，突兀，犹如火山爆发，以至于难以正视她的脸庞。

那张脸，现在只有闭上眼，才能清晰看见。

是因为黑板上的那行粉笔字吗——就像是爱因斯坦在黑板上写下的那道质能方程式对世界的照亮？我潜入县图书馆偷了几本封皮发黄的《西方绘画史》《欧洲艺术》之类的图书，大致了解了什么是"达利的超现实主义"，无法把它与周丽联系起来，后者的容貌与行为没有任何怪诞、不合情理处，沉默，自律，与所有人皆保持着一个精确又恰如其分的距离。我测量过。我与她的距离，25厘米是极限，陈元庆是13厘米。这让我备觉沮丧，又心存希冀。可还没等我想出什么好法子来缩小这距离，周丽出事了。

她在美术老师家里脱得赤条条的。

说是当模特，这话鬼才信呢。

美术老师的妻子,一个瘦小的印刷厂女工,眉眼怯怯,说话细声细气,有一张东方古典美人的脸。到学校里给遇到的每个领导看她的遍体伤痕,像祥林嫂那样一把鼻涕一把眼泪。"我带着两个伢崽吃糠咽菜,捡别人丢掉的烂帮子菜,辛辛苦苦攒了五百块钱,他全拿去花在那个烂货身上。"女人晃着羸弱的身子,艰难地伸出五根指头,眼泪汪汪,"那烂货下面就算是镶金的,也值不了这么多啊。"女人想拿回钱,可她太蠢了。她不知道这个冷酷世界自有其逻辑。她上午到学校,下午派出所的人就来学校带走她的丈夫。尽管美术老师一口咬定他与周丽之间是清白的,他是请她做模特,每次十元,还出示了一大摞画,他还是被投入看守所,说是猥亵诱奸女学生。我在法院前面的布告栏上看见过这些字眼。

是周丽救了美术老师,她到医院做了一个处女检测证明,拿着一本《西方绘画史》走进了派出所。警察终于部分理解了那些画与她的关系,那些扭曲夸张变形的线条,以及不吻合人体常识的比例是对某种"更为重要现实"的反映。

这些话是陈元庆对我说的。

陈元庆的亲叔叔是个警察,就在那个派出所,案子就是他管的。

"你信吗?"陈元庆的目光自上而下斜睨着我。

"信什么?"

"她是处女。"

"有检测证明,凭什么不信?你叔叔干了这么多年刑侦,不是吃闲饭的,怎么可能被一个黄毛丫头给诳了去。"我不想讨论这个问题，心里憋得慌。又没法子不接着陈元庆的话往下说。我想陈元庆一定知道什么，否则他不该挑起这个话题，甚至他就不该在这个蝉声聒噪的午后拦着我。

"我不好奇周丽是怎么做到的。我亲眼见过，我相信我的眼睛。"陈元庆嘟囔着，语义含糊，"我只是好奇她为什么这样做？"

陈元庆瘦脸绯红。他病了。我应该向他致以革命同志的慰问。可我脑子里居然有个细小声音在不紧不慢地嚷："要是他病死了，那该多好啊。"我没让这个声音钻出喉咙。我的表情应该说是相当怪异，我都在来往人流的眸子里看见了自己的可怖。陈元庆没有发现，他的心神都被他说的那些话给吸引了。他咳嗽，皱眉，把眉毛拧成问号，半晌，露出一口发黄的四环素牙。

"如果我说周丽是故意让美术老师的老婆发现的，你信吗？"

"我不瞒你，我是喜欢过她，但……现在是害怕。"

他说的最后两字我听见了，下意识地接了句："害怕什么？"

陈元庆没再往下说了。我们都看到周丽，她的步频与往常一个节奏，97 次/分钟。她朝我们走来，很快，在距离我们 10 米处停顿片刻——这个事实让我既遗憾又愉快，现在我和陈元庆与她的距离是一样的。她的眼里有凝胶，脸与手白如瓷器，身后杂乱无章的建筑群与更遥远的青灰色天穹让她像是站在一幅油画里。她说了什么，我没听清。她的嘴唇动了下。她走远了，没进校门，拐过校门口那棵双人合抱的梧桐树。

落日余晖下，她肩膀像有了翅膀，一片接近透明的淡黄，薄薄的，极大，上面脉络清晰，如同一个顽童对这个滞重世界露出的鬼脸，接着又是另外一只翅膀出现了，两只翅膀开始一起振动。

周丽消失不见了。

"她说什么了？"

"她说，再见。"

陈元庆闷闷说道。我们没有再往下交谈的兴致了，各自散开。我没有再见到周丽。她离开了县城。她母亲，一个上海知青带走了她。我这时才知道她母亲与她父亲早在去年夏天就离了婚。

我去了周丽家，在佑民巷，筒子楼，二楼，靠最东端的两个房间。室内有人，是陈元庆。他在哭，悄无声息，瘫坐于一片灰尘与狼藉中，还不时用拳头击打坚硬的水泥墙面。墙上有血。是从他拳头上迸出来的血。他会骨折的。

我屏住呼吸，小心翼翼地把眼睛从被撬的锁孔上移开。

陈元庆为什么哭得这样伤心呢？

多少女生都被他嘴里的甜言蜜语迷得神魂颠倒啊。其中一个据说是副县长的千金，手指被纸割了道口子，陈元庆马上作势要拿削笔刀往掌沿割，嘴里还嚷："你手上划了一道口子，我也在手上划一条吧。"我以为他的间歇性神经病又发作了，没想到他马上又补道："这样咱俩就是两口子了。"目光还是那样深情。

一个好姑娘就这样毁了。姑娘的脸部轮廓有点像用圆规画出来的，可她的胸脯多大啊。能把头埋进去的人是有福的，起码从今以后不必再担心忍饥挨饿。令人伤感的是，陈元庆明明不喜欢圆规脸，圆规脸也明明知道他不喜欢，还有事没事挺着胸前的富士山往他身上蹭。我提醒他，富士山是活火山，小心哪天火山爆发。他反而给我科普起乳房的医学美学标准与一对漂亮乳房的各种数据，还精确至毫米。我目瞪口呆，一方面佩服他的博闻广记，另一方面也大致理解了什么是无耻之尤。

陈元庆喜欢周丽。

我知道。几个月前我俩就对过眼神。

我没想到他居然喜欢到这种丧心病狂的程度。这是生而为男的耻辱啊。我都想用修炼了数月之久的降龙十八掌猛击他脑门，让他早点恢复理智。一个男人怎么可以这样喜欢女人，哪怕她是周丽，那也不行。这不符合科学。书上说了，爱情只是苯乙胺的作祟，是有保质期的。

周丽的房间里又传来数声砰砰闷响。不像是一个人形生物在用拳头击墙，倒像一头体形庞大的巨兽，用它受伤流血的头颅在疯狂撞击牢笼，而那牢笼是用世上最坚不可摧的材料制成。

我跑走了。陈元庆真蠢，如果他心里面真有这么多的爱与痛苦，为什么不在月圆之夜长嗥出声呢？也许他能化身为狼人，赶上那辆开往上海的绿皮火车的最后一节车厢。

高考前夕，我与陈元庆的关系有了部分改善，只能是部分，那层看不见的隔阂确实存在，比我们手中握着的圆珠笔还要真实不虚。我把圆珠笔的笔头咬成一堆渣片。陈元庆的成绩有了一个突飞猛进的提高，尤其是数学。我不知道他是怎么做到的，没张嘴去问，偶尔去开他与圆规脸的玩笑。娶对一个妞，少奋斗二十年。我的长吁短叹声都有了宫商角徵羽，还是美声唱法。我朝圆规脸抛去港式飞吻。圆规脸瞪我一眼，当着我的面，把牛奶苹果花生糖等，往陈元庆的书包拼命塞。陈元庆拍开她的手。她嗲着声说："人家就要嘛。"我的鸡皮疙瘩掉了一地，这是对港台录像里那些少儿不宜片赤裸裸的抄袭嘛。

"男追女，隔座山；女追男，隔件衫。"我在这对狗男女身后放声歌唱，恨不得天上能立刻降下一道惊雷，把他俩劈成化蝶的梁山伯与祝英台。为啥没有一个祝英台对我投怀送抱？陈元庆眉宇间的那股暴戾气在娇嗲声里日渐消磨。不久，他考上南方的一所重点大学，总成绩比我高了近五十分。我妈听说后，对准我的脑门上使出海灯法师的一指禅。我很想告诉我妈，人家陈元庆之所以能后发先至，那是有爱情的加持，不是一般的爱情，是祝英台的。

没有人提周丽。

尽管我在陈元庆的毕业留言册上，绞尽脑汁地写了一首诗，将黑板上那句话中的几个关键词、筒子楼、他的号哭与拳头上的血等，做了一番排列组合。可他收回本子后啥也没说，像其他同学一样，在我的毕业留言册上，工工整整地写道："我们即将步入新的生活，前面的路还很长很长，让我们更加珍惜今天所拥有的青春和友谊，用真情去浇灌友谊的花蕾。"

我怀疑在上面写字的陈元庆是一个假陈元庆，想把他打一顿，想想又没有必要。他说得对，新的生活在向我们招手了，是沸腾的生活。

我们要么被煮成烂人，要么被煮出一身铜筋铁骨——这就是两个物种了。

二十年弹指一挥间。

国庆我回了趟老家。我与陈元庆在县城最豪华的德月楼喝酒。陈元庆做东，他已经是县工商局的局长。相对于他的年龄与基层权力生态来说，这种擢拔速度如同火箭。这得感谢他娶的妻子，那个圆规脸，她曾是货真价实的副县长千金，而今更是一个货真价实的县委书记千金。我们喝的是过期茅台。我举杯恭祝他与妻子执子之手与子偕老。陈元庆哈哈大笑，突然压低声音问我是否知道他为什么要娶圆规脸，没等我接腔，便一字一顿地道："因为她蠢。"

陈元庆这属于典型的得了便宜还卖乖。我面无表情地把过期茅台倒入喉咙。我们都会变成我们最讨厌的那种人。

是陈元庆提到的周丽，这位国内颇有名气的天使投资人。我常在各种财经新闻里看到她的身影，一款斜纹软呢外套，搭配经典小黑裙，都是香奈儿牌子的。她改了名字，不过这不重要，我还是一眼就认出她那张脸庞，不那么严肃了，脸部线条也像是古典大师笔下所绘。

"我终于想明白了她为什么要这样做。"

陈元庆喉咙传出一声喟叹。

"为什么？"

"因为她不晓得拿她的美如何是好。"

陈元庆掏出手机，点开。我看见了周丽二十年前画的那些"超现实主义"，画面中央无一例外都是她的头颅，没有身子，以各种球形存在，处于一种飘浮状，有时是与畸形身体的结合，有时是与数块钟表的结合，有时是与彩色气球的结合，有时是与一幢哥特式古堡的结合，奇异怪诞，细节又无比真实，背景无一例外是荒漠、海滩与天穹。还有题款,有几帧笔迹是我眼熟的,其中一帧题款的笔迹与我幼时笔迹一模一样。署名皆是周丽。

她确实是一个天才。

这不是指她惊人的绘画天赋与模仿能力,而是指当年的她选择的这个从现实世界的逃逸方式,是如此漫不经心,极具毁灭性,又始终在一个恰如其分的控制中。更让我沮丧的是,这个现实世界的逻辑、规则、范式和桎梏,还根本不曾被当年的我与陈元庆感知,更别说通过对它的交媾与阐释,完成对它的反叛与超越,继而抵达一种绝对的真实,一种纯粹意识的呈现,所谓自由之境。

"知道我的数学成绩后来为什么会突飞猛进吗?"陈元庆对着虚空遥遥举起酒杯,嘴里的酒气汹涌而出。他的四环素牙不见了。

"这得感谢她,是她教我的,1是一个傲慢的男人,2是一个跪在地上的女人,3是一个靠在门框上的男人,4是一个跳芭蕾的女人,5是一个跳伦巴舞的男人,6是一个喝醉了酒摇摇晃晃走路的男人,7是一个戴礼帽的瘦女人,8是一个臃肿女人,9是一个瘸了腿的女人,0是矮胖的上帝。数学就是这些人的各种故事,是有味道的,有颜色的,有喜怒哀乐。等我真正想明白了这点后,数学对我来说就再也不是问题了。"

陈元庆的样子如信徒对神灵的礼赞,尤其是他眼里的那光,怕是有根火柴都能点燃。

我反复拍打着陈元庆的肩头,我知道他刚才说的这些只是铺垫，一个冗长的铺垫。

"可她选的为什么是那个又丑又老的美术老师，而不是我？"

陈元庆用手指头用力地戳自己的鼻子，戳得真用力，眼里都有了泪花。

我保持微笑，小声说道："你刚才说过的，她只是不晓得拿她的美如何是好。"

本来有些问题我想问，想了想，没再问了。那些技术问题，就凭我这样一个普通人的智商也不难解决。至于她为什么要故意让美术老师的妻子发现，为什么要去派出所证明美术老师的无罪，这在心理学上都可以得到一个很好的解释。

我没再搭理嘟囔着的陈元庆。点开手机微信，给一个叫虫二的 ID 发去一个笑脸。她即周丽。几周前，在北京的一个饭局上，我们相逢了，一眼就认出彼此。她的微信头像是美术老师当年给她画的那些素描中的一张。"世界会变，而我始终如一。"这是她的微信签名。还有一首她今天发在朋友圈里的诗，《自由国度》。

夜晚，我心甘情愿爬上床

爬上断头台，闭上眼。等待

梦的斧头落下，这是愉快的

惊心动魄之旅程

摆脱了头颅（智慧与知识）的骑士

迟早要摆脱自我的匮乏

众生的喜怒哀乐即他的眼耳鼻舌
凡所有见，皆是他手中的盾与刀

我是我的敌人，我是杀死我的凶手
我是我的排泄物，我是关于我的
诅咒、最真挚的祝福与那 26 个字母

不再为大脑中"朦胧而深邃"之物束缚
从那些一成不变的思维轨迹跃出
如一飞冲天的鸟

这是人子的傲慢，是一把青铜钥匙
要开启那自由国度，还有
数时辰后清晨的第一缕光线

扔掉左手堂吉诃德的长矛
再扔掉右手的刑天之斧
我沉沉睡去，把头颅轻放在你枕边

  我截了个图问陈元庆这首诗写得好不好。我没告诉他，这首诗的作者即是周丽，我更没有告诉他，我与周丽上床了。她并非是爱我，不过是使用了我。她不再是芳兰蕊与雨前茶，可她的美如月满轮，如午时盛开之牡丹，不管出现在她身边的人是谁，她都是要此般绽放的。也许我会被这种绽放灼出满身水泡，可我不会再感到害怕。

　　陈元庆喝醉了,俯于案头,鼾声大起。我把手中这杯过期茅台倒入他的衣领。他不明白的,我已明白。

　　那句黑板上的话是周丽自己写的。

2020 年 1 月 9 日

白痴天才马胖

老家的故事。听上去像是《聊斋志异》里面的。

寻常巷陌,马头山墙,青砖黑瓦。青石板路依原始地貌宽窄不一,多有曲径通幽。住户人家的墙角窗棂一律挂满青苔灰藓,从屋子里走进走出的人像是从光阴深处飘出来的,飘飘如同幻影。叫鱼王巷。少有人能够说得清这巷子名字的来龙去脉。但我知道。

我是听与在巷口人赌钱的猴子说的。

说三年困难时期,大家饿得厉害,不知道自己是否能活到下一个时辰。就刮起一场怪异风暴,成千上万条鱼从天而降。真多啊,银光闪闪,其中最大的一尾青鱼有一米长。真难以想象它是怎样飞上天的。因为这些从天而降的鱼,老家人得以熬过灾年,就把鱼王落下的这条状元巷改了名。

这让尚在念初中的我对鱼王巷充满好奇与敬畏,隐约觉得它可能是某个神灵的慈悲化身,又或者说那些青石板下埋着一个能与天地发生感应的神秘阵图。去学校的路有许多条,从鱼王巷走是最长的,我还是多选择走这里,一路上踩着青石板上那些凹坑扭胯走路，暗暗祈求哪天也会有一尾大鱼从天而落，砸在身前一米——千万别砸在脑袋上。这种持续、隐秘又久无回应的祈求让我如害疟疾，看人的眼神是滚烫的。

就在某个黄昏，把住巷子里的一个姑娘烫着了。正在门前洗头，挺着一段天鹅脖颈的她，喝道"死伢崽"，扬手甩给我一记结结实实的嘴巴，"回家看你妈去。"

她这记巴掌在治好我的疟疾的同时，也让我的学习成绩一落千丈。她揍我的这一刻在我脑子里反复播放，时至今日仍未有丝毫损坏。我仍然能清晰想起当时所有一切，她用的蜂花洗发水，搪瓷脸盆，手掌的纤细触感与大拇指盖上的月牙白，身后门板上那两张被烟熏火燎的门神（是尉迟敬德与秦琼），墙角的蕨类植物，一股让人头晕目眩、湿漉漉的氤氲香味，还有那张亦嗔亦喜的脸，等等。

我没法不逃学翘课，各种尾随。

她叫招娣，刚辍学，只念了高二再不肯读了。她跟了一个在社会上混的罗汉，就是那个经常输钱的猴子，还被猴子搞大过肚子。她妈，那个身材高挑的粮站记账员，在县百货商场门口用菜刀拦住她与猴子，叫他俩分手。她从母亲手上夺过刀，横在颈脖处，众目睽睽下大声叫道："妈，你再逼我，我就死给你看。"

她的颈脖上都出现了一条红线。

她有一个弟弟，大名刘国宝，念初二，在我教室隔壁。我与刘国宝成了朋友。这很简单，放学路上拍一拍他肩膀，再递上一本金庸写的《鹿鼎记》就行了。

我在刘国宝家，与他比赛谁更像韦小宝。他傲然道："起码我的名字里就有一个宝。"我说："明天我上派出所改名字，就改成韦小宝。反正我妈的妈姓韦。"我们几乎要打起架，互相叉对方的眼睛。招娣进屋，看都没看我们一眼，快手快脚收拾衣物，床单打包裹起。招娣这是要与家里断绝关系吗？那个叫猴子的，双手抱于胸口，默不作声站在屋檐下的阴影里。那片阴影荡漾起来。我想抓起桌上搁着的水果刀朝它刺去。荆轲刺秦王的刺。

刘国宝喊："姐，你这样一走，妈会哭瞎眼的。"招娣没吭声，眼睛红了，又忍住了。招娣转身走了。那片阴影不见了，有一缕阳光跳出对面屋檐，把若干只脊兽的影子投进屋内，其中一只是骑着鸟的仙人。我说："刘国宝，你有没有发现你姐特别像阿珂？"刘国宝点头，用力点头。我说："她是阿珂，你若还要当韦小宝，你就是乱伦。你懂吗？"我与刘国宝打起来，我把他打得鼻青眼肿，他把我揍得眼乌嘴歪。我们打了一个平手，我们不再是朋友了。

然后听说猴子与东门的马胖打架。猴子的胆子真大。这个瘦骨嶙峋的男人，敢与马胖掐架。被马胖按住，像被如来叉开五指按住的孙悟空。马胖扇他嘴巴，扇到第二十七个的时候，招娣赶来，抄起一把锄头就敲开马胖的脑袋。

多好的一个女人啊！赶得上力破十绝阵，救出夫君薛丁山的樊梨花。

招娣步下有雷霆。

可惜一点也不被猴子珍惜，经常挨猴子揍，打得披头散发四处翻滚，还死命去抱猴子的腿。猴子凶性大发，去扳她的手，扳的是中指，边扳还边厉声高叫："放不放？"招娣一声不吭，泪水无声无息流着。就扳断了，咔嚓一下。招娣这才发出一声惊天动地的惨叫。猴子走了，踱着方步，像县里的干部那样走得不紧不慢，临走前还恶狠狠地往招娣衣上吐了一口唾沫。招娣蜷缩一团，死了一样。她在正午的街头流着血，不仅是额头眉眶的血，嘴里不断呕出的血，下半身也在汩汩流血。猴子把她又打小产了。我听见有人交头接耳。我有点难过，想挤出人群抱起她送至医院，可手足无力。我是如此懦弱，怪不得刘国宝说我与韦小宝中间还差着一个筋斗云的距离。

招娣是一个人去的医院，走一步，水泥地面出现一个血印子。招娣差点死了。医院里的人都说，没见过这样强悍的女子，给她紧急动手术时缺了麻醉剂，她就说了四个字："我忍得住。"

再后来，招娣在街头开了一家餐饮店，生意很不错，一碗鱼头豆腐汁浓味美。大家都说比放了罂粟壳的火锅还好吃，还让人上瘾。连与她分了手的猴子都进店想叫上一碗，被她直接无视，当成空气。

我吃过一碗招娣煮的鱼头豆腐汤，没有传说中那样让人欲罢不能。可能是我对她的喜欢停止了，这倒不是因为那个班上新来的同桌，那个眉眼小小的女孩儿。纯粹是停止本身。我的注意力转移到马胖身上。对的，就是那个被招娣用锄头敲开脑袋的马胖。

马胖不是好人哪，长得凶神恶煞，偏偏还不蠢，收店家的保护费精确到元角分，什么时候交了多少，还欠了多少，清清楚楚。

大家说他脑子里有一个拨得飞快的算盘。大热天也一身黑衣黑裤，走在街上连狗都不敢朝他吠。马胖走过的地方是有碎冰碴子，哪怕七月溽暑，大家也得好一阵子才能缓过劲来。

马胖好赌，牌技不差，赌运不济。赌品太糟糕。一旦输就论蛮，不断翻番再押。有一次运气实在不佳，带的钱全输掉了，大家以为他会收手，他眼里迸出一道寒光凛凛的剃刀，四下一扫，再用左手尾指指甲剔了下牙齿，把尾指搁上桌，慢条斯理地说道："我这根手指头值得了五百块吧。"

继续赌，开盅。马胖又输了。

赢钱的人额头出汗。谁敢真把刀拿出来切马胖的手指头？还要不要命？马胖森然一笑，半响，竖起食指与无名指，"先欠着。到时一起算账。我再押这两根手指。"马胖不光有十根手指，还有十根脚趾，还有耳朵鼻子牙齿。赌到耳朵的时候，马胖期待的手气终于来了，连开二十七把大，清完欠债，还大有斩获。县里没人愿跟他赌了。马胖不在意，来县里的外地木竹客商多的是，比一茬茬韭菜更为鲜嫩可口。

马胖本来注定要在县城罗汉史上留下名字。可这样一个马胖竟然被招娣一锄头给敲掉了。

马胖出院后，原来那个鬼憎神厌的凶汉不见了。上帝啊，头缠绷带的他现在居然说一加一等于七。最早大家还惧怕他的余威，认为这是他诈人的套路，后来发现他真的变成一个傻子，还是那种打不还手骂不还口的傻子！这让那些原来受尽他欺辱的人眉开眼笑，大呼过瘾。大热天喊住兀兀如痴的马胖，叫他四肢落地，他照办；叫他学狗叫，他继续照办，还懂得汪汪叫出声。未几，连刘国宝都敢招手喊他过来，说："马胖，爷今天心情不好，你靠墙站好，让我扇三记嘴巴。"

最有意思的是，怎样揍他，他都不会叫疼；若让他看到招娣，他就会有疼痛感，甚至疼得满地打滚，鼻涕眼泪全淌出来。我们不敢相信，一再试验，屡试不爽。后来还是招娣发怒，说你们这样欺负一个傻子有意思吗？大家这才讪讪散去。

有一天，马胖捡了个粉笔头，趴在县广场的水泥路面画画。开始我们不以为意，后来有路人尖叫出声："这画的不就是招娣吗？"还真是，尤其是那双杏仁眼，精确到毫米层面。什么叫栩栩如生？这才是。比起马胖的这幅粉笔画，学校美术老师笔下的那些人物素描就是屎。我们面面相觑。难道招娣那一锄头敲出一个艺术家？就算"当上帝关了这扇门，必然会为你打开另一扇窗"这句话是真的，可从来没听说过马胖对绘画有过任何兴趣，或幼时接受过素描训练，另外一扇门是怎么开的呢？两种可能，一是神迹；二是有个会画画的鬼魂寄身于马胖体内。而且，马胖不是见了招娣本人便会疼得喊救命吗，怎么画她的像就不疼了？这真是百思不得其解。

我叫住马胖，塞去一支铅笔与一沓白纸。

"干吗？"马胖一脸猪样，诚惶诚恐。

"画。画你刚才画的。"我提高音量，仰着脖子对他挥了一下拳头。

只用了半个小时，马胖就在纸上画出一幅与粉笔画一模一样的招娣挥锄图。完全是不假思索，一挥而就，其间没有片刻停顿去审视这张素描图各部分比例是否恰当，或低头去望地上那幅粉笔画。

"还要再画吗？"马胖呆戆，鼓着腮帮子。我相信我若再说要，他一定能马上再画出一张。他是一台性能良好的复印机。

我把这张素描画揣入裤兜，备觉伤感。我都想跑去招娣店里，请她拿锄头在我脑袋上敲一下。我走了几步，转身看见马胖还站在原地，脑子一抽，挥手冲着街道两边的房子与各种建筑物，脱口说道："去吧，广阔天地大有作为。"

"是。"马胖双腿一并，行了一个标准军礼。

美术老师说马胖的绘画少了一个真正艺术家所必须要拥有的阐释力，只是僵硬线条的集合，看不到光与阴影，看不到天空流动的云彩等背景，以及应该被强调的各种细节。是死的。美术老师用被烟头熏黄的手指狠狠地戳着我摊在桌上的这张素描图，一脸鄙夷，腥臭的唾沫星子喷了我满脸。可没多久，他就被打脸。打得噼啪响。

一幅幅关于招娣的绘画出现在县城的街头巷尾，连政府门口两排电线杆上都是。不再只是素描，还有用各色油漆画的。不知马胖从哪里弄来的油漆。上帝啊，他不仅能用粉笔画，用铅笔画，还能用毛笔画，随便捡起一根树枝也能画。画的都是招娣，挥锄头的招娣，被猴子打倒在地的招娣，一瘸一拐的招娣，等等；更让美术老师绝望的是：

马胖画的不仅是今天的招娣，有垂髫之年的招娣、及笄之年的招娣，还有而立之年的招娣、大衍之年的招娣，更有绛衣素带的招娣、云鬟酥腰的招娣、霞帔霓裳的招娣——所有人一望即知，那眉眼与神态错不了。

美术老师目瞪口呆，绕着这些画作走了两天两夜，找到马胖，又给他塞了一支笔与一沓纸，让他试着画画别的，比如静物与建筑什么的。马胖点头如捣蒜，十几分钟后，纸上仍然还是一张招娣的画。美术老师长太息以掩涕兮，不无沮丧，也不无骄傲地环顾四周，说道："知道吗？这就是传说中的白痴天才！"

天才？

哪怕前面有一个让人不太愉快的定语，那也是天才，当钟鼓乐之，琴瑟友之，鸾凤迎之。我打算与马胖搞好关系。我把从刘国宝那拿回来的《鹿鼎记》扔在他面前，说："知道吗？韦小宝娶了八个老婆。"马胖神情恍惚，傻笑。我说："知道吗？招娣长得跟阿珂一模一样。"马胖继续嘿嘿笑。我说："他妈的，你知不知道，你画的就是招娣啊？！"马胖见我生气了，不笑了，双腿迅速并立，用那种眼巴巴的表情瞅我，表情是那样无辜。我没啥好说的了，我去看招娣。

连县长都知道白痴天才马胖，还有招娣。

招娣到哪，大家的笑声就跟到哪，叔伯阿姨大婶阿婆，连猴子都笑成一朵花，区别只在于有的是三月桃花，有的是腊月梅花，有的是有毒的夹竹桃花。招娣店里的生意更好了，从早到晚，人流如过江之鲫。进了店，人们干的第一件事就是笑，各种各样的笑。招娣也眯眼笑，招徕顾客各自落座，忙得如一尾大鱼跳掷其间。招娣是那样丰腴妍丽。还真别说，那段时间整个县城都浸泡在一种古怪的笑声中，街头吵架的人少了，打架的人也少了，有一根神奇的手指在挠着所有人的痒痒处。大家的坏脾气，像蝌蚪的尾巴一样变不见了。

可惜这段美好的时间只维持到来年开春，据说招娣找了马胖谈了一次，也可能是几次，反正马胖从县城消失了。等他再回到老家，已经是一年以后。

我念高一，不知道是什么原因就发现"除了读书考上大学，我别无出路"这个事实。我开始用功读书，算得上是悬梁刺股。尽管我知道拿锥子扎自己大腿的苏秦死得很惨，被五马分尸；把头发用绳子绑在房梁上的孙敬，终生就是一个两脚书橱。

有一天晚自学回家，途经鱼王巷，我看见马胖。我们擦肩而过。马胖走得慢，畏首缩脚，手里还拎着一个塑料袋。借助于巷子里昏暗的路灯，能看见袋子里装的是什么，两条中华烟与两瓶五粮液。这是老家毛脚女婿上门的标配。

在前面走着的，牵着他手的是招娣。招娣用力地敲那两扇贴着尉迟敬德与秦琼门神的木板门，大声喊："姆妈，开门。我回来了。"

再后来，听说马胖在外面学了一手炒菜的本事。在招娣店里掌勺，做得了一手全鱼宴，既有清淡嫩滑之南味，又有鲜香咸辣之北味；诸般菜肴色好形美，尤其是刀工让我辈叹为观止，能把一条鱼切成艺术品。

招娣嫁给了马胖，刘国宝放的长鞭炮，怕是有百米长，震耳欲聋的鞭炮声响了足足半个小时，着实让我开了一回眼界。若说遗憾，有一件：马胖不画画了。

不是不想，是不能。听刘国宝与人闲谈时说，他姐让马胖画过。马胖自然急急如律令，可他画的都是什么乱七八糟的玩意啊，一个幼稚园孩子的涂鸦也比他画的那鬼东西像样子。不过这有什么关系呢，没过几个月，招娣生了一个大胖小子，会哭会笑会蹒跚走路，管马胖叫爸，管招娣叫妈。这个男孩既不是白痴，也不是天才，是在我们这些普通人的理解范畴内。我很羡慕，略有嫉妒，是嫉妒马胖。

对了，猴子在招娣与马胖结婚的那年冬天，欠人赌债，上吊自杀了，屎糊了一裤裆，真是一个怂货。更让人看不起的是，他怀里还揣着一张马胖画的招娣像。

2019 年 12 月 22 日

打台球的徐小南

说起来，已经是很多年前的事。那时，我在县城一中念初二。

不知是哪里吹来的风，刮掉了往日遍布街头的小录像厅，梨桥县的年轻人都打起桌球。到处摆满台子。县城整天都在噼里啪啦地响。陈元庆家的小卖铺开在通过龙头乡的马路边。他爸在凉篷底下摆了一张桌子。桌子很简陋。桌面是从老式人家找来的实木门板。因为是两扇，门板底下用铁钉固定。四周钉了二寸见方的木条，刨得溜光。木条四角与中腹挖了六个洞，底下各吊着一只布袋。桌面再铺了一层墨绿色的天鹅绒窗帘布。四脚是砖头。居然垫得很平整。陈元庆手中的台球杆是自窗户上卸下的木栅栏，上下通直，一般粗细，直径与一枚康熙铜钱差不多。台费也便宜，二毛钱一盘；若在别处，就得一块钱。

当时，我与陈元庆玩得好，没事骑车去他家打桌球，要骑十五分钟的路，一路上可以看到十几处聚集在台球桌边的年轻人。他们光着膀子，趿着拖鞋，嘴里斜叼着烟，隔三岔五就打架，一般拿球杆互相招呼,敲两下彼此的头四散跑开,剩下气得哇哇叫的老板在那里跳脚。小痞子们为了不付台费,常采取这种法子。他们跑开后,又在另一个桌球厅聚集。老板们吃够苦头,就统一口径,要打球先交钱,打一盘算一盘。架也有打得狠的,一个人被几个人按得双膝跪倒,另一个人握住台球往这人头上砸,嘴里还问,你服不服?砸得那人血流满脸,哭爹喊娘,这才放手。被打的人在街头销声匿迹一段时间,等额头上结起疤,又走出来,找到当初打自己的人,递过去一根红梅烟。大家各自把烟吸了。这人算是找到组织,以后也可以拿桌球砸人。

陈元庆的球打得比我好,力量大,母球开出,十有八九能"混"几个球入袋,最多时一口气混进过七个球,包括最大分值的十五号。输赢按累计分值计算。每个球上面的号码即为分值。大家从一号顺序打到十五号,只要母球先撞目标球,再撞其他球,都算进球有效。玩法与常见的"争黑八"不大一样。不过,有一点相同。陈元庆常说:"要是哪天我能练到一杆清台就好了。"

我笑了,说:"你以为你是没眉毛的徐小南啊?"

徐小南的模样与教我数学的肖老师差不多,个子瘦瘦高高,说话轻言细语。要说有什么与众不同处,那就是他的眉毛,又轻又淡,几乎看不见,像随时可能从他那张白净的脸庞上飞走。没见过他打球的人没法想象他有多么潇洒,单手击球,反手击球,双手左右开弓,最厉害的是他打出的弧线球。这比打跳球难多了。打跳球,球杆以一定的俯角击出,母球的受力可以分解为向前和向下两个力,向下的力使母球跳起,向前的力使母球前进。只要把球杆的倾斜角保持在 45 度以上，瞄准母球的上半部，然后大力顿杆，不管是谁，打多了偶尔也能瞎猫碰上一次死耗子。徐小南打出的弧线球根本不该是人打出来的。比如，九个球排成一行，在这排球东侧中间位置搁上一个目标球，再在这排球西侧击打母球，母球以一个漂亮的弧线绕过障碍，准确地把目标球击入袋中，十中六七。还有，在六个洞口各摆上一个目标球，母球击出后，在台上左转右折，居然能把这六个球全部击入袋中。

徐小南只上人民电影院地下室打球，整天泡在那里。是一个老瘸子开的，梨桥县最大的台球厅，有十二张桌子，大理石板桌面，全实木护栏，袋口均为真皮，滑槽落袋，还带高度调节器。老瘸子坐在柜台后，身后杆架上插着几十根球杆。交了钱才能拿到球杆。还得忍受瘸子的唠叨，不要拿球杆在桌沿上敲，不要把杆头往地上戳，不要去拗杆身……不过瘸子的球杆真好，别人家的球杆用了几个月会变形扭曲或者长出裂缝，瘸子的杆好像高年级那些腰肢细细的女生，每一天似乎都要比昨天更俊俏一点儿，偷偷摸一下，指尖滚烫了。来瘸子这里打球的人都是高手，一打就是一个上午或下午。我与陈元庆常翘课来看。他们多半打带彩的。十块钱一盘，也有二十的。输了从兜里掏出一张或两张大团结，往台上轻轻一拍，连眼皮也不眨一下，仿佛那钱是纸。每盘都现清，不允许欠债。这都是不成文的规矩。

大家晓得徐小南的厉害，不敢与他平打赌彩，除非让分，让几分不行，得让几十分。十五个球分值总共是一百二十分。徐小南最多一次让到五十五分，还赢。球打到这份上就没意思。不过，有一个人不肯叫徐小南让分，说是屡败屡战，要的就是这个味。他叫烂眼，是县里的大罗汉。长征路以南都归他管。他一个人承包了两条街个体户的工商与税务，县里唯一的菜市场与人民电影院都在他的管辖范围内。梨桥县总共也不过五条比较繁华的街。他抽的烟都是玉溪，那是县长才有资格抽的。烂眼坐过牢，非常凶悍，年轻时曾拿一把菜刀在车站帮十几个人的围追堵截中左冲右突，硬是杀出一条血路。他老婆是县公安局副局长的女儿。五年前，副局长把女儿用麻绳吊在梁上打，不准他们谈恋爱。烂眼在腰间绑上一圈炸药，手上摁着一个打火机，冲进去，喊着同归于尽，把副局长吓得尿了裤子。

烂眼有钱，出手也大方。但烂眼哪里懂打台球，我见他打过几次，非常臭，徐小南闭着眼睛也可以赢他。不过，徐小南与他打时格外认真，边打还边讲解，这球为什么要这样打，为什么要用这种架杆手势。我们站在一边听也能学到不少东西，知道高杆、跟杆、缩杆、偏杆等名词，晓得了打球的六字真诀"角正、点准、杆正"。可惜烂眼是榆木脑袋，老不开窍，我都替他害臊。

平时，徐小南与人打指导球，打一盘五块钱。他有一张专用的台子，没事一个人在那练杆。其实，练杆是假，等人是真。谁给得起这五块钱，都可以上前与他打一盘。大家也心甘情愿，因为确实长技术。当然，打指导球不能发财。我们县里常有做木材生意的外地客商，他们晚上没哪里可消遣，跑到地下室来，又不晓得死活，见徐小南一个人在那挥杆，四下又没有空台，手便痒，从口袋里掏出两根烟，说："兄弟，杀几盘？"他们吸的烟起码是红塔山。徐小南接了，夹在耳朵上，笑笑，说："怎么打？"外地人竖起一根手指头，说："一张。"徐小南点头。我们相视一笑，围上来。老瘸子来了劲，拖着残腿，肩膀一抖一抖过来摆球。

徐小南与本地高手打球时全力以赴，往往一杆清台。遇上这些外地人，就扮猪吃老虎，开始几盘胡乱击打，故意"放水"。等到人家以为他的球技不过尔尔，他提出让外地佬让他几分，同时竖起两根指头提出加注。外地佬以为自己遇上一头会吹牛皮的羊牯，应了。徐小南又输，一副急红了眼的样子。当赌注抬到五十甚至是一百块钱一盘，徐小南眼里放出细光，手中的杆子变得比狮子还凶猛，比毒蛇更灵活，能在大冷天把外地佬的汗打出来。外地佬这才晓得上了当。

除了做生意的客商，有的外地佬是来打野食的高手。徐小南也常去外面打野食，有时失踪一段时间，等回来时，裤兜里的钱包鼓起一大砣。打野食的高手一般只找当地的高手打。高手赌性大，敢于下注，输赢上千是很正常的事。而且为了面子以及本地台球荣誉，也愿意迎接陌生人的挑战。他们的眼睛很毒，能从一个人的站姿与击球动作看出一点端倪。事实上，在来之前，他们已经打听清楚梨桥县有哪些高手，听说眼前的人是徐小南，直接把话撩明，说："打一百吧。"徐小南说："打几盘？"外地人说："打三盘。"徐小南应了。对这些人，徐小南一上场便拿出十分本事。他那双细细长长的手在荧光灯下接近透明。这该是一双女人的手，非常秀气，偏偏长在男人的身体上。或许因为这个缘故，它才具有这种不可议的魔力。世上就没有哪种声音比徐小南手中那根球杆在击球时发出的铿锵之声更好听了。

我很沮丧。我的十根手指头又粗又短。我想我这辈子都不可能把球打得像徐小南一样。陈元庆不同意我的观点，说："人家靠这个吃饭，当然打得好。只要勤学苦练，我们早晚能打出这种水准。做人要有信心。打球贵在专心。"这后半句话是徐小南说的。徐小南说过的话都成了陈元庆的口头禅。我说："为什么徐小南可以靠这个吃饭，别人就不可以？"陈元庆挠起头。我发起愣。我渴望有一天能与徐小南打台球，就打一盘，哪怕他又是一杆清台。可我没有钱。我把家里的废报纸旧书捆了，拿到废品站去，那么两大捆只卖出三角钱。陈元庆比我有种，去自家小卖铺抽屉里摸钱，结果被他爸打掉半条命。

我瞪大眼睛，生怕错过徐小南击球的每个细节。它们无可挑剔，是艺术本身。那个外地佬的球技不错，从站姿、抽打，到击出，都吻合徐小南平时讲的，对球杆的控制也相当到位，只有偶尔因为不习惯台呢的厚薄和台沿的弹性，母球走位不是很准确。三盘的结果没有任何悬念，徐小南赢得干脆利落。外地佬讪讪走了。大家哄笑起来，都觉得倍有面子。徐小南收起杆子，看看左手腕的表，嘴角挂起笑容，与瘸子聊过几句，付了双倍台费，打算离开。

我与陈元庆都有些失望，时间还早，徐小南这么急着走做啥？

这时，烂眼进屋了，披着军大衣，带出一身霜寒。

烂眼拍拍徐小南的肩膀说："别急着走哇，咱们打几盘。"不知道为什么，徐小南喊过一声烂眼哥，看着烂眼弯下来的嘴角，脸比纸还要白。我们不明白发生什么事，面面相觑。气氛一下子古怪起来。烂眼抓起球杆在空中舞弄几下，赞道："好杆子。"

光讲好不叫本事，还要讲得出是哪里好。徐小南就说过，这些杆子都是枫木做的，密度高，弹性好，木纹清晰，简洁，舒展，不易变形。用指头往上面弹一弹，声音结实清脆。

我屏住呼吸。陈元庆拿手捅我的腰，压低声音说："徐小南要挨打了。"

瘸子走过来，小声地说："烂眼哥。"

烂眼咧嘴一笑，露出一口森白的牙齿。瘸子不再说啥，拿三角木杠摆好球。烂眼吸口气，把杆子塞入徐小南手中，说："你开球吧。"徐小南的手发起抖。千真万确，球杆在他手中轻轻发颤。我们不敢相信自己的眼睛。徐小南额头已沁出汗珠。刚才与外地佬打三盘球，他也没出一滴汗。徐小南弯下腰，准备开球，在他击球前的一刹那，烂眼的军大衣里卷起一道白光，咔嚓一声，徐小南的左手齐腕而断。眨眼间，烂眼像换了一个人，满面狰狞杀气，手里现出一把明晃晃的砍刀。这刀真快，刀尖上连滴血都没溅上。徐小南闷哼，身子顿时瘫软倒地，脸色煞白，意识却清醒，右手伸出去抓自己的左手。血激涌而出，徐小南的牙齿咯吱直响，却是一声不吭。烂眼嘿嘿冷笑，朝我们扫来一眼，手掌一翻，刀子收入衣内，跨过徐小南的身体扬长而去。我们吓傻了，眼珠子转来转去。唯一清醒的还是那老瘸子，跳起来，尖声喊道："快，快送到医院去。快，拿东西按住伤口！"

徐小南搞了烂眼的老婆。他胆子真大。烂眼的老婆也是让人搞的吗？几天后，陈元庆对我唏嘘不已，说："如果我是烂眼，我就砍了徐小南的两只手。妈的。"

我抽抽鼻子没说话。这种事情在我的理解能力之外。我只是为徐小南那只手可惜。不过，我也有点高兴，徐小南的手不断，陈元庆就捡不到那只西铁城表。陈元庆把它以一百块钱卖给修钟表的师傅。我们在瘸子的台球厅度过一个愉快的寒假。很快，我发现自己对桌球的兴趣并没有想象中那样大，那些溜滑的球杆其实就是一根棍子，用来打人还没陈元庆家的木栅栏趁手。球打得好又能咋的？被人一刀砍下去便断了。烂眼甚至连派出所的门也没有进。要做，得做烂眼这样的人，这才叫威风。陈元庆同意我的看法。但令我想不到的是，过了大半年，我又看见徐小南，他的左手藏在袖子里，用绷带吊在胸口，手指头露在外面。徐小南身边还有一个女人。陈元庆说："看，烂眼的老婆。"

那是一个瓜子脸的女人，眼睛里有水，手挽着徐小南的右手胳膊，肚子大了，挺出一条弧。陈元庆嘻嘻笑，说："徐小南把弧线球打到她肚子里。"我说："烂眼怎么不把徐小南的右手也砍了？"陈元庆耸耸肩膀，说："我又不是烂眼肚里的蛆。"陈元庆补充一句："他们好像离婚了。"陈元庆又拿手捅我的腰眼，说："你看，徐小南的眉毛好像变粗了。真奇怪啊。难道躺在医院里天天吊盐水，能把眉毛吊成卵毛？"我乐了。

徐小南不再打桌球。梨桥县各桌球厅的生意仿佛一下子也失去精气神，逐渐惨淡。第二年秋天，陈元庆的爸拆掉那张简陋的台球桌，拿砖头去加固了屋后的鸡栏。我走在从陈元庆家回来的路上。太阳照着路边的树叶，照出一个明晃晃的世界，一个像刀锋一样的世界。我在路上蹦蹦跳跳，突然看见烂眼。他独自蹲在一条已经干涸的水渠边，默默抽烟，眼睛又红又肿，烟头都烧到他的手了。

2006 年 9 月 14 日

偷东西的冯志强

1

　　冯志强这人特别坏，拉屎要隔他三丘田。三丘不够，要七八丘。哎呀呀，你不晓得他的手有多长。国祥吃过亏。国祥蹲在坡东头，他蹲在坡西头，他还有本事把国祥兜里的纸掏走，害得国祥拿树叶揩屁股。

　　我和陈元庆坐在学校操场的石阶上，叉着腿，叉着手。下午的阳光照着我们，照着我们脚下忙忙碌碌的蚂蚁。陈元庆对着站在教室门口的冯志强指指点点。我摁死一只蚂蚁。蚂蚁的内脏是腥甜的，用舌尖去舔，能舔出肉的滋味。我津津有味地吮吸着手指。陈元庆喜欢说大话。李白写"白发三千丈"，他写"白发三万丈"，还振振有词地跟老师辩论。冯志强瘦得像韭菜叶。我一个巴掌能把他打到东门桥去。国祥一个巴掌能把我打到东门桥去。冯志强敢偷国祥的东西吗？别说偷，恐怕连一道蹲坡上也是不敢的。国祥的哥是解放军。全校只有国祥的军装才正宗。我吸吸鼻子说：

"他有这么厉害,咋不见他去老师那偷卷子,也省得挨他爸的打。"

我与陈元庆都笑起来。冯志强的爸在搬运站当工人。门牙在搬货时撞掉了,一张嘴,里面就有一个洞,一个深深的洞。他打儿子在梨桥县出了名。他一脚把冯志强踢到空中,当儿子是皮球。冯志强抓住路边树的枝丫,在空中连荡几个圈。旁人说:"老冯,你儿子吐血了。"老冯说:"你懂个屁,那不是血,是红墨水。"

那确实是血。老冯自打卖菜的老婆跟一个浙江来的养蜂人跑了后,精神就不正常。平时是个没事人,一次能扛俩蛇皮袋尿素,可不准就犯病了。这病犯得蹊跷。犯病时,别人叫他干啥就干啥,让他学狗叫就狗叫,让他学狗撒尿就学狗撒尿。或许是这个原因,搬运站没让他办病退。但这时候,千万别让他看见冯志强,他敢对自己的儿子下死手。大家说,这可能是因为冯志强长得太像他妈。

老冯捡了一根别人晾衣服的竹篙去捅儿子。冯志强在枝丫间纵来跳去,还摘树的果实往下扔,说:"老畜生,砸死你。"老冯喉咙里咯喽咯喽,扎起马步拿竹篙往上捅,嘴里还叫唤:"杀!"旁边的人躲在他身后,替他数数,数到十七下,冯志强被竹篙扎到屁股,掉下来,大家齐声欢呼。老冯高兴了,扔下竹篙,向大家团团揖手,说:"别客气,别客气。"陈元庆笑得不行,揉着肚子说:"妈呀,敢情他以为自己在捅日本鬼子。"有胆大的人冲着老冯喊:"老冯,你刺刀没见红。你当年在朝鲜战场上是不是专偷美国佬的尿壶?"老冯颈脖里迸出两条牛筋,用拳头捶胸,说:"老子砍他们的头比砍西瓜还利索,毛主席还亲自给我颁发了奖章。"

"奖章哩？奖章拿出来看看。"

老冯的脸乌黑一块，乌里胀出几点紫。这么粗壮的一个大男人居然露出很羞涩的表情。我们哈哈大笑。一些更小岁数的孩子拿石头去扔冯志强，唱起童谣："大风天，疯子追着蛤蟆跳。蛤蟆跳进嬷嬷家。嬷嬷吓得出门跑。"

冯志强扛着大脑袋，往那个唱得最欢的小孩走去，冷不丁地一拳头击出。小孩的脸上开出一朵花。冯志强好大的力气。我诧异了。陈元庆眼尖："看，这个不要脸的，手里握着石头。"小孩的父亲是个瘦高男人，见状大怒，去捉冯志强。冯志强往人群里一跳，不见了。瘦男人把流着鼻血的儿子拖过来，往老冯面前一戳，大声喝道："你个崽打了我的崽。"老冯一愣，喃喃说道："你个崽脸上咋这样多红墨水？太浪费了。墨水可以写字的。要节约。毛主席说了，我们要增产节约。"说着话，他那双蒲扇大的手在那小孩脸上搓揉起来。那小孩的脸变成被犁过的田，人傻了，连哭都不会。瘦男人想去扯，哪扯得脱？情急之下，抄石头敲过去。血咕嘟吐嘟冒。老冯摸摸自己头上的洞，看看自己手上的血，用奇怪的口气说道："哪来这么多红墨水？"大家眉开眼笑了。就有人高喊："老冯，墨水在你脑壳里，你把脑壳敲开，你儿子的墨水就用不完了。"老冯听了这话，马上拿石头往头上敲，敲了两下，嘀咕道："老师改作业用红墨水，我儿子写作业是用蓝墨水。自强，自强啊。"老冯不记得他刚才打儿子的事了，喊着儿子的名字，在人堆里拐着脚小圈地跑，还东瞧瞧西瞅瞅。人群哄一下散开，怕被这个疯子当成冯志强。大家远远地看，别提多开心了。

陈元庆的笑容仿佛是语文课里的句子。我说："冯志强的爸是不是老这样神经?"陈元庆说:"狗屁。他是人来疯。人走了,他就安静了,晓得回家烧饭给冯志强吃。"

陈元庆指手画脚,唾沫飞溅。

我觉得陈元庆说得有道理。陈元庆懂得许多事。整个县里的事他都晓得,连县长拉屎时屁股往左边翘还是往右边翘,他也晓得。这不是吹牛。县政府在我们二小后面。在课间操的时候,我跟着陈元庆翻过卵石砌的围墙,去看那些穿四个口袋衣服的人拉屎。厕所在围墙下,夏天熏得死人,冬天冻得掉屁股。我们蹲在围墙上,透过布满蛛网的屋檐,看那些人脱裤子提裤子。陈元庆这个人最缺德,不知道从哪里找来一只癞蛤蟆,用绳子系了,小心地沿着屋檐往下放,等接近预定位置时,一撒手,蛤蟆掉进人家的后脖子里。因为这事,听说县政府还专门派人来二小调查,吓得我与陈元庆好几天只敢贴着墙壁根走。

阳光打在脸上,跟不久前围墙上栽起的玻璃一样。我眯起眼。冯志强手中出现一个黑乎乎的圆形东西。他不断地把削铅笔的小刀往上凑,又一次次挪开,脚还在地上打着拍子。陈元庆的眼睛突然放出光,拿胳膊肘捅我:"磁铁。"陈元庆从地上弹起身,惊疑不定地看着我,望着冯志强手中的那东西。我惊疑不定地看着他,望着冯志强手中的那东西。陈元庆的鼻孔大了,对我点了点头。我小声说道:"磁铁?"

可能冯志强听见了我们的声音,他把手中的东西藏进口袋,双手插进裤兜。陈元庆的眼珠子骨碌转了几个圈,咧嘴笑了,一拍屁股上的灰,往正在操场上玩单杠的国祥那奔去,嘴里还喊了声"驾"。我挠挠头。

2

磁铁，我是知道的。我跟陈元庆去偷过一次，可惜没偷着。陈元庆说，这种东西只有收音机里才有，越大的机箱，磁铁就越大。它啥东西都能吸，是个宝。要不，收音机咋那么贵哩？就全靠它吸住了各种声音。陈元庆二哥的家在吉民巷。攀上围墙，屏气提腰行上二十余米，就到了在百货商场门口摆小人书摊的老头儿的家。屋脊两头有着月牙状的弧。抓着它，肚皮贴住瓦片，头伸下屋檐，就可以看到屋内那台老式的晶体管收音机。它真大，跟我妈的樟木箱子一样大。陈元庆说："知道不，里面的磁铁足有你脸大。"我小声地笑，不敢想象比我脸大的磁铁会是什么形状。收音机旁有一个竹套的暖水瓶、一个掉了瓷但依稀可见到"先进工作者"红油漆的茶缸。摆书摊的老头在听新闻，在喝开水，在用剪刀与糨糊粘贴被撕烂的小人书的纸页。陈元庆眼里有炽热的光，对我打了一个响指说，等会照计划行动。天赐良缘，不可错过。陈元庆真是瞎用成语。我微笑起来。这个计划是我想出来的，一直没有机会付诸实施。这不，那天晚上，陈元庆二哥的岳母病了。机会终于光临了我们这两个有准备的人。我点点头，觉得自己是加里森敢死队的一员。我们像壁虎一样蠕动，下墙，蹲身，做扩展运动，各自用力吸了几口气。陈元庆说，这叫天地元气，吸进到肺里，就能胆大心细。我们互击巴掌。我跳往暗处，陈元庆朝老头儿家门口走去，叩打门环："李爷，我二哥叫你过去一趟。他老婆的妈又犯病了。"门开了，老头儿探出枣核似的猴头。陈元庆挤身入门，反手悄无声息拧上锁的搭扣，嘴里又把刚才的话重复了一遍。

老人披上衣服，关了收音机，拿绒布盖上，与陈元庆一前一后出了门。他们走远了。我闪入门内，直奔到那巨大的收音机前，伸手去搬。哪搬得动？发了抖的手根本不足抬起它，就更甭提抱出屋。这个该死的收音机，比我妈的樟木箱子沉多了。我有点恼怒，目光落在老头儿留下的剪刀上，拿起它，去撬收音机的厚木板。剪刀在机身上留下几个小小的窟窿。我被自己的动作吓住了。胸腔里的那些天地元气一下子全不见了。我突然觉得屋里有个鬼在看着我，并发出一种呼噜呼噜的声音。我害怕了，放下剪刀，飞蹿出门，把屋子与小巷迅速甩到身后。当我跑到东门桥，陈元庆从桥头蹿出，叫道："搞到了？"

"搞个屁。他家里有人。"我一屁股坐倒，抹掉嘴角白沫，在地上摊开四肢，用拳头轻捶胸膛，吓死我了。我没敢说是自己胆小，怕陈元庆鄙夷我。陈元庆在我身边坐下来，双手抱膝，叹道，一定是李成刚从区里开会回来了。真是的，早不回来，晚不回来，偏偏这时候回来。怎么车子不会在路上翻了啊。陈元庆的眉毛一跳，用肩膀撞我，说："我二哥讲，有种机子，不仅有声音，还能在里面看到人影。那里面的磁铁一定大得不得了。说不定，比你屁股还大。"我皱起眉："有这样的东西？"陈元庆说："咋没有？我二哥说有，那就一定有。不过，二哥说，那是外国人发明的，专门来对付中国人的。是蒋介石派特务带进来的。只要打开它，它就会马上把我们的影子吃掉。我们就会没了魂魄。哼，美帝亡我之心不死。"我挠挠头。月光洒下，有着香味儿，是一瓣一瓣的。它们静悄悄地浮在空中。我与陈元庆的影子,小小的,是两块不管怎么蹦怎么跑怎么跳都甩不脱的狗皮膏药。我抬头看了看天穹中那轮光华万千的玉盘,怪叫一声,从地上跃起,伸展开双臂,嘴里嚷道:"要是影子不见了,那我们就能飞了。就像嫦娥一样。飞呀飞。"

"飞你个头。你连个收音机都不敢抱,还做飞到天上的梦。"陈元庆一脚踹在我屁股上,嘴角露出冷笑。我愣了,马上反应过来,我都忘掉这茬事了。按计划,这个狗娘养的在把李爷带到他二哥家后,应该赶来与我一起抬收音机。我的计划怎么可能出错呢?我都想了整整一个礼拜,每个细节都无懈可击。怪不得屋子里有呼噜呼噜声,肯定是他躲在旁边暗笑。我破口大骂。我们扭打成一团,最后不得不颓然松手,我们都是胆小鬼,没有做贼的勇气。在这一点上,我们远远不如冯志强。冯志强就有本事弄到许多不知道什么来历的好东西。

3

我愣愣地想,用手背抹嘴角淌出的口水。陈元庆蹿回来,一脸怒放的花朵,手往我肩膀上重重一拍:"国祥说让我玩三天。"我脑子一下子没转过弯,说:"玩什么?"陈元庆嘿嘿乐道:"磁铁啊。"陈元庆用手指头捅了下我的胸,小声嘘道:"看,国祥已经召集了人马。"我顺着陈元庆的手指望去,国祥已领着四五个孩子朝教室奔来。我乐了。冯志强真蠢。他一定没看多少小人书。匹夫无罪,怀璧有罪。这是小人书上写得明明白白的事。他竟然还敢把这样好的东西拿出来显摆。他又不是没吃过亏。我见过国祥教训冯志强，比县剧团那些腰肢细细屁股大大的女人捏着指尖唱的采茶戏要好看一百倍。知道什么是"弹卵子"吗？国祥发明的。国祥按住冯志强，扒掉裤子。大家轮流上前，用指头去弹他那个蚕蛹样的东西，顺便欣赏他的尖叫，真是不要太有趣了。那蚕蛹样的东西会一点点变大，变得跟树枝一般硬。国祥再从兜里摸出根缝衣服的针，去扎，每扎一下，冯志强就弹一下，扎得急，弹得也越急，好像身体里装了一个开关。

我咯咯笑出声。陈元庆双手抱在胸前，吹起口哨，吹的是"小小少年没有烦恼"。国祥大步流星来到冯志强的面前，劈手去拽他的招风耳朵。上课铃响了，秃了脑袋的刘老师从走廊那头踱过来。国祥松了手，喝道，下课别走。冯志强的脸已比豆腐还白。冯志强坐教室第一排。我盯着他的后脑勺，与陈元庆交换眼神，不住发笑。哈哈，冯志强脑袋里肯定装满糨糊。见过蠢的，没见过比冯志强更蠢的。他竟然胆敢不听国祥的话，等刘老师打开讲义，他怯怯地举起手，说要去拉尿。这王八蛋要溜。教室里的椅子马上稀里哗啦倒了一片。国祥跟着起身："老师，我要拉屎。"声音还在屋内，人已蹿出门。我们这几个人都蹿了出去。陈元庆最逗，他反应慢了半拍，被刘老师抓住衣袖。刘老师说："你们想干什么？"陈元庆急中生智："老师，他们没带手纸。我给他们送。"刘老师一愣，陈元庆已甩掉他的手。冯志强跑得真快，跟山上的野兔子一样，跑得歪歪斜斜，肩膀甩到脑袋上面了，眨眼便跑出校门。但国祥比狗跑得还快。等到我们赶过去，国祥已经骑在冯志强的身上，在擦头上的汗，嘴里骂骂咧咧。

这是学校旁边一间废弃的祠堂。断壁颓垣间到处是人粪牛屎，并堆满枯枝乱柴。祠堂大门墙上，写有"永远忠于毛主席"的石灰字。堂前有两株粗黑的柏，皆有一个人抱那样粗，左边那株的大半边被火烧过了。柏树的根露在地面上。冯志强的胸口顶在树根的上面。冯志强在翻白眼："国祥，我给你磁铁。我疼。你放开我呀。"

"晚了。疼也没用。你是骨头贱。"国祥摸出磁铁，用牙齿咬了下，藏进裤袋，再用力地掐冯志强的脖子，"叫你别走，你还跑？这磁铁从哪偷的？"国祥的目光落在柏树根边一堆刚从人体里排泄出来冒着热气的粪便，再抬头看看我们，眼里出现一道幸福的光，吩咐我们按住冯志强。他跳入祠堂，捡出一根指头粗细的树枝，在冯志强面前蹲下："叫我'爸'。"陈元庆马上接嘴："他爸是疯子。你当他爸亏大了。"国祥一拍脑袋："对。说得对。还是喂你吃屎。"

国祥用树枝挑起粪便。冯志强闭紧嘴，在我们手里扭来扭去，扭得像虫子。国祥用手指去捏他的腮帮子。国祥的手劲才是真正地大，就一下，便捏出一个洞，一个深深的洞。冯志强流出眼泪，脸上浮出一种绝望的近乎于恐怖的表情。我皱起眉，想说什么，陈元庆一扯我的衣袖。冯志强的牙齿沾上了粪便。就在这一刻，他放弃挣扎，还张大嘴，把那根挑有粪便的树枝头咬断，恶狠狠地咬着，好像在咬肉骨头。粪便从他嘴角溢出。

我们吃了一惊，不约而同地放开他。冯志强在地上来回打滚，跟被鞭子抽了的陀螺差不多，一边哭，一边用手指往嘴里抠。突然，不抠了，抓起地上的屎，往脸上抹，抹得只剩下两只眼球，而且里面的黑越来越少，白越来越多。我们面面相觑。冯志强疯了？我望向国祥。他的眼神有点惊恐。我们往后退了一步。真臭。冯志强真臭。苍蝇朝他飞过去。是那种最爱屎的绿头苍蝇。我们又往后退了一步。冯志强的哭声似被刀砍断了，从地上跳起身，头缩在肩膀里，身子伛着，仿若是地狱里跑出来的鬼，要把我们这些人的模样带到阎王爷那去。冯志强眼里有古怪的凶猛的光，突然啮出牙齿，扑过来："你们吃屎吧。"

我们赶紧后退。冯志强撵着我们跑，好像他是老鹰，我们是小鸡。追到巷子口，冯志强停下来，开始笑，一边手舞足蹈，一边哈哈大笑。我们齐齐站住脚，都为自己刚才的胆怯感到羞愧，但我们谁都没有勇气过去。国祥蹲下身，去捡起地上的石头，骂道："我日他妈。老子今天不给他脑袋开个窍，我喊他爹。"陈元庆小声说道："要是老师知道我们弄疯了他，咋办？"我没说话。国祥没说话。一个绰号叫赤脸的孩子说："他自己要发疯的，关我们屁事。再说他爸是疯子，他肯定被传染了。"国祥手中的石头落到地上。斜阳把我们的影子扔在地上，扔在我们的脚下。我们僵硬着脸，没再说话，转过身往学校的方向走。国祥独自走在最前边。陈元庆用脚去踩国祥的影子，他并不能把影子踩到泥巴里。泥巴里到处都是蚂蚁，像是从泥巴里长出来的。我回过头，冯志强还在那里蹦蹦跳跳。他的样子是那样骄傲，跟戏台上得胜归来的将军差不多。他甚至唱起歌，唱的是"铿铿铿。临行喝妈一碗酒。铿铿铿。苏三离了洪洞县……"我还是第一次听见他唱歌，唱得不错，比陈元庆吹的口哨好听多了。我的头有点疼，有一只绿头苍蝇飞到脑袋里面。

4

冯志强没来上学，几天后，他死了。我是听别人说的。冯志强跑到县城蔬菜队的几户农户家里去偷东西。人家发现了，提起锄头追。冯志强拼命地跑，经过百货商场门口时，在那替人卸货的老冯一把揪住他，问他咋不上学。老冯那时肯定没发病，还记得儿子要上学。冯志强使劲挣扎，叫他放手。那几个乡下男人赶过来。一个拽冯志强，叫他交出东西。一个问老冯是谁。另两个就说，要打死这个偷东西的贼。他们说得起劲。冯志强从裤兜里掏出一团用报纸包了的大便，砸在拽他衣服的乡下男人脸上。乡下男人几个巴掌把冯志强打出血。谁都没想到老冯见了儿子嘴角流出的血，眼珠子就红了，一把夺过乡下男人手中的锄头，就一下，就把儿子敲死了。

我很难受。我不知道自己为什么要难受。冯志强干吗要把屎装在裤兜里？他是不是真的疯了？他如果疯了咋还晓得去偷东西？那是一个礼拜天的下午，我独自走在街上，望着身边灰溜溜的房子，就觉得自己是一大团死寂的水里浸泡着的一只虫子。我走到东门桥上。河岸边开满黄色与紫色的野花。花丛中突兀着很多黑色的石头，非常大，据说是鳌被神灵折断的四肢。细细密密的水流在石头旁边淌过，几乎看不出在流动。偶尔一片黑影自那青得发绿的水底潜过。那是水鬼。水里有各种各样的鬼。每年要捉人去当替身的溺死鬼，河里发大水时救人上岸的鬼，还有专门吃小孩子的鬼——若被这种鬼吃了，就找不到小孩子的尸体，他们消失在水里，仿佛是水的一部分。

我沿着与东门桥相接的一条泥路往河那边走去。国祥与陈元庆他们在一个叫"鸭子巢"的河段处玩水。我常去那玩的。那里的水特别深。只有胆子大的孩子才敢在那里玩。当经过一间低矮的土坯房时，我顺手从门口柴堆里抽出一根细树枝，再从裤兜里掏出铁丝，把铁丝缠在上面，缠出一个钩。

我伏下身子，胸脯贴住地面，一股难以言喻的情绪在胸腔中激荡。天空真高，高得令人绝望，是一大片灰白。微弱的火焰在我心底燃烧。我躲在黑石头后，凝视着河中央那些黑得像泥鳅的身体。他们会蛙泳、仰泳、蝶泳、自由泳。我只会狗刨式。他们的臀部是尖尖的。水吃掉了他们的影子。但他们并没有飞到天上去。我小心翼翼地伸出树枝，在那些胡乱堆在河岸边的衣物里找到国祥的绿军装。我一点都不紧张，也不害怕。我甚至还有闲暇去想小人书里的鼓上蚤时迁。时迁真厉害，可为什么水浒一百单八将，他却排在倒数第二位？树枝以一种缓慢的在我理解之外的节奏，准确地把那件衣服拖回到我身边。我在里面找到我想要的东西，那块磁铁。冰凉的，似乎是一块要在手心里融化的雪。我把它握在手中，小心翼翼地后退。我回到东门桥上，在栏杆上坐下。陈元庆说得不对。它并不是什么东西都能吸。我松开手。磁铁掉下去。水面感觉到了疼痛，出现一个洞，一个深深的洞。

2007 年 8 月 6 日

刘小花与王小玉

陈元庆想不通，刘大贵为什么不与他老婆王小玉离婚。县里的有钱人，有哪个没二婚，哪个不是家里红旗不倒外面彩旗飘飘？这些有钱人中间，刘大贵又是坐前排的。"王小玉是什么东西啊，三十年前的事不提，算是小时候。二十年前老子去她学校办事，一块梅花表忘在会议室，回头去找，没影子。隔几月，我就在刘大贵手腕上见着了。你说她怎么就这么不要脸呢？这也就罢了。刘大贵，老实人，这些年挣下这笔身家，没养情妇包小三，与人搞什么婚外恋，一心一意就扑在他那个厂里。可这个妇人呢……"醉醺醺的陈元庆朝我叉开一个巴掌，又觉得不够，松开另外五根握着酒瓶的手指，一起在我眼前晃了下道，"有名有姓的，起码得有这个数。"陈元庆这是要替刘大贵打抱不平嘛。这个我理解。不过婚姻这种事大抵是脚与鞋子的关系，合适与否只有穿鞋人自个儿知道。陈元庆拍案而起："破鞋就是破鞋，他妈的又不是共享单车！"陈元庆这是逻辑混乱，有哪几个人的新欢不是别人的旧爱呢。我没兴趣听这些狗血故事，王小玉的私生活再混乱，那也与我没关系。我把酒一杯一杯地倒入喉咙。我只是有点想念刘大贵，又黑又瘦又矮的刘大贵兄弟。

刘大贵是我的初中同学，来自龙岗乡下辖的一个偏僻村庄，村庄名我忘掉了，有十里桃花，真是漂亮，有云烟缭绕的浅白粉红，如蹈花海茫无涯际。又如踏足一座梦幻宫殿，那平日里看腻了的土坡山丘，当真若美人坐卧。如此良辰美景岂可辜负？我和陈元庆抄起木棍，不是对打，是打树，打得花瓣如雨，心头快意难当。又扮戏，陈元庆说自己是《西游记》里杏脸的桃妖，捏兰手指，咿咿呀呀地唱，什么"桃李芳菲梨花笑，怎比我枝头春意闹"。

刘大贵怯怯，说："《西游记》里唱这个的是杏仙吧。"陈元庆恼羞成怒，说："《西游记》我没看十遍也有七遍，哪天你到我家去，我再放给你看。我说是桃妖就是桃妖。"陈元庆这不是在强词夺理，是在耍无赖。《西游记》我没看十遍也有九遍半。不是就他家有电视机，他家那还是一个 14 英寸的黑白凯歌电视机，只是屏幕前套了块彩色塑料板，而已。我表示反对，还特意把他刚才唱的歌词大声念出来，这明明是杏仙在嘲笑桃花李花梨花。我与陈元庆打起来。我俩之间的架打得太多了，准确说是哪天不打上一架，就手痒。眼见我们精赤上身，鼻孔里喷出白气，眼里凶光迸射，刘大贵还真急了眼，劝架，喊："元庆说是桃妖，那就桃妖了。又不会少你一块肉。"见我们不松手，又补充一句："在桃树底下打架，小心命犯桃花。"这话把我们吓着了。倒不是害怕这事，而是觉得蠢不拉叽的刘大贵居然晓得命犯桃花这个成语，当然要打他一顿表示欢喜之情，而且打他一顿，说不定还真能早点命犯桃花，就算是桃花劫、桃花煞，我们也不怕。

我与陈元庆立马读懂对方的眼神，扑上去揪住刘大贵胳膊，就把他剥了只剩下一条碎布拼成的犊鼻短裤——我操，俗话说得好，人蠢鸡巴大嘛。破短裤里鼓鼓囊囊一大砣。陈元庆这人坏啊，用脚去踩，还没踩两下，那玩意儿就更见凶悍。我与陈元庆哈哈大笑。

我们去刘大贵家玩。

刘大贵是插班生，特别笨。倒不是积懒成笨，偏偏还非常勤奋，这就让他的笨令人难以忍受。初二了，连二位数的乘除都会搞错，还有那篇《明湖居听书》，老师让他在课堂上朗诵，念不利索，"羯鼓一声，歌喉遽发"，老师都给出正确读音，他再念，还是把羯字读成"羊"，把"遽"字读成"遂"音。结果一堂课就在这里来回车轱辘，大伙儿笑得厉害。

"还真是想打开他的天灵盖，看一眼传说中的糨糊都啥样。"陈元庆无限感慨，去拽刘大贵的耳朵。刘大贵读书不行，有一点好，听话，脸被拽变形了，还老老实实站着，还邀请我们去他家看桃花。桃花有啥子好看的，关键是有了这个由头翘课。我们马上出发。真没想到刘大贵说的桃花不是一棵两棵，而是十余里路，无数棵，接近 π。

桃花好看，刘大贵家太寒碜，山凹里卡着的两间破土屋，最近一户人家也隔了两三百米远。真是家徒四壁。他妈长得不错,就是操劳过度,额头上有几条很深的横贯纹,整个人瘦得薄薄一层,说话也不大利索,身体里没有个魂魄。刘大贵没爹,还有个双胞胎的妹妹,去打猪草了,没见着,屋角见到她用桃木雕的一些木头人儿。我蛮喜欢,本想带个回家,可陈元庆说这玩意儿像历史课本里的木乃伊。又说,桃木这东西很邪,会吸人精魂,倒把我唬住了。土屋里四面来风,坐在屋前看山的青黛,桃林的灿烂,还有那阡陌田畴的寂静,真有点结庐在人间的意思。他妈悄无声息地摆出各种山果给我们吃,没到吃饭的点,就把挂梁上最后一块发绿的腊肉也洗净切好与春笋一起炒了,吃得我与陈元庆几天后上吐下泻,但没有丝毫怨言。真是太好吃了。哪怕他妈再端来一盆,我们也会立刻拿起筷子风卷残云。刘大贵没事,他只挟了几块笋。他这是谦让,所以有好报应。这个道理我们懂。陈元庆去吓唬刘大贵,有气无力地挪到他身前:"你妈给我们投毒,要不要我去跟我叔说一声,让公安把你妈抓去?"

刘大贵眼泪快吓出来了,一个劲儿地说他妈不是有意的。陈元庆坏笑说:"我知道你妈不是有意的。不知者不怪。可我现在走不动路了,你说这事咋补偿?要不你给我当马骑?"刘大贵真的趴下身子让陈元庆跨乘其上,在山坡上爬了一个来回,脑门上的汗出了一层又一层。又让我骑。我弹他脑门:"刘大贵啊,你这样以后到了社会上会吃亏的。"刘大贵笑得跟个白痴一样:"没事。吃亏是福。我妈说过的,吃亏是福。"陈元庆来精神了:"那把你鞋底藏着的那五块钱给我们买麦乳精。"刘大贵立刻像是被枪打中了,眼神就像一条可怜兮兮的小狗,嘴里还有小狗挨打后那种尖尖的短促叫声。半晌，他抖抖索索去脱鞋子，脸上有了一层极难看的青白惨色。

　　陈元庆这是与刘大贵在开玩笑。刘大贵平时有多么窘迫，我们看在眼里。这五块钱是他拖欠了很久的课本费。是他妈临走时塞他手里的。陈元庆再不要脸，也不至于动他这笔钱的心思，就是想看他会不会拿。他还真往外掏了。真是人善被人欺，哪天饿死街头也是有可能的。我们嘲笑刘大贵的傻笨，在草地上快乐地翻着跟斗，练起凌波微步与独孤九剑，刘大贵就扮被我们刺中的金轮法王。

　　我喜欢刘大贵，主要是喜欢去他家路上的那片桃林。"桃之夭夭，灼灼其华。之子于归，宜其室家。"这十六个字的意思我还是懂的。在这样一片桃林边住着的人，再坏也坏不到哪里去。陈元庆对此持相同看法，很快，我们三个人打得火热。陈元庆在校教工宿舍楼那边偷香肠萝卜干，慷慨地分给刘大贵一些，算是没白吃他妈做的那盘腊肉春笋。刘大贵给我们讲那片桃林里的种种故事。说民国期间有一个饥渴的外乡人到他们村，得善心人给了水与食物，临别时就取出一个桃核，扔到土里说是馈赠。大家没当回事，哪晓得第二天就见十里桃花。又说咱们县出的那个大名鼎鼎的黄将军，当年与鬼子打游击负伤逃到桃林里。那么多鬼子在桃林里搜来找去，愣就是没有发现眼皮底下的将军，这是桃林在保佑呢。还有什么附近十里八乡的单身汉若在月圆之夜，跑桃林里焚香祷告，隔不了多久就能有媒人入屋，喜结良缘。等等。

这些故事听上一遍还蛮新鲜，听上两三遍就索然无味。刘大贵的口才太差。陈元庆打着哈欠去拍刘大贵的同桌王小玉："刘大贵说去桃花树下转，就能走桃花运。你要不也去龙泉寺前那棵红杏树下转几圈吧。"

王小玉与我俩同窗三载，胖，脸上有很多青春痘，是泼辣货。与老师吵架，能从台阶下滚到台阶上。吵架时的词汇量真多，跟蜇人野蜂群一样。成绩不错，中考时放了一个不大不小的卫星，考取师范学校。这算是小中专，属于干部身份，国家包分配。类似这种学校还有农校、林校等，全县考上的人总共才五个人。以师范学校最好，最适合女生，念书时不用掏学杂费，学校还另外给几十块钱伙食补助。大家很羡慕，包括学校里没有正式编制的老师。以后王小玉就是吃公家饭的人，用陈元庆的话来说，这与我们这些将来的社会渣滓有了本质区别。

陈元庆说这话时，王小玉的爹，龙岗乡财政所的所长，在县长征路德月楼摆了几桌，以为庆贺。连桌上发的香烟，都不是红梅，而是那十几块钱的玉溪。玉溪啊，那是只有县长这个级别才抽得起的牌子。我和陈元庆蹲在对面巷口，看着德月楼门里那些饱食之徒，闷闷不乐。陈元庆说："你说她是不是抄的？"我白了他一眼："有本事你也抄啊。"我安慰他，不管怎么说王小玉也算是为我们班争取了荣誉，作为班集体的一员，我们也与有荣焉。陈元庆爆粗口，说放屁。又说："再过二十年，你是街头乞丐，我相信她从你面前路过的时候，会往搪瓷盆里扔一个钢镚。我也会扔，起码扔两个。"陈元庆的嘴太损。

我们打成一团，嘴里大呼破剑式、破刀式，半晌又觉无趣，各自松开，异口同声叫道"少壮不努力，老大徒伤悲"，再捧腹狂笑，把这突如其来的让人心神恍惚的失落感抛开。少壮，那离我们还远着呢，我们不再是孙悟空与哪吒三太子，但还可以是令狐冲与韦小宝，是楚留香与四条眉毛的陆小凤。我们不知道未来有什么在等着自己，更不晓得时代与我们羡慕的这批人开了一个多大的玩笑。当年县里五个考取小中专的，除王小玉一人外，另外四个人现在都过得不好。

我有二十年没见到刘大贵与王小玉。不是故意避开，算阴差阳错。我让陈元庆发来他手机里的照片。陈元庆找半天，没找到，还是我提醒他用百度关键词图片搜索，在本地论坛找到一张。不知道是谁拍的。刘大贵基本没变，算是"又黑又瘦又矮"的岁月沧桑版，穿着一套不合身的名牌西服，一只裤管高一只裤管低。可能是因为刮了胡子后的那个铁青下巴，还有点威严感。让我吃惊的是王小玉。一袭浅蓝色的碎花高领旗袍，性感，身材也好，有妇人之丰腴，又颇有点女性知识分子的气质，光丽艳逸，五官神态里一点也看不出陈元庆说的不堪。如果说王小玉这个年龄段的妇人之美有十分，她起码有七分半。刘大贵为什么没有与他老婆王小玉离婚？这张脸能说明部分问题。一个人四十岁以前的脸是父母决定的；四十岁以后，是自己决定的。倒是他俩身后那个东张西望的小伙子，眉宇间满是嚣张与不耐烦。这是刘大贵的儿子，年轻，帅气，按陈元庆的说法，在县公安局上班，最擅长的就是以谈恋爱的名义勾引那些长得很漂亮又很穷的姑娘,再与她们分手。

陈元庆唉声叹气:"知道吗?老子有天在茶馆闲坐无聊。这个短命鬼一个上午分别约了三个姑娘进来谈分手,愣就把分手这种狗血剧情提升到艺术层面。真是大开眼界。"陈元庆想不通,刘大贵这个笨蛋咋生了这样一个能说会道的儿子,说肯定是隔壁老王下的种。陈元庆这是发癫。白痴也能在刘大贵与他儿子这两张脸上,看出遗传基因的强大力量。还有,刘大贵若真是笨蛋,他也发不了这么大的财。他只是没有读书考试的才能罢了。天晓得陈元庆与王小玉有多少恩怨过节。我往喉咙里倒了一杯酒。陈元庆的手指头在屏幕上指指点点:"看见了王小玉没?瞧瞧,刘大贵像她牵着的一条泰迪犬呢。"

陈元庆这个比喻过分了。再怎么说,刘大贵脖子上又没有套一根铁链子,还有,泰迪犬哪有这样神情木讷一脸愁苦的,松狮犬还差不多。我点开 P 图软件,一番修饰加工,几分钟后发回给他。陈元庆笑得打跌:"你丫还是这样焉坏。"我哈哈大笑,又与他促膝谈了一些陈年话题。我每次回老家,都喜欢与陈元庆吃饭聊天,但今天有点不适,神思恍惚。陈元庆可能也发现了什么:"受风寒了?要不要去泡泡温泉。给你推荐几个好技师,手法真是没得说。"

我谢绝了,起身告别,离开德月楼。

天空中有灰色黑色紫色白色……是牛奶白,还有牵牛花状的淡蓝色,牛奶白浸在淡蓝色里慢慢洇散。这些奇妙的色块恍若生命体,在这个黄昏的下午,按照某个不可知的意志构成了若干个接近于阿拉伯镶嵌画那些复杂而又对称的精美图案。图案在旋转，又犹如凡·高笔下的星辰旋涡，幸好它们只是须臾，否则望见这瑰丽之景的人多半要迷失其中，忘了自己的肉体，童年记忆，时代变迁造成的纷纭万象，数十年辛苦学习到的知识，被一种接近神圣的静默所攫，无法言语，不能思考。更严重者还会浑身都颤抖起来，如同得了伤寒，如同我。

幸好不远处的街头有张长木椅。

这种街头木椅是县里近年才出现的事物，木椅背靠嵌有一行广告语，"永福木艺，美好生活"。永福木艺是刘大贵搞的厂，一共在县里的主要街道上安装了四百张。这事还害得两个副县长在县常委会拍桌子吵架。分管工商与城管的，说这是室外广告，要征收费用；分管民政与县财政的，说民营企业家自掏腰包为群众办实事。老百姓们各种点赞。政府赚了面子，还再收钱，这就说不过去。这是打击民营企业家造福乡梓的积极性。这事就不了了之了。但陈元庆现在是工商局的副局长。这件事估计他与王小玉之间有过不愉快。

有件事我一直没对陈元庆说。当年那次去刘大贵家不久，我又独自去了。纯粹就是喜欢那片桃林，没坐班车，偷骑我爸那辆永久自行车，早上踩着露水出发，到那片桃林时，露水还在花瓣上。我一个人在桃林里蹦呀跳呀唱呀，把平时在陈元庆面前藏起来的酸腐气尽皆吐露，面对空荡荡的林子，学在某本破书里看到的神仙，握掌成勺，"以勺酌取花色，作倾泻状"，附庸风雅，一口气背了几首与桃花有关的诗，觉得天地有大美，就差花萼里钻出来一个美貌桃仙，携手同游。还打醉拳，跟跟跄跄，一脚踏空，差点摔成脑震荡。那时的我浑以为这片桃林是属于自己一个人的舞台，根本没发现林子里还有一双眼睛。见我跌得狼狈，这双眼睛的主人扑哧笑出声。我开始还真以为世间真有神仙，转念一想，哪有桃仙穿得这样破烂。长得真好看，巧笑倩兮，美目盼兮。是刘大贵的妹妹。后来才晓得她叫刘小花。我很难形容那个中午在桃林里的心情。从来没有一个同龄异性对我如此温柔。见我额头流血不止，把桃花放唇齿间嚼碎，敷上，再从袖口扯下一块布，细心包扎妥当。说桃花泥可以止血。又笑得前俯后仰，说我就像一个大马猴子。

刘小花知道我是她哥哥的同学。那天她打完猪草看到我们在，没好意思进来，在屋后面一边雕木头人儿，一边听我们说话。又说，知道我喜欢她雕的木头人，高兴坏了。还特意雕了一个桃木观音，想看哪天再送给我。让观音菩萨保佑我耳聪目明，以后考上大学。

把刘小花比喻成山林里的精灵显然不妥。她像一个梦，让我每天早上醒来皆如坠梦境，唯有在她身边，才觉得世界的真实性。我不知道这算不算初恋。反正用我妈那时的话来说，是神经不正常。我问刘小花为什么不去念初中。刘小花很勉强地笑，转过话题，念起我背诵过的"去年今日此门中，人面桃花相映红"，说她有时会拿刘大贵的课本看，又说小学课文那篇《田忌赛马》好多错误，比如"齐威王"是后人封的，生前哪可能这样叫呢。又比如这篇文章最大的毛病就是对比赛规则的不尊重，说好马分上中下三等，要上马对上马，中马对中马，下马对下马，哪可能随便篡改规则呢。

我听得目瞪口呆。

课本怎么可能错呢，但我又无力反驳。我只能辩解说书里这样写肯定还另有深意，只是我们年龄还小，不懂得其中的微言大义。又问她，是不是有人教她。刘小花摇头，说是自己瞎琢磨的。刘小花只念过小学，她怎么就能说出这些让人头晕脑胀的话，难道真有桃花女仙附体？那时的我还根本不清楚她的这些三言两语，就如同火，让我在未来的求知生涯里，渐渐明白了白纸黑字写着的，未必就是真理，同样可能是欺骗与谎言。如果说我如今的魂灵是一团风暴，那她即是肇始之因，是源头，是世界的重启。

我是到了三十岁之后才知晓了刘小花对我的意义。等到我知晓后，我已经找不到那个曾经视若珍宝的桃木观音，那个每天晚上搂在怀里睡觉的桃木观音，那个通体温润、眉如新月的桃木观音。它被我扔火里烧了。

某种意义上，刘小花是我害死的。

初中毕业那年，龙岗乡出了一件事，两个女孩子跑到山上玩，其中一个坠崖了。坠崖的那个女孩没摔死，醒来后一口咬定说有人在她身后推了一把。当时在她身后有两个女孩，一个是乡财政所所长的女儿，也就是后来嫁给刘大贵的王小玉，她俩结伴同行的。另外一个就是刘小花。

刘小花是在山上摘野果子碰到她们的。摘的野果子她会拿到集市上卖。最好卖的是一种俗名青龙果的,价钱也好,多半长在悬崖边的石头缝里。

刘小花说,她提醒过这两个疯疯癫癫的女孩儿山顶危险。刘小花说,她确实看到王小玉推了那一把,不是有意,王小玉拍完照跳下山顶巉石时,身体失去平衡。刘小花说,王小玉的爹找来,让她自认无意推了那一下,就给她一笔钱。刘小花说,她拿不定主意是否要答应下来。刘小花还说了很多。我那时都不想听,说实话,我都很意外她来找我,又是怎么找到我家。我们的关系从初三下学期开始后,渐趋冷淡。我很不耐烦地说:"这种事你自己看着办。"那时的我根本不晓得这笔钱对她来说意味着什么,也不清楚这事的后果。总之,她跑到我家时,我没多加搭理。我是恨她的,也不能说全是恨,还有羞恼与诅咒,一种极复杂的情绪。那年早春寒假的第二天,我赶了几十里路,本想给她一个惊喜,却于一片雪色狰狞里,于门缝间隙亲眼看见她与刘大贵光着身子抱在一起,还在断断续续抽泣——这个可怕的秘密我发誓要带到棺材里去。

那时的我是她唯一可商量的人。她是那样信任我,而我辜负了。她走了,对人说是她无意推了那一下。那个坠崖女孩儿的兄长在路上拦住她,拿锄头在她头上敲了一下。就一下,她死了。

刘大贵没上高中,他没考上。刘大贵的妈就不应该让他念初中。刘小花告诉我,她妈捏了两个纸团让他俩抓阄,抓着"上"的就继续念。她妈让刘大贵先抓。她抢先抓了。她事先没偷看,但她就是相信两个纸团上面写着的都是"上"。她妈很聪明,她对我说。她不想让她妈再编瞎话。她妈编瞎话的样子看着太难受了。她抢先抓了后，直接扔嘴里。后来，借口上茅房，把纸条吐出来看了，她是对的。她的聪明是她妈的 N 次方。我都听过她全文背诵课文里的《明湖居听书》，连标点符号都没错。如果是她来念书的话，别说考高中，就是考北大清华也有可能。她亲手葬送了这种可能性。

刘大贵去了浙江东阳学木雕。这是我很多年后才知道。在外闯荡数年后回乡办厂，办的就是桃木雕厂，刘大贵把桃木观音像卖到东南亚，他是靠这个起家的。他亲手雕的观音像庄严妩媚，有慈悲相。真是好，还在国际上拿奖。大家都说王小玉有眼力，在刘大贵还像条狗的时候，这个师范学校毕业的姑娘毅然委身下嫁，但我知道，她这只是还债。

这个债还起来不容易，哪怕她爹那时已荣升县财政局的副局长。如果没有陈元庆说的那几个在关键时候出了力的野男人，刘大贵不可能是今天的刘大贵。工商税务城管消防银行……哪样省事？再说句不好听的，陈元庆之所以这样咒骂王小玉，要么是利益有过重大冲突，要么是曾想当面首而不得吧。这些日子关于陈元庆的闲语我也没有少听。

我还是想去见下刘大贵。二十年没见了。倒不是想不通他为什么不与王小玉离婚。这样维持着就挺好的。不是怕财产分割之类的麻烦事，就是"挺好"本身。就是想见一见，更不会多嘴去问什么，比如王小玉在他心里是不是他妹妹的替身，等等。我没那么无聊。也许我只是想近距离地看一下刘大贵那张脸，看看能否在上面找到一点刘小花的痕迹。

很多事"想一想"就够了，想与行之间还隔着十万八千里路。我从兜里摸出一根烟，是玉溪，当年县领导们才够级别抽的，如今也就是打工仔回乡时抽的，还是那种混得特别不好的打工仔。这个国家的变化真快啊。真是一眨眼，路上跑的北京吉普变成丰田霸道。再一眨眼，刘大贵的那个儿子就从丰田霸道车里跳出来，准确地叫出我的名字，还喊："叔，在这里打望美女啊？"

刘大贵的儿子叫刘思源。

刘思源说知道我与他爹是同学，说知道我是作家，说是我的铁杆粉丝，读我写的小说特别来劲，还买了好多本送人。再总结陈词，说要与我谈一谈。我一声不吭。我在业余时间写过那么几本书，可并不觉得自己够资格被称为作家。我示意他坐下，有什么话就在这里说。刘思源是人精，自来熟，本来已掏出一包软中华，见我递来一根玉溪，马上接来抽了，还吐出几个烟圈，做无比惬意状："小时候偷我爸的玉溪烟，那是我抽的第一根烟。真的，现在抽起来，就像是初恋的味道。我爸这人多好笑啊，自己不抽烟，兜里随时揣着两包，一包是玉溪，一包是中华，是分人散的。中华烟，每晚回家还要数一下根数。你说好笑不好笑。对了，叔，你是啥时学会抽烟的？"

刘思源是打算雇我写本他爹的传，一本民营企业家的白手奋斗史。他爹再过两年就要过五十岁大寿。他想用这个做生日礼物。现在他爹不缺啥了，缺的就是"进入历史"。而他眼里的我，就握着这样一根笔。这样重要的事我当然干不了，虽然他开的十五万，如他所言，的确是行情价。

"叔，你嫌钱少？要不，我再加五万。叔，我爸光屁股的那些事，你一清二楚，都不用虚构，照实写，肯定有血有肉有震撼力。叔，你放心，我不是要你写那种屌丝逆袭的传奇，那不真实，是写我爸这个人。他就是中国改革开放四十年的一个片断，一个缩影。你写这本书，以后说不定可以拿茅奖的哦。"

刘思源还知道茅奖与鲁奖，晓得鲁迅的文学地位比茅盾高，所谓鲁郭茅巴老曹，但鲁奖的分量是比不上茅奖的。这小子为了搭讪文学女青年，下了一番功夫。我的脸部肌肉虽然还保持着在德明楼时的僵硬酸疼，心情却慢慢好了起来。他们这代年轻人确实具有行动力，敢说敢做，不兜圈子，不拧巴，而人生的意义（如果非说一定得有的话），就在于行动。

"为什么不让我写你妈呢？我与你妈也是同学。如果没有你爸，县里就没有永福木艺，但多半还有别的木艺厂。但永福木艺若没你妈的胆魄与智慧，或者说如果没有你妈对政商关系的梳理，对市场机遇的把握，对公司战略的制定……恐怕今天还就是一个小作坊吧。换而言之，你妈才是这个你刚才说的片断或缩影的关键所在。"

我这是在偷换概念。是在给这对夫妻档的创业者挑拨是非。说的也是事实。王小玉嫁给刘大贵后不久，即停薪留职，全身心地投入桃木雕厂，风里雨里酒里眼泪里。一个女人打拼有多难，我们都知道。陈元庆那么讨厌王小玉，也不得不承认她在跑市场、搞管理上有一套。她就是一个天生的企业家。我想听刘思源是怎样回答的。我不喜欢那种抹稀泥打哈哈的说法。刘思源没让我失望，没说"你写我爸的时候，肯定要写到我妈"或

"少谁都不行"之类的话,而是眉毛一提,双手一摊:"叔,我承认你说得对,我妈是贡献大。但我们不是在一个父权社会里吗?再说了,是我爸过五十大寿,又不是我妈。"这话是对的,但既然他把说服我的关键词落在"改革开放的片断"上,其逻辑是不充分的。

我的玉溪烟很快抽完了,接着抽他的中华烟。

我们的话题不知为何渐渐偏离了主题,变得危险起来。

刘思源问,他爹这辈子是否值得。这个问题我回答不了。他的意思我明白,替他爹打抱不平。但我觉得刘大贵这辈子就王小玉这样一个女人也没有什么不好。刘思源没有提他妈王小玉。他对那些风言风语肯定早有所耳闻,大概率还是童年阴影。用陈元庆的话来说,王小玉的那些破事是路人皆知,是大家这几十年来最津津乐道的下酒菜。

我没想到他突然提起刘小花。刘思源的口气有点迟疑,像牙疼。

"我姑姑死前写了一点东西,前几年我在我妈柜子里找到了。是写给你的。说真的,我爸说我姑姑只念过小学,可我觉得她写的字真是好。你肯定知道宋徽宗自创的瘦金体,就是那种铁画银钩的味道。"

这句话把我的肩膀压得往下一沉。沉入水底的沉。我不清楚他都知晓多少事,更不清楚刘小花在信里说了什么。整个人顿时被魇住,在塌陷,又或者说心脏处蓦然一空。这空的颜色迅速黯淡下去,从灰白到黑也就是弹指刹那。是黑洞了,那种时空曲率大到连光都无法逃脱的神秘天体。我不得不用手掌撑住额头。刘思源走了。丰田霸道车真是不错。远去的声音像是蟋蟀的鸣叫。我想起来了，刘小花死后的那个秋天，我又独自去了桃林。还没有完全成熟的果实压弯树枝。我在桃林里一直待在深夜，也没有看到一个桃仙，耳边只有蟋蟀无休止的鸣叫声。

刘思源送来刘小花三十年前写给我的一封信。当年我在门缝里看到的"鸳鸯交颈"，是刘小花用自己的身子替刘大贵取暖。刘大贵被雪冻僵了，他是在找他妈的路上冻坏的。他妈在寒假快开始的一天忽然失踪，没有给她的双胞胎儿女留下片言只语，三十年了，生不见人死不见尸。而这件事我选择性遗忘了。

我回了南京。把自己关在房间里，啥事也做不了，房间里的桌椅皆如惊涛骇浪。

几天后，陈元庆给我打来电话，骂过我为什么不辞而别后，咯咯怪笑。说刘思源找他，想请他帮忙说服我来写本他爹的书。说刘思源这小子还是蛮有点孝心的，还打算灌醉他爹，再为他爹叫上两个去过海天盛筵的外围女模。我没吭声，异常烦躁。陈元庆又用一种极可笑的口吻转述，说刘思源委婉地问过他爹，为什么不与他妈离婚。"你猜刘大贵是什么怎么说的？"陈元庆笑得快喘不过气来，说刘大贵告诉他儿子，说他喜欢她哭。"还记得初中课本里那篇《明湖居听书》吗？说听王小玉哭，就像听白妞说书。刘大贵真变态啊。操，我喜欢。对了，你知道吗？刘鹗笔下的那个白妞是艺名，其原名就叫王小玉，山东梨花大鼓艺人，1867年出生，死于1900年，死因不详。我百度过了。"

陈元庆在微信里迅速发来一段他写的字，说是让我这个大作家鉴赏下：

"王小玉一屁股坐倒，早就憋得不耐烦的泪水，伴随着一声长号，犹如溃堤之水，流量堪称可怖。在这汹涌中，隐约可见一只鳞甲裂开的异兽，一口就把那个原本有着精致妆容的女人吃掉了，边吃还边磨牙。异兽有着惊人的肺活量。干号几声过后，开始有板有眼，一咏一叹，渐入佳境。哭音声音初不甚大，传入耳中，五脏六腑里，便似针尖扎过，无一处耸立；三万六千个毛孔，更像涂过一层沥青，无一个毛孔不难受。唱了十数句之后，渐渐地越唱越高，忽然拔了一个尖儿，像一线钢丝抛入天际，刘大贵暗赞一声，以为这嗓音也就到此为止。哪知这声音于那极高的地方，尚能回环转折。几啭之后，又高一层，接连有三四叠，节节高起，恍若一个特牛逼的登山运动员，山愈险，劲头愈大；劲头愈大，山愈险。这嗓门爬到极高的三四叠后，陡然一落，千回百折，如一条飞蛇在黄山三十六峰半中腰里盘旋穿插。顷刻之间，周匝数遍。从此以后，愈唱愈低，愈低愈细，那声音渐渐地就听不见了。刘大贵屏气凝神，没敢动。两三分钟之久，仿佛有一点声音从地底下发出。这一出之后，忽又扬起，像东方明珠塔上放出的那朵烟火，一个弹子上天，随化作千百道五色火光，纵横散乱。这一声飞起，即有无限声音俱来并发。一时间乌雷滚动，寒光闪烁，雪峰崩了顶，海底开了裂，千万丈狂澜恶狠狠迎向小船，百十头猛鹫凶煞煞盯紧麻雀。刘大贵听得是眼花缭乱，一时间恍恍惚惚，耳边忽听霍然一声，王小玉不哭了，两只眼睛里递出两把刀子，狠狠地剜过来：'我跟野男人睡，怎么了？不睡，哪来这个幸福的家。'"

我挂断陈元庆的电话,眼泪夺眶而出。

挂断电话之前,声嘶力竭地吼出七个字:"陈元庆,我操你妈!"

2020 年 2 月 22 日

扁脑壳

酒过三巡，陈元庆嘴里喷出浓烈酒气，问我是否还记得"扁脑壳"。

陈元庆说的是废话，哪怕我现在感觉自己一泡尿就能淹掉珠穆朗玛峰，也忘不掉这个扁脑壳。我扳过陈元庆的肩膀，口齿含糊不清地嚷："赵郭平！"

身体血液中的酒精含量应该要小于 80mg/100ml。这个有魔法的名字还是像一记凶狠的拳头击中我的胃部，不，还有陈元庆的。幸好桌底下有两个垃圾筒，我们各自抓起，呕了几分钟后，这才抬头相视一笑。也许不是笑，是别的什么。

扁脑壳生于公元 1973 年冬，具体哪天估计他自己也不清楚。吹牛说，他出生那天，天有异象。至于是冬雷阵阵，还是有异香绕室，就不肯说了。谁稀罕他说呢。他那个长得如此荒谬的脑袋，也就是一个箱子——大家喜爱的是敲箱子，不是听箱子说啥，哪怕箱子是黄金打的也不行。不过可能就是因为这颗脑袋的造型，里面脑细胞的排列方式迥异于正常人类,就像同是单质碳原子构成的钻石与石墨,扁脑壳为学校争取了多少荣誉啊!还是一个全科选手,语数外物化,就没有他不擅长的。这些倒罢了,关键是他在课堂上的提问太让人尴尬,连最宠爱他的吕佳慧也不能幸免。比如他说都德的《最后一课》是有问题的,说这个小镇本来最早就是日耳曼民族人居住地。如果说这些被强迫学德语的孩子是痛苦的,那当年被强迫学法语的孩子就不会感到痛苦吗?

吕老师与扁脑壳大眼瞪小眼。我们面面相觑。

吕佳慧,女。我们的语文老师,班主任。师范毕业不久,额头上还有几粒青春痘,根本拿我们这些半大的孩子没办法。长得好,窈窕淑女君子好逑的那个好。说话的声音更好听,捉了,放在树枝头,就是一只百啭千声的鸟。现在这只鸟受了惊吓,我们该咋办?陈元庆振臂一呼:"打倒扁脑壳,打倒汉奸卖国贼!"陈元庆说快嘴了,就算他要喊口号,他也应该喊打倒"赵郭平"。全班哄笑,一起喊口号,你喊扁脑壳,我喊汉奸卖国贼,不太押韵,一样气壮山河。扁脑壳红了眼,红眼有什么用呢,我们巴不得他的眼泪簌簌而下,巴不得他如猛虎出山,亮亮他的一扑二掀三剪。这个怂货就是不肯让陈元庆有机会当武松,硬挺着脖子站了一节课,还把拳头攥得咯嘣直响。天拉个噜,吕佳慧差点急出眼泪。真是我见犹怜。

班上搞结对,好生帮差生,大家要共同进步,一起成为建设四个现代化的四有新人。

吕佳慧诲汝谆谆,好听的声音让我们体内能量澎湃。

扁脑壳抽到陈元庆，当场表示抗议。吕佳慧很无奈，总不能重新再抓一遍阄吧。这不公平。吕佳慧把扁脑壳叫到办公室好说歹说，扁脑壳一言不发。吕佳慧拿手指头戳扁脑壳脑门，戳一下他身子晃一下。我与陈元庆趴在教师楼外的大樟树上笑得肚子疼。

陈元庆冷笑道，这家伙还以为自己是徐庶呢。徐庶进曹营，一言不发，那叫歇后语，人家后来都当右中郎将。知道右中郎将相当于现在啥官吗？中央警卫局的。徐庶不献忠心，能当这么大的官吗？我与陈元庆比赛过默写《三国》里的人名，自愧不如。他还教过我划拳，划三国拳，什么单刀赴会、二嫂过关、三请孔明、四季春秋等等。这家伙若是能把读《三国》的功夫下到学业上，何至于被他爹揍得屁流尿流。

吕佳慧问我是否能与陈元庆交换。我严词拒绝。与我结对的好生学业比不上扁脑壳，模样只能说清秀，毕竟是个女的，男女搭配，学习不累。吕佳慧竖起眉毛，问我是不是打算敬酒不吃吃罚酒。吕佳慧这是要学黔之驴，她太幼稚了。我提醒她，我是未成年人，不可以喝酒。还有，我爹一喝酒就撒酒疯，上个月喝醉后，一拳头把棋友打出鼻血，对了，就是咱们学校里的王副校长。这事就无疾而终。其实吕佳慧只要拿指头往我脑门多戳一下，让她清泉一样的声音淹没我，说不定我就答应了。我最大的毛病就是心太软，尤其是对吕佳慧容易心软。她以为我是一只好欺负的软柿子，我只好让她的这个师道尊严荡然无存。

我想看吕佳慧的笑话，谁让她长得这么好看呢。

笑话没看成。扁脑壳隔天捧着个书包与陈元庆同桌了。我异常费解。吕佳慧是怎么"突然"驯服这位桀骜之徒?这个"突然"里面怕是有许多悱恻动人的故事吧。我与陈元庆打赌,赌吕佳慧有没有去做家访。没有人不怕扁脑壳的妈,扁脑壳也不例外。不仅怕,还有着惊人的孝顺。

扁脑壳没有爹,他妈在农贸市场卖猪脚,讲一口带着山东口音的普通话。个头很高,又丑又黑,偏偏卤得一手好猪脚,逢年过节摊位前排起长龙。扁脑壳站在摊位前双手叉腰,威风凛凛。猪蹄按只论斤卖。一只猪蹄搁上称盘的同时,扁脑壳就能脱口而出价钱。有人不信邪,掏出兜里的计算器噼里啪啦按,就不吭声了。扁脑壳的心算能力真不是吹牛,不用纸笔,别说几位数以内的加减乘除,就算是开根号,他扫一眼就能得出结果。用在算猪蹄上,这叫牛刀小试。

陈元庆不要脸,吹牛皮说:"知道他为什么这么厉害?因为他是我同学。"

吹牛皮倒不打紧,还妄想打同学情谊牌跑去插队,结果被扁脑壳一瞪眼,喝道:"排队!"陈元庆脸上挂不住了,灰溜溜回到队伍后面叽叽咕咕散播谣言,说这猪蹄之所以这般美味,是因为里面搁了一种化学品,男人吃了会长乳房,女人吃了要长喉结。又补充说,这猪蹄是捡县医院后面的死婴熬汤做出来的。还说扁脑壳家就住在县医院后面的积福巷里。陈元庆还真是造谣的高手,最后一句确属事实。

扁脑壳与陈元庆打起来。打架他怎么可能是陈元庆的对手?

陈元庆这人坏啊,故意不还手,顺势倒地撒泼。扁脑壳的妈回摊位了,她刚才是去附近换零钱,拿了半只猪蹄塞给陈元庆,喝令扁脑壳要搞好同学关系。陈元庆是老顾客，扁脑壳的妈认得他是儿子的同学。扁脑壳不肯，说陈元庆造谣。陈元庆赌咒发誓，收了猪蹄扬长而去。临走前，还用那种挑衅的眼神故意瞅扁脑壳。扁脑壳气疯了，要去追打。扁脑壳妈拿棒槌痛殴，还罚跪，在人流熙攘的农贸市场。

扁脑壳的妈真是不讲道理。

陈元庆挑起一个大拇指："不过我喜欢。"

我们并肩站在市场后面的丘陵上，农贸市场内的一切尽收眼底。跪在地上的扁脑壳满脸通红，来农贸市场的人像看怪物一样看他。看得出来，他很想起身跑掉，可他不敢，拧颈犟脖把身板越跪越直。还是他妈在他屁股上踢了一脚，他这才起身跑掉。时值正午，阳光猛烈，这人世间的辛酸悲伤我突然略有所感，准确说，是某种复杂而又精细的刺痛感在心脏处扎了一下。但这种小布尔乔亚式的刺痛感，在陈元庆慷慨分给我的美味猪蹄面前，实在算不得什么。我大快朵颐。陈元庆脸庞上有一抹紫红，晃动油渍双手傲然道："心算快有个屁用，也就是半只猪蹄，老子想咋啃就咋啃。"

我与陈元庆的赌约没有结果。我还故意找吕佳慧旁敲侧击。她哼了一声，没搭理我。这让我很生气。我扯起脖子对她嚷道："扁脑壳是猪油蒙心才会答应与陈元庆结对子。"

没人比我更了解陈元庆。他就是病毒，比脑膜炎还可怕。

三个月后期中考试，陈元庆的年级排名原地踏步，继续倒数第三；扁脑壳大踏步倒退，从第一掉至第四十三名。

我问陈元庆是不是偷偷拜星宿老怪为师，学了那损人不利己的吸星大法。

陈元庆表示，除了虚心请教，他啥也没干。龟孙子真当我是睁眼瞎。上课动辄就拿笔去捅扁脑壳，嘀嘀咕咕个不停。我纳闷的倒不是陈元庆的这些小动作，而是他到底说啥了，扁脑壳会这般忍辱负重，不，这个成语不准确，是甘之若饴。好奇心害死猫。龟孙子又是只老鳖，咬死不松口。我把手上刚借来的坦克大战游戏卡扔去，承诺让他痛痛快快地先玩上一周，陈元庆这才露出一脸淫贱，吐出三个字，吕佳慧。我丈二和尚摸不着头脑。龟孙子一脚往我裤裆踢来。我挥出凶猛拳头。陈元庆这才老实了。

还是拳头讲的道理让人服气。

果然是吕佳慧。只要是与吕佳慧有关的事，连我这种智商都知道是胡编乱造的，扁脑壳都能听得津津有味。更让我啼笑皆非的是，陈元庆把他姐的棉布内衣说成是吕佳慧的，卖了扁脑壳十五块钱。十五块钱啊。我也曾在百货商店的女性用品柜台厚颜无耻地趴过。同样的东西顶多三块钱。我总算搞明白陈元庆这段时间出手豪阔的原因，掐在他脖子上的力气情不自禁加大几分。陈元庆有姐姐，我也有啊。我不是陈元庆这种龌龊之徒，不可能把我姐的内衣拿去卖，卖卖袜子总可以的吧。顶多再买双同样款式的袜子塞回我姐衣橱就好了。

我俩掐成一团，良久这才不情不愿地互相松开，瘫在草地上直喘粗气。

陈元庆说："扁脑壳喜欢吕佳慧。"

陈元庆这是脱下裤子放屁。这段时间陈元庆从扁脑壳那里搞来了两百一十七块钱，口风极严，没有对我泄露一星半点。还好意思觍着脸问我要游戏卡。这还是兄弟吗？这才是重点。我提醒陈元庆，他这是见财忘义。陈元庆还好意思分辨，说怕打草惊蛇，一旦人多嘴杂，扁脑壳的智商就恢复了，还有他卖东西是要讲故事的，编这些故事都杀死了他多少脑细胞啊。陈元庆双手插地，揪着一把青草捧在胸口，扮哀号状："我都说吕佳慧也爱他了。你说接下来我该怎么编？"

爱？

《新华字典》里有这个字，释义我早背得滚瓜烂熟。那种不舒服的刺痛感又出现了，不仅是刺痛，胸口好像被猪蹄踩了下，我跳起身，朝陈元庆臀部狠踢一脚，走了。

我得想想究竟是怎么一回事。

没等我想出一个子丑寅卯，接下来发生的事就跟电影里演的那样，让人目不暇接。扁脑壳的妈拍马杀到学校。我们还在上课，这个暴脾气的妇人闯进教室，俯下身子，一巴掌把扁脑壳打倒在地，还放声大哭："崽，你还有没有一点良心啊。"正是吕佳慧的课。吕佳慧是懵的，眼珠子都不晓得转了。按说这本来就是一个我们都看腻了的"母慈子孝"的典型套路，扁脑壳居然反抗了，摸出铅笔刀在手掌上重重一划，还朝他妈吼："你再打我一下，我就死给你看。"太滑稽了，扁脑壳脸上的表情跟课本里那些英勇就义的烈士没啥两样，还把那寸许长的小刀搁脖子上。

吕佳慧不该多事的。不晓得是哪根神经搭错，身体恢复了行动能力，拦在这对母子中间，一声清咤："滚出去！"说出去两字就行了，为啥要多加一个滚字呢。可能是吕老师太习惯对那些排队追求她的男人说这个有着奇异力量的字，校工的儿子，那个在影剧院的帅哥，每次听闻后皆急急如律令。

妇人的黑头发在飘动。

这是要使出《射雕英雄传》里梅超风专擅的九阴白骨爪的前奏吗？

我与陈元庆交换了眼神。我们万万没想到，扁脑壳竟然用滴血的左手将吕佳慧一把拽到身后，还胆敢朝他妈挥舞起小刀。这是赤裸裸的狂妄挑衅啊！

妇人露出一副"哀莫大于心死"的表情，隔空劈手拽住吕老师的头发，拖拽倒地，说她是婊子是狐狸精是贱货，又抓又挠，还撕衣物。我们吓傻了。扁脑壳还算清醒，扑上去抱住他妈，跟母鸡打啼一样就说不出啥了。这有个屁用。我们慌乱冲上，赶紧把这个眼看要变成悲剧的闹剧分开。

扁脑壳的妈瘫坐在地，手指上还缠着几绺长发，那是从吕佳慧头上扯下来的。妇人从裤兜里抽出一件棉质内衣，还有一个日记本，看样子随时可能晕厥，说出来的每个字却跟打雷一样：

"我的崽，你欺负你妈不识字是不？你妈从早做到晚，供你上学，你怎么就有脸做这种事？你偷妈的钱不打紧，你的精气被狐狸精吸掉了会死的。我的崽，你晓不晓得啊？"

我瞥了眼陈元庆。他那种无辜的表情我太熟悉了，龟孙子心里笑得直抽筋呢。我也想笑，尤其是妇人最后说的那两句话，但我必须忍住，因为吕老师真是太无辜了，太惨了。一脸烟霞化作惨白，浑身打战，双手紧拽衣襟，眼神是直勾勾的。日记本上估计就是陈元庆那些瞎话吧。可扁脑壳当真了,扁脑壳的妈也当真了。唉,不是一家人,不进一家门。

我毫不犹豫地出卖了陈元庆。我指向这个龟孙子的手势是那样坚定,话语是那样简明扼要:"内衣是他姐的。他把这些东西说成是吕老师的,再从你儿子那里骗钱。"我都想为我的勇气与口才击掌叫好,可惜眼角余光里的吕佳慧的眼神仍然是那样直勾勾的。我的心抖了一下,又抖了三下。我在一个邻居大姐眼里见过这种光,后来她成了一个精神病人,成了我们县一个著名花痴。

陈元庆想逃,哪逃得掉,被围上的几位男同学架住,一时间也不知挨了多少暗拳狠腿。陈元庆惨呼,喊着我的名字,让我记住。记住就记住,我怕这个龟孙子毛,再怎么说我也是正义的奥特曼,打的就是他这种小怪兽。这回轮到扁脑壳妈懵了,眼神惊骇,盯着扁脑壳。扁脑壳的膝盖真不争气,跪下了,嘴唇直哆嗦:"日记本上的话是我瞎编的。"

隔了半晌,也许是几秒,让我们想不到的一幕发生了。

扁脑壳妈可能想明白了什么,扑通也跪下了,跪行至吕老师身前,咣当咣当磕起头——是真磕,这样磕是会死人的——只两下,她的黑头发就变成红头发了。

我们都没吭声,去看吕佳慧。扁脑壳哭了。这还是我们第一次看见他哭,眼泪鼻涕一大把。扁脑壳死死上前抱着他妈。吕佳慧恍若未闻,有女生上前搀扶起她。她未发一言,歪歪扭扭出门,走得很慢,一步一个趔趄。等迈上那排青石阶后,她甩开女生的手臂,越走越快,很快消失在校门外。

扁脑壳妈在教室门口跪了两个时辰,看样子她是想跪到地老天荒。校工劝走了她。我们都很佩服这个神奇的校工，他就说了一句话："快去找你的崽吧，怕是他要去寻死。"

校工说得对，扁脑壳真去寻死了。还是老校工那个在影剧院当临时工的儿子发现扁脑壳的。扁脑壳真是头脑短路，若是我蒙受了这般奇耻大辱，那肯定要先弄死陈元庆再考虑其他。他是直接跑去学校附近的影剧院的五楼顶往下跳。他的运气又实在太好了，被空中乱七八糟的电线拦了一下，当场摔晕，还摔断一条左腿。等他从医院出来就是一个瘸子了。

我与陈元庆绝交了。我倒不怕他报复，他被千夫所指，是肇事元凶。若不是他还有个在教育局上班的妈，他恐怕得开除。但就算他有这样一个能干的妈，他还是因为严重违反校规校纪，被给予了留校察看的处分。陈元庆恨透了我，我也恨透了他，如果不是他编出那么多的故事蛊惑扁脑壳，就不会闹出这些事，吕佳慧还会是我们的班主任。

吕佳慧不当老师了，调至行政岗位。偶尔我还能看到她的匆匆背影，可再也不能近距离看到她那双纤纤玉指。真是玉指，尤其是当它们挟着粉笔在黑板上移动的时候。对了，"芙蓉面，冰雪肌"，我最近弄到一本传说中崇祯版的《金瓶梅》，这六个字用来形容吕佳慧真是贴切。

扁脑壳妈一段时间后又在农贸市场出现了，只是头发白了一半。另外她做的猪蹄没有原来美味了，大家都这样说。还常找错钱。她老了。也正是因为她，我才发现，人的衰老不是一个缓慢发生的过程，而是数日，甚至说是一夜。至于扁脑壳，他消失了，我们都不知道他去哪里了。这倒让陈元庆暗自松了一口气。这段时间以来，陈元庆走路都紧贴墙壁，去哪都挎着书包，书包里藏有一块青砖。他是害怕了。我知道。他怕什么，我们都知道，我们甚至暗暗期待他的"怕"早日成为现实。可扁脑壳就是不见了，也没有谁胆敢问他妈。

三个月后中考。满分 500 分，我考了 295 分，有点差，托我爸的福还是上了本校高中；陈元庆考了 315 分，这简直是匪夷所思的事，按说他考 250 分才正常。我怀疑是他妈直接改了分数。陈元庆仍然与我同班，还被新来的班主任安排为同桌。真是冤家路窄，一个暑假那么好的阳光都没有洗涤干净他那颗被仇恨扭曲的心灵。他朝我嘿嘿阴笑。我朝他嘿嘿冷笑。我们不约而同地在白纸上写下对方的名字，画上一个恶狠狠的大叉，尤不满足，再分别把对方画成各种畜类。

我们是在新来的班主任嘴里再次听到扁脑壳的名字。扁脑壳，不，我们都以为辍学去南方打工的赵郭平同学，跑到隔壁县中参加中考，考了 498 分，比我们县的中考状元足足高出 37 分，且作文满分。据说少掉的两分还是一道数学题少了论证过程扣掉的。新来的班主任满眼惋惜之色。我们的老校长如丧考妣。陈元庆做了一个伸展动作，长舒一口气，现在，他可以扔掉书包里的那块砖，轻装上阵，与我斗智斗勇了。

我们都相信扁脑壳以后会考北大清华，将来还去英国的牛津美国的哈佛，说不定还要参加中国未来的登月计划，成为"人类群星闪耀时"。据说隔壁县中承诺，如果他愿意到他们县读书，不收一分钱，还倒找钱。这个"据说"害得我妈戳了我半天额头。我们怎么也没有想到扁脑壳竟然辍学，跑到县里的天子山当和尚。说是和尚也不准确，主持不肯收他。他就在寺院后的柴房住下，跟着晨钟暮鼓修行。住持拿他没办法，就随他去了。过了半个月，他妈找过来，怎么劝他都不回去，口口声声"如梦幻泡影，如露亦如电，应作如是观"。他妈声称要断绝母子关系，他不理会；声称要跳崖，结果他自个先跑到悬崖边，把他妈吓得半死……这些都是我高二才听说的。总之，等我听到这些事的时候，扁脑壳已经成了天子山龙泉寺的一名小沙弥。

"本是青灯不归客，却因浊酒恋风尘。"陈元庆摇头晃脑，作伽叶拈花状。经过一年多艰苦不懈的斗争，我与陈元庆之间达成脆弱的平衡。我没有嘲笑他的扮慈悲相，只是有点莫名伤感。这世上多的是我与陈元庆这种庸人蠢材，少的是扁脑壳这种天赋异禀者——我是到了高二上学期才真正认识到他的逆天脑力，还真不是那种伪学霸可以相提并论。不过按陈元庆的说法，就算他确实是天才，如果他的天才既不能转化为相对论那样富有创造性的成果，或不能转化为一种对人类社会有益的通用算法，那么他只配作为生物科研样本存在。

又说："你知道这世上干什么事最爽？"

我以为他会说男女那回事，没想到龟孙子的答案是：操纵人心，尤其是操纵一个智商超群者的心魂。

陈元庆洋洋得意："知道初三那次他为啥会考第四十三名吗？就算我做再多的小动作，那些考题也难不倒他。我只是告诉他，考差一点，吕佳慧就会与他来谈心哦。"陈元庆把这个"哦"字拖得极长，双手攥拳，露出邪恶的笑容道："就算他在逻辑运算、空间感知及记忆力上不同凡响，可我必须让他知道这世上还有情商这么一回事，所谓智商在情商方面根本就不算事。"

陈元庆太邪恶了。我提醒他，一个天才就这样被他毁掉了。

陈元庆不屑道："宝剑锋从磨砺出。我这是磨砺。经不过磨砺的剑不可能成为真正的宝剑。另外，我只是给了他选择，他完全可以选择把卷子考满分啊，是他克制不住自己的心猿意马。日记本上的字又不是我替他写的。如果非要说毁，那是他毁了自己。"

陈元庆这是歪理邪说，但我没法反驳他。反驳他也没有意思。他就是那样的人，就像扁脑壳是这样的人一样，我们的命运可能早在体内脱氧核糖核酸的分子结构里写着。

人生很漫长，关键处就那么几步，高考就是这几步之一。

这是一条朴素的真理，我想把更多精力用在学业上。陈元庆也清楚这点。我们没再谈论扁脑壳。但很快出事了，是吕佳慧，她得了怪病，在婚礼前夕。一夜之间秃了顶，俗称鬼剃头，咯血，脸颊还满是淡红色的结块。

学校搞募捐。我问我妈要了二十块钱。陈元庆捐了十块。这个小气鬼。

据说是尿毒症引发的器官衰竭，还有焦虑症等多种并发症。要做透析。县里治了一段时间，就送到省院去了。透析对患者来说很痛苦，还费钱。说是要肾移植。手术费用是笔天文数字，起码得数万，更重要的是，要找到一个匹配肾源太难。吕佳慧在粮食局上班的父亲，还有她的两个弟弟拒绝做移植配型检测，她妈倒是肯，说是血型不合，不能换。现在她家已经是闹翻天了。

"吕老师只能等死了。"陈元庆颇有深意地瞟了我一眼，"听说吕老师嘴里呼出的都是尿味。"

我蹙眉，不介意再揍他一拳。

"吕老师太可怜了，要不，你捐她一个肾吧。也许你是匹配的。剩一个肾不影响生存。你照样可以大吃大喝。"陈元庆突然笑嘻嘻道，"我妈在教育局还兼管工会这块，钱方面也许她会有点办法，比如在整个教育系统搞个募捐，或者去申请什么大病补助。"

我没再搭理陈元庆。我知道我是自私的。如果我身体里有五六个肾，我才会考虑捐出一个。曾几何时，扁脑壳就是这样被他带到沟里，我可不想成为下一个受害者。捐肾这种事，就算吕佳慧家人不肯，那也首先得吕佳慧的未婚夫。吕佳慧的未婚夫在交通局上班，长得又高又帅，真是太讨厌了。我清楚陈元庆这样说的目的。我确实是喜欢过吕佳慧，可我喜欢的是一个"芙蓉面，冰雪肌"的吕佳慧，不是一个嘴里呼出尿味的吕佳慧，她还秃头变丑了。她的未婚夫会取消婚约的，根本不会捐这个肾。我觉得很悲伤。

暑假快过完的一个下午，具体哪天我记不大清了。天空中满是那种鱼鳞片状层层叠叠的云。我与我妈吵完架出门溜达，鬼使神差走到永仁巷。吕佳慧的家在永仁巷47号，一幢二层制式楼房，是粮食局的宿舍——只要给我一支笔，我就能把这幢楼房分毫不差搬到纸上来。这倒不是说我的素描功底有多么强大，而是说我记得关于它的所有细节。

巷子里静极了。几棵树，是合抱粗的法国梧桐，在太阳底下散发出一种很特殊的微弱光芒。其中一棵树下有几个人，围坐在一张破桌四周，沉默着，也不说话，仿佛是泥雕木塑。空气里有臭味，形若实质。他们浑然不觉。很奇怪，我就像是走在梦境里，走在一条又长又陡峭通往黑暗世界的山路上。我加快脚步。不知道自己为什么没有马上选择原路返还。我看见扁脑壳的妈。这个身形高大的妇人站在吕佳慧家门口，垂头若有所思，一手叉腰，一手持粪勺，样子疲惫不堪。木门上到处都是粪便，还有苍蝇。扁脑壳妈脚边搁着两个乌黑发亮的粪桶。粪桶空了一大半。她的头发全白了，上面沾有不少黄白之物。

巷子不算太宽，但足以让一辆小排量农机车通过。我捏了捏鼻子，还没有想明白是怎么一回事，两条腿已带我原路返回，越走越快，最后我是跑出了永仁巷，心慌得厉害。

是陈元庆解了我的心头疑惑。扁脑壳在得知吕佳慧生病后，做了几件事。

他偷了住持的二万块钱（陈元庆说到这里破口大骂，不是骂扁脑壳，是骂龙泉寺的住持，那个慈眉善目的和尚。龙泉寺我也去过，规模不算大，没想到住持和尚能攒下这么多的香火钱。难怪说穷庙富和尚）。

然后他去省医院拿到病历卷宗。把钱匿名给了吕佳慧，是通过省里一家报纸的记者给的，那个女记者连他的面都没有见到。接着他又从身体里割了一个肾给吕佳慧。他的肾匹配。这简直是匪夷所思。严格说起来，他还是一个未成年人，就算他肯，医院里那些医生也不敢啊。

我能理解扁脑壳妈为什么要往吕佳慧家门上泼粪。扁脑壳妈把吕佳慧当成狐狸精。狐狸精是怕秽物的。但我真不知道扁脑壳是怎么办到这些事的。这些事完全超出我的经验范畴。省城啊,我长这么大都还没有去过。在我的认知里,基本等同于蓬莱仙境。陈元庆朝我摊开手。我往他手上放上一元人民币。这是我几天的早点钱。陈元庆的手掌没合上。我想了想,又搁上一张五元的。这是我通过各种手段搞来的零用钱。

"他现在人呢?还在医院吗?"我问。

"他投案自首了。他是从医院偷偷溜出来的。他可真是不怕死。他是瘸着一条腿,捂着流血的腹部走进派出所的。警察最早还以为他是被流氓捅了一刀。"陈元庆噘嘴摇头晃脑,不再吭声,目光炯炯。他这是嫌钱少了。没办法,谁让他有个在派出所当警察的叔叔呢。等到我咬着牙把二十块课本费也搁在那只贪婪之手上,陈元庆这才心满意足揭开谜底——扁脑壳为了做这场换肾手术,绑架了吕佳慧主治医生的宝贝孙子。

答案很简单,可扁脑壳的胆子太大了,他在干这些事时就不害怕吗,他怎么就能干成呢,他是我们的同龄人啊!别说绑架,让我与那些衣冠楚楚的省城人说句话,我也得先咽几口唾沫。更重要的是:他为什么要这样做?

我百思不得其解,就算扁脑壳想当罗密欧,吕佳慧也不是朱丽叶。

"你这个问题我也回答不了。我叔在省城进修时还听说,审讯时这个扁脑壳还有心思与警察开玩笑。说他拿住持这笔钱是问过菩萨的,菩萨还对他比了一个 OK 的手势。"陈元庆挠头,露出一个不怀好意的笑容,"你想知道他是怎么搞到主持的钱吗?"

"不想。"我迅速结束了这场谈话。

我与陈元庆考上大学这年暑假,扁脑壳回来了。不知道他在劳改所经历了什么,整个人是畏缩着的。但就算他是畏缩着的,看上去比他妈也还要高出一截。他妈整个人就是伛偻着的,用个不恰当的比方来说,就是一个问号。扁脑壳是回来看他妈的。他妈已经不在农贸市场卖猪蹄,在积福巷口摆地摊卖一些针头线脑,就那样一块三尺见方的塑料布。他妈经常无缘无故地哭,无缘无故地咯咯怪笑,但不管是哭还是笑,都让人毛骨悚然。

扁脑壳直挺挺地跪在塑料布前的那一幕,我与陈元庆都看见了。我不知道陈元庆脑子里都想了什么,反正这一年来,我常看到他跑到扁脑壳妈那里买些他根本用不着的东西。我也买,还曾遇到过一次吕佳慧,瘦得厉害,戴着顶毛线帽,围口罩,手忙脚乱地把钱扔在塑料布上就逃走了。吕佳慧再也没有一张芙蓉脸了,露出的那一小块脸颊上生满红色疙瘩。钱被风吹散。我把钱一张张捡回来,小心塞进扁脑壳妈的兜里。她跟个木偶人一样,目光呆滞。她不认得我了。我很难过。我很想问一声扁脑壳,他是否真的清楚自己干了什么。等扁脑壳出现时,我又没有问的勇气。我的眼泪出来了。我赶紧扭过头。陈元庆肯定看见了,这回他没有嘲笑我。扁脑壳给他妈磕了九个头。我们都看见了。磕得真响,整个地球都在摇晃。

"女大三,抱金砖。吕老师大扁脑壳六岁,这就是两块金砖。"陈元庆嘀咕道。吕佳慧是不可能嫁给扁脑壳的,这个道理我懂,陈元庆也懂。我们互相看了一眼，用不无厌恶与鄙夷的眼神互相看了一眼，没再说话，就分开走了。我去了南方的一所大学，陈元庆去了北方一所高校。

十几年过去了，期间我们也断断续续听到过一些扁脑壳的传闻。说他去省城做保安，因为一口气刷出数道奥数题，先是被学生家长个别请，再被学校请去当顾问，再后来专门搞了一个国际奥数培训机构。说得有鼻子有眼。我还特意在网上查了一下那家培训机构，打电话过去一问，是另外一个赵郭平。也有说他去了深圳，先是往瘸腿上绑高仿劳力士表当水客，很快洗手不干当了一名职业赌徒，凭借他那颗异乎寻常的大脑与数学才能，在澳门等赌场发了大财。还有更邪乎的说法，说他入了香港黑帮，在云南赌石。眼力贼好，逢赌必赢。也有人说他哪里也没去，带着他母亲回了老家山东乡下，在村口卖农药，后来搞了一个村镇企业……各种说法都有，难分真假。有一个可以确定，到2009年春天，扁脑壳真发财了，不是一般的财，是很大很大的财。这回大家异口同声说，扁脑壳是在股市上发财的。2007年的中国有一个史无前例的牛市。但我总觉得这种"异口同声"有点诡异。这种事还是不去盘根问底的好。这十几年里，我已经看过太多种被包装为励志神话的白手套故事。

我还是情愿把它视作一个屌丝逆袭的传奇。毕竟这种事搁扁脑壳身上不奇怪。但我与陈元庆都不明白扁脑壳为什么要回我们县。据说他妈过世多年，他在县里一个亲人都没有，这算是富贵还乡吗？我们更不明白的是，扁脑壳还掏出两千多万买下我们的母校。也许这是一门赚钱的生意，可肯定不是他所擅长的生意。更让我费解的是，买下母校不久，拖着一条瘸腿的扁脑壳就与吕佳慧在县里举行了一个盛大婚礼，吕佳慧又老又丑，还带了一个八九岁大的拖油瓶。陈元庆发来他俩婚宴上的照片，问："扁脑壳现在找啥样的女人找不到，为什么要找吕佳慧？这是执念，是妄念。扁脑壳这么聪明的人咋就会不明白这道理呢。"我回答不了陈元庆的问题。不管扁脑壳是不是天才，他的脑回路肯定不同于我们这些普通人。

婚礼翌日，扁脑壳死了，心肌梗死。

他死的那天，天无异象，很寻常的阴雨天。陈元庆跑去参加葬礼，简陋得让人心酸。参加过他盛大婚礼的县四套班子的领导一个也没来。吕佳慧的拖油瓶长得倒还算眉清目秀，是一个熊孩子，突然把树枝伸到疾步行走的陈元庆腿中间，让他跌了一个狗吃屎。吕佳慧也怪，明明站在一旁，像没看见。按我们这里的规矩，妻子要替亡夫披麻戴孝。吕佳慧就左臂戴个黑箍，那张被疾病与时间摧毁了的面容亦无丝毫哀悼与凄色。

陈元庆问："扁脑壳这是何苦来着？"他的问题我还是回答不了。

扁脑壳留下的那笔财富归了吕佳慧。这或许是扁脑壳求仁得仁，可惜吕佳慧没福消受，数月后也死了，不是死于肾脏衰竭或其他疾病，也不是死于车祸之类的意外，而是凶杀。她前夫，老校工的儿子，一个半夜发疯的赌鬼、酒鬼，用一把木工斧锤杀了她与他俩的孩子。她从扁脑壳那里得到的，现已归属早与她断绝往来的娘家人。

"你说，扁脑壳这辈子值得吗？"陈元庆嘴里喷出的浓烈酒气真是太难闻了。不过我想我嘴里的酒气不会好到哪里去。我们是同一个物种，同样猥琐的油腻中年男。我们都没有提吕佳慧，她这辈子又是否值呢？我们绕开这个问题，像经验丰富的水手绕开真正凶险的漩涡。倒不是说前面有一望无际的蔚蓝大海在召唤我们，纯粹是肌肉记忆层面的下意识操作，是求生欲在作祟。

"凡人皆有一死，有几个死前能得偿所愿？"

我举起杯，是过期茅台，陈元庆自当上这个狗日的县工商局局长后，就非这种过期五年以上的茅台酒不喝。我们的酒杯碰在一起，叮当一声响。陈元庆的眼眶突然又红了，声音有点哽咽："确实是值，哪怕只有一晚。"这个狗东西此刻的真情流露是真的，但抹掉眼泪后若看我哪不顺眼，再狠狠踩上一脚来，也是真的。

我哈哈大笑，一把搂住他肩膀："来，划拳，划三国拳。"

对了，有个秘密我一直没有对陈元庆说过。扁脑壳从龙泉寺搞来的两万块钱，不是偷的，是那个住持和尚给他的，说是救人一命胜造七级浮屠。这事是和尚亲口对我说的，应该不假。和尚老了，眉毛都拖到颧骨上。而在与老和尚谈论扁脑壳这辈子的时候，我感觉到了一种近乎灵魂出窍的状态，一种宛若置身云端的狂喜。

2020 年 2 月 2 日

人到底是什么
——一个写作者心灵的迷思

《集异璧》的作者侯世达在最新一篇文章里举了一个富有说服力的案例，肖邦的音乐与 AI 做的一段旋律，在他心中所激起的奇异情感与神秘回响并无二致，事实上，后者比前者早期作品更像"肖邦"。

写了二十余年的小说，初心倒还大致记得，最早只是改变，渴望走出小县城，见识那个传说中的风暴大海，而写作所打开的，无疑是一个比日常现实要广袤阔大的存在，直接对接着"人类群星灿烂时"。接着，很多个接着……慢慢觉得写作是一个认识自我、摆脱自我的过程。

首先是认识自我。在这个孤独旅程中，渴望与此时代及其历史、未来建构起重重关系。比如广度上要知道事物的多少，尤其是那些层出不穷的新事物，各种异域奇观、极端性场景；深度上要知道它们各自的腔调及逻辑，知其然，知其所以然；高度上能用一个叙事，通过对人这个主体性的凸现，统摄万象，确认它们互相联系的结构与模型，发现那些真问题（包括老问题与新问题）及其对立面，与那些璀璨星辰一样无与伦比的美；维度上尽可能打通人文学科与自然科学之间的森严界限，毕竟"根据已有的物理理论，我们所处的宇宙在最根本的层面上遵循量子法则"，而文学不仅能完成自身叙事（主要是抒情与修辞），也可对"各种不断精细化的学科及知识体系"进行叙事，让栖身在"知识洞穴"里的人能够彼此理解，形成共情与对话，沟通就是生产力吧。还有温度，始终抱有一个人子应该有的真挚与诚意，他人的不幸即是我的苦，他人犯的罪即是我做过的恶……这些想法，在内心里真实不虚地出现过，像山峰与河流，尽管有沧海桑田的掩埋，只要去找，还是多少能找得出一些蓝田玉暖。

其次是摆脱自我，又或者说知道了"我是我的敌人"。知道自我的匮乏与有限，知道个体意识"自我"的普遍崛起其实是一个很后的事，是基于工业化及现代性浪潮而起。构成社会基本单位的，是沿着血缘关系所建立的氏族，继而家庭，"自我"首先是作为这种血缘关系的一分子而存在的……主要是这个"匮乏与有限"，昨天还在微信上开玩笑说，"真希望平行宇宙的理论是真的，能把各宇宙的那个自己，懂数学的，懂物理的，懂各种学科知识的，一起汇总，说不定就是一个奇点了"。

摆脱自我，倒不是说一个生旦净末丑的戏精上身，而是己所不欲，勿施于人；己所欲，更勿施于人。坦率说，这些年下来效果不大好，那个由分娩而出的"自我"倒有点像关汉卿笔下的铜豌豆，砸不扁，捶不烂。只能说更多的倾听，努力提高一点共情

能力,每日三省吾身。但有个想法却在"认识自我与摆脱自我"这个博弈过程中日渐清晰,即:

肉体或许就是一个被发明的硬件系统,而所谓灵魂(知识与人格)基本等同于不断迭代更新的软件操作系统。

这个说法似乎不大新鲜。18 世纪的法国人拉·梅特里就写过一本《人是机器》,从当时的医学、生物学、解剖学等材料出发,强调肉身官能对人之思维与心理结构的决定,思维不过是生命机体自我保存的本能要求,是大脑的技能,就像可供鸟在空中滑翔的那对翅膀,所谓心灵即身体各零件的功能总和。这种极其粗糙的机械论腔调,自然遭遇了足够多的批判与反讽,三百年来编排出来各种段子引发的笑声至今还在我们头顶飘荡。但问题是 AI 来了啊!这是前所未有之事。

曾几何时,因为"千古无同局",围棋被视为人类最后的尊严所在。到 2016 年,我们都知道了阿尔法狗对人类围棋顶尖棋手的碾压。阿尔法狗还是一个从人类经验(棋谱)出发的算法。一年后,阿尔法元横空出世,就不看棋谱了,只保留策略与价值两个网络树,自我对弈,强化学习。短短三日,对阿尔法狗的战绩是 100 比 0。这意味着什么?是人类的匮乏?人类的自以为是限制了机器的想象力?就围棋原理来看,起码可以说人过去所有的经验都可能是错的,或者是效率低下。

2019 年,马云与马斯克有一次对谈,说棋是人发明供人与人下的。这种辩解听上去很高明,有点人本主义者的意思。细究一下,棋是发明,其根源是对"数"的发现。人在这里没有知识产权。基于"数"，AI 大概率能创造出一种我们人类无法理解的"棋"。围棋在后者面前相当于四则运算对应微积分。如果说我们做四则运算很快乐，这没问题；但不能说四则运算比微积分牛逼。马斯克是对人类这个共同体有危机感的，马云没有。除了一个商人的现实逻辑外，这也与东方哲学里的天人合一、顺天知命的精神有关。

阿尔法元，这个"元"字意味深长，是指一个新纪元的开启吗？

芯片业有个摩尔定律，隔 18 个月，性能翻番。斯坦福大学的 AI 指数 2019 年度报告认为，AI 总体算力三四个月翻一番，再加上谷歌宣布的"量子霸权"（其研发的量子计算机在 3 分 20 秒内完成传统计算机需 1 万年时间处理的问题），这又意味着什么？

再看看那些正在我们身边发生的现实吧。可以肯定地说，以 AI 为首的，融合生物技术、大数据、云计算等为一体的新技术革命将彻底重塑这个星球。这是一个对支配世界运转的底层代码的重新书写，一个如同命运交响曲的澎湃书写，也是一个具有凛冽北风残酷性质的书写过程。人的数字化不可避免。包括这次全球疫情风暴，也在加速此过程。

AI 在变得越来越像人，而人在变得越来越像机器。

这很荒谬。一个让人笑不出来的荒谬事实。

我喜欢人，人是万物的尺度。人，这种知道阴阳寒暑的奇妙存在，在我眼里要高于"神圣自然律"，高于晨曦破晓与月上柳梢——没有人约黄昏后，月上柳梢给哪个物种看？

这些年，我最大的乐趣就是对人进行叙事，试图用人的主体性，在这个由科技与资本建构的世界，发现美与激情，重新审视爱与恨，对抗滞重与虚无，构建一个人的乌托邦；对个人作为"风暴中的岛屿"是如何保持其稳定结构，又如何在日常秩序中完成观念建构、逻辑自洽及美学萃取等，无不津津乐道。可问题是，窗外飞来的那架无人机让我没办法再理所当然自嗨下去。我不是技术主义者，也不是瞎子，对 AI 时代打开的景深，对技术进步及其导致的风险与各种伦理困境，尤其是新技术与极权思潮交媾后带来的风险，比如规训与洗脑术等等，没法视而不见（视而不见能解决当下生存层面的许多问题，不能说盲人尤聪，起码是有福的），我得在这个亘古未有的时代，在这个知识生产呈指数增长的"新现实"里，找到一个"万丈高楼平地起"的重心，才能继续行走。

人是这个熵增宇宙的奇迹，是造物主对自身的复制与迷恋，所以"人类大脑结构和宇宙结构有着惊人的相似性"，又或者说，人类就是宇宙的大脑。在这个恢宏框架下，我们开始讨论数千年来的哲学家对人的分析与定义，人的内核与边界，人的历史何以延续，何以如此叙述，人是否配享信仰，值得被给予关于天堂的允诺，又是否应该拥有科技之力，对此要付出什么样的代价；讨论人还可能拥有什么样的未来图景，而构建未来的关键节点与变量蕴藏何处，又如何找到激发节点引擎的能量，等等。

我想找到的"重心"显然不能指望向神灵祷告。

又或者说，旧神已死，新神诞生。自"哥白尼革命"起，作为真理、客观性、自然律化身的科学逐渐成为新的神祇。技术溢出，介入社会运行，由点滴至涓流至浩荡江河，而今更在资本与消费主义的加持下，把人类社会原来那个由价值理性搭建的内在框架尽皆拆毁，取而代之。技术治理时代来临，这已经是全球范围内的普遍现象。科学管理、社会工程等理论术语已为公众广泛接受，成为日常用语。对人的叙事起支配作用的，不再是人文那套思想体系，不再是哲学宗教艺术、传统语境里的文学，而是科学，是技术的日新月异，是大数据、物联网、生物技术、基因工程等。

更重要的是：我们大概率已经来到一个技术奇点的前夜，不要说科幻电影里的那种强人工智能，就前两年的阿尔法元，若把它运用在写作上，只要为之建立相应的架构与算法，一个整体宏观描述及其结构性的呈现，以及相应的语法啮合与语义啮合，完全有理由得到一个类似莫言或者其他诺贝尔得主那样水准的写作。

写作者还能干什么？换句话说，人到底是什么？

是否有可能像《西部世界》电影里所想象的那样，不过就是10274行粗糙原始的代码。那些触及人类心灵最深处的东西……这个"心灵最深处"不过是千亿神经元突触间的信息传递。而人的自由意志，这个让人在虚无与荒诞中得以厘定自身尊严的最后之锚，其实质还是某个既定程序对信息进行整理加工的另一种说法罢了——这会让他们还有勇气活下去，说几句"头顶的星辰与心中的道德律"之类的话。就像那段让侯世达备觉困扰的AI创作的旋律，虽然是作用于人类灵魂层面，却根源于一个极简单的机制。

算法即魂灵，算力即肉身，两者之和即为生命？

我们老觉得世界万物（或者说：真理、真实、真相）总是在那的，博学之，审问之，慎思之，明辨之，笃行之，总能不断拉近这段距离。但这存在的真相倒更可能是量子力学所描述的，不仅是一个因为人的观察而塌缩的量子系统，人类的内心，也是一个量子纠缠与量子退相干的作用。并没有一个真实不虚的自我在意识层面坐镇中军，运筹帷幄，而是我们大脑里那由数千亿个神经元突触（一个比在地球上生活过的人类总数还要多的天文数字）构建起来的网络系统，在接收到外界信息刺激后做出的一个又一个决定。这些决定并不完全依赖理性逻辑，还同时从直觉、信仰汲取力量。这些决定各有其风险与收益，彼此还可能抵牾，它们就像那个被列为七个"千禧年大奖问题"之一的纳维叶-斯托克斯方程所试图描述的湍流，是这些"决定"的总和构成我们，构成一个人的命运赋格……诸般念头纷至沓来，如镜中摇曳影，影中又有镜，<u>重重叠叠</u>，几至于无穷。

所以我说"俺"。

我喜欢侯世达写的《集异璧》。不是说懂了，而是喜欢他对AI及意识产生的理解，以及在此命题统摄下，对哥德尔的数理逻辑、艾舍尔的版画和巴赫的音乐三者的打通融合——这是一种富有原创性的思想，是艺术，而非奇观，是对那个"荒谬事实"所导致可怕幻觉的抵抗。他还求解出一个侯世达定律，也是非常迷人，看上去像是讲管理效率，其实可从中阐发出一个人生哲学，冗余的必要性及其价值。

脑子里都是数据流构成的云层。某日,没梦见什么日月入怀,也没看见天有什么异象,走在南京的街头,在飞絮飘扬的梧桐树下,云层里蓦然出现一道蜿蜒闪电,就觉得那个曾无限沉溺其中的"自我",那个自由意志,那个承转着骄傲与荣誉,宇宙里独此一份的存在,没有多么特殊,即是这个冗余的一部分。一旦意识到这点,渐渐心平气和。

这个事实可以得出两个截然相反的评价:一、这是悟道,《牧牛图》里的入廛垂手,证得大乘果位;二、这是对人子之光的放弃,就像一滴水恐惧被蒸发的命运,还是灰头土脸选择回到大海,是一个身陷阿Q精神而不自知。

"我们真的就生活在一小撮人所发明的观念里。不管这些观念的光谱位置的左中右,实质是一样的。都必然导致大多数人的群畜,或者说是社畜与家畜。区别只在于群畜存在的方式,是在一个边沁所说的圆形监狱里,还是在一个浪头里所裹挟的娱乐、体育,与美满生活的假象(这个要高级点,毕竟是一个流体力学的范畴),以及一些其他的几何体结构。要求解真实,或者说捕捉它的一些残影,可能得回到出发的原点看一看。"

"吃饭是痛点,是对匮乏的满足;抽烟是G点,是嗨。痛点是活着;G点是像个人那样活着。今天的需求,是在对G点深刻理解上,被重新发明出来的。这里固然有资本逐利的逻辑,同时也包含着一个哲学命题:什么才是今天的人。所谓去看山河大地,又探幽微人心。这个看,这个探,都是动词,一个正在进行时……"

这些念头在脑子里迟缓地转动。脑子里有七八个小人，有时齐声喊叫，更多时候是彼此大打出手。偶尔，某个奇妙一刻，它们齐心协力把镜头转到遥远的记忆深处，一束光在空中出现，照耀着小时候那些影影绰绰的人与事，就想写点什么，就像一颗种子要长，一朵花苞要绽放，其实是没有更多的人间道理。只是这种子在长的时候，这花苞在绽放的时候，那些困扰我的，让我庄生晓梦迷蝴蝶的，一一消失不见。也就有了那本有幸入围深圳读书节年度十大文学好书、腾讯探照灯年度十大长篇小说的《人间值得》，手上正在写着的"县城报告"系列。

"小说的主人公张三也死了。但百个千个万个的他们还活着，他们不是乡村秩序下的蛋，也不是都市文明的孩子，他们的基因片段是在一个被现代性浪潮重组的过程中，与中国改革开放四十年紧密勾连，有诸多崩毁残存，亦有突变进化。他们人至中年，多半在事实上成为县域政治经济文化各生态系统内的话事人，是权力的毛细血管，亦是各种潜规则与隐秘秩序的制订者，谙熟不同的话语体系，自如切换，能在一个时辰内分别扮演畜类与人类。他们对世界的看法，尚未成为当代中国人精神的主体部分，在实际日常层面影响着大多数百姓的生活。中国有两千多个县城，这是一个广袤现实，是真实的真实。而他们中的一小撮人，比如张三，试图从历史与现实情境等维度，以及生命意志的高度，反思人这种奇妙存在，讲述唯独属于他们的故事或者说传奇，故而《人间值得》。"

这是我在《人间值得》研讨会上说过的一段话。

"现在的城市与乡村都有均质化的倾向，谈到城市就是密度与个人原子化后的疏离，资本狂潮的全球涌动与被韩国整容术打理过的精致妆容、对海量信息的饕餮之胃与不假思索的吞咽等，基本上是一张被科技主义与消费主义规训后的面庞；谈到乡村，就是'每个人的故乡都在沦陷'式的抒情与古典挽歌。我相信这些情感的真实性，但对有效性有一定怀疑。追忆只是人的一个维度。县城在城市与乡村之间，倒更可能保留了更多关于人的本真。像我老家，一个麻雀大小的地方，都有那么多的匪夷所思与拍案惊奇。中国有两千多个县城，它构成广袤现实，一个正在发生的风暴，皆有其个性与奇观，是对璀璨夜穹的无尽书写。所以写县城报告这个系列，以中国改革开放四十年为背景，写一些县城人今天的面庞，是我见过的，听过的。"

这是我在写"县城报告"创作谈里提到的一段话。

这两段话，似乎为此刻的我提供了一个能够描述强力、弱力及电磁力这三种基本力，并与量子力学及狭义相对论相容的"标准模型"。

从经典力学到相对论，再到标准模型，这是物理 300 年发展史。

好像，我的心灵也是这样一个历程。

2020 年 4 月 26 日

图书在版编目（CIP）数据

谁的心不是伤痕累累 / 黄孝阳著.-- 福州 : 海峡文艺出版社, 2021.10
 ISBN 978-7-5550-2638-9

Ⅰ.①谁… Ⅱ.①黄… Ⅲ.①中篇小说—小说集—中国—当代②短篇小说—小说集—中国—当代 Ⅳ.①I247.7

中国版本图书馆CIP数据核字(2021)第095394号

谁的心不是伤痕累累

黄孝阳　著

出　　版：海峡文艺出版社
出 版 人：林　滨
责任编辑：莫　茜
地　　址：福州市东水路76号14层 邮编 350001
电　　话：（0591）87536797（发行部）
发　　行：后浪出版咨询（北京）有限责任公司

选题策划：后浪出版公司
出版统筹：吴兴元
编辑统筹：朱　岳　梅天明
特约编辑：孙皖豫　陈志炜
营销推广：ONEBOOK
装帧制造：墨白空间·张静涵

印　　刷：北京汇林印务有限公司
经　　销：新华书店
开　　本：880毫米×1092毫米 1/32
印　　张：12.5
字　　数：265千字
版次印次：2021年10月第1版　2021年10月第1次印刷
书　　号：ISBN 978-7-5550-2638-9
定　　价：68.00元

后浪出版咨询(北京)有限责任公司 常年法律顾问：北京大成律师事务所　周天晖 copyright@hinabook.com
未经许可，不得以任何方式复制或抄袭本书部分或全部内容
版权所有，侵权必究

本书若有质量问题，请与后浪出版咨询（北京）有限责任公司图书销售中心联系调换。电话：010-64010019